WITCH AND GOD

Liv Stone

WITCH AND GOD

TOME 2 : L'ENLÈVEMENT DE CIRCÉ

ito

Aux petites sorcières qui m'entourent, mes deux nièces

La lignée Olympienne

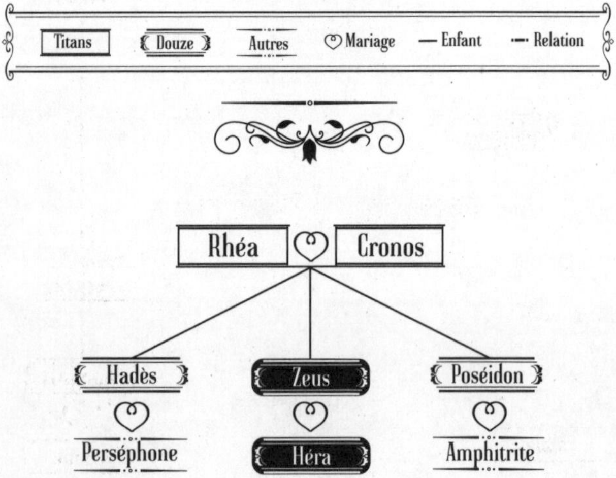

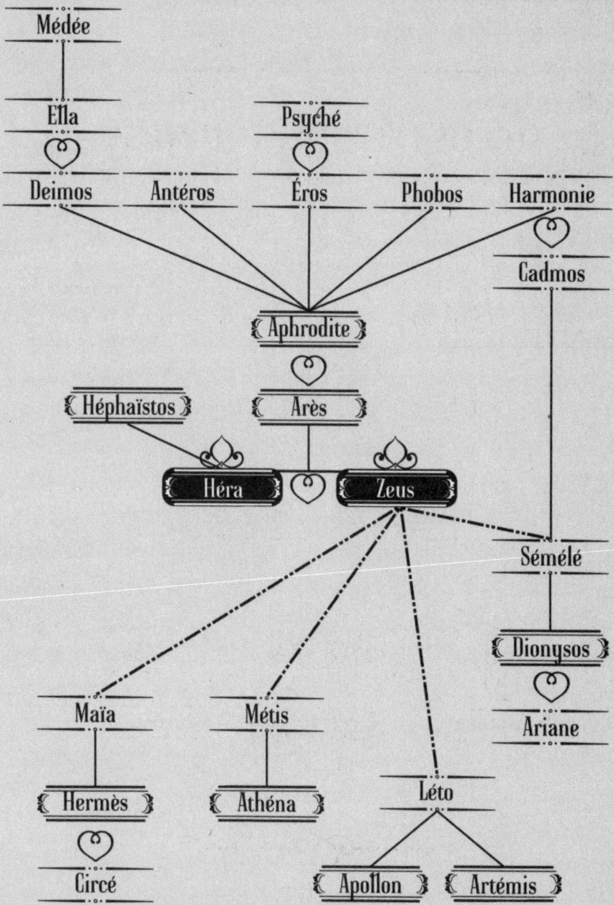
Médée
Ella
Psyché
Deimos
Antéros
Éros
Phobos
Harmonie
Cadmos
Aphrodite
Héphaïstos
Arès
Héra
Zeus
Sémélé
Dionysos
Ariane
Maïa
Métis
Léto
Hermès
Athéna
Circé
Apollon
Artémis

Prologue

J'en tremble encore. L'or tache le tissu rouge de ma robe alors que je fais face au fleuve Léthé, paisible et nacré. Des ombres sont assises sur sa rive recouverte de cendres. Certaines se lèvent et entrent dans le flot précieux jusqu'à disparaître sous sa surface. Elles ne réapparaissent pas. Le moment de *l'oubli* leur appartient.

Je ferme les yeux. L'ichor jaillit de sa peau et voltige dans les airs au ralenti avant de fouetter le sol et ma robe. J'ai encore des cris coincés dans ma gorge. Est-il vivant ? Un dieu peut-il mourir ? Même ici, aux Enfers ? Est-ce que je peux encore espérer ?

Il disait vouloir « réaliser l'impossible » pour moi, mais c'est de la folie ! Je n'ai fait que mettre sa vie en danger.

La douleur m'étreint. Je l'aime depuis bien trop longtemps sans le reconnaître. J'ai essayé d'oublier cette information et de la rejeter, encore et encore. Rien à faire. Il est là, dans le flou de mon cœur et de mon esprit. Seul le fleuve Léthé pourrait me délivrer de lui.

Je pourrais choisir, ici et maintenant. *L'oubli.*

Je renaîtrais. Je serais un nouveau bloc de vie à sculpter.

J'avance d'un pas.

— Ne fais pas ça, Circé.

La voix m'immobilise. La main du bourreau agrippe mon bras.

— Tu veux vraiment oublier toute la personne que tu es pour un dieu ? Un chien d'Olympien ?

Je me dégage de l'emprise de Némésis, un sursaut de fureur me secouant.

— Ne parle pas de lui comme ça ! m'exclamé-je.

— Tu dois passer les épreuves de l'Invisible Hadès et de la bien-crainte Perséphone, tu ferais mieux de t'y préparer.

— Si tu lui fais encore du mal, je te tuerai, lui assuré-je, poings serrés.

— Allons, ne professe pas de menaces que tu ne pourras pas appliquer, se moque-t-elle avec un sourire agressif. Tu ne peux pas me tuer. La seule chose qui t'attendrait en guise de condamnation, c'est le Tartare duquel *personne* ne revient *jamais*.

Ce que la déesse du châtiment ignore, c'est que moi aussi, je réaliserai l'impossible pour lui.

Chapitre I

Deux semaines plus tôt.

C'est un rêve, j'en ai conscience. Je marche lentement dans un brouillard opaque, sans aucun horizon visible. Tout est sombre à mes pieds, devant moi, derrière moi, au-dessus de ma tête. De la fumée cendrée s'entortille autour de mon corps et de mes bras, elle suit le mouvement de mes doigts. J'hésite à qualifier ce spectacle de fascinant. Mais l'obscurité et le silence n'ont jamais rassuré personne. Ma chambre n'est pas plongée dans le noir total, je garde toujours une minuscule ouverture dans mon volet pour que la lueur de la lune puisse entrer, j'ai besoin d'un repère. J'ai toujours eu besoin de repères. Et là, dans ce brouillard sans raison, je suis désorientée. Je voudrais faire jaillir une étincelle au creux de ma main – un tour de magie des plus communs – mais rien ne se passe. Aucun pouvoir, aucun but, aucun bruit, aucune présence, rien. C'est le néant.

Et puis, dans mon dos, un souffle jaillit et me fait frissonner, celui d'une voix puissante et d'une gravité à toute épreuve. Le genre à jouer au xylophone avec chacun de mes os.

« Ne demeure pas dans l'Érèbe, le Destin te piège. »

Mon pouls s'emballe. Sans comprendre comment, je sais qui me parle. Hypnos, dieu du sommeil, entité aussi ancienne que le monde. L'un des fils de Nyx, la Nuit.

L'écho sourd et profond de sa mise en garde me traverse et résonne plusieurs fois dans mon crâne. L'oppression est telle que je serre les poings…

… et me redresse en sursaut, les yeux écarquillés. J'halète, éblouie par le soleil qui transperce les feuillages timides des arbres aux alentours. Je me relève précipitamment et me frotte le visage, soulagée.

— Je suis sortie de là, tout va bien, marmonné-je pour moi-même.

J'inspire l'air frais de ce début du mois de mars et expire en agitant les bras. L'odeur des bourgeons qui s'épanouissent et des fougères d'un vert grisâtre m'enchante. Le printemps arrive, la terre se réchauffe et la forêt sort de son frimas. Perséphone doit trépigner d'impatience depuis les Enfers.

— Circé !

Les nymphes des bois m'interpellent et me font des signes en grimpant sur des troncs avant de plonger dans les ruisseaux. Elles aussi, elles sentent l'arrivée imminente de leur maîtresse. Faites de brises, de fleurs et de feuilles, les nymphes d'ici sont des créatures vaporeuses et douces. Il n'y a bien que ces gros balourds d'Olympiens, Apollon le premier, pour tenter de les attraper et de les soumettre. Mais on leur fout la paix ici, elles sont en sécurité parmi les sorcières de la Clairière. Je veille sur elles. Je suis, après tout, descendante de Circé et de sa nièce Médée, les premières de leur nom, respectivement fille et petite-fille du Titan solaire, Hélios.

Elles sont les sorcières primordiales de notre monde. Puissantes, indomptables et rusées. Installées sur l'île d'Aiaía, dans la Méditerranée, elles ont bâti une communauté soudée et fermée qu'elles ont léguée à leurs filles et à leurs petites-filles. Pendant plusieurs siècles, les sorcières ont vécu là-bas, ne fréquentant les humains que pour se reproduire.

Hécate, déesse de la magie, a toujours été leur protectrice, bienveillante et impliquée auprès d'elles. Au XVIIe siècle, les sorcières ont décidé de quitter l'Europe pour le Nouveau Monde, instaurant un nouveau décompte générationnel. Aujourd'hui, nous sommes dirigées par les vingt et unièmes guides de la communauté de Springfall, dans le nord de l'État de New York, Circé la Grande et Médée la Jeune.

Ma nièce et moi en serons les vingt-deuxièmes, dans un futur plus ou moins proche. Après que ma sœur Ella aura donné naissance à sa fille, bien sûr.

Mon cœur se serre à cette pensée. Je fourre les mains dans mes poches et fais quelques pas dans la forêt. Mes deux petites sœurs, Méroé et Ella, sont les deux prunelles de mes yeux. Aussi loin que remonte ma mémoire, je ne me souviens pas d'avoir ressenti de jalousie à leur naissance, seulement un amour fou et un plaisir infini à l'idée de jouer avec elles. Ça ne nous a pas empêchées de nous battre, de nous chahuter, ou de les commander pour ma part – je suis l'aînée, ça donne quelques passe-droits – mais au final, on a toujours été inséparables. Même si notre benjamine, Ella, a vécu une enfance bien différente de la nôtre, en dehors de notre communauté. Privée de ses pouvoirs à la naissance, elle a toujours été isolée malgré notre présence, à Méroé et à moi.

Ce n'est plus le cas aujourd'hui. Ella s'est réapproprié la magie et elle a épousé un dieu. On n'en revient d'ailleurs toujours pas de cette histoire d'amour. Ma petite choupinette de vingt-deux ans, aussi rousse qu'une citrouille et adorable qu'un chaton, est heureuse et épanouie auprès du redoutable Deimos, dieu de la terreur, mon beau-frère. Et elle est enceinte de huit mois. Je ne m'en remets toujours pas !

— Circé, te voilà.

Hécate apparaît sur ma droite, elle aussi arpentant les bois. Je lui souris en m'approchant d'elle. Notre déesse tutélaire à la haute stature, à la peau sombre et éclatante, à la chevelure crépue et volumineuse, parcourue de perles d'or, nous fait toujours le même effet lorsqu'elle se dresse devant nous : un boost de confiance et de puissance. Ça pétille dans ma cage thoracique et ça s'éparpille jusqu'au bout de mes doigts. Son regard mauve plein de sagacité m'assure de son attachement. On se sent en sécurité auprès d'elle.

— Tu as troqué ton péplos contre une blouse ? lui fais-je remarquer, intriguée par son virage vestimentaire.

Hécate m'accorde un clin d'œil complice. Les déesses et les dieux sont, en général, déconnectés de la réalité. Leur immortalité ne leur confère pas la même appréhension du temps que nous, ni le même intérêt pour le monde dans lequel ils évoluent.

— Comment me trouves-tu ?

Elle affiche sa couleur – le lilas – avec un top à manches bouffantes. Un jean moulant et des bottines plates complètent sa mise modernisée.

— Parfaite, ne puis-je que dire, amusée.

Hécate est curieuse de notre époque. Il faut dire que tout est nouveau pour elle. Après un siècle de sommeil, elle redécouvre la civilisation qui ne l'a pas attendue.

Il y a cent ans, parce que Zeus, le maître de l'Olympe, a tenté de la violer, Hécate s'est rebellée, les sorcières à ses côtés. Zeus a colporté l'idée qu'elle désirait plus de pouvoirs et il a rallié la plupart des dieux auprès de lui. La guerre qui a éclaté s'est soldée par le saccage de l'Olympe et le bannissement des dieux sur Terre par Hécate, et par la pulvérisation de son corps en représailles par Zeus.

Le mariage d'alliance d'Ella et de Deimos a tout changé et la paix a été instaurée. Hécate est revenue parmi nous, en chair et en os. Avec Zeus, ils ont fait une promesse inaliénable interdisant toute agression entre les dieux et les sorcières : le Serment du Styx.

— Je me suis un peu inspirée de toi, me confie-t-elle alors que nous déambulons, côte à côte.

— Ah oui ? relevé-je, gênée et flattée.

C'est vrai que je suis souvent en bottines plates et en jean, en cuir ou en tartan pour le bas. Pour le haut, je reste fidèle à ma veste en denim délavée et un peu usée, sur n'importe quel tee-shirt. Je n'arrive pas à m'en passer. Le top à manches bouffantes d'Hécate, par contre, c'est un truc d'Ella. Même si en ce moment, elle grogne plus qu'autre chose avec ses vêtements de grossesse qu'elle trouve « moches ».

— La magie évolue avec le monde, répond Hécate. Il faut que je le connaisse pour pouvoir m'adapter. Tes sœurs et toi êtes ses représentantes les plus proches de moi.

Elle oublie de dire qu'elle s'éclipse de temps en temps pour visiter un lieu, quelque part sur Terre, et revenir, plus ou moins influencée ou bouleversée. Son caractère protecteur est parfois mis à rude épreuve. Mais je sais aussi, pour l'avoir vue se battre contre Zeus il y a un an et quelques mois, qu'il ne faut pas la chercher. Sa force n'est pas à sous-estimer.

— Et l'Olympe ? Tu y es retournée ? osé-je demander.

— Je suis autorisée à y mettre les pieds, mais pas tout à fait invitée à le faire. Nos consœurs nous diront si quelque chose d'intéressant se passe là-haut.

C'est la perche tendue que j'attendais. Je ralentis suffisamment pour qu'elle le remarque et s'immobilise. Hécate est devenue ma mentor. Sa sagesse et son combat sont une véritable source d'inspiration pour moi. Nos guides et celles avant elles, depuis cent ans, se sont égarées dans leurs enseignements. Le retour d'Hécate est un coup de pied aux fesses pour beaucoup ! Nous qui avions cru que les déesses et les dieux ne se composaient que de deux sortes : les malveillants et les bienveillants. Deimos a été la première preuve de cette fausse route. Inspirant certes la terreur et accompagnant son père Arès sur les champs de bataille pour renverser le cours des conflits, il est tombé fou amoureux de ma sœur. Au point de subir son addiction aux comédies musicales et de bien vouloir participer à sa manie des cartes de vœux. Il n'y a pas plus bienveillant envers Ella.

Pourtant, je demeure prudente.

— Hécate, peut-on vraiment leur faire confiance ?

Ma déesse penche la tête sur le côté.

— Tu as des doutes ?

Ce n'est pas une vraie question, elle me pousse à m'interroger moi-même. Et je me rends compte que ce n'est pas tant d'elles mais de moi que je doute. Toute cette situation est très frustrante ! Lors du Serment du Styx, l'assemblée divine de l'Olympe a compris la raison pour laquelle Hécate s'était rebellée : le comportement de prédateur de Zeus vis-à-vis des femmes. Si personne n'a rien dit, les déesses ont tiqué. Elles sont témoins ou victimes de ses écarts et de ses agressions depuis des millénaires dans une impunité totale. Une année a passé avant qu'elles ne décident ensemble d'une révolte, l'automne dernier. Et depuis, rien. Je perds patience.

— C'est très long.

— Ça l'est aussi pour nous.

La voix tranchante d'Athéna surgit derrière moi et me fait tressaillir. La déesse de la sagesse tombe à pic, comme toujours. Je me retourne, confuse. Hécate, elle, ne démontre aucune gêne.

— Si cela peut te rassurer, sorcière, ajoute Athéna avec un mince sourire.

Si je me suis accoutumée à la présence d'Hécate, celle d'Athéna me trouble encore. Il se dégage d'elle une puissance et une intelligence tout en finesse. Autant il y a des divinités dotées d'une force brute, les rendant impulsives et renversantes, autant d'autres ont une force aussi aiguisée et réfléchie que le maniement d'une lame.

Athéna réduit sa lance jusqu'à la faire disparaître. Elle qui est très souvent vêtue d'un péplos piqué de plumes blanches, elle arbore un tailleur-pantalon crème très moderne, avec un chemisier charbon parcouru de fils dorés discrets. Je suis sûre qu'elle l'a fait elle-même. Athéna est une fileuse hors pair. Ses longs cheveux bruns sont ramassés en chignon, retenu par une demi-douzaine de crayons et de stylos. Une minuscule chouette en or, posée sur son épaule, bat mécaniquement des paupières.

— Je ne voulais pas te manquer de respect, dis-je très vite.

Règle numéro un : ne jamais, JAMAIS, déplaire à Athéna.

— Ce n'est pas le cas, me rassure-t-elle. J'ai conscience que les choses peuvent paraître longues, pour une mortelle. Mais nous devons rester prudentes.

C'est un rappel bien inutile, mais qui tasse pourtant mon impatience.

— J'étais en réunion avec un bureau d'architectes new-yorkais qui me fournissent des idées neuves pour l'Olympe sans le savoir, dit-elle en posant ses mains sur sa taille. J'ai beau les inspirer, je ne comprends pas cette manie de l'asymétrie. Depuis quand c'est devenu esthétique ?

Je préfère ne pas commenter. Ici, à la Clairière, la végétation pousse de travers, dans tous les sens, tout est désordre et tout est beau. Athéna incarne la raison, je ne m'attends pas à ce qu'elle me comprenne.

— Pourquoi leur demander conseil alors ? répond Hécate.

Athéna roule ses yeux pers dans leurs orbites.

— Apollon, grogne-t-elle.

— Qu'est-ce qu'il a encore fait, lui ?

Une quatrième voix retentit derrière Athéna, celle d'Aphrodite, la belle-mère d'Ella. La déesse de la beauté et du désir rejoint notre cercle, un mimosa à la main. Ça doit être l'heure du petit-déjeuner à Cythère. Elle remonte ses lunettes de soleil sur son épaisse chevelure noire, toute en boucles. Sa peau caramel me semble encore plus cuivrée que la dernière fois. Tout est sensuel chez Aphrodite : son allure de féline en chasse, ses grands yeux noirs surmontés de longs cils, ses lèvres pulpeuses carmin et ses courbes voluptueuses, mises en valeur par un bikini doré et un kimono en tulle sombre. Elle est l'opposée d'Athéna. La déesse des passions… et de la gueule de bois récurrente, si j'en crois son massage de tempes doublé d'une grimace.

— Il se croit toujours architecte, grommelle Athéna.

— Il va falloir condamner les cumulards, approuve Aphrodite. On ne peut pas conduire le char solaire et se revendiquer architecte, musicien, peintre, prophète et médecin tout à la fois.

Athéna acquiesce. Cette fronde a réuni les personnalités divines qui avaient le moins de chance de trouver des points d'entente.

— Dionysos est toujours à Cythère ? questionne Hécate.

— Oui, Ariane et lui sont nos invités. Ils sont en sécurité et les cocktails n'ont jamais été aussi bons depuis.

Je souris en remarquant l'air rassuré d'Hécate. Dionysos est l'un de ses plus vieux amis, un allié qui a payé le prix fort pour le choix de son camp durant la guerre. Mais il est entre de bonnes mains. Ella me raconte souvent ses séjours à Cythère, un lieu de plaisir et de détente comme il en existe peu sur Terre. Cependant, ils ne restent jamais bien longtemps, Deimos a du mal à tenir plusieurs jours d'affilée là-bas.

Héra clôture l'arrivée de nos alliées olympiennes. La reine des déesses et des dieux affiche un air grave teinté d'inquiétude. Elle est celle qui se trouve en première ligne, au plus près de Zeus. Sa situation doit être épouvantable. Les incartades de son époux sont nombreuses et connues de toutes et de tous, mais qu'en est-il réellement d'elle ? Que ressent-elle encore pour lui ? Les mythes n'ont retenu de cette déesse au front haut et au regard fier qu'une virulente jalousie. Je la cherche encore lorsque je la croise. Héra se contente de renvoyer un calme et une classe indéniables. Elle a revêtu un long manteau cintré aux couleurs de son animal fétiche, le paon. Son diadème, orné de pierres précieuses chatoyantes – saphirs, émeraudes, rubis et diamants –, repose sur sa chevelure châtain coiffée avec soin.

— Mesdames, nous salue-t-elle. Zeus a le dos tourné, nous pouvons commencer.

— Se doute-t-il de quelque chose ? questionne aussitôt Aphrodite.

— Je ne pense pas, non.

— Bien. Faisons en sorte que ça demeure ainsi. Si Zeus apprend ce que nous faisons, il sera sans merci, prévient Athéna sans prendre de pincettes.

Les déesses sont prudentes, mais j'ai du mal à imaginer le degré de cruauté dont Zeus serait capable envers sa propre épouse, sa fille adorée et sa belle-fille. En revanche, si Hécate est découverte, elle aura moins de chance. Pour le moment, elle n'agit pas, car dès qu'elle le fera, le Serment du Styx ne tiendra plus, elle sera condamnée au bannissement pour cent ans et perdra le souffle durant une année.

— Nous n'oublions pas que lui seul peut châtier un être, mortel ou divin, et l'envoyer au Tartare, appuie Héra. Les tourments qui nous attendraient seraient éternels.

— Il n'y a qu'à demander aux Danaïdes, grogne Aphrodite avant de boire le fond de son mimosa et de faire disparaître son verre. Cinquante jeunes filles condamnées à remplir une jarre trouée, tout ça parce qu'elles ont tué avant d'être tuées. Elles se sont défendues dans un monde d'hommes.

— Oui, approuve Athéna. Ou à Tantale. Il était l'un des fils de Zeus. Son propre enfant, voué à avoir toujours faim et toujours soif, sans pouvoir y remédier.

Les visages des trois déesses se ferment. Elles le craignent vraiment. Je ne doute pas une seconde de leur courage ni de leur détermination, mais elles redoutent les conséquences de leur fronde. Je jette un œil sur Hécate : elle a croisé les bras et semble respecter le court silence que les trois déesses se sont imposé.

— Mais nous avons un avantage, reprend soudain Athéna avec ténacité. Il ne nous verra pas venir.

Hécate se met à sourire. On oublie très souvent qu'Hécate a tenu un rôle aux Enfers, il y a bien longtemps. Elle générait la flamme qui guidait les âmes, sa présence est d'un naturel apaisant et réconfortant. Elle a forcément dû utiliser son pouvoir en toute discrétion, histoire de réveiller l'ardeur de nos alliées. Je me mords la langue pour ne pas la trahir. Tout en écoutant d'une oreille les échanges de nouvelles entre les déesses, je me perds dans mes pensées.

En vérité, j'aurais adoré connaître Hécate plus jeune, elle qui a toujours été indépendante et tenace. Ado, j'ai eu une phase de révolte que ma mère, Thessa, craint encore aujourd'hui malgré les années passées. J'en avais après le monde entier. J'avais entraîné dans mes sales coups ma sœur Méroé et son amie Pasiphaé. On traînait tard le soir, dans le centre de Springfall, en petit groupe de sorcières, prêtes à en découdre et à montrer aux humains ce que nous valions. On a même eu des accrochages avec les autorités. Au grand dam de mes parents. La bande de filles qui rackettaient les mauvais garçons à la sortie du cinéma ? C'était nous. Celles qui frappaient les *bullies* dans les parcs ? Encore nous. Celles qui foudroyaient d'un regard les hommes qui approchaient d'un peu trop près les jeunes filles ? Bien sûr que c'était nous.

Nos guides nous ont souvent demandé de la retenue pour ne pas dévoiler notre univers et, avec l'âge, j'en ai pris. Mais j'ai conservé ma veste en jean, avec les patchs cousus dessus : des poings levés, des « *Witches rule* » et autres « Compagnes d'Hécate ». C'est aussi à cette époque que je me suis coupé les cheveux et que depuis je les garde courts, à la garçonne, avec leurs reflets auburn. Ça doit être pour ça que j'intimide les hommes. C'est surtout l'avis de Méroé qui, contrairement à moi, sait user de son charme. On se moquait d'Ella, qui nous a toujours paru réservée, mais elle a séduit son promis plus aisément qu'on ne l'aurait cru.

N'en déplaise à mes sœurs, je n'ai juste pas trouvé de partenaire à la hauteur. Les sorcières n'ont pas d'obligations, même s'il faut faire attention à entretenir notre taux de natalité pour ne pas disparaître. Circé la Grande n'a pas de compagnon ni d'enfants par choix, Médée la Jeune a un compagnon humain et deux filles de son côté. C'est un peu la même chose du côté des dieux et des déesses, il n'y a aucune norme. J'admire beaucoup Athéna pour son asexualité assumée, Héra a été malheureuse dans son union mais fidèle à son vœu et à elle-même, Aphrodite a eu un premier mari, quelques amants et vit à présent une union libre dans le bonheur complet avec Arès, enfin Hécate est lesbienne et épanouie.

— Je veux sortir mon fils Héphaïstos de là, l'emprise de Zeus doit cesser.

La phrase d'Héra, soudain plus grave, réaccapare mon attention. Héphaïstos est invisible depuis des années. On sait toutes qu'il sert fidèlement Zeus dans sa forge. La position de son repaire, elle, reste mystérieuse. Le dieu du feu et de la métallurgie est à l'origine de nombreuses armes légendaires comme les flèches d'Artémis et d'Apollon, la minuscule chouette dorée et l'égide d'Athéna, ou encore la maison de Zeus sur l'Olympe, maison qu'Hécate a pulvérisée il y a cent ans. Héphaïstos représente un avantage considérable pour Zeus en cas de conflit.

— Je suis aussi en train de placer l'une de mes agentes au Siège, tu devrais bientôt la rencontrer, Circé, ajoute la maîtresse des dieux.

Étrange qu'elle nous vise, nous, les sorcières. Nous ne sommes pas les bienvenues au Siège, là où Zeus a installé les divinités chassées de l'Olympe sur Terre, à New York. Sans compter qu'habituellement, nous ne sommes pas autant en contact avec les dieux que cela. La situation a changé avec Ella et sa belle-famille, mais c'est bien tout.

Il y a aussi Hermès. Le diplomate de Zeus, chargé de porter la voix de son père à nos deux guides. Mais je préfère ne pas trop penser à lui.

— Je la reconnaîtrais ? m'enquiers-je en réfrénant le rouge qui me monte aux joues.

— Oh oui, répondent les trois déesses en chœur.

— Sans aucun doute, ajoute Aphrodite.

— Elle sera une véritable alliée, assure Athéna.

OK, je suis intriguée.

— Il y a un dernier sujet à aborder, entame Héra. La future Médée.

Je me tends d'un coup.

— Quoi, Médée ?

— Elle est dans la bouche de tout le monde au Siège. Les dieux ne se sont jamais autant intéressés à la naissance d'une sorcière.

Je croise les bras, préoccupée.

— À la naissance d'une demi-déesse, tu veux dire ? corrige Athéna.

La déesse de la sagesse soulève le point problématique. Médée sera à la fois sorcière et à la fois divine. Mais son sort est scellé, elle sera guide de notre communauté, et jamais une déesse à part entière.

— Les dieux ont des doutes sur ce qu'elle sera ? interroge Hécate.

— Personne ne sait vraiment ce qu'elle sera, réplique Héra. C'est bien la première fois qu'une sorcière et un dieu ont une progéniture.

Aphrodite se racle la gorge, le front plissé.

— Elle sera ma petite-fille, voilà ce qu'elle sera, rappelle-t-elle. Elle n'est pas encore née que les vautours lui tournent déjà autour.

— Je vous fais seulement part de ce nouveau sujet de discussion au Siège et sur l'Olympe, précise Héra.

— Et tu as raison, approuve Athéna. Nous devrions faire attention à ce qu'il se dit à propos d'elle.

Ça a toujours été ma mission de guider et de protéger la future Médée. Mais je me rends compte qu'elle va avoir un statut unique. L'inquiétude me noue l'estomac. Je me fixe sur Aphrodite.

— Tu protèges Ella, n'est-ce pas ?

Elle me fusille du regard, libérant une splendeur et un orgueil blessé qui laissent entrapercevoir le ton de la réponse.

— Bien sûr que je garde un œil sur Ella. Elle rend mon fils heureux, ajoute-t-elle en grommelant. Cela dit, si tu pouvais lui demander de mettre un bémol sur ses cartes de vœux, ce ne serait pas du luxe.

— On n'a jamais réussi à la brider, dis-je d'un ton fataliste.

Aphrodite lève ses grands yeux noirs au ciel et, au même instant, un petit cylindre en verre, fermé par deux bouchons en cuivre ouvragé, débarque du ciel et se pose avec grâce dans la main d'Héra. Athéna arque ses sourcils.

— Est-ce bien prudent d'utiliser les capsules des tubes pneumatiques d'Hermès ? On ne peut pas lui faire confiance. C'est le petit dernier, le préféré de Zeus.

Je tique au ton un poil jaloux de la déesse. Tout le monde sait qu'Athéna est la favorite de son père, mais du côté des dieux masculins, c'est Hermès qui rafle tout. La faute à son caractère roublard et arrogant. J'espère que l'amour filial d'Athéna pour Zeus – car il y en a, et ce doit être bien difficile pour elle de prendre cette position aujourd'hui – ne la détournera pas de sa nouvelle mission.

— Ne t'en fais pas pour ce message-là, il a été envoyé par mon agente, rassure Héra en l'ouvrant. Zeus n'est plus occupé, nous devrions rentrer. Soyez prudentes, chacune d'entre vous.

Nous acquiesçons toutes.

— Notre objectif pour le moment est de trouver des alliés divins, ajoute Athéna. Je vous conseille de ne pas encore parler de tout cela aux vôtres, Hécate et Circé.

— Compte sur nous, promet Hécate.

Les trois déesses nous saluent et disparaissent, abandonnant derrière elles les sons de la forêt auxquels je ne faisais plus attention. Si Hécate paraît satisfaite de cet échange, de mon côté, je suis atterrée.

— Je ne peux toujours pas en parler à mes sœurs ?

Chapitre II

La Clairière est un endroit semi-naturel au cœur de la forêt de Springfall. La légende raconte que c'est Hécate, avec l'aide d'Artémis, qui a formé ce vaste cercle parmi les arbres lorsque les sorcières ont débarqué aux Amériques. Seule une maison se dresse à cet endroit, un peu sur le côté, avec son bardage framboise recouvert de lierres et de glycines. Le reste de l'espace est envahi de végétation et d'arbustes. Il n'y a que le jardin botanique, rempli de plantes médicinales et magiques, qui est véritablement entretenu. Enfin, pour un jardin de sorcières, bien sûr. Les mauvaises herbes poussent partout et, avec le retour d'un climat doux, elles s'éparpillent dans les allées et en soulèvent même les dalles. La bryone blanche s'enroule sur les branches du noisetier voisin, et la cigüe tachetée empiète sur le territoire des lavandes. Le poison flirte avec les baumes, ça a toujours été l'anarchie ici.

Hécate m'attrape le poignet alors que nous approchons de la maison.

— Je sais que tu ne veux pas avoir de secrets pour tes sœurs, mais c'est indispensable pour le moment. Tu seras la guide de la communauté, ça demande de prendre certaines décisions plus difficiles que d'autres.

— J'ai promis à Ella que ce ne serait jamais à leurs dépens, répliqué-je, inquiète.

— C'est pour les protéger, pour le moment. Tu mettrais Ella dans une situation bien périlleuse. On ne sait pas encore ce que pense faire Deimos, il est toujours en charge de la sécurité des dieux, sous les ordres directs de Zeus.

Penaude, je hoche la tête et nous entrons dans la maison. Hécate s'éloigne de son côté, me laissant aller du mien.

« Je serai guide. » Je le sais depuis mon plus jeune âge. C'est même pour cela que je me nomme Circé.

Les sorcières présentes dans le grand hall d'entrée me saluent de sourires et de signes de la main. Je parcours des yeux les hauts murs tapissés d'un rouge terre de Sienne et recouverts de supports muraux qui portent chacun une statuette représentant les guides de Springfall. Cette vue finit par me donner le vertige. J'ai vingt-six ans, je sais que je me rapproche de plus en plus de cette tâche-là. J'ai pourtant l'impression d'être encore une gamine indisciplinée et bien trop insouciante. Serai-je même un jour prête pour ce rôle ?

— Circé, tout va bien ? s'enquiert Zelda en m'apercevant.

Je dois afficher une triste mine pour que ma tante, la plus originale d'entre toutes, le remarque depuis la petite porte à gauche de la grande statue d'Hécate, au fond du hall. Zelda a la même chevelure rousse qu'Ella et le même côté « à part ». Elle s'est toujours occupée de la cuisine, se servant de nous pour ses expériences culinaires. Elle contourne les offrandes qui s'éparpillent devant notre déesse et s'avance vers moi.

— Oui, ne t'en fais pas, la rassuré-je avec un sourire. Je ne vais pas me laisser miner par tout ça ! Il y a tant de choses excitantes qui m'attendent : des sorties à New

York, là où vit à présent Ella, et des nouveaux sorts à apprendre. Comme mon illustre ancêtre, je me suis spécialisée dans la transmutation, l'art de changer la forme des choses et des êtres. Là, j'apprends à transformer les hommes en cochons nains, ma nouvelle passion. J'ai hâte de croiser Hermès, il est ma proie favorite ! Pas seulement parce que le malotru m'a surprise bronzant à moitié nue il y a deux ans, mais surtout parce que, comme l'ont rappelé les déesses, il n'est pas digne de confiance. S'entraîner sur un dieu met à l'épreuve la puissance d'un sort : les dieux résistent beaucoup mieux que les humains à notre magie.

— Goûte ça, me propose Zelda en me tendant un biscuit à la sauge. Alors ? Tu en penses quoi pour la cérémonie du lien ?

— Qu'on va se régaler, approuvé-je en terminant la douceur.

— Tu as des plans pour sa préparation ? nous aborde Circé la Grande.

L'aînée de nos guides a tressé deux nattes latérales qui se rejoignent sur sa nuque, enserrant ainsi ses longs cheveux gris avec naturel. Son visage est souriant, quoique teinté d'anxiété, comme le prouvent ses petites rides sur le front. Le col roulé noir qu'elle porte assombrit son air. Pourtant, c'est avec patience qu'elle vient me parler de la fameuse cérémonie du lien que je vais tisser avec ma nièce. Lorsque Médée sera née, je lui insufflerai un peu de ma magie, et donc un peu de moi, et en prendrai de la sienne. L'attache entre elle et moi sera alors indéfectible et nous permettra même de communiquer entre nous par télépathie sans envahir l'esprit de l'autre.

— Je pensais en parler avec Ella, réponds-je.

— C'est à toi d'organiser cet événement, me prévient ma guide. Ella reste sa mère et sa principale protectrice, oui, mais tu seras garante de la communauté à ses côtés toute votre vie. Et la cérémonie du lien est la première pierre de cette relation particulière. Il faut que tu listes les invités et que tu décides quels dieux convier parce que c'est la première fois qu'ils accéderont à cet événement. Ça a toujours été réservé aux initiées, tu sais. Tu dois savoir ce que tu vas lui offrir et comment tu veux lui passer ta magie…

Je déglutis tout en acquiesçant. C'est vrai que je repousse la préparation de ce jour. Je ne suis pas sa mère, mais j'ai l'impression que j'aurai quand même la vie de ce bébé entre les mains, quoi qu'il en soit. Autant j'ai hâte de voir sa bouille et de lui apprendre plein de bêtises – privilège de tante, bien entendu –, autant être responsable d'elle et de la communauté me fiche des frissons d'angoisse ! Je n'ai pourtant pas l'impression de vouloir autre chose dans la vie. Peut-être parce que j'ai été élevée avec cet unique but.

— Ne panique pas, me rassure Zelda avec un clin d'œil. Ça s'est toujours bien passé, il n'y a pas de raison que ça rate. Et puis, Circé la Grande et Médée la Jeune ont encore pas mal d'années devant elles. Ça conserve bien, mon gin, hein ?

Zelda ponctue sa phrase d'un coup de coude complice dans le flan de la guide.

— Dis donc ! s'amuse Circé la Grande, les joues rouges.

Ma tante ricane en s'éloignant. Nous n'avons pas le temps d'échanger un mot qu'une cascade de gamines déferle dans l'escalier principal, excitées comme des puces, suivies de près par Médée la Jeune et Hécate qui a dû se téléporter à l'étage en arrivant. Ce sont les nouvelles sorcières de la communauté, les petites de sept ans qui entament leur initiation à la magie.

— Circé ! hurlent-elles en m'entourant. Regarde ce qu'on sait faire ! Regarde !

Elles sautillent en générant de la lumière au creux de leurs paumes. C'est le premier sort que l'on apprend, celui qui fait appel à nos racines les plus anciennes, puisque nous descendons toutes d'Hélios, le Titan solaire. Je les félicite en leur tapant dans la main, réchauffée par leur enthousiasme. Médée la Jeune et Hécate se joignent à nous.

— Elles n'ont vraiment peur de rien, remarque Hécate en voyant les fillettes déguerpir et bondir partout.

— Non, parce que Circé et Méroé leur donnent des cours de *self-defense* quand elles devraient enfin apprendre à se poser deux minutes, déclare Médée la Jeune en battant des paupières.

Je sais, après avoir vu une bataille nous opposant aux dieux, que nous manquons de force physique. Nous ne devrions pas en avoir besoin, mais je préfère que les futures sorcières soient aptes à gérer n'importe quelle situation, avec ou sans magie.

— Elles ont besoin de se dépenser, dis-je en haussant les épaules.

Pas de jugement chez elle, mais de la perplexité. Médée la Jeune a la trentaine passée et ses idées sont plus proches des miennes que celles de Circé la Grande, mais elle a évolué de concert avec sa tante. Elle repousse ses longs cheveux noirs sur son épaule et déboutonne son gilet fleuri pour découvrir un chemisier blanc à col Claudine. Je n'ai jamais vraiment compris si elle appréciait ou non ce travail de passeuse de savoir. Elle n'est pas très patiente et adore plus que tout passer du temps dans son laboratoire, avec ses plantes et ses expériences. Mais elle se plie sans faute à son devoir. Je dois dire que je l'admire pour cette abnégation.

— Tu torturais Circé avec la cérémonie du lien ? devine Médée la Jeune.

Circé la Grande lève les yeux au ciel, faisant éclore un rire automatique dans la bouche de sa nièce.

— On était pourtant d'accord pour alléger le protocole, ajoute-t-elle.

— Je le suis toujours, mais j'aimerais faire perdurer certaines traditions.

— Nous les faisons évoluer, c'est tout, rassure Médée la Jeune.

Circé la Grande approuve sa nièce en inclinant la tête. J'imagine qu'elles ont dû avoir pas mal de discussions à ce sujet, toutes les deux. Je me demande si ma nièce finira par se dire que mes pensées ont vieilli plus vite que les siennes…

— Je rêve d'une *ginger beer*, ce cours m'a épuisée ! dit Médée la Jeune en s'étirant.

— Thessa nous en a livré hier, il n'y a qu'à se servir, indique Circé la Grande.

En entendant le mot « rêve », ma sieste me revient en tête et la phrase se répète : « Ne demeure pas dans l'Érèbe, le Destin te piège. » La curiosité piquée, je me tourne vers Hécate qui semble plongée elle aussi dans ses pensées.

— Que sais-tu de l'Érèbe ?

La déesse, sans bouger d'un pouce, dirige ses iris mauves vers moi.

— L'Érèbe ?

Je hoche la tête.

— C'est la frontière entre la dimension terrestre et la dimension infernale, m'explique-t-elle. C'est aussi le lieu où les esprits se retrouvent quand ils rêvent et quand leurs corps décèdent. Il n'y a plus aucune matérialité à cet endroit, sauf pour les psychopompes.

— Les psycho-quoi ?

— Les psychopompes, les divinités chargées de guider les âmes aux Enfers.

OK, cette phrase qui se répète dans ma tête est bien dénuée de sens. Mon inconscient s'est contenté de me stresser pour me réveiller. Hécate reprend le cours de ses réflexions et fixe sa propre statue en bronze doré, cernée de trépieds sur lesquels brûlent des fleurs séchées. Elle ne doit plus se reconnaître. L'œuvre antique, que nos ancêtres ont rapportée ici avec elles, est vêtue d'un péplos aux plis raides et son visage est sans expression, froid et plutôt sévère. Elle porte tous ses attributs anciens : la tiare cylindrique sur la tête et la torche dans la main.

— À quoi penses-tu ? osé-je interroger.

— À ce culte que vous me rendez, répond-elle sans marquer d'hésitation. Je me demande s'il n'est pas temps que ça cesse. Je suis parmi vous, à présent.

— Mais ta statue et ce culte ont été très réconfortants pour nous, durant toutes ces années, proteste Circé la Grande à voix basse.

— C'est vrai, admet Médée la Jeune.

— Je peux comprendre, oui, mais ça me trouble à présent.

Un truc me chatouille la joue alors que je tente de suivre la discussion lancée à nouveau sur nos coutumes. Je bats l'air de la main, persuadée que j'ai affaire à un moucheron, quand le « truc » invisible me picote la peau. Je regarde autour de moi, afin de corriger d'un regard froid la personne qui me cherche, et aperçois ma sœur Méroé, perchée en haut de la tribune, sur le pourtour de la pièce. Une fois mon attention acquise, elle me fait signe de la rejoindre.

Bonne idée ! C'est mon rôle d'écouter et d'échanger avec nos guides et notre déesse. Ces histoires de traditions à maintenir ou non sont d'un ennui… mortel.

Je recule discrètement tout en murmurant un sort d'illusion.

— *Qu'une projection demeure là où je ne suis pas, qu'elle s'évanouisse lorsqu'on la remarquera.*

Un double de moi-même prend ma place et me permet une retraite rapide. Je grimpe les marches quatre par quatre et atteins ma sœur.

— Méroé, à la rescousse, dit-elle avec un immense sourire.

Mon intrépide Méroé ! Ma complice de toujours. Seules deux années nous séparent, on a vraiment grandi ensemble en tant que sorcières. J'ébouriffe son carré châtain, elle se recoiffe en grognant. Elle a les mêmes yeux bleu-vert qu'Ella et moi, à l'exception qu'elle s'est fait faire un tatouage au coin de l'œil : un petit lotus égyptien, en hommage à la sorcière Méroé, première du nom. Avec un geste théâtral, elle sort son téléphone portable de son perfecto noir.

C'est un objet tout nouveau pour nous. Ella a insisté pour que nous en ayons un depuis qu'elle est enceinte. On a bien le téléphone à la maison, mais c'est un fixe, et notre benjamine veut pouvoir nous joindre à n'importe quel moment. Méroé s'en est emparé avec une facilité déconcertante. Probablement parce qu'elle avait envie d'en avoir un, comme n'importe quelle humaine. Alors que moi, je n'y vois aucun intérêt.

— J'ai trouvé la meilleure application du monde ! s'exclame-t-elle en l'allumant. Sors le tien, je vais te l'installer.

Je fouille ma veste, incertaine de la poche, et grogne lorsque je le trouve.

— Plus de batterie, encore. Ces trucs n'ont aucune autonomie, c'est pas possible !

D'une pression de doigt, je recharge le portable et vérifie que je n'ai pas de messages paniqués d'Ella en attente. Mais non. Je n'ai que les *spams* de Méroé qui m'envoie absolument tout ce qui lui passe par la tête, dont une collection de GIF qui la fait glousser au beau milieu de la nuit. Je l'entends souvent dans la chambre d'à côté, avant de recevoir un message d'elle avec sa dernière trouvaille.

— Regarde ! lance-t-elle, surexcitée, en brandissant son écran sous mes yeux.

Je me mords la lèvre en songeant aux gamines qui ont l'exact même comportement. Ou plutôt à ma sœur qui a l'exact même comportement qu'une fillette de sept ans. À la différence que Méroé parle d'un site de rencontres, et non d'un sort.

— Tu veux te caser, ça y est ?

— Nan, je veux m'envoyer en l'air, corrige-t-elle en m'exposant sa présélection. Tu choisis plusieurs critères, l'appli te montre tous les profils qui te correspondent et *bim !* Tu as le plan cul que tu cherches.

— Hin hin. Et je dois l'installer parce que… ?

Méroé me jette son regard de juge tout en se redressant.

— Tu plaisantes, là ? Depuis quand tu ne t'es pas éclatée ?

Je hausse les épaules, rembrunie. C'est vrai que j'enchaînais les conquêtes, fut une époque. Mais ces derniers temps, je n'en ai plus très envie. Ma sœur ne me force à rien, mais elle commence à se poser des questions. Ça fait longtemps que je ne lui ai pas rapporté ne serait-ce qu'un flirt.

— Hé, ajoute-t-elle avec plus de douceur. Arrête de te punir pour ce qu'il s'est passé avec Ella. Citrouille a compris, et tu le sais.

Ma gorge se serre. On a menti à Ella sur le véritable enjeu de son mariage pour le bien de toutes et c'est nous qui avons subtilisé l'ichor à Deimos, malgré elle. Ça l'a blessée bien plus que je ne l'aurais anticipé. J'en garde l'effroyable image des larmes dans ses yeux et de son cœur brisé. Je lui ai juré que je ne la blesserai plus jamais, mais je conserve une culpabilité bien grande, qui ne me donne plus du tout envie de savourer les plaisirs simples de la vie.

— Oui, mais je ne peux pas me permettre de relâcher mon attention, réponds-je alors à Méroé.

— Voilà pourquoi Kevin est là, confirme-t-elle en me mettant le visage d'un homme sous le nez. Kevin aime les pizzas, les balades en forêt et les jeux de cartes. Kevin est parfait pour deux ou trois jours de folie ! Et après, tu rends Kevin à la communauté de l'appli.

Elle papillonne et finit par me convaincre. Peut-être que j'ai besoin de me détendre, oui. J'attrape son portable et lis les infos du profil de Kevin avant de revenir sur sa photo. Un brun ténébreux, avec des yeux clairs et un sourire un peu en biais, moqueur et attendrissant. Oui, Kevin a du potentiel. En même temps, il me rappelle quelqu'un…

— On dirait pas… ?

Je retiens le nom d'un coup, comme si mon souffle se coupait, et jette un regard noir à ma sœur qui n'a pas perdu son immense sourire goguenard et fier de l'être.

— Si, on dirait, confirme-t-elle. J'étais sûre qu'il te plairait.

— Petite peste.

— C'est pour ça que tu m'aimes !

Je fais un pas menaçant vers elle, Méroé ne bouge pas, prête à riposter. Dès que notre mère a le dos tourné, on se bat à coup de sorts. Depuis l'enfance.

— Regardez qui voilà ! lance une intruse.

L'arrivée de Pasiphaé me coupe dans mon élan et je mime un avertissement que Méroé balaie d'une langue tirée. Pasiphaé est la meilleure amie de Méroé, depuis leur plus tendre enfance. Ses longs cheveux bruns et ondulés, toujours relâchés, envahissent notre espace lorsqu'elle s'appuie sur la rambarde. Ses yeux de biche, effilés et d'un noir profond, désignent une silhouette en bas, qui vient de passer la porte.

Hermès.

— Quand on parle du loup, s'amuse Méroé.

Les deux impertinentes me toisent en se délectant de la situation. Méroé n'a pas perdu son obsession de nous coller ensemble, ça commence à bien faire !

— Il a peut-être capté notre conversation sur Kevin, s'amuse Méroé. C'est quoi déjà l'un de ses surnoms ?

— *Argeiphóntês*, participe Pasiphaé.

— Ah oui, voilà. « Celui qui… s'élargit », ajoute ma sœur avec un sous-entendu immanquable et un haussement de sourcils répété.

Je me mets à bouillir tout en jurant de la tuer ! Dès qu'elle fermera les yeux, je me chargerai d'elle !

— Ou peut-être qu'il vient te parler du bai…

Je lève la main et les frappe d'un sort en un rien de temps. Les paumes de Méroé et de Pasiphaé se plaquent sur leur bouche et coupent court leurs provocations. Je ne les entends plus que marmonner des choses incompréhensibles tandis qu'elles se raidissent, scandalisées.

Satisfaite, je croise les bras.

— Personne n'a le droit d'évoquer ce qu'il s'est passé chez Ella et Deimos. Tu n'as rien compris à ce que tu as cru voir, sœurette. C'est flou, biaisé et confus, compris ? Le sujet est interdit.

— Quel sujet interdit ?

La voix me fait tressaillir. Hermès flotte dans les airs, de l'autre côté de la rambarde et m'accorde l'un de ses fameux regards de côté. Le plus infernal d'entre tous : à la fois plein de morgue, d'opacité et de raillerie.

Une chose est sûre, je *déteste* Hermès.

Chapitre III

Manoir d'Ella et Deimos.
Mois de février.

Je déteste cette maudite fête d'Éros que les humains nomment « Saint-Valentin » et qu'Ella souhaite tant célébrer, bien trop influencée par le monde extérieur.

On se retrouve tous installés dans l'un des immenses salons du manoir new-yorkais du couple, la fratrie de Deimos au complet, et quelques amis comme Philophrosyne, déesse dégoulinante de gentillesse. Le vin coule à flots, tout le monde est plus ou moins ivre au milieu d'une myriade de ballons en forme de cœur et de gâteaux rose, Ella et Deimos demeurant les seuls à ne pas boire puisqu'ils en sont à sept mois de grossesse.

Je n'arrive pas à décoller mes yeux de son ventre rebondi qui contient la future Médée. Et des mains de Deimos, jalousement posées dessus alors que ma sœur est blottie contre lui. Je l'aime bien, mon beau-frère, c'est sincère. Mais ça m'agaaace. Ce type m'enlève ma petite sœur chérie et lui a déjà collé un bébé dans l'utérus. Pouvait pas attendre un peu, non ?

Méroé rit aux éclats avec Antéros, son nouveau meilleur ami, Psyché et Éros feraient mieux de prendre une chambre au point où ils en sont, et Philophrosyne,

Harmonie et Phobos, plus réservés que les autres, devisent avec Polymnie, muse de l'éloquence, très classe et trop politique pour ce genre de soirée. Filant à travers le salon, les chants d'Érato et d'Euterpe, respectivement muses de la poésie et de la musique, recouvrent les discussions éparses et enjouées.

Et puis, il y a Hermès, là, en grande conversation avec Clio, muse de l'histoire. Une petite divinité craquante avec sa queue-de-cheval, ses lunettes et ses joues rosies. « Gnagnagna j'ai lu tout Hérodote, c'était mon pote, on a voyagé ensemble… » « Blablabla je sais, je vous ai bénis à plusieurs carrefours… et nanani, et nanana… » Sont gonflants, tous les deux !

Moi, j'ai un tête-à-tête intense avec une bouteille de gin. C'est chaud entre nous, je colle ma bouche à son goulot bien plus de fois qu'Éros et Psyché s'embrassent. On va conclure, toutes les deux ! Ni une ni deux, j'avale le fond d'alcool et la repose par terre. J'ai la tête qui tourne et j'ai chaud. Je me redresse, tangue une ou deux secondes, et sors prendre l'air. Ça va me faire le plus grand bien !

Je m'extirpe du salon en simulant une démarche digne, mais dès que j'ai quitté les possibles regards, je titube jusqu'aux portes de l'immense entrée que j'ouvre en grand. Un vent glacial s'engouffre violemment à l'intérieur. J'avais oublié qu'il neigeait comme jamais dehors. OK. Mauvais plan. Direction la grande verrière plutôt. Ça me donnera l'impression d'être à l'extérieur, au milieu des plantes. L'endroit est toujours aussi impressionnant. Le sol et les murs, lorsqu'ils ne sont pas vitrés, sont recouverts de mosaïques vivantes figurant les saisons. Depuis que l'Olympe est à nouveau accessible aux dieux, l'endroit paraît encore plus vaste et plus luxurieux. Ella a même aménagé toute une partie tropicale dans un coin, avec, parmi un amas de plantes vertes, des orchidées et un bananier. Il suffit d'un pas pour que la température et l'humidité changent du tout au tout dans la verrière.

Je me plante au beau milieu de cette jungle et observe les lumières de la ville à travers les baies. Cette fête me file un de ces cafards… Je me demande à quel point il faut être naïf pour croire au grand et unique amour. Les gens comme Ella sont d'une rareté incroyable. Je ne connais aucune autre sorcière qui sacrifierait sa vie pour son compagnon. Être prête à tout pour l'autre, c'est tout de même un truc étrange. Je veux bien accepter de ressentir du désir ou des sentiments pour quelqu'un, mais ça a ses limites. Même les *crushs* finissent par mourir.

— Désolé, je croyais que la place serait libre.

Je pivote avec lenteur – pour ne pas m'affaler sur le côté – et toise l'intrus.

Hermès s'avance sans être invité. Il a retroussé les manches de sa chemise blanche, mais a conservé son veston noir et la broche en forme de Caducée, épinglée sur son cœur. Aussi loin que remonte ma mémoire, Hermès a toujours porté un costume. Il est l'homme du système. Je me demande à quoi il ressemblait dans les années 1970. Est-ce qu'il portait des pattes d'éléphant et des cravates larges ? Je me mords la lèvre pour ne pas éclater de rire en imaginant le résultat. Hermès le remarque mais ne commente pas. Il s'arrête près de moi, sort une cigarette roulée et un briquet.

— Tu fumes, toi, maintenant ? m'étonné-je.

— Seulement lorsque je suis forcé de participer à ce genre de soirée.

Il souffle une première volute et je reconnais l'odeur du cannabis. Ça masque un peu son parfum habituel.

Pas que je le reconnaisse forcément, hein, mais Hermès, contre toute attente, sent toujours un peu la campagne, la bergamote poivrée et l'ambre. Ça me chatouille le ventre quand je perçois ces touches qui papillonnent autour de lui.

J'inspire avec calme tout en me concentrant sur une orchidée rose et blanche qui se penche vers moi. Ce n'est vraiment pas le moment de délirer sur l'odeur d'Hermès !

— Qui t'a forcé ?

— Athéna, pour que nous entretenions des liens pacifiques, grogne-t-il en me proposant son joint.

Ou pour détourner son attention. Athéna doit avoir une idée derrière la tête en envoyant Hermès ici.

Je prends le joint et tire dessus. Je toussote direct. Pas l'habitude. Et puis j'ai toujours la tête qui tourne. En le lui rendant, je capte aussitôt le demi-sourire moqueur sur son visage et m'embrase de l'intérieur ! C'est typique d'Hermès ! La nonchalance totale ! Il se croit plus malin que tout le monde, et ce, depuis qu'il est né ! Il est si sûr de lui, avec son physique de dieu grec, grand et solide, le teint mat aux reflets dorés. Ses cheveux bruns peuvent paraître en bataille, mais c'est pensé, organisé. Exactement à l'image de ses réflexions. Hermès est calculateur, il ne fait rien par hasard.

— Quoi ? Tu me fixes sans rien dire.

Je tressaille et détourne les yeux. Son regard est peut-être la chose la plus troublante chez lui : gris clair, lisse comme deux galets polis d'une rivière. Pourtant on dirait une armure. Ou une muraille. On ne voit rien derrière.

— C'est toujours la faute d'Athéna.

Hermès pousse un soupir las.

— Encore cette histoire sur l'île d'Aiaía !

— Tu as trahi Circé la Première.

— Je n'ai trahi personne, je n'ai fait que prévenir Ulysse du danger, sur demande d'Athéna.

— Aux dépens de Circé la Première que tu considérais comme ton « amie », répliqué-je en mimant les guillemets.

— Je suis le dieu messager sur ce coup, rien de plus. Athéna voulait protéger son poulain, elle m'a demandé de lui délivrer un avertissement pour contrer le pouvoir de Circé et lui éviter d'être transformé en cochon.

— C'est ce que je dis, aux dépens de Circé la Première.

— Circé n'a jamais été en danger, elle a même gardé Ulysse auprès d'elle une année entière parce qu'elle avait enfin trouvé aussi malin qu'elle.

Je lève les yeux au ciel en grommelant. Insupportable. Hermès se tourne vers moi, piqué.

— Pourquoi tu me détestes à ce point, Circé ?

Toute mon échine se hérisse. C'est sûr qu'il a plus l'habitude de séduire son monde. On lui prête même une aventure avec Aphrodite, après qu'elle a quitté Héphaïstos. C'est aussi pour cela qu'Arès le déteste cordialement. Hermès ne fréquente que des nymphes : Pléiades, Océanides, oréades… Mais on ne compte aucune conquête humaine, et encore moins parmi les sorcières. Monsieur ne fréquente que les siens, les êtres divins ! De toute façon, Monsieur est trop vieux. Il est de la même génération qu'Athéna et Arès. J'ignore son âge divin exact, mais à vue de nez, il paraît avoir entre trente et trente-cinq années de mortel, avec ses minuscules ridules sexy au coin des yeux.

Euh ! Tout doux ! « Sexy » est un bien grand mot. Je ne peux pas repartir dans mon délire d'adolescente. C'est un souvenir bien trop embarrassant.

Quand j'avais quinze ans – et j'ignore encore pourquoi –, j'ai eu un gros *crush* pour Hermès. Ça a duré un été. Je rougissais maladivement dès qu'il débarquait à la Clairière, je balbutiais comme une idiote et fuyais sa présence pour ne pas me coller la honte. Et en même temps, j'espérais qu'il viendrait, je guettais la porte, j'attendais de le voir. Et je m'en voulais. D'un côté, je le trouvais canon, doux et mystérieux, de l'autre j'entendais Circé la Grande et Médée la Jeune me mettre en garde contre lui.

« Hermès a la traîtrise dans le sang. »

« Hermès est le visage de la duplicité, il patronne les voleurs. »

« Hermès ne dit jamais la vérité. »

Et puis un jour, je l'ai surpris en train de baratiner une nymphe des bois dans la Clairière, ça a douché mon *crush*. J'ai poursuivi mon adolescence sans plus fantasmer sur lui. J'ai ouvert les yeux sur le dieu messager.

— Tu préfèrerais que je t'idolâtre comme n'importe quelle Océanide ? rétorqué-je en croisant les bras tout en vacillant.

— Tu sais qu'on va parlementer de manière officielle lorsque tu seras guide, tu crois que tu aideras ta communauté en t'adressant à moi de la sorte ?

Il a l'art et la manière de me rappeler mes futurs devoirs. Je déglutis.

— Je ne suis pas encore guide, me contenté-je de dire.

On se scrute en silence. J'ai l'impression d'entrapercevoir la victoire de la joute au bout. Que pourrait-il dire d'autre ? Qu'il va contrôler ce que je dois dire et ne pas dire ? Il serait vraiment fou de même le supposer.

Hermès se met à sourire, d'une façon contrariée et divertie tout à la fois. Ses yeux gris se posent furtivement sur mes lèvres avant de revenir au niveau des miens. Un mouvement rapide et discret mais que je décèle et qui me file un coup de chaud inattendu.

— Mmh. Cette information ne m'a pas échappé, concède-t-il avec un regard de côté plein de malice.

Sa voix grave et brûlante ne m'aide pas du tout. Il est aussi le dieu du commerce. Son charisme n'a nul pareil pour embobiner les autres, et son timbre fait un travail d'orfèvre. Je ferais mieux d'être prudente, l'alcool m'a toujours désinhibée, ce n'est pas le moment de faire un faux pas, ou pire, de trahir ce vestige d'attirance d'adolescente qui pointe de temps en temps le bout de son nez.

Du coup, j'ai gagné ? Ou pas ? Il me donne le point, mais il demeure fixé sur moi. Je n'avais pas du tout pris conscience de sa proximité. Il réduit le reste de distance qui nous sépare d'un pas, dans un silence soudain et tendu. Je décroise les bras, la gorge nouée. Je suis bien trop ivre pour lui envoyer une claque, j'ai juste envie de suivre ce mouvement même si je n'y comprends rien du tout ! Pourquoi est-ce qu'il engage quelque chose ? Qu'est-ce qui lui passe par la tête ? La bergamote poivrée s'engouffre dans mes narines et son aura divine, qui vibre de chaleur, effleure ma peau.

C'est toutes ces bêtises sur la fête d'Éros, à côté, ça échaufferait n'importe qui !… Moi comprise. Je me retiens de le toucher alors que ça me démange de déboutonner son veston ajusté et de parcourir la chair palpitante de sa gorge… OK. La meilleure chose que je puisse faire est de ne pas bouger. Comme ça, je ne le décourage pas et je le laisse prendre l'initiative. On ne pourra rien me reprocher !

Allez, je veux bien me redresser un peu, histoire de rapprocher mes lèvres, sans pour autant me jeter à son cou. Par Hécate, cette température tropicale autour de nous me rend fiévreuse ! Et ses iris argentés qui osent enfin me regarder pleinement m'hypnotisent. Il s'est un peu penché ? Ou il l'était déjà avant ? Cette lenteur va m'abattre !

Au moment où je m'y attends le moins, un rideau de pluie tombe sur nous sans que nous reculions. Je retiens mon souffle, surprise, au moins autant que lui. Des nuages se sont formés au-dessus de nous et je comprends.

— L'orage automatique d'Ella, dis-je en remarquant combien je suis essoufflée.

J'ai le cœur qui cogne comme un malade ! L'eau dégouline le long de son visage et perle au bout de son nez, de son menton et de ses cils. Elle dessine un peu mieux la naissance de son cou et sa peau dorée qui transparaît sous sa chemise. Je le vois même frissonner alors que je me focalise sur son sourire plus naturel, amusé et gêné.

Je laisse échapper un rire, excitée malgré moi. J'ignore qui se rapproche le premier, mais on a le même élan, au même moment. Nos lèvres se trouvent d'une manière si instinctive que c'en est perturbant. Peut-être parce que j'ai fantasmé cet instant des milliers de fois par le passé. Pourtant la réalité est plus incroyable encore. Ses lèvres sont si douces, tièdes et humides. Ses mains se posent au bas de mon dos, l'une d'elles remonte jusqu'à ma nuque et s'enfonce dans mes cheveux tout en laissant son pouce jouer avec les piercings de mon oreille. Je n'en finis pas de vibrer à chacun de ses gestes. D'autant plus lorsqu'il en profite pour approfondir le baiser, glissant sa langue contre la mienne, la faisant valser avec une sensualité folle.

Les jambes tremblantes, je m'appuie sur ses épaules avec pour but de le toucher le plus possible. Nos corps se frottent déjà, mais je me lance aussi dans le déboutonnage du col de sa chemise et mes doigts caressent enfin sa peau ferme.

Par Hécate, c'est si délicat et si embrasé, entre ses mordillements et ses douceurs… Mon désir pour lui explose. J'ai besoin de reprendre ma respiration. Je n'ai plus la tête froide ! Je peine même à lâcher sa bouche et à rouvrir les yeux. Mes paupières alourdies se sont fermées, je ne distingue plus rien. Ma vue floue finit par faire le point alors que je demeure perchée sur la pointe des pieds, calée contre lui.

Ce que je vois me coupe à nouveau le souffle. Ses iris gris sont devenus d'or. Son ichor a teint tous les vaisseaux sanguins autour de ses yeux, dessinant un masque brillant, se prolongeant sur sa tempe droite et jusque dans ses cheveux. Là, au-dessus de son oreille, une aile en argent est apparue. Il a suffi d'un baiser incroyable pour que sa forme change ? C'est éblouissant… Happée par le spectacle, je frémis en comprenant que sa main quitte mon oreille pour revenir sur ma joue et que son pouce s'attarde sur mes lèvres entrouvertes.

Un hoquet me saisit.

Oh bon sang mais qu'est-ce qu'on attend pour se mettre tout nus et rouler par terre ?!

— Par Hécate !

La voix nous sépare d'un coup. Hermès recule, je reprends mes mains, les sens désorientés, des vertiges plein la tête.

Méroé se tient dans l'entrée de la verrière, Antéros auprès d'elle. La pluie d'orage a cessé. La mine stupéfaite de ma sœur me trouble. Je sens que l'explication va être longue ! Je jette un œil au dieu à mon côté, mais il n'est déjà plus là.

Minute, il est parti où, ce lâche ?

Je tourne sur moi-même, il s'est évaporé sans prévenir !

— Je te l'avais dit qu'il se passait un truc cochon par-là, assène Antéros avec une moquerie proche de la cruauté.

— Mais, attends, il n'a pas dit qu'il devait partir rejoindre une naïade ? dit Méroé avec incertitude.

Quel connard ! Il m'a bien baladée. C'est de la manipulation et j'ai marché comme une idiote ! Furieuse, trempée par le système d'arrosage d'Ella, je serre les poings et sors à pas rapides, bousculant les deux spectateurs au passage.

— Circé, attends ! me rattrape ma sœur. Finalement vous avez sauté le pas ? Ça semblait chaud ! Je le savais bien que quelque chose se tramait entre vous !

— Y a rien à dire ! m'exclamé-je. Je t'interdis de parler de ça, Hermès m'a abusée ! La prochaine fois que je le croise, je le change en porc boueux !

On ne m'y reprendra pas, ça, c'est certain.

Chapitre IV

— Qu'est-ce que tu veux, Hermès ? Circé la Grande et Médée la Jeune sont en bas, balancé-je avec nervosité.

Hermès ne se formalise pas de mon énième rejet. J'abandonne ma sœur et son amie pour descendre l'escalier. Le dieu me suit en voletant, toujours de l'autre côté de la rambarde. Hermès est un collaborateur, une sorte d'» ami » avec qui je me dispute souvent. C'est la meilleure définition que j'ai fini par trouver.

— C'est toi que je viens voir, pas les guides.

— Pourquoi ? Tu n'as pas encore été vilipendé aujourd'hui ? lancé-je en clignant des paupières.

— Oh si, bien plus que tu ne le crois, répond-il alors qu'on s'arrête au milieu du hall.

Il plonge la main dans sa veste bleu nuit impeccable et en ressort un papier sans aucune froissure. Rien d'étonnant. Le courrier, c'est sacré pour lui.

— On a reçu une lettre de ta sœur au Siège, au sujet de la *baby shower* de Médée.

Hermès grogne plus qu'autre chose. Il semble impatient, presque nerveux. Ça m'intrigue. C'est aussi la première fois que je le vois avec une barbe de quelques jours. Lui qui n'a jamais été négligé, c'est curieux. Est-ce qu'il s'essaie à un autre style ? Ses traits sont un peu assombris et ses yeux si clairs ressortent mille fois plus.

— Et alors ? encouragé-je avant de me mordre la langue.

« Focus sur le message et non sur le pourvoyeur. » C'est un mantra que je me récite depuis la fête d'Éros.

— C'est quoi, une « liste de naissance » ? Qu'est-ce que Zeus doit faire de ça ? Autrement dit, que dois-je en faire, moi ?

Il ponctue sa demande d'un soupir las. Ça lui en coûte beaucoup de venir jusqu'ici avec ce genre de mission. J'ignore pourquoi il ne s'est pas tourné vers les siens pour en savoir plus. Pourquoi venir de lui-même au milieu des sorcières pour ça ? Zeus voudrait-il passer pour un patriarche consciencieux ? À ce point ? Pour l'enfant tant attendue de ses pires ennemies ? Ça n'a aucun sens.

— C'est la liste des cadeaux utiles pour le bébé. Il y a le nom des boutiques à Springfall et à New York pour les trouver.

— C'est quoi un tire-lait ? grimace Hermès. Quel est le rapport avec la fille de Deimos ?

Je tique. Méroé m'a déjà bien énervée, et là, le diplomate en rajoute une couche.

— La fille d'Ella, tu veux dire ?

Hermès penche la tête sur le côté avec son air impatient et plein de dédain que j'ai tant de fois voulu claquer. Il ne fait que confirmer les craintes des déesses : les dieux commencent à s'intéresser à Médée.

— Zeus fera un don spécial à l'enfant.

— Zeus ferait mieux d'acheter un truc utile aux deux parents, corrigé-je.

— Médée sera une demi-déesse et son sang sera peut-être de l'ichor, prévient Hermès en reprenant une posture et un ton plus sérieux. Une chance sur deux.

Difficile de rejeter catégoriquement cette probabilité qui commence à me faire peur.

— En attendant, elle sera un bébé qui a besoin de ses parents. Et ses parents auront besoin de ce qu'ils ont répertorié là, sur la liste de naissance. Tu veux un conseil ? Ou tu vas t'en sortir ?

Hermès demeure impassible. Il est peut-être dans la même situation que moi : coincé dans l'étau de son devoir. Je n'ai pas besoin de lui rappeler que, quoi qu'il en soit, j'établirai un lien avec ma nièce et qu'elle sera guide. Demi-déesse ou non.

— Très bien, soupire-t-il.

Wow, c'est si facile ! Zeus lui a mis la pression. Ou alors, il se la met tout seul, comme un grand.

— C'est vraiment sur moi que ça devait tomber, grommelle-t-il en rangeant la lettre dans sa veste. Je n'ai pas que ça à faire, d'aller chercher un cadeau d'humain *utile* pour satisfaire les parents.

Ouh ! Peut-être que la situation n'est pas aussi rose que cela entre le maître des dieux et son fidèle ambassadeur ! Se pourrait-il qu'il y ait des tensions ? Hermès a l'air de vivre cette mission comme un rabais délibéré de la part de Zeus. Alors qu'ils se sont toujours très bien entendus. C'est même indispensable pour que le messager de Zeus en personne lui soit fidèle. Mais, si jamais Hermès en a assez, c'est une opportunité toute trouvée de le mettre dans notre poche. On ne sait toujours pas ce qu'il en sera avec Deimos – même si on ne doute pas que son attachement pour Ella pourrait le ramener dans notre camp – alors, puisque notre seul objectif pour le moment est de ramener des alliés divins, je vais tenter de creuser cette cible-là.

— Allez, viens, je veux bien t'emmener dans la boutique de Springfall, dis-je en feintant un ton blasé et résigné.

Hermès acquiesce et me tend aussitôt la main. J'ai un brusque mouvement de recul. Je suis encore nerveuse après ce baiser honteux-à-ne-plus-jamais-évoquer. Je l'ai suffisamment incendié lorsque nos chemins se sont à nouveau croisés, après cette soirée-là. Et depuis, il a pour interdiction totale de me toucher. Son contact me perturbe trop. Je ne vois pas pourquoi je devrais l'endurer. Du coup, j'en suis à ma troisième tentative de transformation d'Hermès en cochon nain.

— C'est juste pour qu'on se téléporte, précise-t-il.

— Pas question. La dernière fois, tu t'es éclipsé chez toi sans me ramener et j'ai dû rentrer à pied. On prend ma voiture.

Hermès a un minuscule sourire crispé avant de secouer la tête.

— Non, non. Le dieu des voyageurs ne monte pas dans ces machines.

— Le dieu des voyageurs n'a pas le choix. Soit il accepte, soit il se démerde avec la liste de naissance, imposé-je.

— Tu es dure, Circé.

— Je sais, on me le dit souvent.

Les pas précipités dans les marches de l'escalier me font accélérer. Méroé et Pasiphaé ont repoussé le sort, elles débarquent, ne perdons pas de temps ! J'invoque les clés de ma voiture qui apparaissent dans le creux de ma main et me dirige vers la sortie. Hermès se téléporte à l'extérieur. Le voir auprès de ma petite Coccinelle couleur aubergine, lui qui est si immanquable, m'amuse d'avance.

Je m'installe au volant, il prend place à côté de moi en courbant l'échine.

Il emplit l'habitacle. C'était une mauvaise idée. Son odeur me chatouille le nez.

— Circé ! hurle ma sœur en déboulant à l'extérieur.

J'attache ma ceinture et démarre au quart de tour. Le chemin irrégulier nous ballotte mais je suis soulagée d'échapper aux élucubrations de Méroé.

— Mets ta ceinture, conseillé-je mécaniquement à mon passager.

— Pourquoi ? Tu as l'intention de me tuer ?

— T'es en train de me dire qu'il est possible de tuer un dieu dans un accident de voiture ?

À l'évidence, j'ai un ton blagueur, mais l'info m'intéresse pour de vrai. Comment on tue un dieu ? Est-ce que c'est même possible ? Et j'espère ne pas éveiller de soupçons. Alors je lui jette un regard de côté railleur avec un sourire innocent. Mon meilleur. Je ne souris pas avec amabilité très souvent, ni à beaucoup d'élus.

— Tu m'en veux encore pour ce baiser, en conclut-il, sans préambule. Ça va devenir un reproche récurrent ? Comme Aiaía ?

Bon, mon sourire forcé ne le berne pas. Pourquoi est-ce qu'il remet cette histoire sur le tapis ? On était convenus de ne plus en parler.

— C'était une erreur, on avait bu et tu n'as pas pu te retenir, m'explique-t-il.

Je freine alors qu'on s'engageait sur la route goudronnée, à la sortie de la forêt.

— Quoi ?

Il se fout de moi !

— Comment « quoi » ? Tu t'es jetée sur moi.

— Non, non, non ! *Tu* t'es jeté sur moi !

— Si je me souviens bien, *tu* t'es avancée vers moi.

— C'est toi qui as fait le premier pas !

Hermès ne me fait peut-être pas face mais j'identifie très bien son air sadique, il aime remuer le couteau dans la plaie. Je bous sur place. Le sort de transformation me brûle les doigts, je le retiens avec peine.

— Tu es folle de moi, Circé, affirme-t-il avec un haussement d'épaules.

— Dans tes rêves, grogné-je en redémarrant.

— Tu es sûre de vouloir savoir à quoi je rêve ?

— Tout ce qui se passe dans l'Érèbe, reste dans l'Érèbe, mon cher.

Arf ! Je ne loupe pas son sourire, mais je ne me laisse pas avoir. Il a juste joué, ce soir-là. Il n'y avait rien de vrai. C'était un pari avec lui-même, peut-être. De la provocation, très certainement.

— Peu importe, finit-il par dire. Je ne veux pas te décevoir, mais rien n'est possible entre nous. Tu seras guide et je suis le diplomate de Zeus, c'est une frontière infranchissable.

C'est professé d'un tel ton grave qu'il me marque. J'ai l'impression d'être cette adolescente rejetée que j'étais encore il y a quelques années. Certains souvenirs ne valent pas d'être trop fouillés ni d'être remontés à la surface. Quelque part, Hermès a raison. Il est inaccessible.

— Je ne t'ai rien demandé, donc tu ne me déçois pas, affirmé-je.

Je n'ai pas besoin d'histoire d'amour, c'est incompatible avec la personne que je suis et que j'espère être, une fois guide. Je comprends Circé la Grande qui ne s'en est jamais embarrassée. Je ferais mieux de contacter Kevin et de m'amuser sur une courte durée, sans m'inquiéter d'avoir plus.

Je gare la Coccinelle dans la rue principale de Springfall et on sort dans un silence absolu. J'entraîne le dieu messager dans l'unique boutique répertoriée ici, la seule de la ville consacrée à la puériculture. Tous les regards se tournent vers nous. Il faut dire qu'Hermès attire vite l'attention avec son charme inné. Si les humains le connaissaient aussi bien que moi, ils comprendraient vite qu'il traîne les pieds et que son air patient et concerné n'est qu'une façade. Hermès cherche les objets de la liste sans les comprendre, certains ayant disparu puisque les sorcières ont déjà fait leurs achats pour la majorité d'entre elles.

— Bonjour ! s'exclame une vendeuse en nous abordant.

Son visage est écarlate, on sent qu'elle est impressionnée par la plastique du dieu qui lui fait l'honneur de poser le pied dans sa boutique.

— Comment puis-je aider deux charmants parents tels que vous ?

On s'écarte l'un de l'autre d'un pas de côté.

— On n'est pas ensemble, ce n'est pas pour nous, nie-t-on en chœur.

Confuse, la vendeuse se redresse et bredouille des excuses. Hermès lui tend la liste en espérant qu'elle le sorte de là.

— Oh ! La liste d'Ella ! Venez, il me reste deux choses.

Elle slalome entre les rayons jusqu'à s'immobiliser derrière une table, au fond de la boutique. Elle se baisse et réapparaît, les bras chargés d'un gros carton et d'un plus petit.

— Alors, nous avons la Bespresso, une machine à biberons avec des dosettes, expose-t-elle en présentant l'appareil avec le bagou d'une vendeuse de téléachat.

Très en vogue chez les jeunes parents. On peut choisir le type de lait grâce à notre large éventail de dosettes, et la longueur du biberon pour les petits appétits comme pour les plus gros. Et regardez le design ! L'appareil se confondra sans effort dans une cuisine moderne, entre la cafetière et l'extracteur de jus.

Par Hécate, voilà où en sont les humains ? Je reste dubitative mais Hermès inspecte le carton de l'objet avec minutie.

— Quant au second lot, il s'agit d'un ensemble de couches lavables, en coton bio véritable. J'ajoute que toutes les matières sont issues du commerce équitable et que grâce à cette action, c'est un village entier de l'Amazonie qui survit.

J'en reste baba. Hermès, lui, se penche vers moi pour murmurer :

— Non, non. Zeus ne peut pas offrir des couches, si bio soient-elles.

— Le contraire m'aurait étonné, confirmé-je.

— On est d'accord. Je vais prendre la Bespresso, décide le dieu messager.

— Je vous fais un paquet cadeau ?

— S'il vous plaît.

La vendeuse glousse tout en attrapant le carton pour l'emmener à la caisse. Moi, je n'ai pas abandonné mon envie de récolter des ragots.

— Comment ça va, au Siège ? questionné-je alors qu'on la suit en prenant notre temps.

— Rien de spécial. Les Muses tournent Deimos en bourrique, des pétitions anonymes pour des congés payés circulent et Oizys en est à son troisième *burn-out*. La routine, ajoute-t-il avec une pointe sarcastique dans la voix.

— Oizys ?

— Le responsable des ressources divines.

— Vous avez confié les RD au dieu de la Détresse ? reformulé-je, incrédule.

— *J'ai* confié les RD au dieu de la Détresse, corrige-t-il avec un demi-sourire vantard.

Oh le casse-bonbons ! Il pourrait me lâcher quelque chose d'utile au milieu de tout ça, même minime !

— Vous ne critiquez pas Deimos dans son dos parce qu'il est avec ma sœur, au moins ?

Il affiche un air outré auquel je veux bien croire.

— Personne n'oserait dire quoi que ce soit à Deimos, ni à propos de Deimos, m'assure-t-il à voix basse. Tout le monde le craint, il est le chef de la sécurité. Du moins, pour le moment.

Hein ?!

— Comment ça ? relevé-je tout en contrôlant la surprise dans ma voix.

Hermès hausse les épaules.

— On dit qu'il aurait évoqué une ou deux fois la possibilité de laisser sa place pour s'occuper de sa fille.

Mon cœur s'emballe. Deimos a prêté serment à Zeus. S'il pense le défier pour s'extraire de sa position au Siège, ce n'est pas seulement pour s'occuper de sa fille. Dans tous les cas, j'ai du mal à y croire. Mais comment aborder le sujet avec lui sans trahir la fronde ?

— Comment le prend Zeus ?

— S'il est au courant, il ne laisse rien paraître.

— C'est inquiétant, non ?

Hermès me jette un regard en coin tandis que la vendeuse met la touche finale à son paquet cadeau.

— Je dirais qu'il n'y apporte aucun crédit.

— Tu as une idée d'un remplaçant possible ? Si jamais Deimos partait ?

Le dieu ne me répond pas. Il sort une minuscule bourse argentée de sa veste.

— Ça vous fera trois cent cinquante dollars, annonce la vendeuse.

Il ne sortira jamais une telle somme de ce minuscule porte-monnaie ?

Ah si. Il en extrait miraculeusement une liasse de billets. Le dieu du commerce doit pouvoir payer avec n'importe quelle monnaie, où qu'il soit.

— Vous êtes sûre qu'il n'y a pas une remise ? demande-t-il.

La vendeuse s'immobilise un quart de seconde avant de se pencher sur son ordinateur et de cramoisir.

— Oh, si, vous avez raison. La Bespresso est passée à deux cent quatre-vingt-dix-neuf dollars.

Le radin, il se sert de son pouvoir pour manipuler le catalogue de la boutique ! Il jubile même de sa bonne affaire tout en posant les billets près de la vendeuse. Hermès la salue et on se retrouve dehors, un gros paquet dans les bras. Et sans aucun commentaire depuis ma demande d'informations. Je serre les dents. Son silence me rend nerveuse, je dois l'avouer.

— Bon ! Je suppose que tu vas t'éclipser ?

— Tout à l'heure. Circé ?

Il s'arrête sur le trottoir. Hermès semble si concerné qu'une boule me plombe l'estomac. Je n'ai pas été assez maligne et le pire, c'est qu'il en est témoin.

— Quoi ?

— Tu poses des questions que tu devrais éviter, fais attention.

Je me sens blêmir si brusquement que le sol se dérobe sous mes pieds. Je hoche la tête sans rien pouvoir dire. Il y a pléthore de déesses, dieux et divinités. Mais il n'y a que Douze tout-puissants. Hermès est celui qui a gagné sa place dans ce cercle fermé, dès l'enfance. Je ferais mieux de rester prudente avec mes questions et mes sentiments contraires.

— Je t'offre un café ? Pour te remercier ? propose-t-il ensuite, sans transition.

Ce n'est pas la première fois qu'il m'invite pour tasser les tensions. Hermès n'est pas diplomate pour rien. Je soupire bruyamment, histoire de le faire mariner un peu, puis j'accepte en traînant les pieds. Il doit être maso sur les bords. Et moi aussi.

— OK, pourquoi pas.

Alors qu'on traverse la route, je lui prends le bras pour le guider jusqu'au trottoir d'en face, tout encombré qu'il est avec son gros carton. On entre dans la boutique cosy de mon barista préféré et on s'installe près de la baie vitrée, sur une banquette à coussins. Hermès se contente de déposer la Bespresso avant de me demander :

— Un *latte* avec sucre ?

— Tout à fait.

Il a un sourire entendu et fouineur.

— Une boisson digne de Philophrosyne.

La référence à l'adorable déesse de la gentillesse me fait rougir d'embarras.

— Je ne suis pas gentille.

— Allons, s'amuse-t-il en secouant la tête. Tu es une crème au fond de toi, avec un petit cœur dégoulinant de sentiments.

Et il s'éloigne pour prendre les commandes. Comment peut-il supposer une chose aussi fausse ? Il ne me connaît vraiment pas. Et j'interdis l'ado en moi de commenter. Je l'ai peut-être été par le passé, cette fille follement amoureuse et bête à manger du foin, mais ce n'est plus le cas.

Hermès m'a guéri de tout ça. Je sors mon portable. Il me faut une distraction, Méroé a raison. Je télécharge l'application qu'elle m'a vendue plus tôt et cherche Kevin pour l'inviter. Je me retrouve devant un formulaire à remplir à propos de moi, de mes goûts, de ma personnalité.

Tout ce que je déteste. Je répugne à me livrer, même à mes propres sœurs, alors à une application de rencontres pleine d'inconnus…

— Qu'est-ce que tu fais ? s'enquiert Hermès dès qu'il revient.

Il dépose mon *latte* sous mes yeux et s'est pris un café noir américain sans sucre. Moi aussi, je le connais. Chaque fois que je l'ai transformé en cochon nain, je lui ai offert une boisson chaude pour faire la paix.

— Je m'inscris sur un site de rencontre, grommelé-je, perdue devant les questions.

— Pardon ? lâche-t-il en se rapprochant pour me coller et regarder mon écran.

C'est sûr que ça ne va pas m'aider, qu'il soit aussi près de moi.

— Je peux remplir mon nom et mon âge, mais la suite…

— Vingt-six ans, tu es si jeune, murmure-t-il, accoudé au dossier de la banquette, son souffle me caressant la joue.

— Pourquoi, t'as quel âge, toi ?

— Cinq mille deux cent trente-deux ans.

— Qu'est-ce que t'es vieuuux, m'amusé-je sans oser croiser son regard.

— Mais moins qu'Athéna, c'est important de le préciser.

Je secoue la tête en me mordant la lèvre pour ne pas rire. Il a le syndrome du petit dernier de sa fratrie, c'est certain.

— « Quels seraient, selon vous, votre plus grande qualité et votre plus grand défaut ? », lit-il par-dessus mon épaule. Je peux répondre pour toi.

— Ça ira, merci.

— Bornée et autoritaire.

Je me raidis.

— Pour toi, « bornée », c'est une qualité ?

— Bien sûr, assume-t-il d'un haussement d'épaules.

— Je vais mettre déterminée et perfectionniste.

— Tu ne peux pas mettre « transmutation » dans tes occupations favorites. Tous les humains vont te prendre pour une folle. Tu n'as pas d'autres occupations ?

Ben non, en fait, la sorcellerie, c'est toute ma vie.

— Hum… la poterie ? J'ai fait un vase plutôt joli la dernière fois, pour l'anniversaire de tante Zelda.

— La poterie ? Circé ? réplique Hermès avec un regard réprobateur. Tu vaux mieux que ça.

— Torturer les personnes âgées ? rétorqué-je tout en le fixant.

Je lui arrache un sourire franc et un peu serré. Il se retient de rire, j'en suis sûre ! Ça ne l'a jamais dérangé que je lui fonce dessus avec mon trois-tonnes de vannes. Tout serait plus simple s'il le prenait mal.

— C'est beaucoup mieux, ironise-t-il en hochant la tête. Rajoute que tu détestes les enfants et les humains viendront te chercher avec des menottes.

— Ce ne serait pas la première fois que j'aurais affaire à des menottes, réfléchis-je à voix haute.

Toute la curiosité du dieu messager se fiche sur moi.

— Pour toi ou pour l'autre ? murmure-t-il, fasciné.

— Les deux. Même si je préfère les passer.

Il hoche la tête avec gravité. Et un soupçon d'espièglerie dans l'œil.

— « Dominatrice », tu devrais rajouter ça dans tes qualités.

Je ris tout en me sentant devenir écarlate jusqu'aux oreilles ! Je me dépêche de remplir les cases avec tout et n'importe quoi, bien trop nerveuse pour demeurer rationnelle, sans oublier de préciser que mon animal favori est le cochon nain, ce qui fait pouffer mon voisin de table. J'envoie le formulaire et ai enfin accès au catalogue.

— Ah, le voilà ! dis-je en retrouvant le profil de Kevin.

Hermès se penche un peu plus sur mon épaule pour inspecter mon choix.

— Il est bien, hein ? osé-je demander, l'estomac noué.

Pourvu qu'il ne fasse pas de remarque sur son physique proche du sien !

— Les pizzas, les balades en forêt et les jeux de cartes ? grogne-t-il. C'est d'un banal.

— C'est un humain normal.

— Il déteste le fromage, ce n'est pas une personne de confiance.

— C'est une raison suffisante, d'après toi ? relevé-je d'un ton railleur.

Hermès grommelle et pose son doigt sur mon portable pour lire l'ensemble du profil.

— Tu vas t'ennuyer avec ce type, professe-t-il. En plus, il est mauvais au lit.

— Comment tu peux voir ça ?

— Regarde bien son visage, il hurle « je suis un mauvais coup et c'est pour ça que j'ai un badge de fidélité sur cette application ». En plus, tu détestes les jeux de cartes.

Je lève les yeux au ciel.

— Je lui apprendrai deux ou trois choses au besoin, je n'ai pas tellement l'intention de jouer aux cartes avec lui, tu comprends bien.

Là, Hermès me plante son regard dans le mien et je me sens blêmir cette fois. Rien ne transparaît de lui, sauf de la dureté. Je ne sais pas quelle réaction il retient comme ça, mais ça me fait frémir.

— Hé les amoureux ! s'exclame soudain un serveur. Le café organise une dégustation de…

— On n'est pas ensemble ! réfute-t-on tous les deux.

On s'écarte même l'un de l'autre. À tel point que le serveur se fait tout petit, désolé de sa méprise. Il dépose deux muffins sur la table et s'éloigne. Je bois une gorgée de mon *latte*, Hermès fait de même avec son café noir et on n'ose plus se regarder.

— Je vais y aller, se décide-t-il en attrapant le carton.

— Je vais goûter leur gâteau, dis-je de mon côté.

— Bien. À plus tard alors.

— Oui, à plus.

Il s'éloigne et disparaît en passant la porte du barista. Je m'autorise seulement à cet instant à m'affaler dans la banquette, effarée par la discussion et la tension qui nous est tombée dessus au bout. Je peux être fière de moi. J'ai invité Kevin à me rencontrer, le tout devant le dieu messager, c'est un énorme pas en avant.

Chapitre V

Cinq jours plus tard.

La *baby shower* d'Ella bat son plein dans le grand salon de réception new-yorkais rempli d'invités, autant de divinités que de sorcières. L'organisation de la fête a été l'apanage des dieux, et tout particulièrement d'Artémis. Elle est la déesse de la chasse, indépendante et farouche, mais aussi la protectrice des femmes enceintes et des accouchements. De notre côté, nous organiserons la cérémonie du lien dans la Clairière, selon nos traditions et nos principes.

Artémis s'est donc fait plaisir, mais avec l'aval d'Ella. Même si la déesse a pris parti pour Zeus lors de la guerre, Artémis a toujours été proche d'Hécate et des sorcières. C'est son amour pour la nature brute et son style de vie qui nous rapproche. La déesse vit entourée d'une cour de douze nymphes, ses Suivantes, sélectionnées avec soins : toutes doivent être véloces, obéissantes avec elle et indociles avec les autres. Elles ont toutes abandonné leur forme vaporeuse, liée à leur nature, pour s'incarner dans un corps féminin sportif. Elles ont une allure irréelle, presque robotique, et ont revêtu un chiton court – une sorte de tunique plissée, dont la ceinture permet de retrousser le vêtement et de le raccourcir à volonté –, des spartiates en cuir solides et un bandeau qui retient les chevelures, surmonté d'un croissant de lune argenté et brillant. Elles ont fière allure, personne n'ose se dresser devant elles alors qu'elles déambulent dans le salon, entourant leur maîtresse de leur aura.

Artémis, elle, est la déesse intimidante par excellence, avec sa longue chevelure blanche et son visage anguleux mais presque poupon. Elle se balade elle aussi en chiton court, d'un blanc immaculé, aveuglant même, entourée de deux louves gigantesques qui ne la quittent à aucun moment. Elle est aux antipodes de son jumeau Apollon qui a le teint hâlé à souhait, les cheveux d'un noir de jais et les yeux sombres. Lui est vêtu d'une tunique antique jaune or, enveloppé dans un himation de la même couleur qui retombe sur son épaule. Il se tient à carreau, dans un coin. Non seulement Athéna lui jette des regards sévères, mais il fuit également sa sœur avec qui il s'est longtemps fritté au sujet de ses nymphes.

Avec Méroé, on se balade au milieu de la foule et des cyprès d'intérieur qu'Artémis a installés en guise de décoration, avec des guirlandes boisées aux murs. J'aperçois notre mère, Thessa, en pleine discussion avec Zelda près du buffet. Elles ont l'air de faire une dégustation commentée des mets proposés par les dieux. Une montagne de cadeaux s'élève sur une table et dégouline sur des chaises jusqu'au sol, tous déballés au fur et à mesure. J'aperçois la Bespresso posée dans un coin, mais encore aucun signe de Zeus ni d'Hermès. Ils se sont contentés d'envoyer le présent, pour le moment. Vont-ils même se déplacer ?

— Regarde Ella, me glisse Méroé à l'oreille tout en désignant notre sœur, un peu plus loin.

Ella se tient debout, dans une position figée, les bras le long du corps, la moue bougonne, entourée d'Éros,

Psyché, Phobos et Philophrosyne, tous en adoration devant son ventre rond. Elle est pourtant éblouissante, notre petite sœur, mais j'ai peut-être minimisé la pression qu'elle supporte, elle aussi. Les dieux attendent la naissance avec autant d'impatience que nous. Et sa belle-famille, exubérante à souhait, doit pas mal la bousculer.

— La pauvre, la plains-je en hésitant à intervenir.

Je cherche Deimos des yeux, il se tient auprès d'Athéna et ils discutent tous les deux à voix basse. Je m'imagine aussitôt un arrangement qui va dans notre sens avant de tasser tout cela bien vite. Je pars trop dans tous les sens et j'espère beaucoup. Il faut que je me contienne.

— J'ai échangé des messages avec Kevin, annoncé-je alors à ma sœur pour penser à autre chose. On devait se voir mais il n'est jamais venu.

Méroé affiche un air stupéfait.

— Comment ça ? C'est quoi ce lâche ? Tu n'as rien vu dans ses messages qui pourraient l'expliquer ?

— Non, il avait l'air intéressé, on avait hâte de se voir.

Elle me prend dans ses bras avec compassion mais je la rassure tout de suite.

— Je suis déçue, oui, et en même temps, ce n'était qu'un premier essai.

J'étais soulagée, en vérité. Je savais que je me forçais, peut-être pour une bonne raison, oui, mais ce n'était pas la solution.

— Je suis contente que tu te sentes bien malgré tout. Et maintenant, on peut aller se moquer de la photo qu'Ella a encadrée, là-bas.

Elle m'entraîne à l'autre bout du salon et on se retrouve toutes les deux devant une photo familière du couple.

— C'est celle qu'elle a utilisée pour sa carte de Noël ? me rends-je compte.

— Oui ! Elle en a fait un tirage en grand pour l'exposer.

Deimos, ce géant blond aux yeux dépareillés, est légèrement penché vers elle, crispé dans son pull de Noël aux bandes alternant des cœurs et des étoiles. Ou des flocons de neige, on n'a toujours pas tranché. Ella n'a jamais tricoté elle-même avec des aiguilles, elle a seulement une application de sa magie très utile et encore très hasardeuse. Elle s'en sert pour créer des choses qui peuvent lui servir. Et le tricot est vite devenu une passion. Aux dépens de Deimos, bien entendu. Ella, elle, se tient devant son époux, un immense sourire aux lèvres, les deux mains levées avec les doigts en V, le rouge aux joues. Sa robe aussi semble faite main, avec ses sapins brodés sur le bord et ses trois gros « OH OH OH ! » en plein milieu, un peu bombés par ses cinq mois de grossesse. Elle porte même un serre-tête avec quatre étoiles lumineuses. La panoplie est complète !

— J'admire notre beau-frère, devise Méroé. J'ai l'impression que son regard nous hurle « Pourquoi moi ? » d'un ton désespéré.

Je pouffe en acquiesçant.

— Et Ella s'exclamerait plutôt « J'adore Noël, ma vie et les cookies ! », ajouté-je.

On ricane toutes les deux, avec une bouffée de tendresse pour notre sœur.

— Qu'est-ce qui vous fait rire ? grommelle d'ailleurs sa voix, derrière nous.

On pivote en même temps. Avec ses cheveux en cascade rousse et sa longue robe émeraude, Ella est resplendissante, du moins physiquement. Le moral, lui, paraît moins sûr.

— Rien, Citrouille, dis-je aussitôt. Comment tu te sens ?

Elle commence par une grimace tout en caressant son ventre.

— J'ai hâte que Médée sorte de là, elle joue avec ma vessie depuis des jours.

Ella grogne souvent depuis qu'elle est enceinte. À croire que la situation ne la satisfait pas. Elle nous a assuré que ce bébé était désiré et attendu, mais elle n'a pas l'air d'apprécier son état de grossesse. Comme quoi, ce n'est pas qu'une étape pleine de bonheur et d'épanouissement.

— Qui a acheté la Bespresso ? enchaîne-t-elle. J'espérais que personne ne le ferait. C'est Deimos qui l'a ajouté à la liste alors que ça ne sert à rien.

Je balaie la pièce des yeux et aperçois Hermès, tout juste débarqué, dans son éternel costume trois pièces, mais gris neige cette fois-ci. Il est alpagué par Deimos et ils se retrouvent tous les deux à deviser devant l'appareil.

— Le coupable est juste là, indiqué-je.

— Rha je le déteste, marmonne Ella.

Je doute tout d'un coup.

— Hermès ou Deimos ?

— Hermès. Deimos, il…

Elle s'interrompt. Méroé et moi, on échange un regard inquiet.

— Il est génial… sauf pour cette Bespresso, bredouille-t-elle en larmes.

Ni une, ni deux, on attire Ella dans un coin du salon pour que personne ne la voie craquer. Elle est fatiguée, ce n'est pas forcément évident, mais c'est le cas.

— Ella, est-ce que tout va bien ? insiste Méroé en lui frottant le dos.

Elle renifle avec un hoquet avant de pouvoir hocher la tête.

— Oui, oui. Les hormones…

— Mais pas seulement, deviné-je.

Notre petite sœur écrase toutes ses larmes en tentant de se reprendre.

— C'est toute cette attention sur moi et le bébé, j'en peux plus, ajoute-t-elle d'une petite voix.

Méroé la prend dans ses bras et je me rapproche d'elles, agacée. Ella aurait besoin de calme et d'attention, et elle se retrouve au milieu de toute cette histoire d'alliance et de rumeurs. J'aimerais chasser tous les invités d'un claquement de doigts pour pouvoir la rassurer. Peut-être que Deimos ne mentait pas, peut-être que s'occuper de sa fille est sa vraie raison pour prendre du recul. Il doit bien voir que son épouse est épuisée.

J'enlace mes deux sœurs. La cérémonie du lien sera spéciale, oui. Elle ne se fera qu'avec la famille proche.

— Hé, dis-je à voix basse. Une fois que Médée sera née, vous serez tranquilles toutes les deux, j'y veillerai personnellement.

Je la sens bouger la tête avec un « mmh » ému.

— Tu le promets, hein ? ajoute-t-elle.

Je me détache pour la regarder dans les yeux.

— Je te le jure. Je serai toujours là pour toi.

Ça la ragaillardit.

— Tu peux croire Circé, appuie Méroé. Elle n'a qu'une parole et un pouvoir phénoménal.

Ella pousse un soupir apaisé. Ses yeux sont encore engorgés, mais elle affiche un petit sourire. Je préfère ça !

— Alors c'est vrai ? enchaîne Ella.

— Quoi ?

— Que tu t'es papouillée avec Hermès à la Saint-Valentin ?

Un frisson glacial me parcourt l'échine et je fusille Méroé qui se cache derrière Ella.

— C'est notre petite sœur, je ne pouvais pas ne rien dire ! prétexte-t-elle aussitôt.

J'en ai même assez de râler à ce sujet. Et c'est bon signe. Moi-même, je finis par laisser tomber. Ce baiser était tout sauf normal.

— Oui, c'est vrai. Et accidentel. Ça ne se reproduira pas.

Ella affiche un sourire dix à mille volts en m'attrapant les mains.

— Est-ce qu'Hermès aussi a ce truc avec les yeux dorés pendant la papouille ? murmure-t-elle, enflammée.

Le souvenir merveilleux du masque d'ichor me revient en tête. Je contiens mon rougissement maladif en secouant la tête et en feintant la raillerie.

— T'es en train de nous dire que Deimos devient doré quand il est excité ?

Méroé change aussitôt de camp et me rejoint en croisant les bras, mordue de curiosité. Ella devient pivoine.

— Ça nous arrive, oui.

La voix d'Hermès nous saisit. On fait front toutes les trois, interdites. J'ai l'impression que notre mère vient de nous surprendre au beau milieu d'une bêtise formidable. Le dieu diplomate, lui, me scrute, comme s'il attendait que je lui fournisse une explication sans l'exiger non plus.

— Ah, je n'ai pas rêvé alors, tu étais doré dans la verrière d'Ella ? balance Méroé, me confondant bien plus que je ne l'étais déjà.

— J'avais rendez-vous avec une naïade, répond Hermès tout en haussant les épaules.

Sa réplique s'enfonce durement dans ma poitrine. Il se montre d'une telle vanité que je me demande à nouveau ce que j'ai bien pu lui trouver quand j'avais quinze ans. Méroé resserre son bras sur le mien en guise de soutien.

C'est d'ailleurs tout ce que je ressens de la part de mes sœurs qui n'osent rien dire, leurs regards silencieux rivés sur le dieu messager.

— Ella, Zeus ne va plus tarder et je dois te briefer sur le don qu'il souhaite faire à ton enfant. Tu as un instant ? poursuit-il comme si de rien n'était.

Ella hésite un quart de seconde avant de balbutier un « Oui, bien sûr » gêné. Hermès se lance donc dans l'exposition concrète de ce qui va se dérouler, mais ses paroles ne m'atteignent pas. Mes pieds sont plantés dans le sol et mes poings sont crispés. S'il voulait me blesser, c'est gagné ! Je ne comprends pas autrement son intention. Ou peut-être qu'il n'en a pas et qu'il a tout simplement dit ce qu'il pensait, mais bon sang il pourrait m'épargner.

Une pierre dans l'estomac, je lui donne un coup d'épaule en m'éloignant jusqu'à l'autre bout de la pièce. Je n'ai pas besoin de ça. Je stoppe devant le buffet des boissons et attaque une coupe de champagne. Les hommes me craignent, soit. Je ne leur donne pas d'autre impression que l'exigence et la brutalité. J'en suis consciente. Évidemment qu'Hermès s'excite sur une gentille nymphe qui l'attendait quelque part. Je suis vraiment stupide d'avoir cru éveiller un quelconque désir en lui ! Les hommes comme les dieux, même combat dans la grossièreté et la…

— Salut !

Je sursaute, renversant du champagne sur la nappe argentée.

Une femme inconnue au bataillon surgit à côté de moi.

— Désolée, je ne voulais pas te faire peur.

— Tu m'as surprise, corrigé-je, une main sur la poitrine.

Elle m'offre un sourire gêné en guise de réponse. Je ne l'avais jamais vue avant et je crois que je ne l'aurais pas loupée si je l'avais déjà croisée. Ses cheveux courts mais volumineux sur le haut et rasés sur les côtés ont une couleur immanquable : celle de l'arc-en-ciel. Ses yeux se parent de la même curiosité et semblent changer de tons : rouge, orange, jaune, vert, bleu, violet. Ils passent par toutes les nuances de sa chevelure. Ses traits sont doux et gracieux, elle m'inspire tout de suite un bon sentiment et une intelligente pointue. Ses mains sont plongées dans les poches d'une combinaison blanche, sans manches, la taille marquée par une ceinture irisée, à la boucle aussi dorée que les deux ailes repliées dans son dos. Elle est le parfait mélange de la décontraction qui semble la caractériser et du chic d'une position élevée. Je suis bien contente d'avoir opté pour une robe mi-longue en mousseline et dentelle framboise. Vraiment pas dans mes habitudes, mais je me fonds bien dans la masse ainsi.

— Iris, enchantée de te connaître, Circé, me dit-elle en me tendant l'une de ses mains.

Son nom ne me dit rien, mais je la salue en retour, charmée.

— Enchantée, moi aussi.

— Dame Héra m'a beaucoup parlé de toi, dit-elle en jetant un œil dans la foule.

La reine des dieux vient effectivement d'arriver. Je n'ai pas le temps de faire le lien qu'Iris précise :

— Je suis la porte-parole de dame Héra, sa messagère et sa diplomate.

C'est donc elle, l'agente qu'Héra veut introduire au Siège. Et au même poste qu'Hermès, mais pour véhiculer la voix de la maîtresse des dieux.

— Avec Hermès, tu auras les nouvelles officielles et avec moi, les officieuses, ajoute-t-elle avec un clin d'œil.

Je suis conquise ! C'est bon !

Iris s'empare d'une coupe de champagne à son tour et m'entraîne avec elle dans une déambulation du grand salon. C'est toujours mieux de discuter en marchant, les oreilles ne peuvent pas suivre les conversations mobiles, d'après elle.

— Il n'est pas question que tu le remplaces complètement ? m'enquiers-je.

— Non. Du moins, pas encore, me dit-elle avec une confiance étonnante. Lui et moi, on a toujours été en concurrence.

Je n'ose pas lui dire qu'Hermès ne l'a jamais évoquée une seule fois en ma présence. Je jette un œil dans la direction du dieu messager, il nous scrute lui aussi. Correction : il scrute surtout Iris, les mâchoires compressées. Est-ce qu'il se sent menacé par elle ? Il doit anticiper et craindre une très probable rivalité sur son poste. Hermès est un point fixe dans mon rôle de guide. Mais à cet instant, envisager un tel changement me soulage ! Il pourrait être démis de sa fonction si la fronde parvient à détrôner Zeus. Et je me retrouverais à négocier avec Iris, loin de lui.

— Tu as déjà dû entendre les bruits qui courent au sujet de l'intérêt que portent les dieux à Médée, poursuit la déesse. Il y a du nouveau. Certains pensent que sa place devrait être sur l'Olympe, auprès des siens, peu importe la couleur de son sang.

Je m'immobilise. Par Hécate, plus ça va et plus ils vont loin.

— Médée n'est pas un territoire à conquérir, m'agacé-je.

— Nous sommes bien d'accord, m'approuve Iris. Tant que tu seras là, rien n'arrêtera la cérémonie du lien, rien ne pourra l'empêcher. Mais ces bruits ne viennent pas de nulle part et ne sont pas là sans raison. Tout a toujours un but.

Cette idée du destin gravé dans le marbre et qui peut pourtant être balayé par un autre plus fort me donne le vertige. Mon destin est d'être guide avec ma nièce, mais est-ce que ma nièce en a un tout autre ?

« Le destin te piège. » Les mots d'Hypnos me font frémir.

— Tant que le lien n'a pas été établi entre elle et moi, tout peut encore changer, finis-je pas dire, angoissée comme jamais.

Iris hoche la tête en m'entraînant avec elle.

— Nous allons tout faire pour que la cérémonie se déroule sans accroc, assure-t-elle.

Au même instant, le grondement de l'orage résonne dans tout le manoir et l'assemblée s'écarte d'elle-même. Zeus apparaît au centre, splendide, les cheveux poivre et sel en apesanteur sur sa tête, parcourus d'étincelles électriques, le costume gris perle à la coupe parfaite. Comme tous les siens, il est sans âge. Peut-être la quarantaine mortelle.

Je m'attends à un éclat de voix puissant, mais non. Paisiblement, il joint ses mains dans son dos et s'avance vers Héra, un aimable sourire aux lèvres. Je n'aurais pas cru le voir aussi serein ici, entourée de ses ennemies et d'Hécate qui ne lui accordent aucune attention. Le Serment du Styx doit y être pour beaucoup. Mais tout n'est qu'apparence, avec lui.

Deimos est allé chercher Ella et ils s'avancent vers le couple régnant. Toute l'appréhension de ma sœur me saute à nouveau aux yeux. Hermès, lui, se place derrière son maître, comme la bonne sentinelle obéissante qu'il est. Le brouhaha des discussions se tasse, tous se focalisent peu à peu sur ce qui va se dérouler. Je commence à regretter de ne pas être restée auprès d'Ella lorsqu'Hermès lui a présenté le don de Zeus. Angoissée, je me fraye un chemin parmi la foule pour me rapprocher d'eux.

Deimos enlace les épaules d'Ella sans la lâcher. Il reste à ses côtés, quoi qu'il advienne. J'aperçois Méroé et notre mère non loin, avec Hécate et Zelda.

— La situation est inédite, déclare Zeus avec un demi-sourire limite bienveillant. Qui aurait pu prédire, alors que nous avons longtemps considéré les Titans comme nos plus grands oppresseurs et ennemis, du glorieux temps de la Titanomachie, que le premier-né de mon petit-fils serait aussi issu du Titan Hélios ?

Quelle réécriture ! Zeus oublie vite qu'il est fils de Titan lui aussi. Depuis qu'il a renversé son propre père, Cronos, il a effacé toutes traces de cette ascendance pour prendre la tête de tous et de toute histoire, toute pensée et toute généalogie. Et alors, « premier-né » ? Est-ce qu'il est en train de sous-entendre qu'Ella peut mettre au monde un garçon ? Jamais aucune sorcière n'a enfanté de mâle. Mais est-ce que Deimos a pu changer la donne ? Ma sœur n'a jamais fait d'échographie parce qu'on se repose uniquement sur l'expérience infaillible de nos sages-femmes et de nos doulas. Et comme Deimos n'est pas un humain, il n'a pas insisté.

— Il en est pourtant ainsi, poursuit Zeus. En ce jour si spécial – et je remercie ma chère fille Artémis pour la préparation –, je souhaite donc faire un présent très spécial à l'enfant. Un présent que je n'ai fait qu'une seule fois.

Son ton devient soudain grave. Ella baisse les yeux. Impossible de lire ce qu'elle peut bien en penser. Je jette un œil à Hermès, qui détourne le regard juste à cet instant. Idiot ! Il ne va même pas me donner un indice ? Tout le monde semble aux aguets. Zeus fait de beaucoup de présents aux siens et à ses très nombreux enfants. Mais ce don semble particulièrement titiller l'assemblée.

Zeus le sait très bien, il prend son temps. Il lève sa main, paume vers le ciel. Au milieu de ce silence tendu, la détonation assourdissante qui retentit fait sursauter toutes les sorcières. Les dieux, eux, ne bougent pas d'un pouce. J'ignore si c'est par crainte ou parce qu'ils pressentaient l'apparition qui crépite au bout du bras de leur maître.

Le foudre, son arme de prédilection – forgée par les Cyclopes avec le trident de Poséidon et la kunée d'Hadès à la suite de leur victoire contre les Titans –, envoie des filaments électriques aveuglants partout autour de lui. Ella se protège les yeux en nichant son visage dans son coude, incapable de regarder devant elle. J'aimerais en faire autant, mais j'ai fait un pas en avant, terrifiée. Qu'a-t-il l'intention de faire au juste ?

Zeus reprend la parole et sa voix sature chaque recoin de l'immense salon.

— Je reconnais devant vous tous cet enfant comme ma légitime descendance et lui octroie le droit de porter mon foudre.

L'une des étincelles se décoche de l'arme pour entrer dans le ventre d'Ella avant que le foudre disparaisse et ne laisse derrière lui qu'une stupeur générale.

Quel camouflet pour Athéna ! Elle qui a toujours été la seule à posséder ce privilège ! Tous sont tournés vers elle et les premiers chuchotements s'élèvent. Est-ce que Zeus veut la punir ? La déesse reste digne, mais son air s'est assombri. Personne n'ose l'aborder.

— Ce n'est pas bon du tout, commente Iris à voix basse, près de moi.

— Athéna pourrait en vouloir à Médée ? interprété-je, angoissée.

Iris dodeline de la tête.

— Je parlais des paroles de Zeus. Il vient de reconnaître Médée comme sa légitime descendance.

— Mais elle l'est, de fait.

— Elle l'est, oui. Et en l'affirmant devant tous, il vient de confirmer qu'il envisage de lui donner un rôle auprès de lui, sur l'Olympe. Ça et l'attribution du foudre, c'est énorme. Même pour les Douze. Peut-être qu'il envisage d'élargir le cercle à Treize. Ou d'en éliminer un ?

Les réflexions d'Iris me plongent dans l'incertitude.

— Même si Médée est liée à moi ? Même si elle est guide ? Tu crois que Zeus pourrait tout de même faire d'elle une déesse à part entière ?

— Je ne suis pas sûre non plus que les dieux acceptent un tel cumul de tâches.

— Héra savait ?

Iris secoue la tête tout en cherchant sa maîtresse des yeux. L'assemblée s'est à nouveau répartie dans le salon et la cohue est redevenue propice aux échanges discrets mais la tension demeure.

— Dame Héra me demande, nous reparlerons vite, Circé, me promet Iris avec un regard franc.

Je la laisse s'éloigner de son côté et rejoins Ella et Deimos. Notre famille les entoure déjà.

— Comment te sens-tu ? s'inquiète notre mère. Il ne t'a pas fait de mal avec son foudre ?

— Non, répond Ella tout en enveloppant son ventre de ses bras. Hermès nous a prévenus de ce que Zeus allait faire.

— Vous en pensez quoi, tous les deux ? questionné-je, aussi intéressée par l'avis de ma sœur que de celui de mon beau-frère.

Ce dernier se penche sur Ella et dépose un baiser sur sa tempe. Il glisse ensuite quelques paroles inaudibles à son oreille. Puis, sans aucun commentaire, il s'éloigne. Il doit vouloir rester sur la réserve. Sa situation est peut-être beaucoup plus complexe que je ne l'imagine. Je ne l'avais pas vu aussi tendu depuis le Serment du Styx.

— Ella ? insiste Méroé.

Notre sœur soupire et nous entraîne à l'écart pour s'asseoir. Je reste pendue à ses lèvres. Notre mère prend place à côté d'elle et Zelda revient avec un verre de *ginger beer* qu'elle tend à sa nièce.

— On pense que Zeus joue avec le feu, finit par dire Ella, d'une petite voix.

Chapitre VI

Je prends Ella dans mes bras, sur le pas de la porte du manoir. Tout le monde est parti. On a aidé à ranger deux ou trois choses mais personne n'est plus efficace ni rapide que les sbires de Deimos : les Érinyes et les Semés. La nuit est tout de même tombée, mais nous ne ferons pas la route trop tard pour rentrer à Springfall.

— Prends soin de toi, Citrouille, murmuré-je. Et souviens-toi, je t'ai juré de protéger Médée, quoi qu'il arrive.

— Je sais, j'ai confiance en toi, me dit-elle en me relâchant.

Ella a retrouvé le sourire. À présent que la *baby shower* est passée, elle va pouvoir se détendre jusqu'à l'accouchement. Méroé l'embrasse bruyamment sur les deux joues avant de la relâcher. Notre mère l'enlace avec toute sa tendresse, et nous descendons le perron pour rejoindre la Coccinelle, garée à deux pas.

— Vous avez bien vos portables, hein ? lance Ella.

— Oui ! Chargés et à portée de main ! confirme Méroé.

Je sors les clés de la voiture et démarre dès que nous sommes toutes les trois attachées.

Durant le trajet, on discute de tout et de rien. De la journée passée, des potins entre sorcières, des manies des dieux, de Méroé qui a eu une discussion intrigante avec

Artémis au sujet de ses Suivantes, de la pétillante Iris qui a enchanté tout le monde excepté Hermès. Maman nous fait part de son inquiétude intarissable pour Ella. Les traits froncés, les bras croisés, elle nous parle sans relâche de ce mariage qui n'aurait pas dû être, du soulagement de savoir sa fille heureuse, teinté d'une culpabilité qu'elle seule peut endosser en tant que mère, de cette grossesse qu'elle trouve prématurée… Elle débouche toujours sur ce premier choix, celui qu'elle a eu au tout début, à ma naissance, lorsque les guides ont décidé que je serai la prochaine Circé. Maman ne le dit qu'à demi-mot : elle aurait *pu* refuser, pour ne pas dire *dû*. Je n'ose jamais rien ajouter à cela. Méroé, elle, s'en amuse pour détendre l'atmosphère. Elle nous imagine sous d'autres noms : Ella – ou Emma – qui aurait grandi avec ses pouvoirs, Deimos qui aurait épousé une tout autre sorcière moins douce, elle-même qui n'aurait au fond pas été très différente puisqu'elle est celle du milieu, ni première, ni dernière…

Et je finis toujours par me dire que dans cette éventualité-là, j'aurais *pu* avoir une histoire avec Hermès, avant de regretter cette seule pensée. Il ne me trouve pas attirante. Ça n'aurait rien changé.

— Maman, comment tu aurais appelé Circé si elle n'avait pas été destinée à devenir guide ? questionne Méroé alors qu'on entre dans Springfall.

— J'aimais bien Ariadne, votre père aussi.

Elles devisent sur le prénom hypothétique qui sonne étrangement à mon oreille. Est-ce que je me serais senti une entière Ariadne ? J'ai toujours eu l'impression qu'il y avait une autre personne avec moi, que je n'étais pas une seule et même Circé. Il y a celle que je suis et celle que je dois être : la guide, la descendante de Circé la Première, celle qui reprend le flambeau. Circé n'est pas que la jeune femme imprécise que je suis au fond, elle doit aussi être ce roc dans lequel je ne me reconnais pas.

J'imagine la vie de cette Ariadne chanceuse : se demander quoi faire de son temps, ouvrir un petit commerce en ville, prendre la suite de maman à la fabrication de *ginger beer*, voire même l'affaire de papa. Aller au rassemblement annuel des sorcières, faire des potions, du jardinage et admirer de loin cette femme incroyable qui deviendra guide.

— Circé ? Tout va bien ?

Je relâche le volant. Je me suis garée devant la maison sans m'en rendre compte et je n'ai pas bougé, enlisée dans mes pensées.

— Oui, dis-je avec un sourire, tout en ouvrant la portière.

La maison familiale se trouve sur un terrain à la sortie de la ville. Ma grand-mère a restauré la vieille grange pour la transformer en atelier de fabrication de *ginger beer* dans laquelle ne travaillent que des sorcières. La petite production est vendue dans les cafés et *diners* de Springfall et des alentours. Elle nous suffit pour vivre confortablement. Papa, lui, travaillait dans un atelier de restauration de voitures anciennes à l'autre bout de la ville. C'est lui qui m'a offert la Coccinelle pour mes seize ans. Il nous a quittées peu de temps après.

Mon cœur se serre dès que je revois son visage déçu et en colère. Je me frotte le visage et chasse ce souvenir.

Notre mère ouvre la maison recouverte d'un beau bardage en bois, peint en vert sapin. Méroé grimpe dans sa chambre en assurant qu'elle redescend vite tandis que maman propose de faire un thé. J'allume la cheminée du salon en un geste souple de la main et me mets à tourner en rond.

Je ne suis pas tranquille. J'ai encore cette sensation de cœur écrasé. Je n'aurais pas dû penser à papa. Et pourtant, je me retrouve devant les photos de famille et de lui avec son air pince-sans-rire qui a tant plu à maman. Il n'aimait pas beaucoup parler, mais il adorait nous amener dans son garage dès qu'il en avait l'occasion. Et là, là il s'exprimait. Avec ses outils, avec ses carrosseries cabossées qu'il remettait en état, et ces petites tâches qu'il nous confiait et qu'il nous regardait faire, fier et amusé.

Ella a tant souffert à sa mort. Elle était si proche de lui, bien plus que nous. Quelque part, j'en étais jalouse. Je voulais moi aussi son attention, mais j'avais déjà celle de toute la communauté. Ella en larmes, à l'enterrement, si gamine, si effondrée.

La douleur s'étend dans mon thorax. Je grimace tout en me massant l'épaule, perturbée. Les larmes me montent aux yeux.

— Circé ? Tu es sûre que ça va ? s'enquiert maman en revenant avec un plateau, une théière brûlante et trois tasses.

Je m'éclaircis la gorge et affiche un sourire rassurant.

— Oui, la conduite m'a fatiguée.

Elle s'approche de moi et prend un cadre dans ses mains.

— Tu repensais à ton père ?

C'est un sujet que je n'aime pas me remémorer avec elle alors que maman a toujours essayé d'en parler avec moi. Mais que peut-elle bien vouloir dire de plus ? Évoquer ce qu'il s'est passé, c'est remuer le couteau dans la plaie bien inutilement. Ça n'effacera rien, ni sa mort, ni ma culpabilité.

— Je vais chercher Méroé, déclaré-je en esquissant une fuite.

— Circé, m'appelle maman d'un ton grave.

Je m'immobilise au bas des marches, j'en ai des frissons, je me sens presque fiévreuse.

— La naissance de Médée est un grand bouleversement dans nos vies. J'aimerais m'assurer que tout ce que nous avons vécu jusque-là ne te hante pas, que tu as fait la paix avec le passé. Tu vas bientôt franchir une étape importante de ta vie et je…

— Arrête, maman, dis-je, le cœur au bord des lèvres.

Je pourrais éclater en sanglots, ici et maintenant. Sans vraiment d'explication et avec la pire des raisons. Mais je ravale tout. Oui, je vais franchir une grande étape. La cérémonie du lien va me faire entrer dans une nouvelle dynamique. Médée va devenir mon unique but et occupera toutes mes pensées. Je finirai par oublier tous ces événements qui me collent à la peau et que je n'arrive toujours pas à gérer.

— Ça va, je t'assure, ajouté-je en la regardant droit dans les yeux.

Elle finit par afficher un mince sourire peu convaincu. Elle n'a jamais réussi à m'imposer quoi que ce soit sur ce terrain-là. Je me sens indépendante depuis mes sept ans, depuis que Circé la Grande m'a dit, lors de mon initiation, qu'à sa retraite, c'est moi qui deviendrai la sorcière la plus importante de la Clairière.

Je monte l'escalier, entends Méroé glousser au téléphone – probablement avec Pasiphaé – et entre dans ma chambre pour me reprendre. Tous les intérieurs de sorcières se ressemblent : plein de plaids et d'oreillers, de meubles en bois, de plantes d'intérieur fétiches et de chats. Sur ce dernier point, c'est Méroé qui raffole de Bastet, sa ragdoll blanche et noire qui se prélasse de temps en temps sur mon fauteuil. Elle est d'ailleurs là, étonnée de me voir débarquer. Son ronronnement ne s'interrompt pourtant pas et me procure un apaisement bienvenu. Je m'allonge sur mon lit et respire avec lenteur.

Bon sang, je suis tendue ! Un point douloureux s'éveille dans mon ventre en plus du reste. J'ai beau fermer les yeux et songer à la forêt qui entoure la Clairière, avec ses odeurs et ses chants d'oiseaux, rien à faire. Je fais peut-être une crise d'angoisse ? Allez, je me concentre sur un truc heureux ! Les fous rires avec mes sœurs, les gamines excitées par leur premier sort, le masque doré d'Hermès…

« Ne demeure pas dans l'Érèbe, le Destin te piège. »

Je me redresse en sursaut. Encore la voix d'Hypnos ! Mon cœur s'emballe si fort que je me penche en avant, crispée. Bastet s'est redressée, le dos rond. Elle feule, pleine de suspicion. Je ne l'ai pas rêvée, cette voix, elle a retenti ! Dans ma tête, certes, mais je l'ai clairement entendue. Je me relève et dévale l'escalier. Méroé me talonne pour servir le thé.

— Je vais prendre l'air deux minutes, j'arrive, dis-je sans ralentir.

Je bouscule la porte de derrière et sors dans le jardin. L'air frais de la nuit ne me fait rien. J'aimerais qu'il me calme, qu'il fasse retomber la chaleur bouillante qui me saisit, mais non. Je me sens nauséeuse, essoufflée et pétrie de douleurs. Bon sang, mais qu'est-ce qui m'arrive ? Je me passe la main sur mon front plein de sueur et ce seul geste déclenche une crampe dans mon bras gauche. La douleur devient effroyable, comme si un étau étriquait ma poitrine avec force.

Que dois-je faire ? Lancer un sort de protection ? Je suis attaquée ? C'est une intrusion magique ? Que se passe-t-il ?! J'aimerais hurler mais mon souffle est coupé, j'ai des vertiges et la peur me submerge plus violemment encore que le supplice subi. Je tombe à genoux. Ma vue se trouble, ma respiration se saccade, tout tangue, je n'ai plus la force de rester droite. Et au moment où je vais m'effondrer, les mâchoires serrées et nerveuses, tout se relâche.

Je ne ressens plus rien. Je m'affaisse sur le sol, les yeux rivés au ciel.

Par Hécate, quel soulagement ! J'ignore ce que je viens de vivre, mais c'est passé. J'ai l'impression de bouger, comme si je convulsais, sans pour autant trembler. Étrange, vraiment très étrange, cette sensation. Je vais rester là quelques instants, à profiter des étoiles et de ma légèreté retrouvée.

— Circé ? m'appelle Méroé depuis la porte.

Je souris.

— J'arrive.

— Circé ?

Et en plus, elle ne m'écoute pas.

— J'arrive !

J'entends une exclamation et ses pas martèlent le sol à vive allure. On ne peut pas être tranquille deux minutes décidément.

— Circé ! hurle-t-elle en tombant à côté de moi.

Je me redresse, surprise de son alarme.

— Doucement !

Je... Elle regarde à travers moi ?

Ses traits sont déformés, ses yeux reflètent une panique que je ne comprends pas.

— Circé ! répète-t-elle. Maman ! Maman !

Ses bras passent à travers moi pour me secouer. Je la regarde faire, hébétée. Je suis devenue invisible ou quoi ? Je me relève, il y a bien un double de moi par terre, les yeux ouverts face au ciel. Méroé s'affole sur ce double, sans me voir, *moi*. Est-ce que j'ai fait un sort sans le remarquer ? On dirait cette autre que je laisse en illusion pour m'échapper.

— Méroé ! Je suis là ! Regarde-moi !

Mais ma sœur est entièrement dévouée à cette autre pétrifiée. Elle lui prend même le pouls alors que ma mère apparaît sur le pas de la porte.

— Circé ? dit-elle avant de faire quelques pas incrédules.

— Maman ! appelé-je en agitant les bras.

Si elle, elle ne me voit pas, on ne va pas s'en sortir ! Peut-être que je fais un voyage astral, ce serait une évolution de mes pouvoirs plutôt inattendue. Et stressante. Mais pourquoi pas ?

— *Entendez-moi, mère et sœur, ouvrez vos yeux et vos cœurs, récité-je en espérant que mon sort fonctionne.*

Maman se précipite à côté de Méroé, ahurie. Ma sœur donne des tapes sur la joue du double, se retenant avec peine de le secouer plus.

— Elle ne respire plus ! s'exclame-t-elle, des larmes énormes roulant sur ses joues.

Oh mais je suis encore là pourtant !

— Hécate ! Est-ce que tu m'entends ? lancé-je.

La déesse devrait me percevoir, elle.

— Appelle les secours, décide maman, en sortant de son absence.

Elle pose ses deux mains sur la poitrine du double et exécute un massage cardiaque. Méroé se relève, ses jambes et ses bras désynchronisés, reflétant sa parfaite confusion. Elle fait trois pas maladroits avant de s'arrêter et de sortir son portable de sa poche. Elle bredouille une phrase que même moi je ne comprends pas avant de donner notre adresse.

— Circé, reste avec moi, tu m'entends ? dit maman avec un sang-froid qui me foudroie.

Je l'ai toujours vue comme une femme rassurante, oui. Mais capable de s'imposer cette rationalité alors qu'elles croient toutes les deux que j'ai un problème médical… je ne m'y attendais pas.

— Je reste avec vous, je suis là, répété-je, décidée à ne pas quitter ce double.

Il va bien devoir me rendre ma place ! Ou alors, je dois m'allonger sur lui ? Peut-être que je suis une projection et qu'il est le réceptacle ? Je reprends place alors que le silence est ponctué par le souffle de ma mère et des sanglots de ma sœur. Je suis pile dans le corps, là. Je ne peux pas faire mieux !

— *Reprends ta place, reprends ta place, reprends ta place, psalmodié-je en fermant les yeux.*

Je les rouvre et bondis.

Rien à faire. Le corps est toujours là, le regard fixe, la bouche de travers, secoué à chaque pulsion que produit ma mère.

Elles feraient mieux d'appeler Hécate, pourquoi téléphoner aux secours !

— Maman ? demande Méroé, les pieds plantés dans le sol.

Notre mère laisse échapper un hoquet tremblant. Je la vois serrer les dents et déglutir. Elle est déterminée à ferrer un élan de chagrin au fond d'elle et à relâcher la tension uniquement lorsqu'elle le décidera.

— Allez, Circé, reste avec nous, se contente-t-elle de dire en enchaînant ses gestes mécaniques.

Méroé revient à petits pas, s'agenouille et prend la main de mon double.

— S'il te plaît, Circé, reste, s'il te plaît…

Je ne sais plus quoi dire devant ce spectacle. Comment peuvent-elles croire qu'il n'y a rien de magique dans tout ça ? C'est forcément l'explication.

— Utilise tes dons, Méroé, dis-je à voix basse.

Elle ne m'entend pas.

Je reste là, les bras ballants. J'espère qu'on en rira quand je reprendrai ma place. J'ai beau me creuser la tête, je ne vois pas le problème. Lorsque j'entends les sirènes d'une ambulance dans la rue, ni ma sœur, ni ma mère ne se lèvent pour leur indiquer le chemin. Les secours finissent par les trouver et se précipitent vers nous. Ma mère abandonne enfin son massage cardiaque tout en cédant sa place à contrecœur, donnant ses consignes et tout ce qui lui passe par la tête, dans une confusion qui n'étonne que moi. Elle qui était si ferme jusque-là, elle perd pied. Les deux hommes reprennent le massage, posent des questions, sortent un défibrillateur, et Méroé plonge dans les bras de maman, le visage baigné de larmes contre son épaule. « Elle n'a plus de pouls depuis plusieurs minutes », « Je l'ai juste trouvée comme ça, inconsciente », « Son père a eu des complications lui aussi… »

Je recule. Je me bouche les oreilles. Je ne veux plus entendre ce tableau tragique. Je les regarde de loin, alors que les lumières bleues de l'ambulance balaient les arbres du côté de la route. Une fois, deux fois, trois fois… je me demande si elles s'éteignent toutes seules quand ils tardent à revenir. Est-ce que ça mange la batterie ? Les ombres floues des deux hommes s'agitent, ils s'acharnent sur mon double. Sa poitrine se soulève à chaque décharge, mais rien ne se produit. La silhouette chimérique de ma mère et de ma sœur enlacées me paraît encore plus étrange. Elle tressaute, se lamente, pleure.

Je ne sais plus quoi faire.

Et maintenant ?

— Circé ?

La voix, près de moi, m'est familière. Je me retourne.

— Hermès ?

Chapitre VII

Hermès se tient là, à un ou deux pas de moi. Il ne porte pas son éternel costume trois pièces, il est enveloppé dans une grande étole blanche, ou grise. Couleur neige. Je n'arrive pas à me décider. On dirait un manteau antique qui irradie. Même la peau mate d'Hermès luit de façon argentée. Il n'est pas nu dessous, si ? Non, il doit avoir une tunique, ou quelque chose dans le genre. Ses pieds sont chaussés de sandales en cuir, deux ailes métalliques sont épinglées à ses lacets, côté chevilles. Une vraie panoplie que je n'avais encore jamais vue sur lui. Même son Caducée brille de mille feux, épinglé sur l'épaule.

Son apparition sortie de nulle part me stupéfie. Est-ce que j'hallucine ?

— Euh… qu'est-ce que tu fais là ? ne puis-je que demander, interdite.

Je n'avais pas encore remarqué son air : grave et… limite défait. Tous ses traits sont fermés. Est-ce que je l'ai déjà vu aussi réfléchi ? Je ne suis pas sûre, lui qui est si nonchalant. D'un geste lent, il fait apparaître bloc-notes et stylo dans ses deux mains et se tient prêt à écrire je-ne-sais-quoi.

— As-tu conscience de ce qu'il vient de se passer ? interroge-t-il avec calme, la pointe du stylo posée sur la surface vierge du papier.

Quel ton froid en plus du reste ! Il semble m'accuser de quelque chose sans oser me regarder en face. Non mais il pourrait être plus aimable, c'est lui qui débarque chez moi à l'improviste, pas l'inverse !

— À l'évidence, il s'est passé quelque chose, oui, mais je n'arrive pas encore à savoir quoi, rétorqué-je de façon virulente.

Il se met à gribouiller tout en marmonnant :

— L'âme n'a pas compris.

— De quoi tu parles ? m'agacé-je. Pourquoi toi tu me vois et pas elles ? Pourquoi je me suis désincarnée ? Regarde ! J'ai un corps là-bas, et un autre ici qui te parle ! C'est une sortie astrale ? Tu crois qu'on m'a frappée d'un mauvais sort ?

— L'âme est désorientée, poursuit-il.

Il se moque de moi !

Je m'éloigne pour rejoindre la scène mais je ne fais que trois pas avant de m'immobiliser. C'est dur. Je ne parviens pas à aller plus loin et je ne sais pas si c'est un problème moteur ou moral. Méroé pleure, maman lui frotte le dos, le visage plein de larmes. Mon double, lui, demeure désespérément immobile et les deux hommes rangent leur matériel. J'aimerais leur confirmer que c'était bien inutile puisque je suis encore là et que personne ne me voit, mais c'est impossible. Et cet idiot d'Hermès qui ne fait rien pour m'aider… Je pousse un gros soupir et repasse à l'attaque.

— Fais quelque chose, par Hécate ! Appelle ma déesse ! Agis ! Tu vois bien que ce n'est pas normal !

Je croise les bras, braquée sur lui, prête à la bagarre si jamais il ose m'ignorer à nouveau.

— L'âme est récalcitrante, dit-il seulement.

Cette fois, c'en est trop !

Alors qu'il fait disparaître le bloc-notes et le stylo, je tends les mains vers lui.

— *Corrige cet importun et transforme-le en cochon nain !*

Je m'attends à un jet de puissance, mais rien. Aucune magie. Je reste suspendue à un fil quelques secondes. Peut-être que le sort est un peu plus long que d'habitude ? Depuis que je suis née, la magie coule à flots dans mes veines, une panne n'était encore jamais arrivée.

— Circé, appelle Hermès.

— Je n'ai plus de magie, balbutié-je, perdue.

— C'est normal, oui.

— C-comment ça, « normal » ?

Hermès se mordille la lèvre tout en baissant les yeux avant de s'avancer vers moi. Je m'apprête à être titillée par son parfum de bergamote poivrée, les nerfs à vif, plongée dans la confusion la plus invraisemblable, mais Hermès ne dégage aucune odeur. Il se tient pourtant très près, devant moi, la douce lueur qui se dégage de lui enchante mes yeux. Tous les muscles de ses bras paraissent lisses, sans aucune imperfection, complètement surnaturels. En même temps, c'est un dieu. Il n'a rien de naturel. Pourtant, juste à cette seconde, alors qu'il ne dit rien, une boule de quiétude éclate en moi. Je suis contente qu'il soit là. Même si la chaleur de son corps, d'habitude si perceptible, ne m'atteint pas encore.

Hermès lève la main avec lenteur et la pose sur ma joue. Un frisson me saisit. J'espère si fort qu'il me touche que mon souffle se coupe. Sa main, elle, passe à travers ma tête, comme s'il m'assénait une gifle au ralenti.

— Tu es morte, Circé.

… Ce qu'il dit n'a aucun sens. C'est vrai que je ne le ressens pas, ni son odeur, si sa chaleur, rien. Physiquement, il n'est plus rien.

— Mais je...

— C'est ton corps que tu vois là-bas, et c'est ton âme que j'ai en face de moi.

Je regarde par-dessus mon épaule, ma sœur et ma mère sont à nouveau à genoux près de mon double, effondrées. Je n'arrive toujours pas à m'approcher plus, retenue par une chaîne invisible ou un truc du genre, je ne saurais dire.

— Elles ne te voient pas ? demandé-je, troublée.

— Non. Pas cette fois.

Toutes mes pensées s'embrouillent et s'amassent. Tout est noué et problématique. Je ferme les yeux une seconde et tente de faire le vide. Je ne me focalise plus que sur une seule chose : trouver une solution.

— Mais elles pourraient te voir ? affirmé-je plus qu'autre chose, en rouvrant les paupières.

— Je ne leur dirai rien, refuse-t-il sans vouloir en savoir plus.

Mes épaules s'affaissent. Je ne parais pas assez désespérée pour lui ?

— Tu ne peux pas rester là, à ne rien faire ! Aide-moi !

— Je suis là parce que je suis un psychopompe. Ton décès ne m'est pas passé inaperçu. En général, je laisse faire les autres, je n'ai plus le temps de m'occuper de tout cela. Mais ça tombe bien. Zeus voulait que je fasse une inspection de l'accès aux Enfers, je vais profiter de l'occasion.

Je suis soufflée ! Autant par son indolence que par l'absurdité de cette situation grotesque.

— Il y a forcément une erreur.

— Il n'y a jamais d'erreurs, tu as fait un arrêt cardiaque. Comme ton père.

Autant me gifler pour de bon ! Il n'aurait pas pu faire mieux pour me bouleverser davantage. Je tourne en rond. Mon père n'est pas juste mort d'un arrêt cardiaque, et je ne suis pas morte, bon sang ! C'est impossible, je ne veux pas le croire. J'allais bien il n'y a même pas une heure, j'ai des projets, un but, je dois préparer la cérémonie du lien !

— Tu vas retrouver une matérialité dans la dimension infernale, ajoute Hermès en décrochant la broche de son épaule.

Le Caducée grandit aussitôt et prend la taille d'un sceptre d'or brillant, avec ses deux serpents et ses ailes.

— Que comptes-tu faire avec ça ? questionné-je rudement, incapable de tenir en place.

— Je suis un Olympien, je ne peux me rendre aux Enfers qu'avec le Caducée, il permet l'accès entre les dimensions.

— Je croyais pourtant qu'Héra, Deimos et Hécate se rendaient souvent aux Enfers.

— Seulement sur invitation d'Hadès et de Perséphone. Personne ne peut aller et venir comme ça lui chante. Un peu comme votre Clairière, vous avez une liste précise des visiteurs qui peuvent franchir les boucliers.

Je hoche la tête, plus agacée qu'intéressée. Mais l'idée qu'Hécate puisse me retrouver aux Enfers, puisqu'elle a le droit d'y aller, se plante dans ma tête. Elle saura bien leur dire, elle, que tout cela est une effroyable aberration.

— Viens, m'invite-t-il en tendant le Caducée.

Cela dit, s'il s'imagine que je vais le suivre bien gentiment, il se met le doigt dans l'œil.

— Non, refusé-je en croisant les bras.

Le buste d'Hermès se tend. À quoi pouvait-il bien s'attendre ? Il n'a qu'à partir faire son inspection du travail tout seul ! Il s'adresse à moi comme à une inconnue, me balance des horreurs à la figure et espère que je le suivrai sans broncher ?

— Que tu le veuilles ou non, tu vas devoir voyager avec moi jusqu'au royaume d'Hadès et de Perséphone.

— Et comment tu penses t'y prendre ? répliqué-je avec provocation.

Hermès soupire, tend son sceptre jusqu'à moi et les deux serpents bondissent d'un seul coup dans ma direction.

— Comme ça.

*

Ce n'est plus un rêve, j'en ai conscience. Le brouillard opaque, sans aucun horizon visible, l'obscurité partout autour de moi, le vide, le néant, et cette brume qui s'enroule à mes pieds. Je suis dans l'Érèbe et je sais que je ne dors pas. Ce traître d'Hermès m'a jetée dans la dimension infernale sans aucun procès. Je scrute partout autour de moi, je suis seule. Il ne m'a même pas suivie ? Il a pourtant parlé de m'accompagner dans un voyage, non ?

— Je ne demeure pas dans l'Érèbe, murmuré-je.

Les paroles d'Hypnos n'ont jamais eu plus de sens qu'à présent. Je suis résolue. Je vais trouver une solution. Un moyen de communiquer avec Hécate. Alors j'avance droit devant, sans savoir si ça mène quelque part.

— Attends, m'interrompt la voix d'Hermès qui finit par apparaître. Ne pars pas sans moi, reste toujours visible.

Il luit deux fois plus qu'à la surface dans ces épaisses ténèbres. Je dois même plisser les yeux pour ne pas être aveuglée.

— Tu te conduis comme ça avec toutes les âmes que tu accompagnes ?

— Quand tu as un quota d'âmes à remplir et que l'une d'elles rechigne, oui, affirme-t-il avec un rictus impatient, tout en battant des cils.

Je lui décoche aussitôt mon poing que j'espère assez fort pour lui faire un beau bleu au niveau du bras. Mais il frappe le vide. Je lui passe encore à travers.

— Je croyais que j'allais retrouver une matérialité ?

— Plus loin. Tu es dans la zone de transfert ici.

Les paroles d'Hécate ne me reviennent que maintenant à l'esprit. L'Érèbe est une frontière, là où se rendent les âmes des rêveurs et des morts. Pourtant je ne vois personne d'autre. Peut-être qu'on se retrouve tous dans une petite poche dimensionnelle…

— Bon, eh bien allons-y, ne perdons pas de temps, grommelé-je en reprenant la marche.

Je presse le pas, nerveuse. Pourquoi se conduit-il ainsi avec moi ? Je veux bien admettre que nous n'avons pas toujours eu que des échanges sympathiques, mais je n'avais pas non plus l'impression qu'on se haïssait. Je croyais en une sorte d'amitié entre lui et moi, même un peu vague et consensuelle. D'abord son affirmation comme quoi je l'attire moins qu'une nymphe, maintenant sa distance et sa froideur. Je m'en passerais bien dans un moment pareil. À moins qu'on ne l'ait forcé à venir faire ce travail. Il a déjà tant traîné les pieds pour aller acheter un cadeau au bébé d'Ella et de Deimos.

— C'est Zeus qui t'a demandé de m'accompagner ?

Je ne l'entends pas se déplacer dans mon sillage, je ne vois que son aura lumineuse qui flotte derrière moi.

— Non, Zeus m'a commandé une inspection de l'accès aux Enfers, répète-t-il.

Sa voix est d'une neutralité étonnante. Depuis le départ, il me parle sans me parler, comme un automate.

Peut-être qu'il n'a plus d'effort à faire, à présent que je suis soi-disant morte. Il m'ouvrira la porte du royaume d'Hadès, me bousculera à l'intérieur et se cassera fissa, sans regarder derrière lui.

Bon sang, ça expliquerait bien des choses. Il veut juste faire son devoir. Je le trouvais déjà opaque et peu lisible avant, mais là, c'est pire que tout. Juste à cet instant, je ressens à nouveau mon cœur battre, furtivement. Il se serre dans une douleur encore trop légère pour être réelle.

Je ne dois pas me laisser berner par le dieu des voleurs et des mensonges. Une solution, je vais trouver une solution.

— Hermès ?

La voix grondante et puissante me coupe dans mon élan. Je la reconnais immédiatement : Hypnos. La silhouette géante du dieu du sommeil se dresse devant moi, dans une obscurité profonde. Il n'émet aucune lumière, rien qui pourrait le signaler dans l'Érèbe. Il a pourtant la peau très blanche, si blanche que la lueur d'Hermès la rend lumineuse dès qu'elle le touche. Je distingue ainsi tous les membres qui ne sont pas cachés par sa tunique sombre : deux longs bras immaculés, fins, pour ne pas dire squelettiques, un cou et un visage plutôt rond, et deux ailes immenses, déployées et remuantes. Sa chevelure est longue, lisse au point de ressembler à un ruban d'eau. Ses traits sont apaisés, pleins de douceur, en total contraste avec ses yeux rouges qui surprennent lorsqu'on les croise.

— Je ne m'attendais pas à te voir passer par là, Olympien. Cela fait bien longtemps.

Quel son effroyable ! J'en frissonne des pieds à la tête. On dirait la voix d'un dragon peu aimable alors qu'il ne semble pas du tout agressif. La lumière d'Hermès a dû attirer son attention, mais j'imagine qu'il voit dans le noir. Il s'accroupit pour se tenir à notre hauteur et ses immenses ailes créent un arc-de-cercle devant nous.

— Oui, Zeus voudrait un rapport sur l'accès aux Enfers, récite Hermès.

Hypnos ne répond pas tout de suite et Hermès n'ajoute rien. Je trouve ce silence très gênant. Ça ne m'étonne pas qu'Hermès me zappe, je ne suis que son prétexte. Hypnos, lui, tourne son regard vers moi, curieux.

— Et elle ?

— Une âme que j'accompagne, répond vite Hermès.

— Une « âme » ? relève une autre voix.

Décidément, on attire tous les passages, comme une flamme les papillons ! Une nouvelle figure se découvre et entre dans le rayon blanc produit par les ailes d'Hypnos. Je recule, impressionnée par son allure. C'est une jeune femme ailée à la peau turquoise et à taille humaine. Elle est enroulée dans le même type de manteau qu'Hermès, mais teinté d'un rouge sang saisissant. Ses longs cheveux noirs sont détachés et se balancent librement dans son dos et sur ses épaules. Dans sa main, une torche allumée. J'en déduis qu'elle aussi guide les âmes à travers l'Érèbe. Lorsqu'elle pose ses yeux sur moi, je déglutis. Aussi rouge et perturbant que ceux d'Hypnos.

— C'est ainsi que tu appelles les ombres à présent ? Comme n'importe quel Olympien ?

Sa voix ressemble à un murmure mais bruyant. J'ai rarement peur, je pense pouvoir l'affirmer. Mais cette allure irréelle, ce regard effroyable et ce ton bas et caverneux me font serrer mes bras contre moi. Je ne suis pas rassurée. Je suis vraiment dans l'inconnu, ici. Ce sont des divinités qu'on ne voit jamais sur Terre.

— La belle nuit, Kère, semble souhaiter Hypnos en l'accueillant.

— La belle nuit, mon frère, répond-elle avec respect.

Elle prend place auprès d'Hypnos et se met à nous dévisager, Hermès et moi. Au milieu de ce nouveau silence tendu, j'aperçois un vieil homme un peu perdu, en dehors du cercle.

— Euh, je dois continuer d'avancer ? ose-t-il demander, avec timidité.

— Oui, c'est tout droit, tu ne peux pas te tromper, réplique Kère.

L'âme – ou l'ombre, comme semblent les appeler les divinités infernales – poursuit sa route sans un mot de plus. Hermès, lui, fait voleter son Caducée près de lui et réapparaître son bloc-notes et son stylo.

— Tu n'accompagnes pas tes ombres jusqu'au bout ? questionne-t-il avec froideur.

— Ça fait des années que tu n'as pas posé les pieds aux Enfers et tu apparais soudain pour me faire la leçon ? répond Kère, sur la défensive.

Je crois d'ailleurs qu'elle l'est depuis le départ. Ça expliquerait le manque d'enthousiasme et ce front qu'elle semble former avec Hypnos.

— C'est une inspection surprise, dit Hermès. Ordre de Zeus.

— Est-ce que Leurs Grandeurs Hadès et Perséphone sont au courant ?

— Hadès et Perséphone n'ont pas leur mot à dire lorsqu'il s'agit d'une consigne de notre maître à tous.

Les traits déjà peu aimables de Kère se froissent davantage. Hypnos, lui, semble malgré tout se tenir en retrait. Moi, j'aurais envie de faire ravaler son bloc-notes et son stylo à Hermès. Rappliquer ici et rappeler qui est le maître, ça agacerait n'importe qui. Mais je commence aussi à me dire, intriguée, que je suis sous la dépendance d'un nouveau couple régnant. Zeus a beau être le maître des Douze et de toutes autres divinités, les Enfers sont régis par Hadès et Perséphone. Zeus, lui, n'a jamais posé les pieds ici.

— Et ton ombre ? ajoute Kère en me jetant un œil froid.

— Mon ombre est encore là, avec moi, *elle*.

Le tout sans me regarder.

— Je me permets de préciser que je m'impatiente, dis-je alors, en me retenant de tapoter le sol du pied. Je n'ai pas que ça à faire, j'ai une solution à trouver.

Kère m'observe, figée, avant de serrer les dents et d'éclater de rire.

— Une « solution » ! Qu'est-ce que cet Olympien a bien pu te dire pour que tu imagines trouver une solution ?

Bien que j'apprécie ses réserves vis-à-vis d'Hermès, je me passerais bien de sa moquerie envers moi. Ils ne savent vraiment pas à qui ils ont affaire.

— Tiens ta langue, Kère, prévient Hermès.

Son attitude change enfin. Il s'est redressé et sa lueur si pâle s'est durcie. Je dirais même que ses muscles se sont contractés. Il va aussi se sentir menacé par Kère ? Il a du mal avec la concurrence féminine, c'est ça ?

Kère, elle, savoure cet instant, de toute évidence. Elle croise les bras et fanfaronne alors que son frère, lui, ne se permet qu'un mince sourire. Amusé ? Peut-être, on va pencher pour cette interprétation.

— Je parie que ton ombre est une catégorie IDR.

— IDR ? relevé-je en marmonnant plus qu'autre chose.

— Incompréhension, désorientation et récalcitrance, explique Kère en comptant sur ses doigts. Ça fait des lustres qu'on n'en a plus eu, de notre côté. Tu es rouillé, Olympien. Tu ne sais plus rassurer tes ombres.

Je jette un regard de côté sur Hermès. Même sans avoir une idée précise de la tâche d'un psychopompe, je reconnais qu'il n'a pas fait grand-chose pour me ménager. Mais je sais aussi que, étant donné la grossière erreur qui se joue, il ne peut pas faire grand-chose non plus. Non, je ne comprends pas pourquoi, oui, je suis désorientée, et bien sûr que je suis récalcitrante ! Parce que ma place n'est pas ici.

— Sans vouloir le défendre absolument, je suis plutôt contente d'être une IDR, affirmé-je alors.

Les trois dieux me fixent, éberlués.

— Elle ne passera jamais le Styx, commente Kère.

— J'en fais mon affaire, réplique Hermès.

Mais moi, j'y vois une super nouvelle !

— Non, je ne passerai jamais le Styx, en effet, appuyé-je avec un sourire nerveux.

Si je peux les faire douter, c'est une bonne chose. Et si Hermès devient un forceur, alors il sera mon ennemi. Je suis plutôt convaincue, malgré le rire de Kère tout aussi moqueur que le premier, même s'il a un peu plus de retenue.

— Ça ne veut pas dire que tu rebrousseras chemin, ombre. Seulement que tu vas rester sur la berge avec les *orgai*.

— Pas si je trouve une solution, m'entêté-je.

— Circé, ça suffit, me prie Hermès.

C'est la réplique de trop. Un lourd sentiment d'impuissance m'habite depuis que je ne suis plus maîtresse de mes sens et que je n'ai plus de magie. Mais cette acceptation pure et simple d'Hermès, sans remise en cause, sans aucun sentiment, si minime soit-il, me fout en l'air. Je ne pensais pas que pleurer était possible maintenant que je suis désincarnée, pourtant, une monstrueuse colère mêlée de douleur me remonte la gorge et embue mes yeux sans qu'aucun liquide ne roule sur mes joues.

— Ne me dis pas ce que je dois faire ! Je n'ai pas besoin de toi, tu n'es qu'un lâche à la botte de son père !

J'impose un silence. Hermès n'a pas frémi d'un cil, seul son regard gris s'est glacé. J'aimerais sentir mon cœur cogner et mon souffle se raccourcir, mais ce n'est pas encore le cas.

— Circé ? Une descendante de la Première ? interroge Kère avec un intérêt nouveau. Je peux la ramener moi-même si tu veux.

Une onde virulente déboule d'Hermès et nous traverse tous, même moi.

— Personne ne touche à Circé, elle est *mon* ombre !

La réaction du dieu messager choque l'assemblée, moi la première. Je ne m'attendais pas à l'entendre un jour rugir, lui qui modère toujours sa voix pour faire en sorte d'être le plus neutre et cordial possible. Toute sa peau a pris des allures d'armure métallique, juste le temps de son coup de chaud. Seuls ses yeux ont gardé cette teinte miroitante et plus fermée encore que d'habitude. Il est peut-être le dieu diplomate, mais ce puissant rappel tasse toute rébellion. Kère baisse les yeux et Hypnos, toujours aussi calme, incline la tête.

— Je ne t'appartiens pas, vociféré-je pourtant, troublée.

— Détrompe-toi, rétorque-t-il aussitôt.

Un mélange noueux d'émotions m'envahit. Je suis révoltée, et dans un minuscule creux de ma tête, rassurée d'avoir un point d'ancrage dans cet inconnu. Cela dit, par pur esprit de contradiction, je voudrais lui balancer que ce n'est pas une mauvaise idée de partir avec Kère. Surtout après l'avoir vue abandonner une ombre qui s'est éloignée seule de son côté. Mais c'est contre-productif, même pour moi. Et je refuse d'être le jouet d'Hermès, bon à rappeler qu'il est l'unique membre des Douze, ici. Je me laisse distraire par cette rencontre alors que je ferais mieux de trouver une idée.

Je suis dans l'Érèbe, avec deux psychopompes et le dieu du sommeil. Je suis encore dans la zone frontière. Là où les âmes des rêveurs et des… Oui ! Je suis dans l'Érèbe avec Hypnos !

— Toi, dis-je en m'approchant du dieu accroupi. Toi, tu peux me renvoyer dans mon corps. C'est ce que tu fais avec les âmes rêveuses, non ? Il suffit que tu me considères comme l'une d'elles ?

Je reste pendue à ses lèvres, bien trop contente de mon raisonnement.

— Oh, bien-crainte Perséphone, marmonne Kère. Cette ombre tient un de ces dénis…

— Je suis désolé, ombre, enchaîne direct Hypnos.

Je recule d'un pas, sa voix me faisant vibrer, même sans os.

— Le Destin t'a déjà frappée, tu n'es plus une âme rêveuse, mais une ombre.

Mes épaules s'affaissent. C'est surtout qu'il n'a même pas envie d'essayer. C'est bien lui pourtant qui m'a dit que je ne devais pas rester dans l'Érèbe et qui me prévenait qu'on me piégeait ? Ou alors c'était vraiment un rêve ? Du genre prémonitoire ?

— Bon, revenons-en à l'inspection, reprend Hermès. Kère, détaille-moi tes cent dernières ombres. Selon le résultat, je verrais si ton travail est conforme et rentable, et si je dois en parler ou non à Thanatos, ton responsable.

Le visage de Kère se défait. Elle est humiliée et pas du tout encline à collaborer, mais elle cède. Elle se met à débiter de mémoire des ensembles de trois lettres qui catégorisent les ombres : CSA, CDA, ISA, CSA, ISA, CSR… Hermès prend tout en notes, plongé dans son travail, sans se préoccuper de moi.

J'avale difficilement ce nouveau fiasco. Les trois dieux sont occupés, je tourne en rond. Je ferais mieux de faire comme le brave vieux monsieur qui est parti tout seul. Je ne comprends pas pourquoi Hermès tient absolument à m'accompagner alors qu'il s'en fiche de sa soi-disant ombre ! Je me mordille la lèvre.

S'il y a bien une chose pour laquelle je suis douée, c'est de fausser compagnie. Je ne pourrais pas créer de double de moi avec un sort, mais je peux lentement me diriger vers la bordure de notre cercle lumineux. Je patiente quelques instants en faisant mine de ruminer, rappelant ainsi ma présence tout en la faisant oublier.

Puis, je recule. Sans m'arrêter. La lueur d'Hermès se floute et s'assombrit. Je pivote et me mets à marcher vite et tout droit. Il ne suffit que de cela. Franchement, pour une zone frontière, les dieux ne se sont pas cassé la tête. J'ai déjà aperçu le luxe et la fortune des Olympiens, à côté, cette entrée aux Enfers est très austère.

Je m'enfonce dans l'obscurité de l'Érèbe, déterminée.

Chapitre VIII

Je n'ai plus la mesure du temps. Je n'avance probablement que depuis quelques minutes, mais si ça se trouve, ça fait des heures. Comment en être sûre ? Comment même savoir qu'il ne fallait pas aller dans une autre direction ? Aucun repère, ni spatial, ni temporel. Aucune idée pour m'en sortir. Je bouillonne de rage. C'est tellement injuste ! Pourquoi moi ? Alors que je suis si jeune ! J'ai encore tant à faire !

J'accélère. Toute cette colère m'empêche de réfléchir mais je ne parviens pas à la chasser. La vue de l'obstacle qui surgit au loin pourrait bien le faire, elle.

Un cristal de roche géant. De la forme d'un gros crayon, posé en diagonale. Je m'arrête et le regarde de loin, incertaine. Est-ce que je commence à voir des mirages ? Ou est-ce qu'il est vrai ? Je reprends ma route, avec prudence. Plus je m'en approche, plus il grandit. Lorsque j'arrive à son niveau, il a la taille d'un immeuble de dix ou douze étages… et il n'est pas seul. Derrière lui, s'ouvre une forêt de cristaux géants.

J'avance dans cet environnement irréel, interloquée. Je ne me serais jamais doutée d'un tel décor dans les Enfers. Je me tords le cou pour regarder partout autour de moi. Toujours pas de ciel visible, juste l'obscurité, mais les cristaux réverbèrent leur propre lumière. J'essaie de rassembler ce que je sais sur cet endroit alors qu'on n'en parle pas vraiment autour de moi. Tout le monde craint les Enfers et l'Invisible, surnom donné à Hadès, frère aîné de Zeus et de Poséidon. Celui qui a le plus longtemps souffert de leur père Cronos. Celui qui règne sur les mondes souterrains.

Je ne l'ai croisé qu'une seule fois, au mariage d'Ella. Hadès est discret. Heureux avec Perséphone. Et riche. Très riche. Tous les minerais et les pierres précieuses du sol lui appartiennent. Il détient même la Corne d'abondance. Mais il n'a pas de ciel ni d'étoiles, pas d'eau turquoise, ni de lever de soleil. Et toute bonne sorcière sait que rien ne pousse ici. Pas de végétation. C'est du moins ce que je croyais car la forme sinueuse d'un arbre rouge sombre apparaît entre deux cristaux, à plusieurs mètres. Le tronc bas se sépare en plusieurs branches pleines de feuilles. Rien de vert. Tout porte la couleur des fruits : la grenade. Machinalement, je passe ma main sur le tronc et sens l'écorce sous mes doigts.

J'ai retrouvé le toucher ! Ma matérialité revient enfin. Les racines qui plongent dans une terre noire et grise deviennent un obstacle pour mes pieds. Je touche mon visage et mes cheveux, mes piercings sont encore là, mais je n'ai plus ma robe framboise. Je porte une longue tunique blanche sans manches. Je suis sortie de l'Érèbe.

Je poursuis mon chemin qui sillonne au milieu de centaines de grenadiers en nuances de rouge. Le paysage prend enfin de la profondeur. Le sol alterne la roche, la terre et ce qui ressemble à des cendres grisâtres. Une lumière plus forte surgit au loin. Cette forêt mène bien quelque part. Et je ne suis plus seule à m'y rendre. D'autres silhouettes humaines, de tout âge et toutes origines, semblent suivre leur propre route, autour de moi.

Je suis si pressée de voir ce qu'il y a de l'autre côté que je me mets à courir. Mon cœur s'agite, mes poumons s'emballent. Ma détermination, elle, est au beau fixe. Je quitte un état de stupéfaction, proche de la fascination, pour retomber dans un état de frustration ultime. Si les scénographes des Enfers croient vraiment qu'ils vont endormir ma volonté avec un paysage à couper le souffle, ils se trompent !

Je déboule à l'orée du bois et stoppe aussitôt. Face à moi s'étend une immense plaine grise, parsemée de grenadiers et en légère pente. Si vaste qu'un creux douloureux se forme dans mon estomac. C'est vertigineux. Et rempli d'ombres qui s'amassent au loin, sur les berges d'un fleuve aussi noir et lisse que l'obsidienne.

Le Styx. Un point de non-retour. Beaucoup de héros sont arrivés ici, comme Ulysse, notre aïeul, Énée, prince troyen en fuite ou encore Achille qui a été plongé dans le fleuve par ses chevilles. Mais très peu sont allés au-delà du Styx pour en revenir : Orphée et Thésée sans les ombres qu'ils sont venus chercher, Héraklès avec Cerbère pour ensuite le ramener. Le point commun de tous ayant son importance puisqu'ils étaient vivants. Aucun mort n'a jamais fait le chemin inverse. Et comme il est hors de question que ma vie s'arrête là, aussi bêtement que cela, alors je serai la première ombre à quitter des Enfers. J'ai quelque chose qu'aucune autre n'a : des pouvoirs de sorcière !

Je serre les poings et concentre ma magie. Elle vibre très vite sous ma peau, comme si elle ne m'avait jamais quittée. Toute sa puissance m'embrase de l'intérieur. Très bien ! Je n'ai plus qu'à tenter tous les sorts possibles et inimaginables pour partir d'ici. Je lance tout ce qui me passe par la tête : incantations pour ramener à la vie des plantes tout en les adaptant à une autre forme de vie, sorts de voyage à travers l'espace en espérant sortir tout bonnement de la dimension infernale, inversions d'un mauvais sort pour le contrer, appels à mon ascendant Hélios pour me sortir d'un lieu qu'il n'atteint pas, sortilèges de réunion d'une âme et d'un corps en cas de projection astrale…

« Par-delà le temps et les dimensions, romps ce destin qui m'enchaîne, ouvre les portes de cette prison et arrête l'odieuse course qui m'entraîne. »

« Sors-moi des Enfers, libère-moi de ces fers. »

« Répare l'injustice qui me frappe, ramène-moi sur Terre pour que j'en réchappe. »

Toutes les formules s'emmêlent dans ma tête, sans résultat.

Rien n'y fait… J'ai beau hurler le nom d'Hécate, elle n'apparaît pas. Je tombe à genoux, épuisée. Toute cette magie gaspillée ! Toute cette impuissance qui m'abat, j'en ai la gorge nouée. Un nouvel élan de colère me tord les entrailles. Je peux créer une boule de lumière dans ma main, mais impossible de me sortir de là.

— Ça va, mademoiselle ?

Je lève les yeux, le vieil homme lâché par Kère sort de la forêt et vient de s'arrêter près de moi. Je ravale une réplique cinglante. Comment est-ce que ça pourrait bien aller ? J'ai vingt-six ans et je suis coincée là, dans l'antichambre des Enfers ! Alors que lui, il a un âge honorable pour en finir !

— Pas vraiment, non, réponds-je avec froideur, tout en me relevant.

L'homme affiche un air compatissant qui m'agace d'autant plus. Il est vêtu de la même tunique que moi. À première vue, toutes les ombres sont rhabillées pour entrer au royaume d'Hadès et de Perséphone. En revanche, il a gardé son alliance à l'annulaire. J'en conclus que tout ce qui est métallique et lithique est permis dans la dimension souterraine.

— Vous vous êtes perdu en route pour ne débarquer que maintenant ? grogné-je.

— Oh non, j'ai pris mon temps. Ma psychopompe m'a tout expliqué. Elle m'a prévenu que la forêt de cristaux était l'une des plus belles curiosités des Enfers. Et j'ai toujours aimé les pierres.

Il termine avec un sourire conquis, comme un touriste ravi de sa trouvaille et de son excursion. Ouais. Probablement l'une de ces âmes qui a tout compris et qui est dans l'acceptation.

— Et vous, qu'avez-vous envie de voir sur la route ?

Je n'ai que de l'amertume à lui répliquer.

— Mon psychopompe ne m'a rien conseillé parce que c'est un incapable. De toute façon, je ne suis que de passage.

Le vieil homme semble étonné et gêné. Mais il ne se démonte pas. Il désigne, un peu plus bas, une route pavée qui mène au fleuve.

— Voulez-vous que nous fassions quelques pas ensemble ?

Que pourrais-je bien faire d'autre ? Il me faudrait une divinité compréhensive pour me venir en aide. Je pourrais passer un marché avec elle, lui promettre quelque chose en tant que sorcière et espérer ainsi rejoindre les miennes sur Terre. Peut-être qu'il y a d'autres psychopompes près du Styx. Alors, sans un mot, je me joins au vieil homme et nous reprenons le chemin que suivent aveuglément toutes les ombres.

— Comment s'est passée votre mort ? marmonné-je, exaspérée par avance.

Lui si vieux, et moi si jeune. Si injuste !

Il commence par hausser les épaules.

— Je ne me suis pas réveillé. Ou plutôt, si. Mais j'étais désincarné et Kère était auprès de moi pour me rassurer. Je ne m'y attendais pas, voyez-vous, ajoute-t-il un peu confus. Mais tout était en ordre, mes enfants et mes petits-enfants ne seront pas si étonnés. J'étais un peu fatigué ces derniers jours. Tout ce que j'espère à présent, c'est croiser Helena de l'autre côté. Kère n'a rien pu me dire à ce sujet. Je verrai après la croisière.

— La croisière ? grimacé-je.

— Sur le Styx, avec Charon. La vue sur les fleuves infernaux est imprenable, à ce qu'il paraît.

Il a un soupir impatient et satisfait tout à la fois. Moi, ça me fout en rogne, sa quiétude.

On marche dans un silence tendu pour moi, paisible pour lui. La plaine est en réalité une base de roche recouverte de cendres que je balaie du pied. Ce sont elles qui donnent à toutes les ombres environnantes cette allure grisâtre et terne qui finit par les confondre avec le paysage au loin. Seuls les grenadiers rouges offrent une touche de couleur ici et là. Plus on avance, et plus un espace délimité se dessine. On se trouve dans une caverne gigantesque. De longues stalactites tombent à des centaines de mètres de haut. Le Styx s'enfonce au-delà de l'horizon.

Le vieil homme s'éclaircit la gorge.

— Je ne voudrais pas insister, mais puis-je savoir ce qu'il vous est arrivé ? Vous semblez si jeune, se désole-t-il.

— Une soi-disant crise cardiaque, comme ça, dis-je en claquant des doigts.

Je bous de rage.

— Je suis désolé.

— Et moi donc !

Plus ça va, et plus nous sommes entourés d'ombres. On commence même à voir des groupes assis sur les côtés, parfois en cercle, parfois par deux, sur un monticule de roche ou sous les quelques arbres présents. J'aperçois, sur la berge, ce qui ressemble à un quai construit avec deux silhouettes immobiles et un petit bâtiment, un kiosque peut-être, aux contours peu lisibles depuis notre position. C'est donc là que Charon accoste pour embarquer les ombres dans leur dernier voyage. Je frissonne, mais pas de peur, de froid. Une bise glaciale se met à souffler. Ça doit motiver à ne pas rester ici.

Je regarde partout autour de moi, à la recherche d'un psychopompe à harceler, mais il n'y a que des morts. À ma gauche, du mouvement attire mon attention.

— Excusez-moi, dis-je au vieil homme en lui faussant compagnie.

Je sors de la route et me dirige vers une foule qui semble agitée. Leur bousculade m'attire comme un aimant. J'ai besoin de ça, de ce mouvement. Il faut que j'épuise ma fureur quelque part et ces cris sont parfaits. Quand j'approche du groupe, j'ai l'impression de voir de violentes vagues faire ployer les corps et les têtes. Tous s'agrippent, se tirent, se frappent, s'envoient au sol, se relèvent dans un bazar incroyable. Mon cœur s'emporte. Ils ont tous l'air si jeunes, eux aussi, parfois adolescents, parfois à peine âgés d'une quarantaine d'années. Hommes ou femmes, ils se mettent en charpie sans aucune raison apparente.

Au milieu de ce chaos, une grande figure immobile, attentive et souriante, semble chapeauter le tout. Ses cheveux noirs en crête, sa peau cobalt, entre le bleu et le vert, et ses yeux rouges, eux aussi, la distinguent au milieu de tout ce gris. Je pourrais me poser plus de questions sur cette présence insolite à cet endroit, mais non. Je m'en contrefous.

Je m'élance dans la mêlée et abats mes poings au hasard, heurtant des mâchoires et récoltant une douleur qui m'ébranle. J'ai tant de colère ! Et je me sens si vivante ! Je serre les dents avant de me mettre à hurler tout en m'enfonçant dans cette gigantesque bagarre. Tout m'échappe, c'est si bon, si dur et si brutal à la fois… Mes bras s'agitent dans tous les sens, je me sens intouchable ! Comme si j'étais à nouveau cette jeune fille de seize ans en rébellion.

Si injuste !

Si impuissante !

Si perdue…

Un coup au visage me jette au sol. Des pieds me molestent involontairement, je me recroqueville, à bout de force. Je ne pensais pas que c'était possible d'en arriver là, aux portes du royaume des Morts. N'est-on pas qu'une ombre inépuisable ? Doit-on encore souffrir de la fatigue et de la douleur ? Tout cela n'a donc pas de fin ?

Je tente de me redresser et demeure debout, boitillante, au milieu de cette foule déchaînée, sans comprendre dans quoi je me suis lancée. J'aimerais dormir et tout oublier. Retourner en arrière, à la *baby shower* d'Ella. Retrouver la Clairière, assister au printemps. Je peux encore servir de défouloir aux autres. Il n'y a rien qui m'attend ailleurs et je n'ai rien fait de ma vie. Je suis même incapable de juste *vivre*.

Une ombre me capte et lève son poing vers moi. Je ferme les yeux, prête pour un second *round*, quand deux bras m'enserrent par-derrière. Je sursaute et me retrouve blottie contre un torse sans voir à qui il appartient. D'un coup, nous décollons. Deux grandes ailes immaculées battent l'air et je m'accroche comme je peux à l'étau. La plaine défile sous mes yeux et nous atterrissons sur une colline, près d'un grand grenadier alourdi de fruits. Dès que je touche la roche et les cendres, je m'affaisse, libérée, et recule.

Un dieu se dresse devant moi. Il replie ses ailes dans son dos et m'observe avec une curieuse bienveillance. Son physique est tout autant sidérant que celui des divinités infernales que j'ai déjà croisées : sa peau est bleu nuit, parsemée de poussière de diamants, comme si une voie lactée le parcourait des pieds à la tête. Je suis même sûre d'identifier des constellations sur son visage et sur ses bras. Le reste de son corps est enveloppé dans un manteau, du même type que celui d'Hermès et de Kère. D'un geste, il noue sa chevelure blanche au sommet de son crâne, sans me quitter de ses yeux aussi clairs qu'une étoile.

J'ignore encore à qui j'ai affaire, mais je mise sur un enfant de Nyx, la Nuit.

— Ta place n'est pas parmi les *orgai*, dit-il d'une voix ferme.

Les *orgai*, Kère les a évoqués tout à l'heure.

— Qui ? demandé-je, encore désorientée et endolorie.

— Les ombres en colère, celles qui ne passent pas le Styx.

Je me frotte les bras couverts de rougeurs.

— Elles ne le franchissent jamais ?

— Elles peuvent mettre des dizaines d'années de mortels, selon le degré de leur ressenti, répond-il avec un haussement d'épaules.

Est-ce que je perçois bien une touche blasée dans son ton ? Je l'observe avec plus d'attention : il a l'air d'être bien bâti, avec des traits qui trahissent une assurance bancale. Je n'arrive pas à mettre le doigt sur ce qui le rend vulnérable. Son nez droit, ainsi que la finesse et l'harmonie de son visage, lui donnent un air enjôleur et séduisant.

— Et pourquoi je n'en ferais pas partie ? relancé-je avec hésitation.

— Ce n'est pas ce que le Destin a prévu pour toi.

Il s'accroupit devant moi. C'est là que je m'aperçois que j'ai aussi retrouvé mon odorat. Et le dieu fascinant qui tend le bras vers moi a une odeur… inconnue. Elle semble anisée, un mélange de sucre et de sève. Je m'écarte par prudence, pour l'empêcher de me toucher. Il reprend sa main sans avoir l'air agressif. Pourtant, il ne m'inspire aucune confiance.

— Qu'est-ce que tu fais ?

— Je m'assure que tes blessures vont bien guérir seules.

— Je ne t'ai rien demandé.

Il affiche un sourire amusé qui tasse mon reste de colère.

— Non, c'est vrai, confirme-t-il. Pardonne-moi.

Il me propose sa main pour m'aider à me relever. Cette fois-ci, je l'accepte. Son contact m'étonne alors que je n'avais pas du tout fait attention à cela lorsqu'il m'a attrapée au milieu de la foule. Sa peau est fraîche, presque tiède. Alors qu'Hermès est brûlant. Il est peut-être temps que je sache au moins son nom. Je suis vaguement reconnaissante, mais vraiment, je préfèrerais être seule et digérer la situation dans mon coin, sans témoin. Je suis encore secouée et je tente de formuler ce qu'il m'arrive sans y parvenir.

— Qui es-tu ?

Il semble heureux que j'engage le dialogue, tous ses traits se détendent. Ça me met mal à l'aise. J'ai l'impression qu'il attend beaucoup trop de moi alors que je n'ai rien à donner. Il ouvre la bouche pour répondre, mais une voix féminine l'interrompt.

— Frère ! Pourquoi tu es intervenu ?

La silhouette aperçue au milieu des *orgai* nous rejoint, les ailes grises repliées, pleine de nervosité et d'agacement. C'est ainsi que je pourrais qualifier chacun de ses muscles d'ailleurs. Tout semble tendu chez elle : ses biceps cobalt, les traits de son visage, ses jambes droites plantées dans le sol, découvertes par un chiton court, comme Artémis. Elle me fusille de son regard rouge, au point de me faire tressaillir avec crainte.

— Elle était très bien, là-bas ! ajoute-t-elle. Une sorcière, enfin ! Je pensais qu'on n'en verrait plus jamais de si jeune. Ça fait quoi, cent ans ? Que l'une d'elles n'est pas morte de vieillesse ?

Elle ne pourrait pas mieux faire pour m'enfoncer une épée dans le cœur. J'aimerais répliquer, mais j'ai dépensé tout mon courroux. Les sorcières ne subissent pas de maladies et n'ont pas – *jamais* – d'accident. Elles s'éteignent naturellement. Il y a cent ans, c'était la guerre contre les dieux, certaines sont mortes lors du conflit avant leur heure.

— Du calme, Nem, tempère le dieu.

La déesse ouvre la bouche pour répliquer mais elle la referme aussitôt.

— Ne m'appelle pas Nem, s'agace-t-elle. Ou je pourrais très bien t'appeler Than à mon tour.

Il penche la tête sur le côté avec provocation.

— Tu n'oserais pas.

OK. Je suis témoin d'une dispute familiale. Ça ne m'aide pas à savoir à qui j'ai affaire, mais ça a un côté rassurant dans le contexte actuel. La déesse grommelle tout en croisant les bras avant de se tourner vers moi.

— C'est quoi ton nom, ombre ? Qui est ton psychopompe pour que tu débarques ici en catégorie IDR ? Sûrement pas Kère, notre sœur n'aurait jamais été aussi négligente avec une ombre.

J'ai la confirmation que ces deux-là sont les frères et sœurs de Kère et d'Hypnos, tous les quatre sont les enfants de la Nuit. Autant c'était peu évident en voyant Kère et Hypnos, même « Nem », autant « Than », c'est incontestable.

Je pousse un bref soupir. Je n'ai toujours pas envie de sociabiliser et j'ignore ce que ces deux-là me veulent véritablement.

— Circé, dis-je, pas très emballée à l'idée de débiter toute mon ascendance.

Je cloue le bec de la déesse qui ouvre de gros yeux. Le dieu, lui, me dévore des siens, accentuant mon malaise. Mais quelque part, il y a de l'admiration chez lui. Peut-être une volonté réelle de m'accompagner. Alors qu'Hermès m'a juste abandonnée sur le bas-côté de la route.

— Et mon psychopompe est l'incapable Hermès, ajouté-je, encore blessée par son comportement.

Cette fois, ce n'est pas moi qui les glace sur place, mais plus l'évocation du dieu messager.

— Attends, là… Hermès est aux Enfers ? interroge la déesse.

— Il doit faire une inspection du travail et en passant, il m'a balancée dans l'Érèbe sans regarder derrière lui.

Je n'en reviens toujours pas. Je n'ai plus de colère, mais une boule d'incompréhension et de… tristesse au fond du ventre. Comment a-t-il pu ? Je me frotte les bras, la fraîcheur du coin et la détresse qui m'envahit me donnent froid.

— Incroyable ! s'exclame la déesse, remontée. Ce fils de Zeus s'est tiré depuis un siècle et il ose débarquer ici pour une inspection ! Je l'attends, moi ! Leurs Grandeurs n'ont sûrement pas donné leur accord pour ça !

— Mmh, c'est bien possible, accorde plus posément le dieu.

Il ne cache pas sa contrariété pour autant. Personne n'a envie de voir Hermès ici. Je ne sais pas ce qu'il a bien pu leur faire, mais ça semble encore sensible pour tout le monde. Bon. C'est gentil tout ça, mais je ne sais pas encore qui j'ai en face de moi.

— Au risque de me répéter, qui êtes-vous ?

Les deux divinités retournent leur attention sur moi.

— Je suis Némésis, je châtie l'*hybris* et j'aime ta colère, Circé, se présente la déesse avec un demi-sourire aguicheur.

— *L'hybris ?*

— L'orgueil et la démesure, et autant te le dire, tu en es pleine !

J'esquisse un mouvement de recul, troublée par son affirmation sans détour.

— Comme toutes les ombres en IDR, ajoute-t-elle. « Je suis trop bien pour mourir », « Ce n'était pas mon heure », blablabla…

Elle a de la chance que toutes mes forces soient à plat.

— Personne ne déjoue les plans du sort. Mon frère le sait mieux que personne. Dis-lui, toi, encourage-t-elle en donnant un coup de coude au dieu.

Ce dernier la fusille de ses yeux blancs.

— Thanatos, c'est mon nom.

Il ne dit rien de plus et il n'en a pas besoin. Parmi toutes les anciennes croyances des sorcières, avant le retour d'Hécate, il y avait le fait que le dieu de la mort soit le comble de la malveillance. On l'a toutes cru par habitude, en sachant pertinemment que la mort est indispensable dans le cycle vital de la nature.

Et me voilà devant l'incarnation de cette mort. Je comprends mieux les impressions contradictoires qui émanent de lui. Il est à la fois fascinant et effrayant. À la fois coupable et innocent. Je fuis son regard, perturbée.

— Mais rassure-toi ! relance Némésis. Rien ne peut surpasser l'*hybris* d'Hermès. Ce chien de Zeus se croit supérieur parce qu'il est l'un des Douze ! J'ai hâte de le châtier moi-même…

Némésis est une véritable boule de nerfs ! Thanatos pose sa main sur son épaule en guise d'apaisement, sa sœur inspire et expire avant de se calmer. Du moins, en apparence.

— Non mais c'est vrai, grogne-t-elle. C'est toi, le responsable des psychopompes, il a cédé sa place. Il n'a rien à faire ici. Surtout si c'est pour transmettre les ordres de Zeus.

Elle ponctue sa phrase d'une grimace haineuse. Au moins, ici, je suis parmi des divinités qui ne font pas semblant d'aimer leur grand maître.

— En attendant sa venue, je constate qu'il n'a pas pris soin de l'ombre dont il s'est chargé, appuie Thanatos en me jetant un regard de biais.

Autant ça ne me dérange pas qu'ils critiquent ouvertement Hermès, autant je commence à me dire que participer à tout cela pourrait s'avérer préjudiciable. Et si j'ai cette rancœur, c'est parce que je sais très bien que c'est personnel. Je lui en veux tellement, au-delà de son rôle de psychopompe. Je lui en veux malgré lui, de ne jamais avoir fait un pas vers moi, d'avoir nié notre attirance, ou de l'avoir juste rejetée car elle n'avait aucune importance pour lui. Et tout cet imbroglio d'émotions devient soudain superficiel. À quoi bon ? Je me retrouve devant Thanatos et je ne parviens même pas à lui demander s'il peut m'aider, je sais d'avance qu'il me rira au nez.

J'observe à nouveau le paysage autour de moi, le fleuve au loin, toutes les ombres qui attendent, et quelque part le vieil homme serein. J'ai l'impression d'être devant une porte au battant fermé, mais à la serrure déverrouillée. J'ai peur, si peur de l'ouvrir. Ce que je vais y voir va me bouleverser.

— Circé ?

Thanatos s'est approché, plein de compassion et de bienveillance. Il tend le bras au-dessus de lui et attrape une grenade dans l'arbre. Il la rompt en deux, les graines brillantes et le jus sucré sont si attirants que j'en salive.

— Mange, dit-il en m'offrant une moitié.

Sa voix change. Je suis peut-être plus vulnérable que d'habitude à cet instant, mais ce fruit tendu m'a tout l'air d'une tentation. Au moins autant que le regard brûlant du dieu. Décontenancée, je n'ose pas bouger. Thanatos a une aura impérieuse et attirante. Le mot danger pourrait clignoter au-dessus de lui, ça ne m'étonnerait pas. La rondeur du fruit dans la paume de sa main, à l'opposé, est tout en douceur, charnue et sensuelle.

— Mange, n'aies pas peur, répète-t-il d'un ton assombri et rauque.

Mon instinct me supplie de résister pour une raison qui m'échappe, mais je tends quand même la main et frôle la peau tiède du dieu de la mort. Si je suis gênée par ce contact, lui sourit avec une séduction parfaite. Ça me retourne l'estomac. C'est moi ou il pourrait emballer n'importe qui d'un claquement de doigt ?

J'approche la grenade de mon nez. Enfin une odeur familière. Enfin un goût que je connais. Je le porte à ma bouche, et avant même que je puisse mordre dedans, une main m'agrippe le poignet et l'éloigne avec autorité.

Hermès jette la grenade plus loin et, avec autant de délicatesse que de fermeté, il s'empare de mon visage encore marqué par les *orgai*. Ses yeux sont métalliques et d'une froideur à toute épreuve. Un son éraillé s'échappe de sa gorge :

— Qui t'a touchée ?

Chapitre IX

Il attend une vraie réponse ? Je ne pensais même pas le revoir. C'est peut-être moi qui suis partie, mais on ne peut pas dire qu'il ait tout fait pour me garder auprès de lui, ni pour m'expliquer avec soin ma situation. Et voilà qu'il s'enquiert bien durement de savoir ce qu'il m'est arrivé ? Non, de dénicher un coupable serait plus juste.

Je repousse sa main et vais m'empresser de répondre quand il se tourne vers Thanatos qui n'a pas bougé d'un pouce. Hermès retrouve cette forme argentée étrange que j'ai aperçue dans l'Érèbe : comme une armure fermée, illisible et perturbante. C'est bien de lui que vient le mot « hermétique » après tout. Jamais encore je n'avais vu d'illustration plus claire et nette de cette étymologie que maintenant.

Hermès attrape la gorge du dieu de la mort, aussi grand que lui, aussi impressionnant et flamboyant, mais avec une lueur diffuse que les divinités infernales n'ont pas. Parce qu'il est un Olympien, un céleste dans un souterrain.

— Que lui as-tu fait ?

— Je ne suis pas en faute.

Derrière eux, la silhouette impulsive de Némésis tremble de fureur. Deux longues épées noires s'allongent entre ses doigts.

— Comment oses-tu blâmer mon frère ? Quelle arrogance ! C'est toi qui n'as pas assuré, toi qui devrais te retrouver au Tartare, à la place de tant d'autres !

— Tiens ta langue, Némésis, prévient Hermès. La dernière chose que tu voudrais c'est te mettre l'Olympe à dos ! Zeus a peut-être été content de tes services, mais c'était il y a bien longtemps.

Il relâche tout de même Thanatos qui n'a pas tenté de se défendre et qui n'a rien perdu de sa superbe. Hermès brandit le Caducée qui semble faire impression. C'est donc un objet de démonstration, en plus d'une clé pour permettre à son porteur de passer de dimension en dimension.

Je ne vais pas attendre que la situation s'enlise ou s'emporte, il est temps que je parle pour moi-même.

— Je…

— Je vais me charger de l'ombre de Circé, annonce Thanatos. Tu es peut-être l'envoyé de Zeus, mais je suis responsable des psychopompes. Et Némésis a raison. Tu as failli.

— … Je la mènerai moi-même jusqu'au tribunal d'Hadès, rétorque Hermès à voix basse, après un court silence.

C'est bien la première fois que je vois Hermès heurté par une parole, lui qui s'est toujours montré au-dessus de tout, infaillible et supérieur en toutes circonstances. Ce n'est peut-être qu'un mouvement de cils et une hésitation, mais c'est limpide pour moi. J'ai passé tant de temps à l'observer, et à essayer de décortiquer le moindre de ses airs, à espérer comprendre quelque chose à ce dieu qui ne se laisse atteindre par rien ni personne. Et alors que je pensais être la seule à en être témoin, Thanatos se met à sourire.

— Oh, Hermès, ne me dis pas que tu es… attaché à cette ombre ? formule-t-il comme une accusation, doublée d'une curiosité et d'une crainte entremêlées. Aucun vivant ne peut se lier à une ombre, tu le sais. C'est la loi aux Enfers.

Sa voix s'éraille. Ils s'affrontent tous les deux du regard. Je croise les bras avec intérêt. En fait, ça m'intéresse d'entendre ce qu'Hermès a à répondre, et ça me permet de mettre de côté une nouvelle vérité bien cruelle.

Le dieu messager perd son aspect métallique, tous ses muscles se relâchent. Il se met à sourire, comme si de rien n'était, réduit son Caducée en épingle et fait apparaître stylo et bloc-notes.

— L'ombre de Circé est spéciale, déclare-t-il sur un ton pédagogique. Elle devait être la prochaine guide de la communauté des sorcières, en tant que descendante de Circé la Première et de Médée la Première. C'est mon devoir de la mener jusqu'au tribunal, par égard pour les liens que nous avons tissés, les sorcières et moi. Cela dit, Zeus m'a demandé une inspection et je vais la terminer. Le score de Kère n'était pas mauvais, mais vous avez encore beaucoup de CDR, d'ISR et d'IDA. Quant aux infrastructures, même de loin, je peux voir qu'elles n'ont pas bougé depuis longtemps.

Il s'interrompt pour laisser une chance de répondre aux deux dieux qui lui font face et qui demeurent hébétés. Au moins tout autant que moi. Némésis s'enflamme et lève ses deux épées en grommelant des « espèce de saleté de fils de Zeus », Thanatos la contient, toujours calme, mais son regard si transparent, se consume.

— Nous en reparlerons devant Leurs Grandeurs Hadès et Perséphone, promet-il avec froideur.

— Soit, si ça peut vous faire plaisir, concède Hermès.

Son impertinence me souffle. Mais vraiment, quel idiot ! Un idiot fidèle à lui-même.

— Et maintenant, éclairez-moi. Qui a levé la main sur elle ? enchaîne-t-il en me désignant de son stylo tout en guettant le visage de ses interlocuteurs.

Ma colère essoufflée, même si j'avoue avoir très envie de le claquer, je ne peux que laisser ma lassitude parler et faire cesser là des accusations absurdes.

— C'est moi.

Hermès baisse le bras, surpris.

— Je me suis infligé ça.

— Quoi ? dit-il, perplexe.

— Si vous pouviez tous cesser d'utiliser ce que je vis pour régler vos conflits, je vous en serais reconnaissante.

Némésis fait disparaître avec peine ses deux longues lames et Thanatos affiche un air presque coupable tout en inclinant la tête.

— La paix de l'ombre avant tout, je m'assurerai de ton bon cheminement. La belle nuit, Circé, me souhaite-t-il avant de s'éloigner sans un mot pour Hermès.

— Ouais, c'est ça, la belle nuit, tout ça, grommelle Némésis en suivant son frère. Je t'en foutrais des inspections, moi…

Il ne reste plus qu'Hermès et moi, et tout ce dont je suis sûre à cet instant, c'est que je n'ai pas besoin d'un bureaucrate dans les pattes. Il m'observe un peu de travers, tentant peut-être de percer la raison pour laquelle je me suis recouverte de bleus. Le fait est que je ne lui dois rien. Même sans le vouloir, il me fait du mal par sa simple présence et j'en ai assez de souffrir.

— Poursuis ton travail, je n'ai toujours pas besoin de toi.

Je m'éloigne, descends la colline de quelques pas et m'assieds dans la pente, sur les cendres. J'avais des douleurs plein les jambes tout à l'heure, mais ça va mieux. Je comprends que certains *orgai* mettent des années à quitter cet état, leur enveloppe se régénère en continu. Et c'est bien normal, que pourrait-il arriver à une ombre ? Elle est déjà au bout de tout.

Le fleuve noir qui s'écoule m'offre à nouveau une vue paisible. Je la trouvais effroyable en sortant de la forêt de grenadiers. Je ramène mes genoux contre moi et les encercle de mes bras pour poser mon menton sur eux. Je suis encore devant ce battant fermé. Mon cœur cogne fort, respirer devient douloureux, mon estomac est si noué que des spasmes violents me secouent les entrailles.

Derrière cette porte que je parviens enfin à pousser, il y a cette image de ma mère et de ma sœur, en larmes, agenouillées auprès de mon corps.

Je suis morte.

Il n'y a pas de retour possible, pas de guérison, c'est terminé. Et j'étais récalcitrante au point de ne même pas avoir pu m'approcher de ma famille et rester auprès d'elles à cet instant. J'ai abandonné Méroé à un destin qui n'était pas le sien. J'ai laissé tomber Ella après toutes mes promesses.

Un sanglot monte en moi et j'enfouis mon visage dans mes mains. C'est un chagrin si profond, si soudain, que pleurer ne suffira pas. Tout s'embrouille dans ma tête alors que mon corps expulse des larmes et des hoquets. Tout ce que je n'ai jamais pu faire, tout ce que je n'ai pas pu dire avant de partir, tout ce que j'ai laissé derrière moi… Tout s'arrête maintenant. Comme un coup de hache qui tranche le cours du temps. Je n'ai plus que ce « cheminement d'ombre » qui m'attend, sans accomplissement, sans espoir. Je ne connaîtrai jamais Médée, ma nièce, je ne verrai pas Ella devenir mère, je ne serai pas là pour soutenir Méroé lorsqu'on la rebaptisera Circé, lorsqu'elle effacera la personne qu'elle est pour endosser cette « autre » que je n'ai pas pu être.

Moi, la Circé qui ne sera jamais « la Grande », on m'oubliera. Je serai ce souvenir douloureux d'une perte, d'une mort inattendue, un soir, dans le jardin.

Je n'ai que des regrets qui me parasitent la tête. D'avoir vécu dans une colère constante, dans une attente de futur grandiose alors que j'avais tant d'opportunités à saisir, d'avoir gardé pour moi beaucoup trop de choses sans les dévoiler. Je n'ai pas assez dit à ma mère que je l'aimais et que je craignais d'évoquer mon père avec elle, par lâcheté, parce que je me sens si coupable de sa disparition. Vais-je le revoir de l'autre côté ? Est-ce que je peux espérer, comme le vieil homme, croiser un être aimé parti avant moi ?

Je lève les yeux sur le Styx. Je monterai sur le bateau de Charon lorsqu'il se présentera. J'irai dans l'au-delà et j'abandonnerai toutes mes espérances parce que je n'ai plus le choix.

— Je suis désolé.

La voix d'Hermès ne m'étonne pas, le ton bas, lui, beaucoup plus.

Il prend place à côté de moi, enveloppé dans son manteau, sa chaleur irradiant mon bras. J'écrase les larmes sur mes joues et m'éclaircis la gorge sans pouvoir piper mot.

— Je ne m'attendais pas à mener ton ombre si tôt aux Enfers, ajoute-t-il, le regard porté au loin. Je ne le reconnaîtrai jamais en public, mais Thanatos a raison. J'ai failli à ma mission. Ce n'est pas que je ne sais pas exercer ma tâche de psychopompe, mais accepter de me charger de toi… eh bien, c'est accepter ta disparition.

Il semble si embarrassé, à prononcer ces quelques mots qui me vont droit au cœur et qui me brouillent à nouveau la vue. Je n'arrive même pas à répliquer quoi que ce soit, trop nouée pour formuler une phrase sensée.

— Je ne côtoie pas beaucoup de mortels, mais tu es devenue ce qui se rapproche le plus d'une amie pour moi.

J'ai toujours espéré plus, mais cette déclaration-là comble une part de moi que je voyais creuse pour toujours. Quelque part, dans son immortalité, j'ai compté pour lui. Si infime soit ma place dans son cœur. Je pourrais exiger une explication au baiser de la fête d'Éros – on n'embrasse pas ses amis comme ça – mais Hermès, dieu si peu loquace sur le sujet, me confesse enfin quelque chose qui s'approche d'une faiblesse pour quelqu'un. Je comprends mieux pourquoi c'est moi qu'il est venu chercher avec la liste de naissance d'Ella.

Ah quelle torture ! Je me sens si partagée, si déçue et si heureuse tout à la fois ! Je déglutis et dis la seule chose qui me passe par la tête :

— Je suis une IDR, je ne pouvais pas te faciliter la tâche.

J'ai la voix enrouée, mais je suis soulagée d'avoir pu prononcer ces mots. Hermès, de son côté, a un sourire si complice et si séduisant que je m'empourpre d'un coup. Ces montagnes émotionnelles vont finir de m'enterrer.

— Tu ne pouvais pas être autrement, dit-il avec son regard gris clair posé sur moi.

Une bouffée de chaleur implose dans ma poitrine.

— Je t'accompagnerai jusqu'à la fin, je te le promets.

Oh bon sang, j'ai déjà pleuré comme jamais et il me dit ça… Mes yeux s'embuent à nouveau et j'étouffe un violent hoquet. Je hoche la tête avec difficulté. J'aurais vraiment préféré avoir un autre psychopompe pour la simple et bonne raison que, de mon vivant, je me suis conduite en femme intransigeante avec lui, en toutes circonstances. Là, je perds définitivement mon vernis. Il fallait qu'il me voie aussi bouleversée !

— Puisque je suis ton psychopompe attitré, je répondrai à toutes tes demandes.

J'ose un sourire touché et bredouille plus qu'autre chose une confession bien douloureuse, surtout avec lui comme destinataire.

— J'ai eu si peur. Et j'ai encore peur, alors que je n'ai jamais peur.

Il a un sourire attendri, sans aucune moquerie.

— N'importe qui aurait peur à ta place.

Sa voix caressante me réconforte, une tension se dénoue en moi.

— Je le savais bien, que tu étais sensible, ajoute-t-il.

— Moi, sensible ? Jamais d'la vie, marmonné-je, penaude.

En guise de réponse, il essuie mes larmes du dos de sa main, délicatement.

— Mmh. Oui, une vraie cuirasse.

Le passage de sa peau sur la mienne me rappelle combien il est brûlant.

— J'ai froid.

Hermès se redresse aussitôt et me tend la main. Je l'accepte sans discuter, profitant de la chaleur qui s'échappe de ses doigts.

— Charon ne sera pas là avant un moment, me dit-il en m'attirant au pied du grenadier contre lequel il s'assied.

Il défait son manteau et l'ouvre pour m'inviter à me blottir contre lui. Là, c'est ma nervosité qui déboule. Parce que oui, Hermès est vêtu dessous, mais d'une tunique nouée sur un seul côté, dévoilant ainsi des épaules solides et une musculature absolument appétissante. L'ado qui sommeille encore en moi, sous toutes mes couches de responsabilités développées à l'âge adulte, trépigne. Il est comme je l'avais fantasmé.

Je m'agenouille entre ses jambes et ne me fais pas prier pour poser ma tête contre son cœur. Il referme ses bras et son manteau sur nous, nous isolant dans une bulle de douceur – parce que le tissu en laine très fine de son habit se confond presque avec sa peau – plus que bienvenue. Toute son odeur de campagne, de bergamote poivrée et d'ambre s'engouffre une nouvelle fois dans mes narines, m'enivrant au point de me faire fermer les yeux. Je pourrais somnoler mais je veux profiter de cet instant. Il est unique et je n'en aurai pas d'autres. La vérité bien cruelle que j'avais entraperçue tout à l'heure déferle dans mon esprit.

Il n'y aura plus jamais de baiser volé dans la verrière, ni de Kevin de passage, ni de frissons d'un premier rendez-vous. Je ne serai jamais tombée amoureuse. Si j'en crois Thanatos, une ombre n'a plus aucune chance.

Je me resserre contre Hermès, ses bras m'enlacent la taille et le cou. Toutes mes pensées et mes émotions sont encore sens dessus dessous, mais là je peux souffler. Et la fatigue me terrasse. Il faut que je parle pour ne pas m'endormir au risque que tout passe en une fraction de seconde, le temps de fermer et d'ouvrir les yeux.

— C'est quoi les CDR, les ISR… ?

— Notre système de catégorisation des âmes basé sur trois facteurs : incompréhension et compréhension, désorientation et stabilité, récalcitrance et acceptation.

— Et ça sert à quoi ?

Je l'entends sourire avec patience.

— Normalement à anticiper la procédure d'entrée des ombres aux Enfers, une fois qu'elles arrivent ici et ensuite lorsqu'elles se présentent devant le tribunal.

— Je m'attendais à plus d'onirisme et à moins de chiffres.

— C'est que tu connais bien mal les dieux, plaisante-t-il.

Je ris avec lui. Pourquoi je le déteste déjà ? Ah oui, sa suffisance. Ça n'a plus d'importance, ça non plus.

— Pourquoi tu as quitté les Enfers sans jamais y retourner ?

— Lorsque nous avons été bannis de l'Olympe, Zeus a eu besoin de moi pour réorganiser les moyens de communiquer, établir le Siège à New York, et bien sûr conserver un dialogue avec vous. Je n'avais plus le temps d'effectuer mon travail de psychopompe, même si j'ai participé à une tentative de réforme dans les années 1980, mais depuis la Terre seulement.

— C'est pour ça que toutes les divinités infernales t'en veulent ?

Je termine ma phrase avec une interrogation, mais je partais plus sur une affirmation à la base. Je ne veux pas non plus le vexer, je ne sais pas tout de cette histoire. Hermès ne répond pas dans l'immédiat, je sens qu'il se tâte.

— Oui et non. Oui en grande partie, corrige-t-il. Les divinités infernales ont toujours été amères. Aucune d'elles ne peut sortir de cette dimension sans l'autorisation d'Hadès, voire de Zeus. Némésis a longtemps été son arme favorite et il s'en est lassé. Quant à Thanatos, dieu de la mort, il n'a jamais eu le droit de sortir des Enfers, il n'a jamais vu la surface.

Mon cœur se serre douloureusement à cette idée.

— Les Érinyes et les Semés sont sortis, eux.

— Hadès les a mis aux ordres de Deimos oui, mais pour mieux servir Zeus au final.

— Je vois.

Nul ne peut réchapper à Zeus.

— J'ai grandi dans une caverne, à l'abri des regards. Je sais ce que ça fait de se sentir piégé de cette manière, ajoute-t-il d'un ton pensif.

Je lève les yeux sur lui, sur l'arête fine de sa mâchoire, sur ses longs cils noirs qui dépassent et sur cette barbe naissante si étrange sur lui. Il semble plus sauvage et plus insolent encore ainsi. J'en ai le cœur au bord des lèvres. J'ai lu toutes les histoires à son sujet – les mortels en ont tant écrit – mais je n'ai jamais eu sa version.

— À l'abri d'Héra ?

Son mince sourire est une première réponse.

— Non. À l'abri de Zeus.

Je grognais d'avance à l'idée d'entendre un énième conte au sujet de la jalousie d'Héra et voilà que le cours de tout ce que je connais est dévié.

— Zeus aime convoler, mais il avait déjà beaucoup trop engendré. Il ne m'a pas désiré. Alors, lorsque ma mère Maïa est tombée enceinte, elle s'est cachée pour me donner le jour et me garder en sécurité. Elle m'a tant parlé de ce père tout-puissant, capable de provoquer des tempêtes d'éclairs dans le ciel, que j'ai tout fait pour attirer son attention malgré elle.

— Voilà pourquoi tu as volé un troupeau de vaches à l'insu d'Apollon, comprends-je en secouant la tête, la frottant contre lui par la même occasion.

— Je ne prenais aucun risque, il batifolait avec un berger à cette époque-là. Le fait est que Zeus a fini par me remarquer et par m'accepter.

Je me mords la langue. C'est une dimension de lui que j'ai déjà entrevue et qu'il confirme. Hermès est attaché à son père. Même s'ils se frittent et même s'ils ne sont pas toujours d'accord, il a de l'admiration et de l'amour pour Zeus depuis son plus jeune âge.

— Et Thanatos ? Il avait l'air de parler d'expérience en évoquant la loi des Enfers.

Le torse d'Hermès se soulève et se détend, le temps d'un soupir.

— Cette loi, il l'a subie il y a très longtemps. Thanatos est tombé amoureux d'une ombre, celle de Macaria, la fille d'Héraklès, alors qu'il était son psychopompe. Ils ont vécu plusieurs mois ensemble, cachés de tous. Mais Hadès a fini par les découvrir et sa punition a été terrible. Macaria a été envoyée au fleuve Léthé, quant à Thanatos… disons qu'il a payé le prix de son écart.

Je n'ose pas commenter, effarée par la tragédie. Impossible de ne pas déboucher sur mon propre cas : on a quitté une situation impossible sur Terre pour tomber dans une nouvelle encore plus étriquée. Au-delà du fait qu'Hermès ne ressente rien de plus que de l'amitié pour moi, nous n'étions vraiment pas destinés l'un à l'autre. Tout a toujours joué contre nous.

Je ferme les yeux et me laisse aller au sommeil, exténuée.

Chapitre X

Lorsque je me réveille, je suis toujours blottie contre Hermès qui somnole. Il a laissé glisser une main sous ma tunique, bien haut sur ma cuisse, pas du tout comme un ami pourrait le faire. Je ne vais pas me plaindre – c'est beaucoup trop agréable – mais ce serait plus le geste d'un amant. Je n'ose pas bouger alors que l'atmosphère autour de nous a changé. Une agitation m'a sortie d'un sommeil sans rêves. J'imagine qu'une ombre ne peut pas retourner dans l'Érèbe. L'enveloppe se repose mécaniquement, un réflexe de vivant peut-être…

Quand Hermès se met à bouger, sa main caresse ma cuisse en se retirant, laissant derrière elle une chatouille qui me pousse à me mordre la lèvre. La seule image qui me vient en tête, c'est une allumette qui vient d'être craquée. Donc une ombre peut encore éprouver du désir. La relation que Thanatos et Macaria entretenaient pouvait ne pas être platonique.

— Charon arrive, déclare Hermès.

Ça, c'est beaucoup moins excitant. Je me détache de lui avec difficulté. Une fois debout, Hermès s'enveloppe à nouveau dans son manteau et je me retrouve à grelotter. La température n'est peut-être pas plus froide qu'avant, mais je passe d'un feu de cheminée à un lac glacé, pour ma part.

— Tu viens ? m'invite-t-il.

On descend la colline pour rejoindre la route pavée qui mène à l'embarcadère. Toutes les ombres, hormis les *orgai*, font de même. Au loin, sur le Styx, une immense barque noire s'approche. Une longue file se forme d'elle-même sur le quai. Avec une grande patience et une compréhension qui m'échappent encore un peu, les ombres se plient à cette étape frustrante de l'attente avant d'embarquer. Je prends place dedans, alarmée par le nombre de personnes devant moi, quand Hermès m'attrape la main.

— Non, tu es avec moi, tu es une VIP sur la barque de Charon.

— C'est bien une phrase que je n'aurais jamais cru entendre un jour.

Il me sourit à nouveau, détendu. Je voudrais qu'il ne me lâche jamais, mais dès que nous rejoignons la berge du grand fleuve noir, il se libère les deux mains pour invoquer son éternel bloc-notes et stylo, griffonner un message, l'enrouler et le plonger dans une capsule qui s'envole dans les airs.

— Qu'est-ce que tu fais ?

— Je m'assure que tu aies le meilleur passage possible.

— Qu'est-ce que tu veux di…

Je m'immobilise et crache une pièce en argent de ma bouche, éberluée.

— Une obole, pour ton passage, me dit-il l'air de rien.

Je me laisse entraîner, perplexe. Donc quelqu'un a glissé la pièce dans la bouche de mon corps sur Terre ?

— Tu veux dire que tu as écrit à ma famille ? formulé-je à mi-voix.

— À Hécate, précise-t-il, le regard soudain fuyant. Et je devance ta demande : non, ce n'est pas une bonne idée de leur envoyer un message. Ce n'en est jamais une.

Je ravale ma protestation. Je le savais déjà, au fond. Mais la rapidité d'Hécate me blesse. Elle n'a jamais répondu à mes appels, par impuissance j'imagine. Mais elle s'est dépêchée de me donner une obole pour mon passage. Je regarde la pièce dans le creux de ma main, des crampes à l'estomac. C'est la dernière interaction que j'aurai avec elle ? Avec toutes les miennes ? Qu'a écrit Hermès ? Qu'ont-elles bien pu penser ?

Je ressens de la résignation, enfin, mais ma colère et mon chagrin n'ont pas totalement disparu.

Je dépasse des centaines de personnes qui patientent et qui me jettent des regards de travers. J'ai toujours détesté les privilèges. J'esquive leurs accusations silencieuses pour me concentrer sur la destination, au bout de l'allée, marquée par deux statues plus grandes que la taille humaine. Je les reconnais malgré le fait que la pierre taillée soit d'une couleur ardoise uniforme : Hadès, dans sa longue tunique royale, la kunée sous le bras – ce fameux casque qui rend invisible –, un long bâton à deux fourches dans l'autre main et la Corne d'abondance à ses pieds, et Perséphone, la longue chevelure parsemée de fleurs, un péplos glissant sur ses formes avec sensualité, un bouquet d'épis de blé serré contre elle, une grenade posée dans sa paume. Entre eux, une dalle verticale est recouverte d'un texte à l'écriture changeante : les caractères grecs passent à l'anglais sous mes yeux, s'adaptant à la langue de celle ou celui qui la regarde.

« Vous entrez dans le royaume de Leurs Grandeurs Hadès et Perséphone, Roi et Reine des Enfers, Seigneur et Dame des Souterrains.

Vous suivrez la loi établie aux Enfers, selon la volonté de Leurs Grandeurs Hadès et Perséphone.

Vous n'échapperez pas à la vigilance des gardiens et des psychopompes.

Vous respecterez la sentence de Minos, Rhadamanthe et Éaque, juges au tribunal des Enfers.

Vous ne vous pencherez pas par-dessus la rambarde de la barque de Charon, le Styx est un fleuve dangereux.

Ne nourrissez EN AUCUN CAS Cerbère, favori d'entre les favoris de Leurs Grandeurs Hadès et Perséphone. »

Toutes ces règles m'envoient des messages contradictoires : j'ai hâte de voir l'au-delà, mais je l'appréhende tout autant.

— Que va-t-il se passer, une fois de l'autre côté ? interrogé-je, perturbée.

— Tu recevras un jugement du tribunal qui décidera si tu as accès aux Champs Élysées, au fleuve Léthé ou… à autre chose.

OK, étrange, cette non-définition.

— Ou quoi ?

— Tu es une descendante de Circé la Première, tu aurais dû être guide, murmure-t-il comme si cela suffisait.

Les paroles d'Athéna résonnent dans ma tête : « Nous n'oublions pas que seul Zeus peut condamner un être, mortel ou divin, au Tartare. Les tourments qui nous attendraient seraient éternels. » Je déglutis, la crainte m'envahissant à nouveau.

— Ce ne serait pas équitable, ni juste, renvoyé-je avec effroi.

Je n'ai eu le temps de rien faire contre lui, mise à part la bataille de la Clairière. Mais le Serment du Styx a balayé de possibles conséquences.

— Ça ne l'est jamais si Zeus s'en mêle, m'assure-t-il à voix basse. Mais nous n'en sommes pas encore là. Tu n'es plus un problème pour lui, si jamais tu l'as été.

J'acquiesce, tiraillée dans tous les sens : l'appréhension, la révolte, la paix que j'avais finalement trouvée et qui s'envole.

La barque de Charon s'amarre au quai. Le dieu nocher déploie la passerelle et en descend d'un pas assuré pour le vieil homme qu'il semble être. Sa barbe blanche, ses multiples rides et son aspect décharné en témoignent pour lui. Un peu comme Hypnos, ses bras et ses jambes sont squelettiques, mais son air, lui, est beaucoup plus malicieux.

Hermès me mène jusqu'à lui. On passe devant le kiosque laissé à l'abandon, avec son portique à deux colonnes et son fronton qui s'effrite. Mon léger ralentissement avertit le dieu messager qui m'explique ce que je vois :

— À la grande époque, lorsqu'une majorité des morts avait une obole ou une offrande adéquate, on la déposait ici. Aujourd'hui, c'est passé de mode.

Je comprends mieux ce qu'il disait à Thanatos au sujet des infrastructures vieillissantes.

— On ne paie plus le passeur alors ?

— On paie un accès privilégié. On ne pouvait plus se permettre de garder les ombres sur la rive pendant cent ans avant de leur autoriser l'embarcation, tout ça parce qu'ils avaient perdu la coutume de l'obole.

On s'approche de Charon qui est enveloppé dans le même grand manteau que tous les psychopompes, rabattu sur sa tête pour former une capuche, d'un noir de jais. C'est donc une sorte d'uniforme pour les accompagnateurs d'ombres aux Enfers, le manteau du voyageur.

— Hermès, salue-t-il avec un sourire.

Et c'est bien le premier à être content de le voir !

— La belle nuit, Charon, souhaite le dieu messager, plus détendu qu'avec tous ses autres confrères.

— La belle nuit, réplique le dieu nocher. Tu reprends finalement du service ?

— C'est exceptionnel, j'accompagne Circé, dit-il en me désignant et en m'encourageant d'un regard à livrer la pièce.

Je tends alors mon obole à Charon.

— Ça fait si longtemps qu'une ombre ne m'en avait pas tendu une, commente-t-il en faisant briller ses reflets métalliques sous ses yeux noirs, creusés au fond de leurs orbites.

Tout a l'air sympathique chez lui, le son de sa voix, ses sourires, son attitude. Pourtant, son physique disgracieux, anguleux au possible, son visage en forme de losange, et ses longs doigts aux phalanges apparentes me mettent mal à l'aise. Il projette l'obole dans les airs sans qu'elle retombe. Elle disparaît.

— Vous avez la permission de monter à bord, dit-il en étendant son bras en direction de la passerelle.

— Merci, dis-je, en faisant un pas avant de m'arrêter. Un point de non-retour. Tous mes doutes me reviennent par vagues. Et si j'avais encore une possibilité de revenir en arrière ? D'en parler avec Thanatos lui-même ?

— J'ai promis d'être à tes côtés jusqu'à la fin, glisse Hermès à mon oreille.

Je ne partirai pas seule, c'est bien l'unique bonne chose à laquelle me raccrocher. Je monte dans l'immense barque de Charon. Sur le pont, des dizaines et des dizaines de bancs s'alignent en plusieurs rangs parallèles, exactement comme sur un bateau touristique. Une sorte de pont supérieur s'élève au milieu, bâti sur quatre poteaux et accessible par un escalier en bois avec une rampe en cordage. C'est là qu'Hermès m'entraîne alors que toutes les autres ombres prennent sagement place sur les bancs.

Là-haut, il y a des coussins sur des tapis, c'est bien plus confortable. Même ici, alors que nous sommes tous égaux devant la mort, les dieux ont trouvé le moyen de faire des distinctions. Je me sens gênée un court instant, le temps que les psychopompes atterrissent sur ce même pont au-dessus des autres. Je reconnais Kère qui n'a pas perdu sa mauvaise humeur. Elle est entourée d'une flopée de déesses et de dieux qui lui ressemblent, avec les mêmes ailes et les mêmes attributs, mais dans des couleurs différentes. Et ils jettent tous des regards assassins sur Hermès.

La nouvelle de l'inspection surprise ne fait pas beaucoup d'heureux. Hermès, lui, ne perd pas la face. Il a les bras croisés et se contente de les regarder de loin, se demandant peut-être par lequel ou laquelle il va enchaîner. Némésis et Thanatos atterrissent à leur tour et rejoignent leur sœur Kère. Ils discutent à voix basse tous les trois et répètent les mêmes tics : la bouche un peu de travers, les yeux qui roulent, le plissement des paupières tout en fixant le dieu messager avec menace… ça me ferait presque sourire. Ils ne sont pas frère et sœurs pour rien ! Avec mes sœurs aussi, on a des expressions communes ou des phrases fétiches qu'on ressort quand on se voit. On nous a souvent dit qu'on avait le même rire.

Une boule me remonte la gorge et se coince en travers. Je me détourne de la foule grognonne pour m'appuyer contre la rambarde, à l'avant du pont supérieur. Les rangs se remplissent vite en bas. Je préfère regarder chaque ombre s'installer l'une après l'autre pour ne pas penser à Méroé ni à Ella, au risque de fondre encore en larmes. Lorsque toutes les places sont prises, je m'attarde sur la surface mouvante du Styx, si sombre et opaque qu'on dirait une flaque d'huile sans les reflets irisés. L'idée de se faire engloutir par cette masse liquide me fait frissonner.

— Vous avez pris place à bord de la barque de Charon, annonce la voix forte du dieu nocher, debout à l'arrière, la barre du gouvernail entre les mains. Quelques rappels de sécurité avant que nous quittions la berge : restez bien assis le temps de la croisière, ne vous penchez pas au-dessus de la rambarde, vous risqueriez de tomber et personne n'ira vous repêcher. Vous allez juste disparaître. Et ce n'est pas parce que votre psychopompe est à bord qu'il ou elle va plonger derrière vous. Parce que d'un, il ou elle risque le même sort, et de deux, il ou elle a fini son travail. En accord avec Leurs Grandeurs Hadès et Perséphone, nous vous offrons une pyxide de grenades pour vous restaurer le temps du voyage.

Aussitôt dit, aussitôt fait, des petites boîtes cylindriques en céramique noire apparaissent comme par enchantement entre les mains de toutes les ombres, remplies à ras bord de graines rouges et brillantes. Des « ouah » admiratifs parcourent le pont inférieur. Moi, ça me rappelle soudain que j'ai faim. Et encore une fois, alors que j'allais allègrement piocher dedans, Hermès intervient, attrape la pyxide et la fait disparaître d'un geste.

— Je peux savoir ce qui te prend ? m'agacé-je, tandis que la barque se met en branle.

— Ce n'est qu'une sensation de faim que tu ressens, tu n'en éprouves pas vraiment.

— Qu'est-ce que ça peut bien changer ?

Il garde le silence une longue seconde, se torturant probablement pour me dégoter une bonne excuse. Puis il regarde ailleurs, comme toujours, baisse les yeux et grommelle :

— Tu pourras manger au tribunal si tu le souhaites.

Maintenant ou plus tard, ça n'a aucune importance ! Mais en suivant son regard, je remarque qu'il fixe Thanatos. Le dieu de la mort nous scrute de loin, sans ciller. Ils ont un bon conflit en cours, ces deux-là.

— Je vais en profiter pour interroger les autres psychopompes, me dit Hermès sans enthousiasme.

Pourquoi s'inflige-t-il cette inspection alors que Thanatos veut attendre l'avis d'Hadès et de Perséphone ? Zeus passe-t-il au-dessus de tout à ce point-là pour Hermès ?

— Si tu as besoin de moi, n'hésite pas.

Et il s'éloigne. Je repense à Athéna qui ne lui fait pas confiance. Je ne saurai jamais comment les choses tourneront, mais elle a peut-être raison. Il m'attire et j'aime être auprès de lui, c'est pourquoi il est la personne la plus dangereuse pour moi. C'est peut-être mieux que ma vie finisse maintenant. Je n'aurai pas le temps de commettre l'erreur d'hésiter pour lui ou de me fourvoyer sur toute la ligne. Je peux aller dans l'au-delà avec sérénité, en appréciant une étreinte qui n'entraînera jamais aucune répercussion sur notre révolte et qui, en plus, me procure un plaisir simple.

La barque avance et s'enfonce dans le gigantesque tunnel caverneux, s'éloignant de la lumière « naturelle » de la plaine. Des lanternes s'allument un peu partout sur les deux ponts. Le froid devient intense. Les ombres en bas se serrent les unes contre les autres. Je jette un œil derrière moi, les divinités ne souffrent pas des basses températures. Je préfèrerais qu'Hermès me garde contre lui plutôt que de le voir torturer un psychopompe avec sa liste de trois lettres qui déterminera sa productivité.

Thanatos laisse son regard passer de lui à moi sans bouger. Il ne semble pas décolérer mais sans exploser.

La brise glaciale qui me balaie finit de me décider. Je rejoins Hermès en pleine entrevue. Le psychopompe à la peau turquoise me toise avec impatience alors qu'il débite ses « CDA, CSR, CSA... ». Je m'éclaircis la gorge, afin de m'annoncer un minimum, et lâche ce qui avait très bien marché plus tôt :

— J'ai froid.

Hermès fait aussitôt flotter son bloc-notes et son stylo pour retirer son long manteau qu'il dépose sur mes épaules. Toute sa chaleur et son odeur m'enveloppent. On s'attire des hoquets et des regards scandalisés. Apparemment, défaire son manteau pour une ombre est une offense pour le métier.

— Je te rejoins tout à l'heure, m'indique Hermès sans y prêter le moindre intérêt.

Je m'éloigne à petits pas et retrouve ma place à l'avant du pont supérieur.

— Si vous regardez bien, tout là-haut et sur les parois latérales, vous apercevrez les filons d'or, d'argent et de pierres précieuses de Leurs Grandeurs Hadès et Perséphone, lance Charon.

Des sillons colorés strient la voûte au-dessus de nous. Vu la taille et l'ampleur des filons, impossible de douter de la fortune infinie du roi et de la reine des Enfers ! Le spectacle est envoûtant. On passe d'une rainure dorée à une rainure bleu saphir, profonde et lumineuse, puis une rainure rouge rubis et une nouvelle émeraude. Le vieil homme, assis quelque part en bas, avait raison, c'est d'une beauté qui vaut bien de l'enthousiasme.

— Recommençons à zéro, veux-tu ?

Némésis prend place à côté de moi, à califourchon sur la rambarde.

— J'aimerais que mon dernier voyage soit paisible, préviens-je.

— Je te le concède, même si je n'ai pas la « bienveillance » des psychopathes là-bas, réplique-t-elle. Tu es la première sorcière que je vois depuis des lustres. Toutes les vôtres meurent de vieillesse et se confondent parmi les mortels en bas.

Elle n'a décidément pas sa langue dans sa poche.

— Eh oui, je fais partie des curiosités de cette croisière, ajouté-je avec sarcasme.

Némésis ricane sans aucune ironie, par pur amusement. C'est très déstabilisant !

— C'est sûr que tu l'es ! Hermès, ce fils de chien, ne se serait pas déplacé pour n'importe qui !

Passons les insultes faciles.

— Hermès est surtout là pour son inspection surprise.

Némésis hausse les épaules en secouant la tête.

— Il n'y a *jamais* de surprise ici. Je n'y crois pas un seul instant. Tu dois être quelqu'un de très particulier pour qu'il ait repris ce travail.

Oui, une amie. Et ça me touche tout de même.

À mon expression perplexe, Némésis ajoute :

— Ta mort n'est-elle pas étrange ? Thanatos m'a dit que ton cœur avait lâché. Les sorcières meurent comme ça ? D'un claquement de doigts ?

Je me suis suffisamment posé cette question ! Le fait est que mon père est mort ainsi, lui. Et que, quelque part, je suis à moitié humaine. Il faut croire que plus les générations passent, et plus nous nous mêlons avec les humains. Ce ne serait pas si illogique au fond. Tout évolue. La théorie du complot ne m'inspire rien. Quoi qu'il en soit, je ne crois pas du tout qu'Hermès soit de mèche avec d'autres conspirateurs dans un vaste plan visant les sorcières – plan qui pourrait à la rigueur être réaliste. Il est peut-être le dieu des voleurs et des menteurs, le dieu des roublards, mais il a toujours placé son travail de diplomate au-dessus de tout.

— Jusqu'où Hermès est-il capable d'aller pour plaire à son père ? poursuit Némésis.

Là, elle sème un doute, très fugace. Je me pose souvent cette question mais je la balaie de mon esprit. Je veux croire en ses confidences. Pourquoi se serait-il donné cette peine si ce n'était pas vrai ?

— Que veux-tu de moi, Némésis ? retourné-je alors.

— Savoir de quoi tu es capable. J'ai toujours été sûre que les sorcières avaient des dons prédestinés pour punir. J'ai longtemps gardé Médée la Première à l'œil. Zeus se tâtait à l'idée de corriger son *hybris*.

— Médée la Première ? douté-je, en essayant de tasser un agacement naissant.

— Médée était pleine d'orgueil. Ça a l'air d'être un trait commun chez vous, non ?

Elle me lance ça par provocation, et ça vrombit dans mon estomac.

Et après, hein ? Oui, nous sommes puissantes, confiantes, assurées. Et non, on n'a pas à le cacher, ni à en rougir.

Au fur et à mesure que je m'emballe, le sourire de Némésis s'étire. Elle a le don de mettre le doigt là où ça fait mal !

— Pas que ça me dérange, c'est une chose que j'admire chez les sorcières, dit-elle en haussant les épaules.

— Mais tu obéissais aveuglément à Zeus, grogné-je, énervée pour de bon.

— Pas cette fois-ci, rétorque-t-elle avec une vivacité digne qu'une parade. J'ai refusé de punir Médée et à partir de là, Zeus a de moins en moins fait appel à mes services. Tout en me faisant regretter bien sûr mon écart.

Elle me prend de court !

— Oh.

— Tu pourrais faire venir jusqu'ici un morceau de diamant, de là-haut ?

Je lève les yeux pour suivre son doigt levé. Le filon est peut-être vaste sur le ciel de la caverne, mais j'ai bien lu les règles avant de monter à bord. Et la dernière chose dont j'ai envie est de déconner avec les lois d'Hadès et de Perséphone. Je doute que ce soit bien vu de se servir dans leurs réserves de pierres précieuses.

— Je pourrais mais je ne le ferai pas.

En prononçant ces paroles, je prends conscience de tout mon orgueil à préciser que je suis bien évidemment capable de le faire ! Mes joues s'empourprent de gêne. Némésis se contente d'un sourire sadique.

Soudain, sans que je le prédise, le bras d'Hermès s'enroule autour de mon cou et me ramène contre lui d'un geste possessif et maîtrisé tout à la fois.

— Laisse-la en paix, Nem.

Le surnom la raidit sur place. Elle saute sur ses pieds, ses iris rouges flamboyant de colère, et s'éloigne d'un pas martial. Je ne sais pas trop quoi penser d'elle, à part qu'elle semble être experte en torture. Cela dit, je suis ravie qu'Hermès me rejoigne enfin. Il enlace mon ventre de son autre bras, sans bloquer les miens. Il me blottit contre lui.

Son manteau tient chaud, certes, mais son corps est un véritable foyer.

— Tu as terminé ton inspection ?

— Pas tout à fait. Mais je les ai suffisamment tourmentés comme ça. Et je n'avais pas très envie de te laisser seule avec Némésis.

— Je peux lui tenir tête, tu sais ?

— Je n'en ai jamais douté, s'amuse-t-il. Je crains plus qu'à vous deux vous ne mettiez la barque de Charon en morceaux.

Je me mets à rire si spontanément que tous mes muscles se relâchent, abandonnant les dernières tensions qui me nouaient.

— Nous allons à présent entrer dans la zone de confluence de deux des fleuves infernaux, annonce

Charon. Sur votre gauche, vous allez voir l'un des bras du Styx les plus impressionnants : le Phlégéthon !

Devant nous, sur le côté gauche, une lueur jaune jaillit sur les parois du passage. Un fleuve de feu s'enfonce dans les grottes. Un torrent de feu ! Qui éclaire de loin le chemin. Un amalgame de flammes et de lave qui se déverse dans un tunnel sans fond. Lorsque la barque passe près de lui, un vent chaud embrase les visages de tout le monde sur la barque et j'entends des exclamations de crainte et d'admiration en bas. C'est si impressionnant que je m'accroche au bras d'Hermès.

— Sur votre droite, plus discret mais non moins terrible : le Cocyte ! reprend Charon alors que nous quittons l'aura brûlante du Phlégéthon.

Un nouveau bras creuse la roche mais sans plus aucune effusion lumineuse. L'eau, elle, est beaucoup plus claire que le Styx, moins huileuse aussi. Mes yeux mettent plusieurs minutes à faire le point. J'aperçois des petits cristaux blancs qui brillent à la surface de la pierre, sous l'eau.

— Qu'est-ce que c'est ? interrogé-je, intriguée.

— Des cristaux de sel. On dit que le Cocyte est né de toutes les larmes versées par les ombres.

Je déglutis. Sa vue inspire un silence recueilli sur la barque. Je comprends même que Charon ne commente pas plus. La route fluviale se poursuit dans un calme glaçant et une obscurité totale. On s'enfonce sur le Styx. N'importe quelle lueur qui apparaîtrait à présent réchaufferait le cœur de tous. C'est peut-être l'effet voulu.

— Et maintenant ? murmuré-je, le cœur battant.

Une première torchère qui s'allume contre la paroi surprend tout le monde. Elle est suivie par une dizaine d'autres qui jalonnent le chemin jusqu'au bout du tunnel.

— Maintenant, on approche de la Cité d'Hadès, me répond Hermès.

Chapitre XI

— Veuillez descendre dans le calme, les uns après les autres, sermonne Charon alors que la foule pose le pied sur la passerelle déployée contre un ponton en pierre.

Je suis le mouvement parmi toutes les ombres, Hermès à côté de moi. Les autres divinités s'envolent sans regarder derrière elles. Pour « cafter auprès d'Hadès et de Perséphone », suppose Hermès avec un haussement d'épaules.

Au bout du ponton : le quai. Et sur le quai : deux immenses statues du couple régnant nous accueillent. C'est le même modèle que sur la rive du Styx, de l'autre côté, mais en trois fois plus grandes. Elles en mettent plein la vue ! Elles semblent toutes les deux accueillir les passagers du seul bateau qui s'aventure jusque-là et protéger un rempart en basalte qui bloque la vue, d'une austérité à toute épreuve. Comme dans la plaine aux grenadiers, la lumière est naturelle ici. Je ne comprends pas où est la source, mais tout baigne dans une semi-pénombre blanche, globale et assez étrange.

Les ombres suivent un chemin balisé le long des murs de la Cité d'Hadès qui débouche sur une place et une porte en forme d'arche dans le rempart. Il y a de l'agitation à cet endroit et pour une bonne raison : Cerbère, le gardien à trois têtes des Enfers, se met à aboyer, provoquant un effroi soudain. L'immense chien au pelage noir est gardé de près par trois divinités infernales ailées, à la peau écarlate.

— La dernière fois que je l'ai vu, il avait une taille raisonnable, m'étonné-je en me gardant bien d'approcher le molosse.

— Hadès le rend plus spectaculaire lorsqu'il est ici, à l'entrée du tribunal. Mais une fois au palais, il redevient un chien presque normal.

— J'ai beau lui avoir donné à manger au mariage d'Ella, je ne m'en approcherais pour rien au monde maintenant, grommelé-je, peu rassurée.

— Ça fait partie du décorum, explique Hermès. Tout le monde s'attend à le voir ici. Mais donne-lui à manger, et il devient une adorable peluche.

— C'est pour ça qu'il est interdit de le nourrir ? m'amusé-je.

— Exactement.

Je secoue la tête avant d'observer la grande ouverture. J'inspire avec plus de calme. Je me sens fébrile à l'idée de passer devant un juge qui va déterminer mon sort. Mais le grésillement qui apparaît au-dessus de la porte interrompt mon introspection. Une enseigne lumineuse rose et bleu affiche un « Bienvenue au tribunal des Enfers » sur un assemblage de trois triangles clignotants, le tout d'un kitsch inattendu.

— C'est quoi ça ?

— Je te l'avais dit, que la dernière réforme datait des années 1980.

OK, ça donne plutôt envie de voir le reste ! Et je ne suis pas la seule à le penser. Si la majorité des ombres s'éparpillent sur la place, observent Cerbère, rient de l'enseigne et se regroupent pour discuter, certaines commencent à franchir le seuil à pas tranquilles. Personne ne nous presse à avancer et ce serait bien inutile. À ce stade, on se sent toutes et tous prêts à passer le cap.

Je laisse mes yeux parcourir la foule et croise le regard du vieil homme. Il me fait un signe que je lui rends avant de m'approcher de lui.

— Vous avez l'air d'aller mieux, constate-t-il avec un sourire.

— Oui, bien mieux. Vous pensez que vous allez revoir Helena ?

Il hausse les épaules. Il n'est sûr de rien, mais il a de l'espoir. Je devrais adopter son attitude.

— Je vais aller vérifier de ce pas, me dit-il en me tapotant le bras.

— Bonne chance à vous, lui souhaité-je avec la plus grande sincérité.

— À vous aussi, répond-il avec un clin d'œil avant de s'éloigner.

Je soupire, repoussant dans un coin mon implacable nervosité. La main d'Hermès sur mon épaule attire mon attention.

— Je dois récupérer le manteau, me glisse-t-il à l'oreille avec discrétion.

Je m'en sépare sans entrain. Il fait pourtant moins froid ici, mais le vêtement me fournissait un confort qui ressemblait à une armure. Hermès s'enveloppe dans le drapé, les rares divinités présentes le scrutent d'un œil critique sans l'approcher. Je ne sais pas si ça me fait de la peine en vérité, qu'il soit si mal accueilli. C'est certain qu'il l'a bien cherché avec son attitude, mais sa confidence se répète en boucle dans ma tête : « Tu es devenue ce qui se rapproche le plus d'une amie pour moi », comme s'il ignorait ce qu'était réellement une amie. Je compatis d'autant plus en me disant que moi-même je n'ai jamais vraiment eu d'amie. Mes sœurs sont mes deux meilleures complices, mais une amie ? Ella a ses deux humaines, Rachel et Madeline, Méroé a Pasiphaé, moi… Je pensais qu'Hécate l'était, je me fourvoyais.

Bon sang, Hermès, qui es-tu ? Pourquoi es-tu comme ça, si insouciant de tout ? Si pudique avec tes fragilités ? As-tu les mêmes raisons que moi de les cacher ?

Je me détourne de lui, le cœur bien trop serré pour vouloir m'étendre sur le sujet. « Trop tard », c'est tout ce que je me répète. « Profite de l'instant présent », c'est tout ce qui compte. Je fais quelques pas vers la porte, prête à affronter mon nouveau destin quand un détail, sur le rempart, me fait tiquer. Je m'y précipite, tellement curieuse que je ne résiste pas à me planter juste devant, ébaubie. Des affiches en noir et blanc ont été placardées sur le mur de pierre. Le visage d'Hermès est répété des dizaines de fois, barrés de croix tout autant de fois et tous sont tagués de « fils de Zeus » rouges.

— C'est à ce point ?

Le dieu message hoche la tête, une légère grimace torsadant ses lèvres.

— J'en ai bien peur.

— « Fils de Zeus », c'est un peu évident, non ? me moqué-je.

— Grosse insulte ici-bas, indique-t-il d'un grognement.

— Et Hadès laisse faire ? m'étonné-je.

— Hadès ne censure pas la parole de ses sujets.

J'avais déjà du respect pour le couple régnant des Enfers, voilà qu'ils en gagnent davantage !

— Si tu n'es pas très à l'aise à l'idée d'entrer dans le tribunal, tu peux me laisser, lui proposé-je.

Ça me trottait dans la tête. Je n'ai pas très envie qu'il soit témoin de mon passage devant le juge. Et si ce dernier révélait l'entière personne que je suis ? Hermès reviendrait-il sur sa parole ? Me regarderait-il autrement ?

— Non, je reste avec toi. Tu ne te débarrasseras pas de moi comme ça.

Dommage. À la fois touchée et tendue, je reprends donc la route avec mon psychopompe.

On passe l'arche ensemble et suivons une allée bordée de néons colorés sous diverses formes : des palmiers verts et jaunes, de soleils orange striés de bleu sur la partie inférieure, de motifs de verres à cocktail et autres cassettes audio, tous en lévitation. C'est si incongru que j'entends certaines ombres marmonner un « si seulement j'avais encore mon téléphone » en passant devant.

— J'ai l'impression qu'on va entrer dans un bar démodé, commenté-je avec sarcasme.

— Le temps n'est jamais le même pour nous, prétexte Hermès. Les années 1980 ne sont pas aussi lointaines ici.

— Certes, concédé-je en me retrouvant à nouveau dans une file d'attente, à l'entrée d'un bâtiment.

Ce dernier a tout d'un temple grec, toujours en basalte, avec son portique à colonnes immenses et son fronton habité par un ensemble de figures : Hadès et Perséphone au centre, Cerbère à gauche et trois hommes assis à droite. Tout est fermé autour de l'édifice, on n'aperçoit rien de la Cité, s'il y a bel et bien une Cité. On pourrait presque en douter.

— C'est qui les trois vieillards assis ?

— Les trois juges, Minos, Rhadamanthe et Éaque. Ils travaillent chacun leur tour.

— Est-ce que l'un d'eux est plus sympa que les autres ?

Hermès dodeline de la tête.

— Ils sont impartiaux.

J'inspire et expire, nerveuse.

— Tu penses vraiment que je risque le Tartare ? interrogé-je, de plus en plus stressée, à mesure qu'on avance.

Hermès semble bien soucieux. Ses traits sont crispés et ses bras sont croisés sous son manteau.

— Le fleuve Léthé, c'est ce qui devrait t'attendre.

— Et ça consiste en quoi ?

Je retrouve ses regards fuyants.

— À entrer dans le fleuve et t'y plonger entièrement. Ton ombre se réincarnera dans une autre vie, tu auras tout oublié de la précédente.

Mon cœur manque un battement. J'ai bloqué ma respiration sans le vouloir. L'oubli. On m'oubliera et j'oublierai tout.

— Ta mort est étrange, quoi qu'il en soit, ajoute-t-il pensivement.

Je me tends d'un coup.

— C'est ce que je dis depuis le départ !

— Je sais, je sais. On arrive au bout du voyage, alors…

— Alors tu pensais que c'était le bon moment pour me lâcher ce genre de doute ? m'agacé-je en serrant les poings.

— C'était juste une idée en l'air, laisse tomber, insiste Hermès.

— Idiot.

On monte les marches du podium pour s'arrêter sous le portique. Je jette des coups d'œil à travers la porte pour tenter d'apercevoir le fond, me retenant de râler sur les suppositions d'Hermès. Je ne tiens pas en place, je tourne en rond. Mon compagnon de voyage se mure dans le silence. Il n'a plus envie de discuter, ni moi non plus d'ailleurs. Son manteau est remonté jusqu'au menton et son visage si radieux, au front toujours haut, fait mine basse.

C'est la dernière fois qu'on se voit, on ne peut pas en finir comme ça ! Je m'en veux encore de n'avoir jamais rien dit ni fait.

J'aperçois la tribune en pierre sombre tout au bout. Chaque ombre s'avance individuellement et fait face à un juge, perché au-dessus de lui. C'est bel et bien un vieillard, avec sa tignasse blanche, sa couronne en bronze et sa tunique violette. Je redoute notre rencontre ! Va-t-il me parler de mon père ? Va-t-il me dire que je mérite le Tartare ? Toutes mes entrailles se contractent.

Je fais quelques pas et ferme les yeux. Je pense à ma famille. À toutes les personnes qui ont compté pour moi et qui reviennent en boucle. Maman et papa, Méroé et Ella, bébé Médée, tante Zelda, Pasiphaé et les petites sorcières, Hécate, Circé la Grande et Médée la Jeune… Hermès. Il conclut toujours ma liste.

Ma gorge se noue. Il est là, auprès de moi et je le traite d'idiot alors qu'il reste. Il pourrait tourner les talons comme il l'a tant de fois fait par le passé, mais non. Il est même en train de chercher ma main pour la garder dans la sienne, sans la serrer. C'est un geste d'une tendresse tout en retenue qui m'arracherait des larmes. Je les ravale. J'aimerais bien ne pas craquer. Les ombres ne s'attardent pas devant le juge, c'est expéditif et toutes sortent sur la droite alors qu'il y a aussi une porte sur la gauche.

Je n'ai plus que quelques instants avec lui, j'ignore ce qu'il peut advenir ensuite. C'est peut-être ma dernière chance de lui parler à cœur ouvert.

— Un jour, tu m'as demandé pourquoi je te détestais, entamé-je avec maladresse, regrettant aussitôt.

— Et ? m'encourage-t-il à poursuivre.

Une personne de moins devant moi. La gêne m'envahit. Je vais vraiment lui débiter ça ? Maintenant ?

— Et… peut-être… En fait, je ne t'ai pas donné une réponse claire.

Autre blanc.

— Mmh. Est-ce que c'est le bon moment pour ça ? grogne-t-il.

— À vrai dire, oui. Je ne veux pas partir et ne jamais l'avoir dit. Ce baiser dans la verrière, que tu dis accidentel et dont tu refuses d'endosser la moindre responsabilité…

Je le vois rouler ses yeux dans leurs orbites tout en dégageant son visage de son manteau. Pourtant, il ne lâche pas ma main.

— On revient là-dessus, maintenant ?

Son regard gris est moins critique que je ne l'aurais cru. Peut-être un peu plus bas.

— Je le voulais, ce baiser, balancé-je en regardant ailleurs, les joues cramoisies. C'est vrai que je n'ai pas l'historique des mouvements précis en tête, je ne sais plus qui a fait le premier pas. Mais je le voulais, ce baiser.

Je déglutis.

Je crois que, de toute ma vie, je n'avais jamais vu un dieu aussi stupéfait qu'Hermès à cet instant. Il s'est complètement tourné vers moi, les yeux grand ouverts, le visage blême. Il semble vouloir parler, mais ses lèvres demeurent scellées. J'ai envie d'éclater d'un rire nerveux, mais en vérité, je suis mal à l'aise. Je ne m'attendais pas à ça. C'est si stupide, les sentiments, je l'ai toujours pensé. Et comme je ne suis pas douée, c'est la dernière impression que je vais laisser à Hermès ! Qui, étant le dieu messager, va s'empresser de le raconter à tout le monde lorsqu'il retournera sur Terre.

— Quoi ? lâche-t-il.

Ma seule défense est l'attaque !

— Oui eh bien, c'était juste pour répondre à mon délire d'adolescente !

Là, je frappe fort.

— Hein ?

Panique !

On avance à nouveau. Plus qu'une personne devant moi. Tout s'emmêle !

— Quand j'avais quinze ans, j'ai eu un *crush* honteux pour toi, avoué-je en sentant une sueur glaciale couler dans mon dos.

Maman et papa, Méroé et Ella, bébé Médée, tante Zelda, Pasiphaé et les petites sorcières, Hécate, Circé la Grande et Médée la Jeune… Hermès. Bon sang.

— Tu es en train de me dire que…

— C'était il y a plus de dix ans ! le coupé-je en tentant de retrouver la fermeté qui me définit d'habitude. Et puis, tu as été très clair, c'est vrai que rien n'aurait été possible, quoi qu'il en soit. Même si pour moi, tu n'as jamais vraiment été un ami. C'était plus… hum… euh…

Mais où je vais moi ?!

— Suivante ! lance la voix du juge.

C'est à moi qu'il s'adresse, alors que j'ai le cœur au bord des lèvres. Hermès est figé, incrédule. Peu importe. Je lâche sa main, me mets sur la pointe des pieds et le prends dans mes bras. J'enregistre tout : odeur de bergamote poivrée, chaleur de sa peau, douceur réconfortante de son manteau, discussion à cœur ouvert près du grenadier.

Faites que je garde ça avec moi, même dans l'autre vie ! Que je conserve son énigme intacte.

— Je n'ai pas que ça à faire ! tempête la voix brutale du juge.

Encore une seconde d'étreinte par Hécate !

— Merci de m'avoir accompagnée jusque-là, balbutié-je avant de le relâcher.

Je me détourne de lui, fais quelques pas et lève la tête sur le juge, bouleversée. Un porte-nom en néon, anachronique bien entendu, indique le nom de Minos. Il a même un pot rempli de calames devant lui et estampillé d'un « Juge de la Nuit », avec ce qui ressemble à une petite peluche de Cerbère qui hochent ses trois têtes en rythme. Ça ne coïncide pas du tout avec l'image que l'on peut se faire d'un juge infernal. Ce dernier étire sous ses yeux un fil et se met à l'examiner d'un bout à l'autre tout en marmonnant des choses inaudibles. Une feuille de papyrus se déplie et se met à léviter à son côté, un calame prenant des notes tout seul.

Alors que je tente de ne pas défaillir, je me sens tirée en arrière. Minos me jette un regard impatient, outré d'être interrompu dans la lecture du fil de ma vie.

— Un seconde, Minos, s'excuse Hermès en me faisant reculer.

— Qu'est-ce que…

Le dieu messager interrompt le juge d'un doigt levé que n'importe qui prendrait mal. Et autant le dire : je n'ai pas du tout envie que le juge me fasse payer l'impertinence d'Hermès !

— Quoi ? m'agacé-je.

— Tu me balances que tu voulais ce baiser, que tu craquais pour moi quand tu avais quinze ans, qu'en plus tu ne m'as jamais considéré comme un ami, et je devrais me contenter de tout ça sans avoir mon mot à dire ?

Je croise les bras, le cœur cognant ma poitrine à vive allure.

— T'es sérieux, là ? Je n'ai pas tellement l'habitude de me montrer aussi sentimentale, n'en rajoute pas.

— Moi non plus, figure-toi, rétorque-t-il.

— Il n'y a rien à dire de plus de toute façon.

Ce n'est pas comme si *lui* éprouvait quoi que ce soit en retour, il m'a déjà bien assez dit que ce n'était pas le cas. Je retourne vers Minos qui a écarquillé les yeux, soufflé par mon comportement. Je baisse le regard, confuse. Allez, qu'on en finisse !

— Désolée.

Mais c'est sans compter Hermès qui revient à la charge.

— Ça ne prendra qu'une minute, promis, assure Hermès en m'attirant à nouveau en arrière.

— Tu crois que c'est une bonne idée de me mettre le juge à dos ?

— Pourquoi tu as toujours cherché à me transformer en cochon nain ? Et ne me ressors pas cette histoire de bronzage dans la Clairière, je ne suis pas arrivé avec l'intention de te mater, c'était un pur hasard.

Je croise les bras avec un œil critique.

— Mais bien sûr. Il n'y a aucun antécédent dans ta famille. Les Olympiens sont tous réglos et respectueux.

Ah, ça me fait plaisir de retrouver ses lèvres twistées d'agacement !

— Je n'ai pas dit ça, mais ce n'est pas mon cas.

— OK, très bien. Alors on aura réglé cette question avant la fin.

— OH ! s'écrie Minos. Non mais vous vous croyez où ?!

J'y retourne, remontée. Minos termine sa lecture, les sourcils froncés au point de former un V. Le calame se pose sur sa table et le papyrus s'enroule avant de se glisser dans la main du juge.

— Bon ! Circé, une âme de sorcière, catégorie IDR, ce n'est pas anodin, dit-il en écartant la feuille d'un geste sec.

Je frémis sur le coup. Je fixe ses iris qui parcourent les lignes et me mordille la lèvre.

Pas le Tartare, pas le Tartare…

Il ouvre la bouche et au même instant, je sens la présence d'Hermès à côté de moi. Il ne va pas remettre ça !

— Objection ! s'exclame-t-il, coupant à nouveau le juge dans son travail.

— Mais quoi, encore ? soupire Minos.

— Je peux savoir ce que tu fais ? interrogé-je. Je me fais une raison, je suis prête et toi, tu retardes encore ?

— Ne fais pas capoter mon plan en discutant tout comme ça !

— Hermès ! rugit le juge.

— Quoi ? rétorque le dieu messager.

— Écoute ton ombre ! Par Leurs Grandeurs, je n'ai jamais vu ça !

— Je clame un vice de forme, poursuit Hermès sans prendre en compte mon avis et encore moins le conseil de Minos. La mort de Circé est discutable. En tant que psychopompe, j'ai relevé plusieurs anomalies.

Mais de quoi il parle ? Quel plan pourrais-je faire capoter au fait ?

— Tu ne pouvais pas dire ça, avant ? Ou me prévenir ? sifflé-je.

— Non, je ne pouvais pas et ne discute pas, m'assène-t-il, les yeux brûlant de détermination.

— Je déteste quand les psychopompes s'amènent avec leur ombre jusqu'ici, râle Minos en repliant mon papyrus. Puisque c'est ainsi, seules Leurs Grandeurs Hadès et Perséphone peuvent trancher.

Il repose le rouleau et nous désigne la porte de gauche.

Chapitre XII

Hermès marche au pas de guerre. Je suis obligée de courir à diverses reprises pour le rattraper. Je n'ai même pas le temps de contempler la Cité d'Hadès dans laquelle on a déboulé en sortant du tribunal. De ce que je vois, l'architecture est antique. Des gros blocs de basalte s'empilent pour créer des murs imposants, les maisons ont trois étages maximum et semblent vastes, les toits sont plats, les rues sont pavées et étroites, sans véhicules, des petites places apparaissent au détour des rues, et ici et là, des grenadiers rouges apportent une touche de couleur boisée. Cela dit, les habitants, divinités ailées ou non, arborent des couleurs de peau différentes : mille nuances écarlates, bleues, grises, nacrées ou vertes. J'aperçois même des nymphes que je n'avais encore jamais croisées : des nymphes de saphir, de rubis, d'émeraude, de diamant… aux contours mieux dessinés que les nymphes des bois et à la matérialité plus concrète.

Absolument tout le monde se fige sur le passage d'Hermès. On ne passe pas inaperçus : moi, seule ombre à la ronde, et lui, avec sa lueur particulière d'Olympien.

— Tu n'aurais pas dû, finis-je par dire, encore secouée.

— Ne me dis pas que tu préfères te réincarner ? réplique Hermès sans ralentir.

— C'est de toute façon ce qu'il va arriver !

— Quelque chose ne tourne pas rond, insiste-t-il.

— Ou peut-être que c'était juste mon destin ! m'exclamé-je en stoppant net.

Le dieu messager ralentit avant de pivoter.

— Hadès nous le dira.

Je soupire, peu convaincue.

— Et tu t'entends bien avec ton oncle ?

Hermès grimace en faisant un geste las. Bon sang, je ne sais pas à quoi il joue, mais je n'ai aucune envie de me retrouver au milieu de tout ça. Hermès est fidèle à Zeus, et Zeus et Hadès ne sont pas réputés pour s'entendre comme larrons en foire.

— Il m'écoutera, affirme-t-il.

Au même moment, un groupe de divinités infernales s'adressent au dieu messager sans s'en approcher, avec une agressivité qui stagnait déjà dans l'air.

— Rentre chez toi ! Fils de Zeus !

Sans leur répondre, Hermès affiche une moue blasée et sans surprise.

C'est une catastrophe. Tout le monde le déteste ici et il espère plaider mon cas ? C'est reculer pour mieux sauter. Je ne vais pas me faire de fausse joie.

— Tu fais un piètre avocat, dis-je, résignée.

— Suis-moi, tête de mule.

Il ponctue sa phrase d'un mince sourire qu'il veut probablement rassurant mais qui reste bancal pour ma part. On se remet en route et au bout de quelques minutes, on débarque sur une vaste place parsemée de colonnes isolées supportant des statues et de grenadiers rouges pleins de fruits. Ils me rappellent que mon estomac gronde. J'aurais dû réclamer à manger au tribunal, comme Hermès me l'avait promis. Je doute qu'il veuille bien s'arrêter maintenant, alors qu'on approche des marches du palais d'Hadès et de Perséphone.

Le portique d'entrée est si monumental qu'il parvient à me ralentir, alors que j'ai déjà emmagasiné un excès de visions incroyables depuis mon arrivée dans l'Érèbe. Pour le royaume des morts, l'endroit est plein de vie. Les habitants de la Cité vont et viennent, à pied ou en volant. Il règne un brouhaha digne des meilleurs rassemblements des sorcières de la Clairière. On traverse le patio du portique et, en passant l'immense porte à double battant en bois sombre et aux appliques d'or, on croise une créature qui fonce droit devant elle. D'un sursaut brusque, je m'écarte pour lui céder le passage. Des serpents sifflent sur sa tête et suffisent à lui dégager la route sans qu'elle n'ait à exiger quoi que ce soit. En même temps, ses yeux couleur sang, ses quatre ailes à moitié déplumées, sa peau kaki et ses crocs qui dépassent de sa bouche tordue n'inspirent pas la sympathie au premier abord.

— La belle nuit, Sthéno, salue Hermès, d'un ton mécanique.

— La ferme, fils de Zeus, crache-t-elle sans s'arrêter.

Le dieu messager n'en prend pas ombrage. Il se contente de me dire :

— Il ne vaut mieux pas se mettre à dos les Gorgones. Ce sont trois sœurs… enfin non, deux en vérité, qui sont redoutables.

« Trois sœurs. Non, deux. » Un vrai coup de poignard dans le cœur. Je ne sais pas qui est Sthéno, mais une montée d'empathie pour elle éclate en moi. Je ne commente pas. En fait, je ne pense qu'à cette autre dimension dans laquelle je reviens de ce séjour et où je raconte tout à mes sœurs.

On entre dans une salle du trône vertigineuse – à en croire le podium sur lequel il n'y a pas un siège, mais une banquette à deux places en bois d'ébène et décors d'or et d'argent – éclairée de torchères et dans laquelle l'agitation est à son comble. Des échelles très hautes sont posées contre les murs et des nymphes de cendres – c'est ainsi que je les qualifie, à en juger par les tourbillons de poussières grisâtres qui composent leur corps – sont perchées sur le dernier barreau sans craindre de chuter. Elles passent des chiffons sur les carreaux des baies rectangulaires qui percent les murs. Des divinités discutent entre elles, prennent des notes, semblent consulter des catalogues, à en croire les pavés de milliers pages qu'ils tiennent dans leurs bras. D'autres s'affairent devant une nouvelle paire de statues du couple régnant, les affublant de bandeaux d'or et d'argent, de bijoux recouverts de joyaux et d'étoffes pourpres.

— Hermès ?

La voix féminine, pour la première fois depuis que nous sommes aux Enfers, a un ton réjoui. Et pour cause, il s'agit de Perséphone, cernée d'une cour empressée de nymphes. Elle sort de l'ordinaire en portant un ensemble tailleur à la coupe rétro, rose pastel, avec une ceinture vernie noire, d'une classe folle ! Sa longue chevelure châtain et nattée est tapissée de fleurs et il me faut bien une poignée de secondes pour comprendre qu'elles sont en pierres et en métaux précieux. Lorsque je l'ai rencontrée, au mariage d'Ella, elle était recouverte de vraies fleurs et en avait même fait éclore partout dans la Clairière en plein automne.

— Que fais-tu ici ? s'étonne-t-elle avec un sourire attrayant.

Son charisme et sa gentillesse sont affolants, après ce voyage rempli de chagrin et de colère !

— Je voudrais vous voir tous les deux, Hadès et toi, répond Hermès avant de me ramener à lui. C'est à propos de la mort de Circé.

Mon nom l'interpelle. Elle n'a pas l'air de m'avoir remarquée jusque-là. Lorsqu'elle pose ses yeux verts sur moi, elle fronce tous ses traits harmonieux.

— Circé ? Oh non, chérie, tu es trop jeune pour être ici, déplore-t-elle avec peine.

— C'est effectivement suspect, répond Hermès qui retrouve un ton de diplomate. Minos nous a demandés de nous adresser à vous.

Perséphone approuve aussitôt.

— Amour ! appelle-t-elle d'une voix forte.

Hadès apparaît d'un coup à son côté, en pantalon et pull noirs. Il est l'aîné de Zeus, mais il n'a pas d'âge, lui non plus. La petite quarantaine, peut-être ? Des pattes d'oie au coin des yeux qui lui donnent du charme, des cheveux blancs mais comme une véritable couleur et non pas une conséquence de la vieillesse, relevés en bun au-dessus de sa tête, des yeux sombres et profonds, emplis de sagesse.

Il prend la main de son épouse et la porte jusqu'à sa bouche pour déposer d'affectueux baisers sur son dos.

— Que se passe-t-il, mon cœur ?

On sait tous qu'Hadès et Perséphone sont fusionnels, mais au point de ne pas tilter notre présence, à Hermès et moi, je ne m'y attendais pas. Perséphone rougit de plaisir et le rappelle à l'ordre d'un gloussement.

— Allons, Amour, nous avons de la visite !

Hadès papouille le bras de sa femme avant de bien vouloir nous accorder enfin un regard. C'est plus la présence d'Hermès qui le rappelle à l'ordre. Il se raidit et lâche la première pensée qui le traverse :

— Que veut encore mon frère ? grogne-t-il. On est en pleine préparation de la fête du Printemps. Avec Persé, on sera sur Terre pendant six mois dans dix nuits, ça ne peut pas attendre, non ?

C'est donc à cela qu'est due l'agitation dans la salle du trône.

— Ce n'est pas Zeus qui m'envoie, répond Hermès.

Je lui jette un tel regard de surprise qu'il le perçoit direct.

— Tu n'es pas en inspection pour Zeus ? ne puis-je m'empêcher de balancer.

— Quelle inspection ? s'étonne Hadès sur un ton sévère.

Hermès se tend et me fusille du regard sans avoir le temps de répondre.

— Je n'étais pas au courant non plus, Vos Grandeurs, intervient Thanatos en nous rejoignant. Hermès s'est permis de débarquer dans l'Érèbe et d'interroger les psychopompes sans m'avoir prévenu.

Ni une, ni deux, Hermès fait apparaître son bloc-notes et se met à lire ses notes.

— L'inspection ne concernait que l'accès aux Enfers. Les statistiques des psychopompes sont bonnes, il faudrait juste revoir les néons, ils sont vieillissants.

— Tout le monde aime les néons, rétorque Hadès en croisant les mains dans son dos, froissé. J'ai fait une centaine de brocantes à New York pour les rassembler !

— Eh bien l'affaire est réglée, consent simplement Hermès. Passons à la suivante : la présence imprévue de Circé ici.

Le bloc-notes s'envole et le dieu messager me remet sur le devant de la scène. L'attitude légère et pleine d'esquive d'Hermès crispe Hadès et Thanatos. Perséphone, elle, semble plus concernée par mon cas.

— C'est en effet étrange que Circé soit ici.

C'est tout ce qu'il fallait pour qu'Hadès change d'attitude : l'inquiétude de son épouse adorée. Il ne me calcule pas du tout mais il accepte de prendre l'affaire en main.

— Soit. Si cela concerne une ombre, discutons-en dans les règles.

Perséphone et son époux prennent place sur leur trône et je me retrouve en audience officielle devant le roi et la reine des Enfers. Sans que personne ne leur demande, les divinités et les nymphes présentes dans la salle, toutes sauf Thanatos, sortent et un silence plombant nous tombe dessus. Je me serais bien passée de cette pression. Et plus encore, de cette étincelle d'espoir qui me mine de l'intérieur.

— Je t'écoute, Hermès, permet Hadès.

Le dieu messager s'éclaircit la voix. J'ai l'impression d'être à nouveau dans un tribunal avec mon piètre avocat et un procureur en la personne de Thanatos qui le fixe avec intensité.

— Comme vous le savez, Circé était destinée à devenir guide de la communauté des sorcières de Springfall, débute-t-il en faisant des allers-retours devant le podium. Communauté contre laquelle nous, déesses et dieux, étions en guerre il n'y a pas si longtemps, jusqu'au mariage de Deimos et d'Ella. Vous le savez également, la paix est encore fragile, le Serment du Styx que Vos Grandeurs ont permis en est la preuve. Vous l'ignorez peut-être, mais les sorcières ne sont pas la cible des maladies. Je peux l'affirmer pour les avoir côtoyées depuis Circé la

Première. Des accidents, peut-être, et encore. Je ne me souviens pas d'en avoir entendu parler. Or mon ombre est décédée d'un arrêt cardiaque.

Il s'immobilise et se tourne vers moi.

— C'est plus qu'étonnant. Même si son père a connu la même fin.

— C'est vrai, c'est intrigant, concède Hadès.

— Très curieux oui, approuve Perséphone. Mais peut-être que les sorcières, à force de se mêler aux humains, finissent par absorber leurs risques de mortalité.

C'est ce qu'on appelle « se faire l'avocat du diable », chez les humains. Pourtant je ne désapprouve pas. Je me pose la même question. On a bien cru, sans trop de difficultés, qu'Ella, sans ses pouvoirs, était le résultat d'une perte de notre aura. Même si c'était faux.

Hadès secoue de la tête avec hésitation.

— C'est bien probable, oui, approuve Thanatos. Si on en croit le décès de son père.

Ne pas m'enliser dans ce souvenir-là. Pas maintenant. Même si ce serait un retour de bâton légitime. Elle est peut-être là, la justice de ma mort.

— Allons, reprend Hermès. Ne cédons pas à ces facilités. S'il s'agit bien de cela, alors nous devons le prouver pour y être préparés.

Hadès acquiesce.

— Ton propos fait sens. Invoquons les Moires, elles nous diront ce qu'elles en pensent.

Trois silhouettes encapuchonnées, au visage invisible et aux longs bras translucides, apparaissent devant le trône. Hermès revient auprès de moi alors que je suis suspendue au-dessus d'un vide colossal. Tout ce flux et ce reflux d'espoir et de désespoir vont me rendre malade !

— Vos Grandeurs, saluent-elles en s'inclinant en même temps devant le couple divin.

— Moires, avez-vous remarqué quelque chose d'étrange sur le fil de Circé ? interroge Perséphone.

— Lorsque je l'ai filé, il était solide et promis à une belle longueur, commence la première.

— Lorsque je l'ai étiré, il était solide et déployait une belle endurance, poursuit la seconde.

— Lorsque je l'ai coupé, il était solide et ne semblait pas vouloir s'arrêter là, finit la troisième.

Sa formulation étonne ses deux consœurs qui tournent leur tête vers elle.

— Comment cela ?

— Que veux-tu dire ?

— La coupure était naturelle mais inattendue.

Hadès et Perséphone partagent un regard interloqué. Je ne remarque pas de ton particulier chez les trois Moires, mais apparemment, ceux qui les connaissent tiquent à leurs paroles.

— Quel jugement avait prévu Minos, avant qu'Hermès ne s'oppose ? questionne Hadès.

Thanatos avance d'un pas et brandit le rouleau de papyrus qui s'était écrit tout seul pendant l'examen de mon fil par le juge des Enfers. Il le tend à son roi.

— L'ombre de Circé devait me revenir, annonce-t-il.

Si j'en suis à m'interroger sur le sens de cette décision – qu'une ombre revienne à l'incarnation de la Mort, ça me semble logique –, Hermès, lui, bondit, révolté.

— Non !

— C'est ce qui est écrit, confirme Hadès d'une voix posée, tout en lisant le document.

— Qu'est-ce que ça veut dire ? m'inquiété-je.

— Que tu es mienne, réplique seulement Thanatos.

J'ai un sourire nerveux avant de déglutir, je ne suis pas sûre de bien comprendre ce que cela signifie, mais du coin de l'œil, je vois Hermès se murer dans son allure métallique, comme s'il devenait lui-même une arme prête à se ficher dans la gorge du dieu de la mort.

— Je n'appartiens à personne, précisé-je, l'agacement me montant au nez.

Perséphone se mordille la lèvre. J'insiste d'un regard pour qu'elle me soutienne.

— C'est le jugement de Minos, commente-t-elle. Mais au vu de la situation, c'est à Hadès, dieu des morts, de trancher.

Ces quelques mots font prendre une grande inspiration à Hermès, qui a l'air enfin de retrouver le contrôle de ses émotions. Hadès pousse un soupir embêté. Son épouse pose sa main sur son bras et il hoche la tête.

— Soit. La situation demande réflexion, je vais y songer et rendre un jugement à la fête du printemps.

C'est une sorte de sursis qui s'impose à moi. Je ne vois pas d'autres échappatoires que le fleuve Léthé ou Thanatos, mais l'oubli recule encore un peu.

— En attendant, Circé, je fais de toi mon invitée officielle dans notre palais, me dit Perséphone avec un clin d'œil.

Je lui souris, émue. Un beau sursis quand même. Toutes les sorcières aiment Perséphone. Elle est à l'origine du printemps et de tout ce qui pousse. Thanatos ne perd pas son rictus figé, plutôt satisfait, mais il ne saute pas de joie non plus. Je ne sais pas ce qu'il me veut, mais je suppose que je vais avoir le temps de discuter avec lui et de lui faire comprendre à qui il a affaire.

— Perséphone, puis-je m'entretenir avec l'ombre un instant ? demande Hermès, d'une voix plus maîtrisée. Je vais devoir rentrer au Siège, et j'aimerais conclure mon travail de psychopompe.

— Bien entendu, accorde-t-elle tout en se levant.

Hadès lui prend la main et ils s'éloignent tous les deux. Les Moires s'enfoncent dans le sol sans un mot de plus. Seul Thanatos demeure dans la salle sans vouloir bouger. Hermès décide alors de m'entraîner à l'extérieur, sous le portique du palais, à la discrétion d'une colonne.

— Tu vas revenir ? questionné-je aussitôt.

J'aurais voulu me réfréner un peu, mais son départ m'angoisse.

— Oui, je veux juste laisser traîner mes oreilles ici et là au Siège. Peut-être que ta mort va délier des langues. Quelques petits conseils durant mon absence : ne fais rien qui pourrait peser contre toi dans la balance du futur jugement d'Hadès.

Mes épaules s'affaissent.

— Tu supposes quoi, là ?

— Circé, je te connais… dit-il avec un sourire malicieux. Et je sais de quoi tu es capable.

Je croise les bras, piquée.

— Méfie-toi de Thanatos…

— J'ai cru comprendre, oui, grogné-je. Je ne comprends pas ce jugement de Minos. Qu'est-ce que ça veut dire, « je suis sienne » ?

— Que Thanatos s'ennuie, il a juste trouvé un nouveau jouet en ta personne.

— Je te demande pardon ? rétorqué-je, indignée.

— Conserve ce ton avec lui et tout se passera bien, m'assure-t-il en hochant la tête. Surtout, le plus important, ne mange rien.

Je hausse les sourcils. En parlant nourriture, j'ai l'estomac creux.

— Tu n'éprouves qu'une sensation de faim, me rappelle-t-il.

— Pourquoi je ne peux rien manger ?

— Quiconque mange la nourriture des Enfers, reste aux Enfers. C'est sans appel.

Il a l'air bourré de résolutions et de détermination alors que moi, je ne suis sûre de rien.

— À quoi bon, Hermès ? lui demandé-je. Aucun mort n'est jamais revenu des Enfers.

— Jusqu'à nous, réplique-t-il.

La certitude dans sa voix devrait me rebooster, mais elle me bouleverse et me met en colère bien malgré moi.

— Ne joue pas à ça avec moi. Je ne suis pas ton expérience du moment, et je ne suis pas là pour mettre à l'épreuve ton ambition !

Son expression se fige.

— Ce n'est pas du tout ce que je veux.

— Alors quoi ?! éclaté-je. Pourquoi tu fais ça ?

J'ai peur, j'ai si peur que je n'arrive plus à me contrôler. Hermès ferme les yeux un court instant, nerveux. C'est encore un nouveau visage qu'il me montre, celui de l'incertitude. Lui qui est toujours si plein d'assurance.

— Tu ne fais que retarder l'inévitable ! ajouté-je.

— Tu ne comprends pas ! réplique-t-il durement.

— Quoi ? Qu'est-ce que je ne comprends pas ?

— Je n'ai jamais eu envie de te voir disparaître ! s'exclame-t-il en ouvrant ses yeux gris.

La limpidité de ses paroles suspend les battements de mon cœur. Il comptait me sauver depuis le début ? Je me sens paralysée et incrédule. Lui qui est toujours si posé, le voilà plein de détresse. Ses mots retentissent en échos dans ma tête.

— Me retrouver devant ton ombre chez toi… C'est trop tôt et inacceptable, Circé. Mon plan était d'intervenir devant le juge, c'est le meilleur moyen d'avoir accès à Hadès pour plaider ton cas.

Abasourdie, j'ouvre la bouche en espérant que des paroles sensées en sortent, mais Hermès ne m'en laisse pas le temps.

— Je ne pouvais rien te dire avant pour que tu arrives jusqu'ici, m'assure-t-il. Chaque ombre doit accepter son sort pour prendre la barque de Charon, sinon elle termine parmi les *orgai*. Et je dois avouer que j'ai peur de te donner de faux espoirs, mais je ferai tout pour te sortir de là parce que… pour une raison qui me dépasse, je tiens à toi.

Sa voix s'est posée, mais déraille en bout de phrase. Mes yeux s'embuent. Je ne comprends pas, à part une complicité pleine de piques et un baiser accidentel, il ne m'a jamais témoigné aucun attachement. Est-ce que j'ai loupé quelque chose ? Il m'a si bien ignorée au tout début de notre périple… parce qu'il ne voulait pas accepter ma mort.

Tout d'un coup, les choses prennent un sens nouveau.

— Il n'y avait pas d'inspection surprise, c'est ça ? balbutié-je.

— Bien sûr que non, grommelle-t-il, l'esprit ailleurs.

Il est tout en tension, il cogite et ça se voit, alors que moi, je suis abasourdie.

OK, il est venu de lui-même sur les lieux de ma mort sans oser me dire pourquoi ? Il a inventé cette histoire pour ne pas reconnaître qu'il voulait m'accompagner ? Il a voulu me guider aux Enfers en me revendiquant comme son ombre pour ça ? Il voulait vraiment savoir si je le détestais en me posant cette question dans la verrière ? Je n'ai jamais nié, c'est vrai. Il a dû se faire une raison, croire que je le haïssais. Bon sang ! Je veux l'interroger et tout savoir : depuis quand ? Comment ? Mais rien de construit ne parvient à sortir de ma bouche. Je comprends aussi pourquoi il refuse que je mange depuis le départ. Il pensait peut-être déjà à ce stratagème de l'objection au tribunal ?

— Fais attention à toi, ne compte que sur toi-même. Ne mange *rien*, insiste-t-il.

J'acquiesce, trop bouleversée pour parler.

Il s'approche de moi et il réactive tout ce que je voulais retenir de lui : odeur de bergamote poivrée, chaleur de sa peau, douceur réconfortante de son manteau, discussion à cœur ouvert près du grenadier, révélation imprévisible sous le portique. Ses mains se posent sur ma taille et ses doigts s'agrippent à ma chair à travers le tissu de ma tunique, comme s'il voulait me retenir à tout prix. Je me sens bouillir de la tête aux pieds. Je me raccroche à son vêtement, les jambes flageolantes, et il pose son front contre le mien, les mâchoires serrées par la tension qui nous renverse. Mon cœur s'emballe brusquement. J'en ai des chatouilles au creux de mes reins et des frissons qui me parcourent l'échine. Son souffle si près du mien, ses lèvres juste là !

Je me perds dans le tourbillon des sensations qu'il déchaîne entre nous. Rien n'est clair, il vient de me révéler un truc explosif, il va partir pour un temps indéterminé, et on est là, pendus à un fil, tous les deux ! J'ai envie de protester, d'exiger ce baiser qu'il esquisse sans le donner, mais il me coupe l'herbe sous le pied.

— Bordel, Hadès aura ma peau, grogne-t-il en fondant sur mes lèvres.

Il m'arrache un gémissement et me renverse en arrière, me forçant à enrouler mes bras autour de son cou. Ma bouche retrouve la sienne avec un plaisir débordant. Il me mord la lèvre inférieure avec une passion proche du désespoir. Je veux conquérir sa langue de la mienne, histoire d'apporter ma part à ce baiser fougueux, mais il se retire d'un coup et prend même du recul.

Un seul baiser. Le plus brûlant de tous. J'ai les yeux fermés, le souffle court et c'est tout ce qu'il nous accorde ?

— C'est le plus grand des interdits, ici, murmure-t-il en plusieurs sons rauques tout en plaquant ses deux mains sur mon visage.

Je me retiens de soupirer, bien trop contente et frustrée tout à la fois.

— Cette fois, c'est toi qui as fait le premier pas, dis-je, essoufflée.

— Comme dans la verrière, me cède-t-il enfin.

Il caresse mes pommettes et ma nuque sans me lâcher.

— Tu dois me faire confiance, on va réaliser l'impossible.

J'ouvre les yeux et il s'éclipse, me laissant entrapercevoir son masque doré avant de disparaître.

Chapitre XIII

Une nymphe de rubis, rougeoyante comme la pierre précieuse, m'escorte à l'arrière de la salle du trône, dans la partie privée du palais, là où vivent Hadès et Perséphone. On passe dans un péristyle recouvert de mosaïques au sol et de fresques aux murs. Les seuls motifs que je vois sont des fleurs, de toutes les couleurs. C'est flamboyant et gris tout à la fois. Je comprends cette dissonance en apercevant une nymphe de saphir balayer le sol et retirer une couche épaisse de cendre.

— Elle s'infiltre partout.

Perséphone me sourit, debout devant nous.

— Elle tombe comme la pluie et la poussière, ici, précise-t-elle. Suis-moi, je vais te montrer ta chambre.

La déesse remercie la nymphe de rubis qui s'éloigne en laissant des empreintes de pieds derrière elle. Je m'en remets donc à la reine des Enfers. J'aimerais discuter avec elle et lui poser plein de questions, mais je suis encore bouleversée par ce que je viens de vivre avec Hermès.

Il ne veut pas que je meure, il veut me garder. Il m'a embrassée. Jamais je ne me suis sentie plus vivante que maintenant. Mon cœur m'assourdit, martèle mes côtes et mes tempes, mon ventre est envahi de papillons, j'en ai même des vertiges ! Cet effroyable espoir a enfoncé la porte et s'est installé en moi, les pieds sur la table, avachi dans le fauteuil, en totale contradiction avec ma raison. J'aurais voulu qu'Hermès reste encore un peu.

Perséphone m'enlace les épaules.

— Ton séjour parmi nous sera paisible, tu verras.

Je lui souris, soulagée de ne pas être livrée à moi-même. Elle me traîne avec elle dans les appartements royaux, décidée à me changer les idées et à faire honneur à Hécate. Le nom de ma déesse lui vient si naturellement que ça m'étonne. L'ensemble des dieux était du côté de Zeus durant la guerre, mais en y songeant, j'ai peu de souvenirs concernant Hadès et Perséphone.

Alors qu'on traverse de grandes pièces confortables, je commence à retrouver des éléments familiers de ma vie sur Terre : des canapés et des tapis, de longs meubles en bois, des coussins… Des motifs de fleurs partout. Des couleurs chaudes, enfin ! Et vraiment de l'espace. Des intérieurs sobres et épurés. J'avais déjà une vision de leur couple très moderne, leur lieu de vie me le confirme. Je suis même en admiration devant la collection de vinyles impressionnante qui occupe tout un immense pan de mur en pierre du salon principal. Tous les plafonds sont hauts, ici.

— Hadès a l'âme d'un collectionneur, m'explique Perséphone.

D'où les brocantes new-yorkaises et la flopée de néons des années 1980 à l'entrée du tribunal.

Un casque grec en bronze doré, posé au milieu du mur, plusieurs mètres au-dessus de nous, attire mon attention.

— La kunée, me précise Perséphone, le casque qui rend invisible. Hadès l'a souvent porté par le passé, pour se promener sur Terre. Il a fini par m'avouer que c'est en l'ayant sur la tête qu'il m'a vue la première fois.

Elle sourit avec un ravissement de premier amour. Ils sont ensemble depuis si longtemps pourtant. Sans enfant, juste elle et lui, et néanmoins si heureux et si épanouis. J'aimerais ressentir sa joie, mais je n'ai que l'image d'Hermès en tête. Ses yeux, ses mains, ses paroles.

— Cette loi qui interdit toute relation entre une ombre et un vivant… dis-je d'une voix cassée, sans savoir comment terminer ma phrase.

Perséphone me fixe, touchée par ma préoccupation.

— Pourquoi cette loi ? finis-je par demander.

— Ce qui meurt doit partir pour laisser la place au vivant, c'est une règle universelle, Circé, me dit-elle avec douceur. L'ombre n'expérimentera qu'une simulation, quant au vivant, il manquera son propre destin.

Mon cœur s'alourdit de nouveau. Je vais retenir Hermès dans une illusion ? Lui faire manquer d'autres rencontres ? Si mon destin est là, le sien est à la surface, dans l'autre monde. Même si je ne suis là que pour dix nuits, est-ce que ça suffira à Hermès pour louper l'amour de sa vie sur Terre ?

Des aboiements retentissent à l'entrée de la pièce. Cerbère a rapetissé et semble emballé par la présence de Perséphone sur laquelle il se jette joyeusement. Elle le câline en tentant de jongler d'une tête à l'autre, les deux restantes gémissant dès qu'elle caresse la troisième. Une vraie peluche. Et la déesse est lumineuse. Tout le frémissement du printemps et l'étincelle de vie émanent d'elle au milieu des Enfers, sans rien créer. Ce doit être frustrant pour elle de ne rien pouvoir faire pousser ici.

Je me détourne de son bonheur quotidien pour laisser traîner mes yeux dans le salon. Le long et mince tuyau en étain qui tombe du plafond, entre deux immenses tableaux représentant des paysages en Italie, si j'en crois la végétation, ne me frappe que maintenant. Au bout, une station de tubes pneumatiques à l'effigie d'Hermès fait naître en moi une émotion impatiente. Je peux communiquer avec la surface ! Il faut que je trouve un tube et du papier… Mais cela signifierait tromper la confiance de mon hôte.

— Allons dans ta chambre, me propose Perséphone en relâchant Cerbère.

— Oui, accepté-je vite, troublée.

Je la suis dans le couloir jusqu'à une nouvelle pièce, elle aussi vaste. Un grand lit trône entre deux vasques de bronze dans lesquelles brûlent des feux rouges. Sur le mur en face du lit, un haut-relief figure une prodigieuse Corne d'abondance dont les fruits et les légumes semblent vrais. C'est confortable, là aussi. Un tapis sombre réplique la surface du Styx au sol, une couverture brodée de grenades repose sur le lit et des coussins de soie imitent des pierres précieuses taillées. Une large baie ouvre sur un péristyle aux colonnes de cristal. Toujours pas de plantes là non plus, mais des peintures en trompe-l'œil entourent un bassin d'eau bouillonnante.

— Tu peux te laver ici, tu recevras un nécessaire de toilette. Mais je t'emmènerai aux bains du palais dans les jours qui viennent, me propose Perséphone alors que je me penche au-dessus des bulles qui éclatent. Nous avons nos propres sources d'eaux chaudes.

— Avec plaisir, merci, dis-je, reconnaissante pour les soins et l'attention dont elle m'entoure.

La lumière si plate se met soudain à baisser.

— Que se passe-t-il ? m'étonné-je en levant les yeux.

— La nuit tombe, répond simplement la déesse.

— Mais… il n'y a pas de soleil ici ?

— Quand Hadès a reçu le royaume des Enfers à gouverner, il a eu du mal à s'adapter à l'obscurité constante. Alors il a créé une lumière qui éclaire certaines parties des Enfers pendant douze heures. La nuit tombe pour les douze suivantes. Ça nous permet d'avoir un rythme de vie et de travail.

— Votre Grandeur ?

Une nymphe d'améthyste se tient à l'entrée de ma chambre, les bras chargés de pièces de tissus.

— Tu peux les déposer sur le lit, merci.

Elle s'exécute et sort, ses pas me rappelant le bruit de morceaux de verre contre le sol.

— Des robes, m'annonce Perséphone avec des étoiles dans les yeux.

Elle est heureuse d'avoir de la visite. Dommage que ce soit à l'occasion de ma mort. La déesse exhibe les tenues sous mes yeux, toutes ravissantes, mais aucune pour remplacer ma veste en jean, abandonnée dans mon placard, chez moi. La rouge me tape dans l'œil en fin de compte et je remercie mon hôte pour sa bienveillance.

— Repose-toi, fais comme chez toi, tu es libre d'aller où tu veux dans le palais et la Cité d'Hadès, me rappelle Perséphone avant de s'éloigner, me laissant seule.

J'enfile une chemise légère et me laisse tomber sur le lit.

Impossible de fermer l'œil. Tout est faux ici, le jour, les plantes, les relations. Une « simulation », est-ce que ce que je ressens pour Hermès est faux puisque je suis morte ? Suis-je moi-même ? Ou une autre Circé, une projection, un pion…

J'attrape un coussin et le serre contre moi. Il m'avoue enfin qu'il me veut et on ne peut même pas s'étreindre ni s'embrasser. Je suis vraiment en Enfer.

*

La lumière d'un nouveau « jour » me réveille. Je me redresse sur le lit, reposée, mais perturbée. Une nuit sans rêver, c'est étrange.

Je fais une toilette et m'habille d'une robe turquoise avant de sortir de la chambre, impatiente d'explorer la Cité. J'ai repris des forces mentales, il faut croire. J'ai envie d'espérer, de me dire que rien n'est encore fait. Je tâtonne pour trouver le chemin dans le dédale des appartements royaux, faits de péristyles incroyables – comme celui dont les quatre arbres sont en fait des émeraudes taillées – et de salons vertigineux, pleins des collections d'Hadès toujours aussi épurées. Je vois la patte des deux membres du couple partout : les fleurs peintes, brodées, sculptées de Perséphone, les étalages d'objets en forme de serpent recouvrant des murs entiers d'Hadès, le tout sans jamais d'encombrements.

Je croise des nymphes qui portent des plateaux de nourriture tout en bavardant, les remontant des cuisines pour le petit-déjeuner du couple. On est dans un palais royal, mais c'est plutôt intime comme atmosphère. Les divinités qui travaillent ici ne pressent pas le pas, ne courent pas partout et semblent détendues dans l'accomplissement de leurs tâches. On se sent tout de suite à l'aise dans cet environnement. Je jette un œil dans la salle à manger où Hadès et Perséphone partagent un café et des viennoiseries, Cerbère à leurs pieds. Une scène tout à fait quotidienne, où ils se parlent de leur journée à venir, avec une vue sur un énième péristyle en trompe-l'œil.

Je les laisse tranquilles. Je préfère parcourir la Cité à mon rythme. Je pourrais rester tranquille dans la très jolie chambre confortable allouée par Perséphone, mais quitte à être ici plusieurs jours – ou nuits – autant connaître un peu les lieux. Et je commence par rebrousser le chemin fait avec Hermès la veille. J'avais presque oublié les couleurs grisâtres et noires des bâtiments, et cette lumière artificielle et blanche qui baigne le tout uniformément dehors. Lorsque j'aperçois le tribunal, je le dépasse pour suivre une rue empruntée par beaucoup de divinités. Elles ont un rythme qui me fait penser à New York, alors que la ville qui les entoure n'a rien à voir avec la métropole américaine. Cette marche rapide, cette mine maussade, le gobelet en céramique noir fumant entre les doigts, gravé d'un motif de chien à trois têtes, les grognements quand ils sont bousculés sans que le fautif s'excuse… Étonnamment familier.

J'arrive dans un quartier que l'on pourrait qualifier d'industriel s'il y avait des cheminées d'usine qui dépassaient des enceintes fermées, mais ce n'est pas le cas. C'est autre chose qui apparaît derrière les murs : des tas impressionnants de minerais et de pierres précieuses à l'état brut. Plusieurs mètres de haut, peut-être vingt ou trente ! De rubis ou de saphirs, d'étain ou d'or. Des fumées s'échappent des ateliers de traitement des métaux et je perçois le bruit des marteaux et des tailles plus fines. J'imagine de multitudes petites pierres qui sortiraient des ateliers, mais en passant devant l'un d'eux en vitrine, je me rends compte que les diamants ont la taille d'un poing !

— Par Hécate !

Dans l'atelier d'après, ils transforment des pierres précieuses multicolores en fleurs, « une commande pour le palais », précise un chef d'atelier à ses travailleurs, avec ses ailes aussi noires que le charbon. Plus loin, c'est le métal qui est à l'honneur avec des fonderies et des orfèvreries. Le luxe encore et toujours ! Ils font beaucoup de lingots, si j'en crois les chariots remplis qui traversent les rues, mais aussi des éléments de décoration d'une élégance et d'une beauté qui m'absorbent de longues minutes. Certaines portes d'ateliers arborent le même autocollant : « Label Héphaïstos ». Ils ont dû avoir la bénédiction du dieu des forges.

À première vue, leur matériau le plus rare est le bois. Ils n'ont que des grenadiers infernaux et je ne compte qu'un seul ébéniste qui les travaille pour le moment. Seuls le trône et les battants du palais sont en bois. Les meubles du couple royal, eux, m'ont l'air importés. Au bout de ma promenade, j'arrive devant une nouvelle porte en arche, percée dans la muraille. Je m'en approche et la désolation s'étend sous mes yeux : de très vastes plaines de cendres coupée par une route qui part tout droit. Je ne vois aucun avantage, ni aucune curiosité à avoir pour cet endroit. Je fais demi-tour et un éclat de voix retentit au-dessus de moi.

— Attention en bas !

Je lève les yeux. Quatre divinités volent en tenant une pièce carrée de tissu épais. Un morceau de leur cargaison se fait la malle et tombe sur la route, je me réfugie contre les murs d'une fonderie. C'est une roche qui roule sur les pavés, et pas n'importe laquelle : un diamant brut gros comme un ballon. L'une des divinités ailées revient le chercher et le coince sous son bras avant de repartir.

Bon, OK. Hadès et Perséphone sont riches. *Très* riches. Qu'est-ce qu'ils font avec tout ça, là est la question. Je prends mon temps pour quitter le quartier et retourner au palais. Mine de rien, la Cité est grande et l'édifice royal me paraît central et donc un bon point de départ à toute promenade. Je me poserais bien un moment avant de repartir en expédition mais lorsque je pose le pied dans la salle du trône, contente de retrouver un endroit familier,

Thanatos est là. J'avais presque oublié le magnétisme de ses yeux et la beauté de sa peau aux mille constellations.

— Circé, la belle nuit, me salue-t-il.

Très bien. J'ai l'occasion de le connaître un peu mieux et de comprendre pourquoi je l'intéresse autant.

— Vous ne dites pas bonjour, ici ?

— La nuit est constante, ici-bas. Puis-je te proposer une visite ?

Il me tend la main d'un air enjôleur. C'est suffisamment troublant pour que je rougisse alors que je me passerais bien de réagir à son charme indéniable. Parce que bien sûr, il le remarque et insiste donc à l'aide d'un demi-sourire plutôt craquant. Il tire avec un peu trop de facilité sur mes cordes sensibles, je dois l'avouer. Je me mords la lèvre pour ne pas me trahir et croise les mains dans mon dos pour lui signifier qu'on ne tombera pas dans une telle familiarité, lui et moi. Thanatos accepte sans discuter, il voit bien que le mal est déjà fait !

Je pourrais refuser sa proposition et lui dire que je reviens de balade, que je fatigue, mais c'est comme la faim, ce n'est qu'une impression. Mais la personne de Thanatos m'intrigue plus. Alors j'accepte et on se met en route. On traverse l'esplanade aux colonnes et aux grenadiers avant de partir à l'opposé du tribunal. À nouveau, des divinités ailées marchent et volent un peu partout.

— La pause déjeuner est terminée, me précise Thanatos. Ce sont des psychopompes en majorité, mais il y a aussi beaucoup de mineurs et de tailleurs de pierres. D'autres sont attachés au palais, au tribunal ou aux services de la Cité. Viens, je t'emmène au musée, c'est une bonne introduction aux Enfers.

Il part vraiment avec l'idée que je vais rester avec lui. Il ne cherche pas à me toucher, ni à démontrer un quelconque geste possessif – si jamais il voulait faire de moi son « jouet » –, mais toute son attitude expose son assurance.

Dans la rue, les divinités sont aussi pressées que ce matin, un gobelet fumant entre leurs doigts. L'odeur du café embaume mes narines.

— Je tuerais pour un *latte*, ne puis-je m'empêcher de remarquer.

— On peut s'arrêter à la boulangerie, me propose Thanatos.

Mon estomac hurle un « OUI » que je contiens avec peine.

— Non, je ne mangerai ni ne boirai rien tant qu'Hadès n'aura pas rendu son jugement.

Thanatos ne semble pas surpris que je sache cela. Il acquiesce pourtant, le visage fermé. Nous croisons des boutiques de vêtements et de manteaux de psychopompe, des boutiques de décoration qui exposent des imitations de végétation pour « égayer vos intérieurs » comme le prône l'affiche publicitaire de la vitrine. Ça me rappelle que mon voisin enthousiaste, qui me guide tout en lâchant ici et là des commentaires sur la ville, n'a jamais vu la surface. Le dieu de la mort est condamné à ne jamais poser les pieds dans le royaume des vivants. Il ne semble pas s'en préoccuper, au premier abord. On ne peut pas regretter ce que l'on ne connaît pas.

— C'est vrai que tu n'as jamais vu la surface ?

J'espère ne pas être trop directe, mais je suis vraiment curieuse de creuser ce personnage. Thanatos ne me jette qu'un regard de côté. Je crains de l'avoir blessé sur le coup, à en croire sa moue de travers, attristée.

— C'est vrai, oui.

— Pourquoi tu n'y vas pas ? Tu n'es pas comme les autres psychopompes ?

Il met quelques secondes à répondre. Hermès m'a déjà donné des éléments de réponses, mais j'aimerais les entendre de sa bouche.

— Parce que je n'en ai pas l'autorisation. Les psychopompes le peuvent, eux, seulement pour le travail et en restant invisibles aux yeux des vivants.

Hermès passait en effet inaperçu lorsqu'il est venu me chercher. Je devrais me méfier bien plus de Thanatos, mais je dois avouer que je suis touchée par son sort.

On voit le bout de la rue quand des cendres se mettent à tomber du ciel. Les divinités grognent, pressent le pas et replient leurs ailes au-dessus de leur tête pour se couvrir. Les nymphes courent si vite pour se mettre à l'abri qu'elles disparaissent en un clin d'œil. Thanatos lève l'une de ses ailes blanches au-dessus de moi. Je lui accorde un sourire, mais c'est une trop belle occasion pour ne pas faire un peu de magie. Je génère une grosse feuille de *Philodendron giganteum* avec une longue tige d'un moulinet de la main. Elle se forme, épaisse et brillante comme si elle était laquée, et je la tiens au-dessus de ma tête.

Le spectacle ébahit Thanatos qui en reste les ailes ballantes. Je ne réalise que deux ou trois secondes plus tard que c'est la première plante verte qu'il voit.

— C'est magnifique, murmure-t-il alors que les cendres recouvrent ses épaules et sa chevelure.

— Tu en veux une ?

Il hoche la tête sans pouvoir dire un mot. Je répète mon tour et crée une feuille plus large encore avant de la lui tendre. Thanatos prend son temps. Il touche la surface si polie de la plante, emplit ses yeux du vert profond et s'empare de la tige pour le tenir au-dessus de lui.

— Merci, dit-il, réellement touché.

On reprend la route et je lui parle de la plante qu'il tient des deux mains, comme s'il craignait qu'elle s'envole. Je me demande bien dans quoi je m'embarque tout en appréciant la présence de Thanatos à mes côtés, plus occupé à lever les yeux sur la plante qu'à regarder où il va. De toute façon, tous les dieux et les nymphes s'écartent, stoppés dans leur course par la végétation ambulante qui nous protège de la pluie de cendres.

On débouche sur une place au rectangle parfait. Les dalles au sol sont plus grandes que dans les rues. À gauche s'élève un édifice à colonnes qui doit être le musée, et à droite, s'étend la terrasse d'une boulangerie de laquelle ressortent les habitants infernaux avec leurs cafés. Les petites tables sont toutes protégées par des treillages recouverts de branches et de feuilles de grenadiers rouges et grises. J'ai tellement envie de me diriger par là que je me force à regarder devant moi pour m'en détourner. Et je vois une fontaine… de lave.

Un gros Cerbère en pierre crache de la lave de ses gueules ouvertes. Je m'en approche, hébétée.

— On puise dans le fleuve Phlégéthon, me dit Thanatos.

— Incroyable, soufflé-je à quelques pas du prodige.

Une aura trouble témoigne de la chaleur insoutenable qui entoure la fontaine.

— Je peux savoir ce que tu fais avec *ça ?*

La voix de Némésis nous interpelle tous les deux. La déesse à la peau cobalt se protège de ses ailes et nous scrute, les bras croisés. Elle parle de la plante et pas de moi, du moins, je l'espère.

— C'est une feuille de *Philodendron giganteum*, répond son frère, toujours souriant à ce sujet. Tu savais qu'elle pouvait mesurer plus qu'un mètre cinquante ?

— Non, et je m'en fous, réplique-t-elle sans prendre de pincettes. Tu m'as promis qu'on irait visiter le département des morts stupides au musée avec ta sorcière de compagnie.

Je me retiens de lui lancer un sort mais j'esquisse pourtant le geste qu'elle capte très bien. Elle me défie de ses yeux rouges et je modère mon élan. Elle n'attend que ça, que j'utilise ma magie contre elle. Je me contente de serrer le poing.

— Allons-y, entraîne Thanatos. Et ne l'appelle pas comme ça, s'il te plaît.

Némésis hausse les épaules avec dédain. Elle a tout de même l'air de confirmer le désir de Thanatos de me réduire à une chose, mais il nie encore. On se dirige jusqu'au musée qui a été créé suite à la réforme des années 1980. Une fois sous le portique à colonnes, je fais disparaître ma feuille, Thanatos choisit de garder la sienne.

La grande entrée expose une cartographie des Enfers, gravée sur un pan entier de mur. Je reconnais la zone des cristaux puis celle des grenadiers tout en bas, la plaine et la berge du Styx au-dessus, le long tunnel et les fleuves confluents, jusqu'au port, au sud de la Cité d'Hadès. Elle est immense et scindée en plusieurs quartiers : celui du musée, du palais, du tribunal, le quartier des tailleurs de pierres, des orfèvres et joailliers – celui qu'apparemment, je n'ai qu'à peine abordé dans la matinée –, et les quartiers résidentiels disséminés un peu partout. À l'est, un fleuve blanc jouxte le tribunal et je comprends que c'est là que mène la porte de droite. Ce doit être le fleuve Léthé. Au nord, un espace indéfini, à part le nom en grec ancien, au bout d'une route, ce même endroit que j'ai aperçu depuis la porte en arche tout à l'heure. Ce n'est pas ma langue maternelle, mais on apprend toutes à lire la langue de nos ancêtres. Contrairement à la dalle listant le règlement sur le Styx, à l'entrée du royaume des Enfers, et sur laquelle la langue s'adaptait à l'ombre, le public visé au musée est celui qui vit ici.

— Les Champs Élysées, traduis-je, intriguée. Tu sais à quoi ça ressemble ?

— Non, répond Thanatos. Seules les ombres concernées y ont accès. Et bien sûr Leurs Grandeurs Hadès et Perséphone.

Ella m'avait raconté comment Deimos et Hadès étaient entrés dans les Champs Élysées pour en sortir Harmonie, transformée en serpent. Seule la volonté de Zeus avait pu changer cela. C'est peut-être une sorte de poche dimensionnelle. Il me semblait bien que c'était un endroit rempli de verdures, de champs de blé et de richesses issues d'un sol fertile. Je comprends mieux pourquoi Thanatos n'a jamais vu de feuille verte. Mais que mangent-ils alors ? À part les grenades ? Que produit la boulangerie sur la place ?

— Et là ? Tu ne te poses aucune question sur cet endroit ? m'interroge Némésis avec sévérité en désignant l'ouest de la Cité.

Il n'y a qu'une route qui ne mène nulle part, avec un seul nom : le Tartare.

— Pourquoi rien n'est cartographié ? demandé-je en repliant mes bras contre moi, pas rassurée du tout par l'évocation du lieu.

— Parce que c'est une prison de très haute sécurité pour les condamnés de Zeus, rétorque Némésis. Bon ! On va au département des morts stupides ou quoi ?

Pfiou, Némésis ne mâche pas ses mots. Je ne comprends pas pourquoi elle a voulu mon avis sur le Tartare pour à peine l'écouter ensuite et me rabrouer. Thanatos m'invite à le suivre dans la visite et je lui emboîte le pas.

Je n'avais pas anticipé la taille du musée, on se perd à l'intérieur des trois étages qu'on parcourt vite, entraînés par l'impétuosité de Némésis : historique des Enfers, création de la Cité, population, histoire des juges du tribunal, représentation du royaume au fil du temps par les mortels… C'est dense et très documenté. Hadès a pris soin de tout répertorier et de tout archiver. Au bout du compte, et d'une visite en accéléré, j'éprouve une admiration pour le travail accompli et le soin que le couple divin met dans la garde de leur royaume. Ça doit être le but, mais c'est étrange de l'afficher aux yeux seuls de leurs sujets déjà si fidèles.

Le département des « morts stupides », comme l'appelle Némésis, se nomme en vérité le département des anecdotes curieuses. Mais c'est politiquement correct, Némésis a raison, le lieu répertorie à travers des objets les morts les plus singulières. Elle ricane devant un casque et une flèche accompagnée d'un court texte relatant la mort d'un soldat grec sur une plage de Troie.

— Mais quel crétin ! Il a voulu aider son ami à s'entraîner au tir à l'arc et il lui a proposé de viser son casque qu'il tenait à la main ! Son pote lui a décoché une flèche entre les deux yeux ! Quelle bande d'idiots !

Dans un contexte différent, j'aurais pu rire, mais ma propre mort que je trouve stupide à souhait m'en empêche. Thanatos doit le ressentir puisqu'il pose sa main dans mon dos pour me sortir de là.

— Nous avons besoin de dédramatiser, m'explique-t-il. Pour les nouveaux ajouts, nous demandons l'autorisation des ombres.

Le rire de Némésis me semble moins déplacé. Je me détends d'autant plus lorsque je perçois le mince sourire de Thanatos. Il a l'air de serrer les dents pour ne pas se laisser aller tout en jetant un œil sur une vitrine étrange contenant ce qui ressemble à une volaille momifiée par le froid.

— Quoi ? insisté-je pour comprendre alors qu'on ne marque pas d'arrêt.

— Non, rien.

— Allez, dis-moi.

— L'homme est mort de froid en tentant la première congélation de poulet. Ça m'a toujours fait rire.

Je sens tout mon ventre se contracter et mon sourire s'élargit. Je sors de là, le pied plus léger. On abandonne Némésis qui rit à gorge déployée pour avancer.

— Viens, je vais te montrer mon endroit favori, mon refuge, m'invite Thanatos.

Je le suis volontiers. Il m'a dévoilé un côté de lui plus léger, je me laisse tenter par la suite. Quel refuge peut bien avoir cet énigmatique dieu de la mort ? On grimpe les marches d'un escalier alors que je pensais déjà être au dernier niveau. En haut, il n'y a qu'une immense salle aux parois sombres, recouvertes de lamelles d'or inscrites en grec ancien jusqu'au plafond. Je ralentis au milieu de cette vertigineuse exposition. Elle semble coupée du reste du parcours, perchée au sommet du musée.

— Qu'est-ce que c'est ? interrogé-je, intriguée par la quantité de ces objets de la taille d'une feuille de carnet.

— Des sortes de clés pour accéder aux Enfers, les anciens les portaient sur eux à leur mort.

Comme tout métal, l'or a pu traverser l'Érèbe et arriver ici avec les défunts.

— Certaines ont été enchantées par des sorcières pour porter des messages à Hécate, lorsqu'elle travaillait ici, ajoute Thanatos.

— Vraiment ?

— Viens.

On s'approche ensemble d'un pan de mur. Thanatos se tient tout près de moi et sa présence me rassurerait presque. Je me sens un peu moins seule et livrée à moi-même. Je me penche sur l'une des lamelles brillantes et déchiffre l'écriture manuscrite :

— « Je suis fille de la Terre et du Ciel étoilé, j'ai faim et soif, donne-moi l'eau du fruit des bois de Perséphone. » La grenade ?

Thanatos acquiesce et je le revois offrir le fruit aux ombres, à l'orée de la forêt de grenadiers. Ce message lui est donc adressé ? Le dieu de la mort est sollicité pour donner la nourriture et le jus qui les rattacheront aux Enfers. Je comprends l'effet « clé ». Et je comprends aussi pourquoi ces objets le touchent en particulier : ils sont un lien entre le monde des vivants et lui.

— Circé la Première a déconseillé à Ulysse de boire l'eau du bois de Perséphone lorsqu'il s'est rendu aux Enfers, me rappelé-je. Elle parlait de la grenade en vérité !

— C'est exact, il a refusé de manger le fruit.

On partage un sourire alors que l'excitation me gagne.

— Mais où sont les messages pour Hécate ?

Thanatos me tend à nouveau la main avec une complicité qui vient d'éclore. Cette fois, je cède sans masquer mon sourire séduit. Nos doigts entremêlés lissent une lamelle. Si mon cœur part au galop, ma magie, elle, frémit. Une buée violette se soulève de la surface dorée et des voix surgissent dans ma tête. Celles de mes ancêtres qui s'adressent à Hécate, qui veulent savoir comment elle se porte et recevoir ses conseils pour des remèdes.

— Tu les entends ? murmure Thanatos.

— Oui, réponds-je, émue. Toi aussi ?

Il secoue la tête.

— Je sais que leurs voix sont là, mais je n'ai pas de magie pour les recevoir.

Je me mets en quête des lamelles enchantées pour écouter les sorcières du passé. Je tourne un moment dans la salle, fascinée par leur habilité. Puis je reviens vers le dieu qui m'attend patiemment. La reconnaissance m'envahit.

— Merci, dis-je, touchée.

Il incline la tête et m'invite à le suivre pour redescendre, satisfait.

Il n'en profite pas plus ? Bon point, Thanatos, bon point !

Alors qu'on retourne au rez-de-chaussée, j'aperçois un écran plat et incliné en arrière près de la sortie. C'est la chose la plus moderne que j'ai vue depuis mon arrivée aux Enfers.

— C'est un cadeau de notre bien-crainte Perséphone, me dit Thanatos. Elle souhaite que nous conservions quelque part le souvenir des ombres qui nous ont touchés. Lorsque le psychopompe souhaite garder une ombre en mémoire, il propose son fil de vie au musée et il est ajouté à la base de données.

J'en sélectionne un au hasard, le fil se déroule de bas en haut. À certains endroits, des souvenirs se déclenchent, comme des petites vidéos sur un portable. Mon cœur s'emballe. J'ai vu une barre de recherche sur l'accueil. J'y retourne vite. Plusieurs claviers de différents alphabets apparaissent. Je choisis l'anglais. Ma main est fébrile.

Mon père a forcément marqué son psychopompe. Je ne peux pas croire le contraire ! Je suis sur le point de fouiller sa mémoire, de nous revoir tous réunis, tous les cinq ! Je commence à écrire son prénom mais Thanatos m'interrompt.

Il repousse ma main avec douceur.

— Ne fais pas ça. Ce n'est pas pour toi, mais pour nous.

— Mon père est peut-être là ! contesté-je, les poings serrés.

— Non, ton père est là, me corrige-t-il en touchant mon front de son index.

Je recule, troublée.

— J'ignore si son fil a été traité, poursuit Thanatos en mettant l'écran en veille. Mais qu'il y soit ou non, tu souffriras.

Il ne pouvait pas avoir plus raison, je m'en aperçois tout de suite. J'ai encore une bouffée dévorante de me jeter sur l'outil, mais je m'imagine ne pas trouver son nom et fondre en larmes, ou bien le trouver et trembler comme une feuille sans savoir si j'aurais la force de fouiller sa mémoire.

Je ravale difficilement ma déception et mon chagrin.

— Je vais prendre l'air, décidé-je en m'éloignant.

Thanatos accepte sans discuter. Je ne doute pas qu'il me retrouve plus tard, mais il a le tact de me laisser seule un moment. Je passe devant une boutique déserte, tenue par une nymphe de cendres, avachie sur son bureau, entourée de petites peluches de Cerbère qui hochent la tête et d'autres en doudou, de tasses en céramique noire à l'effigie du chien infernal ou du couple royal, ou encore des sortes de cartes postales souples représentant les moments et objets phares des départements.

Je sors de la boutique sans m'y attarder alors que j'ai toujours aimé les endroits originaux comme celui-ci. Dehors, la cendre ne tombe plus. En croisant deux divinités qui se rendent au musée, l'odeur des petits pains chauds qu'ils tiennent dans leurs mains me stoppe net et réveille ma faim. Je les regarde passer avec envie. Je suis à nouveau sur la place avec la fontaine de lave, et tout au bout, il y a la boulangerie.

Je ne dois pas manger, sous aucun prétexte. Mais lécher la vitrine, c'est autorisé, non ?

Chapitre XIV

« Au Cerbère savoureux », un nom parfait pour une vitrine parfaite. Il y a moins de monde que tout à l'heure, les divinités sont sur leur lieu de travail. J'ai tout l'espace disponible pour admirer la diversité des pains et des gâteaux que produit la vieille dame, à l'intérieur. Des brioches au miel, aux figues, à la grenade, des petits pains aux olives, au fromage, aux herbes, des biscuits au sucre, aux amandes, à la pistache, et j'en passe. Une odeur incroyable de pain chaud et de café m'entoure alors que je suis à l'extérieur, l'eau à la bouche. Il y a même des friandises en forme de grenade en sucre, brillante et attirante comme le plus doux des pièges.

Qu'est-ce que je risque à jeter un œil à l'intérieur, hein ? J'entre dans la boulangerie et je suis assaillie de visions et d'odeurs toutes plus délicieuses les unes que les autres.

— Bienvenue, me lance la gentille dame aux multiples rides.

Tassée par l'âge, elle ne manque pourtant pas d'entrain ni d'énergie dans ses gestes alors qu'elle est en train de sortir une fournée de brioches d'un four.

— La belle nuit, dis-je en adoptant la coutume des Enfers.

— Que souhaites-tu, dis-moi ? me demande-t-elle en posant sa plaque une fois sa tâche accomplie.

Est-ce que boire un café, c'est tout autant interdit que manger ? J'aurais dû poser la question à Hermès. Sans pouvoir formuler de commande, j'observe ses murs terre de Sienne qui me rappellent la maison de la Clairière. Comme partout dans cette dimension, le couple régnant est présent à travers deux portraits d'Hadès et de Perséphone, peints cette fois, et accrochés derrière la boulangère.

— Hum, je ne sais pas encore.

— Prends ton temps, ma belle, Géras est à ton service, dit-elle en exposant ses nouvelles brioches dans une vitrine.

Géras ? La déesse de la vieillesse tient une boulangerie aux Enfers ? Ce n'est vraiment pas la chose que j'aurais pu prévoir !

Pour résister à mon insatiable fringale, je tente de combler les manques de ma curiosité et détourner l'attention de mon propre estomac.

— D'où proviennent les denrées pour fabriquer tout ça ?

Géras désigne un écriteau posé sur une vitrine : « Notre farine provient exclusivement des Champs Élysées. Nos fruits et légumes de la Corne d'abondance ». Ah, donc Hadès fait sortir du blé des Champs Élysées pour nourrir son peuple et il procure des fruits et légumes lui-même. C'est plutôt honorable.

— Quant au reste, ce sont des accords de marché avec Zeus et l'Olympe. Ressources contre ressources, m'explique la déesse de la vieillesse.

Donc, si Zeus le décide, il peut couper l'approvisionnement de nourriture ou de matériaux comme la laine, aux Enfers. Hadès aurait au moins des céréales et des denrées fraîches. Il ne laisserait pas les siens mourir de faim.

Voilà à quoi servent les lingots et les pierres précieuses grosses comme des poings. J'en suis à ce stade de mes réflexions, admirative de la débrouillardise des souverains des Enfers, quand mon regard croise un petit caducée en métal posé près d'une boîte remplie de pièces d'argent. J'en déduis tout d'abord que la monnaie en cours ici est l'obole, et constate ensuite que c'est la première fois que je vois quelqu'un afficher un attribut d'Hermès sans l'accompagner d'insultes.

— Vous avez un caducée dans votre boutique ? m'étonné-je.

— C'est un commerce, ma belle, si je ne m'en remets pas à Hermès, autant mettre la clé sous la porte.

Logique. Comme je tente toujours de résister à la faim, je change de sujet pour en revenir à celui qui hante toutes mes pensées.

— Il m'a dit qu'il reviendrait vite, mais il n'est toujours pas là.

Géras s'appuie sur le comptoir entre nous.

— Qui ? Hermès ?

— Oui. Il est mon psychopompe, ajouté-je vite.

Il ne faudrait pas non plus que les Enfers apprennent que j'attends Hermès avec une impatience bien trop ardente pour qu'elle soit innocente.

— Oh, ma belle, semble-t-elle regretter en secouant lentement la tête. Hermès est un dieu séduisant et attachant, mais crois-en mon expérience, on ne peut pas lui faire confiance. S'il ne revient pas, ce n'est pas plus mal. Le Destin en décidera, quoi qu'il en soit.

Les propos de Géras me rembrunissent.

— Allons, tu n'as pas l'air d'avoir d'obole sur toi et de passer des moments difficiles, ombre, poursuit-elle avec empathie.

Elle me tend une brioche à la grenade avec un sourire généreux.

— Prends, je te l'offre.

Une faiblesse me fait vaciller. J'ignore si c'est dû à ses paroles ou à la faim que je ne parviens pas à faire taire, mais je tends la main vers le met doré et encore tiède. Juste à cet instant, un objet me frappe la tête avant de rouler par terre.

— Ah ! m'exclamé-je en grimaçant de douleur.

Je me frotte le point d'impact et baisse les yeux : une capsule gît à mes pieds, avec un rouleau qui porte mon nom à l'intérieur. Il n'y a personne dehors. Seul le dieu messager – et Iris – peut envoyer directement ces capsules au destinataire. Je la ramasse et l'ouvre vite.

« Tu ne fais pas de bêtises, j'espère ?

J'ai un contretemps au Siège, je reviens dès que je peux.

Hermès »

Je demeure pantoise devant la teneur du message. D'abord déçue par son retard, je m'agace toute seule de ses soupçons. C'est si impersonnel en plus ! À croire qu'on en est au même stade qu'avant ma mort. Est-ce que son passage sur Terre lui a rappelé que je ne vaux pas toute cette peine qu'il se donne ? Est-ce qu'il ne revient pas tout de suite parce qu'il a mieux à faire, comme obéir à Zeus ? Lui faire ses courses ?

— Vous savez où je peux trouver une station de tubes pneumatiques dans le coin ?

— Suis la ruelle, juste à droite de la boutique, me conseille Géras en reprenant sa brioche.

— Merci, la belle nuit ! dis-je en m'élançant à l'extérieur.

Je suis le chemin que la déesse m'a conseillé et me retrouve dans un passage peu lumineux et étriqué avant d'enfin atterrir sur une mini place triangulaire avec un grenadier rabougri au centre et, en face, ce qui ressemble à un bureau de poste, si j'en crois les tubes en cuivre et en étain qui s'entrelacent sur la façade. Plusieurs dépassent à la verticale sur le toit. Les capsules doivent s'envoler dans les airs par là et sortir de la dimension infernale, direction le monde des vivants. Les stations doivent être à l'intérieur.

Ce n'est pas tout ce qui indique un bureau de poste. Le fronton est habité par l'effigie d'Hermès barrée d'une croix rouge. Partout, des tags tapissent les murs à son sujet : « Fils de Zeus », « Hermès est un lâche », « Traître »… Je déglutis avant de franchir le seuil en me disant que je vais tomber sur un squat. On n'en est pas loin ! L'intérieur est délabré, les stations ne sont pas toutes en bon état, des présentoirs offrent des cartes postales souples qui prennent enfin tout leur sens à mes yeux – elles sont parfaites pour s'enrouler dans une capsule. Il y a une silhouette de déesse sans ailes derrière le comptoir cloisonné, accoudée à travers l'ouverture, dos à moi, trop occupée à crier sur d'autres, à l'arrière.

— Ton café, c'est de la pisse d'âne ! Va prendre des cours chez Géras !

— T'as intérêt à me parler autrement ! J'te préviens ! réplique une autre voix féminine.

— Sinon quoi ?

Je m'éclaircis la voix, histoire de signaler ma présence. Avec une indolence monstrueuse, la silhouette jette un œil rouge par-dessus son épaule. Elle a les cheveux courts elle aussi, et presque aussi auburn que les miens. Mais sa peau est aussi rouge que la grenade.

— Taisez-vous, on a une cliente ! lance-t-elle alors avant de se redresser pour me faire face.

Elle plaque ses mains sur le comptoir, les bras tendus, et me fixe avec impatience. Elle est aussitôt rejointe par deux autres déesses qui sont ses copies conformes. Avec le même air bougon en prime. Des triplées donc.

— Ouais ?

— La belle nuit, tenté-je poliment.

Elles me décortiquent toutes les trois, se retenant à peine de se jeter sur moi.

— Tu trouves qu'elle est belle, la nuit, toi ? me renvoie la première alors que les deux autres lèvent les yeux au ciel tout en grognant.

— Hum, pas spécialement, non, dis-je sans savoir où je vais. Je voudrais envoyer un message à un dieu, c'est possible ?

Je pose la capsule sous son nez.

— À qui ? demande la troisième, s'attirant l'approbation de ses compagnes.

Est-ce que c'est une bonne idée d'évoquer Hermès dans son propre commerce alors qu'il est si peu aimé ?

— En quoi ça vous regarde ?

La première se penche vers moi.

— Du vent, si t'es pas contente, l'ombre, souffle-t-elle avec menace.

Bon sang, personne n'est bien luné dans cette dimension ! Tout le monde est grincheux et nerveux.

— Hermès, je veux écrire à Hermès, s'il vous plaît, soupiré-je en allant chercher une carte postale.

Je les cloue sur place dans un premier temps, puis elles éclatent de rire, emballées par l'idée que quelqu'un ose envoyer un message à leur patron. Je reviens péniblement vers elle avec un carte jaunie par le temps représentant le musée avec la fontaine au premier plan qui n'est pas un Cerbère mais un petit volcan. La première me la prend des mains, la pose à plat côté texte, s'empare d'un calame et d'un petit pot d'encre, et semble attendre que je lui dicte le message, hilare. Ses deux compagnes s'accoudent au comptoir et posent leur menton dans le creux de leurs mains, toutes ouïes.

— Je t'écoute, tu as droit à quarante mots.

Le visage à vif, je commence par balbutier.

— Je préfère l'écrire moi-même, merci.

— Oh non, non, non. Il ne se passe jamais rien ici et soudain, une ombre débarque pour envoyer un message au patron ? Hors de question qu'on passe à côté. Et tu as bien de la chance, sache-le. Les ombres n'ont pas le droit d'utiliser les tubes pneumatiques.

— Abrège, laisse-la parler ! s'agace la deuxième.

Elles échangent des regards querelleurs et des paroles écorchées. Moi, j'essaie de savoir ce que je veux vraiment dire à Hermès devant de tels témoins. Qu'il me manque ? Que j'aimerais le voir et lui parler ? Que ce n'est pas moi mais nous qui faisons peut-être une bêtise ? Que s'il ne me reste que neuf nuits, je voudrais les passer avec lui ? Je ressens de la colère pour son absence, de l'impatience pour son retour et je finis toujours par me dire que j'ai rêvé, j'ai compris de travers ce qu'il m'a dit au palais. Je peux lui demander de revenir, quoi qu'il en soit, pour qu'on puisse mettre les choses à plat, que je puisse lui faire part de mes doutes et lui laisser une chance de reculer et de poursuivre sa vie. Ça me brisera le cœur, mais je ne pourrai pas lui en vouloir.

Lorsque je lève les yeux, les trois déesses en sont venues aux mains : la première tient la deuxième à la gorge, la deuxième tire les cheveux de la troisième et la troisième a enroulé son coude autour du cou de la première, le tout dans les cris et la colère.

— Ça suffit ! m'exclamé-je en insufflant de la magie dans ma voix.

Elles abaissent aussitôt les bras sans manquer d'afficher leur stupéfaction d'obéir malgré elles.

— Une sorcière, se rend compte la première.

— Je n'hésiterai pas à recommencer, préviens-je.

— OK, cède-t-elle en levant les mains. J'écoute ton message.

J'inspire et expire profondément.

— « Reviens, nous devons parler », dicté-je avant que ma voix s'enraie.

Qu'ajouter d'autre ? Qui ne soit pas suspect ? Et en même temps, de quel droit j'exige ça de lui ? Alors qu'il vient de m'écrire qu'il avait un contretemps ? Ce que je veux vraiment dire c'est « Reviens, tu me manques », mais je ne veux pas que les trois vipères devant moi le sachent.

— Le patron a des problèèèmes, chantonne la troisième tandis que les deux autres serrent les dents pour ne pas rire.

— Je n'ai pas fini, hum, rajoutez : « J'ai besoin des conseils de mon psychopompe, je n'ai plus beaucoup de temps ici. »

La deuxième roule ses yeux rouges dans ses orbites.

— Il a encore séduit et abandonné quelqu'un, marmonne-t-elle.

— Signez Circé, merci, coupé-je avec nervosité.

J'en ai assez de tous les entendre dire qu'il ne vaut rien ! La première n'a pas perdu un sourire goguenard tandis qu'elle enroule la carte dans une autre feuille sur laquelle elle écrit le nom d'Hermès. Elle glisse le rouleau dans la capsule et la ferme.

— Pourquoi la poste est dans cet état de délabrement ? demandé-je, piquée par les nombreuses critiques faites au dieu messager.

— Le Destin, répondent-elles en chœur.

Il me casse les pieds, le destin.

— Ça te fera une obole, m'annonce la première en tenant la capsule scellée dans sa main.

Je me redresse, outrée.

— Quoi ? Pourquoi ? Personne n'a jamais payé pour utiliser les tubes pneumatiques !

Les trois déesses ont un sourire radieux. Je sens leur excitation grimper juste avec la perspective de pouvoir râler.

— Non mais tu te crois où, au juste ?

— T'es sérieuse là, l'ombre ?

— Regarde un peu où tu es !

— Tu sais qui a établi ce service ?

— Hermès ! Tu te souviens ? Le dieu du commerce…

— ... et des voleurs !

— Allez, balance ton obole, ne nous fais pas perdre plus de temps !

— Sinon, bouge de là et…

Vlan !

La main qui frappe le comptoir me fait sursauter et frémir les trois déesses.

— La voilà, votre obole, grogne la voix de Némésis. Envoyez le message, vite.

Mes trois interlocutrices deviennent aussi douces que des agnelles. Je dirais même qu'elles ouvrent de grands yeux pleins de vénération pour la déesse du châtiment. Elles prennent l'obole et envoient la capsule en direction du Siège des Olympiens sur Terre, à New York, sans rien ajouter si ce n'est des compliments à une Némésis qui se détourne d'elles comme elle est venue.

— Merci Grande Némésis !

— Tu es la bienvenue ici, Auguste Némésis !

— Reviens nous voir, Terrifiante Némésis !

Je lui cours après pour sortir de là et entends les trois déesses reprendre leur chamaillerie sur le café. Némésis a les traits fermés mais elle ralentit pour m'attendre.

— Voilà ce que c'est que de confier le service postal aux Disputes, personne n'a envie d'avoir à faire à elles.

Je veux bien le croire et je comprends pourquoi le lieu semble abandonné. À quoi pensait le génie du commerce au juste ?

— Je ne dirai à personne que tu as envoyé une capsule malgré l'interdit.

Némésis ne me dit pas ce qu'elle souhaite en échange, mais ça m'a tout l'air d'une déclaration soumise à condition. Je n'arrive toujours pas à cerner le personnage. Peut-être que c'est une porte ouverte pour un échange plus sincère.

— Pourquoi toute cette rancœur envers Hermès ?

— Aucun Olympien n'est digne de confiance, gronde-t-elle. Encore moins le fils préféré de Zeus. Hermès nous a juste abandonnés, comme il vient de t'abandonner.

J'essaie de ne pas m'imprégner de toutes ces idées, cependant je dois avouer que je commence à douter. Tout le monde est unanime, ici. On ne peut pas se fier à lui. Et la vérité, c'est que je l'ai pensé jusqu'à ce qu'il me dise le contraire. Pourquoi je le crois comme ça ? Pour me convaincre moi-même ?

— Ta magie ne peut pas déceler les mensonges ? me questionne Némésis avec un regard en coin.

— Je n'utilise pas mes pouvoirs pour ça.

— Si le fait qu'il ait volé des troupeaux de vaches et manipulé son propre demi-frère Apollon avec ses tours ne te convainc pas, tu devrais songer à un sort pour lui tirer les vers du nez.

Le pire, c'est qu'elle a peut-être raison. Tout s'embrouille dans ma tête ! Un sort pour connaître son cœur ? Est-ce que c'est même possible ?

Némésis me ramène sur la place, là où nous attend Thanatos qui guette mon retour. Il est temps qu'il me dise ce qu'il attend de moi. Sa réponse m'aidera à y voir plus clair. Alors je me plante sous ses yeux.

— Circé, comment te sens-tu ? Mieux ? s'enquiert-il aussitôt.

— Pourquoi Minos a-t-il jugé bon de me confier à ta garde ?

Thanatos n'est pas surpris, il devait s'attendre depuis un moment à ce que je lui pose cette question. Il affiche même un sourire généreux.

— J'ai toujours été fasciné par les sorcières. Je les ai toutes vues passer. Vous êtes… différentes. Minos a jugé bon de me confier ton ombre pour cent années. Je te promets une nouvelle « vie » sans connaître la vieillesse, ni la fatigue. Au bout de ces cent ans, tu auras accès aux Champs Élysées, une éternité de quiétude et de bonheur.

Alors c'est ça qui a mis Hermès dans une telle rage ! J'hésite. L'oubli et la réincarnation sont une solution paisible, quelque part, mais passer du temps ici, tout en ayant conscience de la personne que je suis… Avoir une chance de croiser les miennes au fur et à mesure du temps…

Ce n'est pas une perspective si éprouvante. À moins qu'Hermès trouve une solution pour me ramener sur Terre.

Chapitre XV

Trois nuits sont passées, plus que six. Et toujours aucune nouvelle d'Hermès. Pas même une capsule. Rien.

J'observe la barque de Charon accoster au port, assise tout en haut du rempart de la Cité. Les ombres arrivent trois fois par « journée », dans un ballet incessant de recommandations des divinités, de curiosité de la part des morts et de jugements au tribunal. Je finis par accepter l'idée d'une routine dans ce processus. Ce n'était pas le cas lorsque je vivais mon propre cheminement. Mais à présent, je vois les psychopompes, éreintés ou satisfaits de leur journée de travail, se donner rendez-vous pour boire un café ou un verre et se souhaiter une belle nuit, et rien n'est plus normal que cela. Alors que leurs ombres viennent de vivre un bouleversement sans pareil.

J'ai moi-même mis en place une routine : je commence ma journée en parcourant la Cité en solo, je me dégourdis les jambes et m'imprègne de cet endroit si particulier. Je passe ensuite du temps au palais avec Perséphone, à marcher dans ses pas, à la seconder dans son organisation de la fête du printemps et à l'écouter me parler de tout et de rien avec son entrain naturel. Puis Thanatos vient me chercher et on visite des quartiers précis, avec ou sans la compagnie agressive de Némésis. Si mon moral s'affaisse au fur et à mesure qu'Hermès tarde à réapparaître,

Thanatos, lui, se montre de plus en plus motivé et dévoué dans sa tâche. Moi, je conserve dans le cœur le souvenir ému de la visite du musée et le contact qu'on a établi, aussi bien entre nos doigts que dans nos yeux.

Hier, il m'a fait découvrir le travail d'amis joailliers qui réalisent les fameuses fleurs ornant la chevelure de leur reine. On y a passé des heures. Tout est si méticuleux et si magnifique à la sortie de l'atelier ! La boutique ne désemplissait pas en fin de journée. Là aussi, il m'a fallu du temps pour remarquer que certaines divinités se parent de bijoux discrets – boucles d'oreilles en clous, pendentifs, perles dans la chevelure. Mes piercings aux oreilles ont attiré l'attention et les joailliers se sont mis à réfléchir à des modèles. Je regrette encore de ne pas avoir d'oboles ! Thanatos a bien insisté pour m'offrir quelque chose, mais j'ai refusé. Pas question, ce serait aller trop loin.

Je tente de déceler le moment où il se confortera dans l'idée que c'est gagné. Il semble toujours lancé dans son opération séduction pour que j'accepte mon sort et reste aux Enfers. Ce qui me trouble le plus, c'est qu'il vende à ce point son lieu de vie et non sa propre personne. Pourquoi Hermès m'a affirmé que Thanatos voulait faire de moi son « jouet » ? Ça ne colle pas avec le comportement du dieu de la mort.

— Circé !

Thanatos atterrit auprès de moi, à la fois souriant et confus de son retard.

— Désolé, je promenais Cerbère et j'ai dû le ramener à temps pour le nouvel arrivage d'ombres, m'explique-t-il vite.

Il frotte sa longue tunique et son manteau couverts de cendres.

— Il faut que je passe par chez moi pour me changer. Je ne peux pas t'emmener dans le quartier des tisserands dans cette tenue, ils le prendraient mal.

C'est notre programme du jour : voir le travail de ceux qui produisent ces tissus colorés de qualité et souvent rehaussés de fils d'or ou d'argent, qui habillent les habitants des Enfers. Mais ça attendra, l'évocation de sa maison m'intrigue bien plus.

— Bien, passons par chez toi.

— C'est vrai ? Ça ne te dérange pas ? s'étonne-t-il, soudain stressé.

— Non, allons-y. C'est loin ?

— Près du palais. On ira plus vite en volant, me propose-t-il tout en me tendant la main.

Je ne pense qu'à Hermès et à sa façon de m'inviter à nous éclipser ensemble. J'aurais dû accepter plus souvent, j'en viens à regretter ces occasions manquées de le toucher. J'ai si peu de choses à me mettre sous la dent dans ma mémoire, et beaucoup trop de fantasmes qui me dépriment. Pourquoi ce silence ? Après tout ce qu'il m'a dit ! Je n'en peux plus de me poser cette question.

— On peut aussi y aller à pied, finit par dire Thanatos.

— Non, non.

Je prends la main du dieu de la mort. Il est là, lui. Chaque jour. Ou nuit.

Son contact tiède n'est pas désagréable. Je m'attends à ce que nous nous téléportions en un battement de cils, mais non. Il m'attire à lui, me soulève et décolle dans les airs. Je m'accroche à son cou, surprise. Ses cheveux se détachent et chatouillent mes bras nus alors que les battements de ses ailes soulèvent un air glacial autour de nous. L'avantage de voler avec Hermès, c'est sa chaleur naturelle. Là, j'ai beau me recroqueviller contre le dieu de la mort, j'ai froid.

On se pose dans un péristyle et Thanatos me relâche avec délicatesse. Le temps de retrouver mon centre de gravité et je jette un œil sur ce qui m'entoure. Comme dans le palais, les murs sont décorés de trompe-l'œil : un faux jardin s'étend dans la cour, recouvert d'une couche grisâtre de cendres. Une fontaine d'eau bouillante au centre procure une chaleur qui m'attire aussitôt. Je m'en approche pour me réchauffer.

— Je n'avais pas prévu de recevoir quelqu'un aujourd'hui, semble-t-il s'excuser.

Deux portes se font face depuis le péristyle, l'une en face de l'autre. La maison de Thanatos est scindée en deux, avec un étage de chaque côté. Il m'invite à le suivre d'un côté et nous entrons dans une belle pièce ouverte sur la cour, avec des tapis et des banquettes confortables. Le coin cuisine est au même endroit, sous un escalier métallique. Je ne sais pas trop à quoi je m'attendais à vrai dire. Le palais d'Hadès et de Perséphone a du mobilier terrestre importé, mais ce n'est pas le cas ici. Rien n'est en bois, tout est en pierre ou en métal, tapissé ou non. Je remarque quelques éléments familiers comme une prodigieuse cafetière en laiton, un évier en pierre polie ou encore la feuille du *Philodendron giganteum* déposée dans un vase en céramique noir, dans un coin.

Ça pourrait être froid, mais non. On est aux antipodes d'un intérieur de sorcière, cependant je ne me sens pas mal à l'aise ici. Thanatos s'est approprié son foyer et je sais qu'il apprécie sa vie ici rien qu'en voyant les grains de raisin manquant sur la grappe dans la jatte, la tasse de café déposée sur le comptoir avec des miettes de gâteaux ou encore le plaid en laine digne d'Ella, roulé en boule sur une banquette.

— Fais comme chez toi, je vais me changer, dit-il, plus serein.

Il voit bien que je suis assez conquise par le confortable intérieur. Il grimpe les marches et disparaît à l'étage. J'en profite pour poser le plaid sur mes épaules et traverser le péristyle. Je veux voir ce qu'il se trame de l'autre côté. La pièce principale est assez semblable à l'autre, mais avec une grande table centrale impressionnante, en acier noir, recouverte d'un chemin en tissu doré. Des peintures encadrées sont posées aux murs, toute la fratrie à divers âges : Hypnos, Kère, Némésis et Thanatos. Ils doivent faire des repas de famille ici. Ça me fiche le bourdon alors je grimpe les marches et trouve une chambre d'amis à l'étage. Avec une belle fenêtre sur cour… et un vis-à-vis sur la chambre de Thanatos. Nu. Bien sûr.

Je déglutis, happée malgré moi par la musculature sans fausses notes du dieu. Les étoiles miroitent sur la peau sombre de son torse, les constellations brillent un peu plus fort, ici et là. Le spectacle est d'une beauté insoupçonnable. Il attrape une longue tunique et l'enfile. Nos regards se croisent une fraction de seconde, le temps qu'il émerge du vêtement et que je me plaque contre le mur, embarrassée à mort. Bon sang, il va croire que je le mate ! *Je* l'ai maté par Hécate !

Je dévale l'escalier, traverse la cour et jette le plaid à sa place. Thanatos redescend, un mince sourire aux lèvres. Pourquoi s'en priverait-il, hein ? Je détourne les yeux.

— Tu pourras t'installer dans la seconde chambre, dit-il alors. Lorsqu'Hadès aura rendu son jugement.

Ah, c'est la première attaque directe qu'il mène depuis le départ d'Hermès. J'aimerais lui répliquer qu'il place beaucoup trop d'espoir en moi, mais je ne suis plus sûre de rien. Et je n'ai vraiment pas envie de discuter ce point. J'ai besoin de me changer les idées.

— Il n'y a pas un endroit où vous vous amusez ici ? interrogé-je en osant enfin lui faire face.

Thanatos paraît indécis. Il ne devait pas s'attendre à ça.

— Je peux t'emmener à l'Antre d'Achlys, propose-t-il. Mais tu ne pourras rien boire ni manger si tu souhaites toujours attendre le jugement de l'Invisible.

Ça me décourage sur le coup, je donnerais beaucoup pour vider une bouteille de gin de tante Zelda ! Mais je ne me vois pas visiter un quartier entier à cet instant.

— Allons-y, confirmé-je.

Thanatos se mordille la lèvre, embêté.

— Quoi ? m'étonné-je.

— Mes sœurs laissent des robes chez moi si jamais nous sortons après un dîner, dit-il en désignant la chambre d'ami. Tu devrais aller y jeter un œil.

Je croise les bras, dubitative.

— Qu'est-ce qu'elle a, ma tenue ?

— Rien, rien, se dépêche-t-il de dire. Notre bien-crainte a un goût excellent, mais qui ne convient pas à l'Antre d'Achlys.

Je me tâte. Et puis une parole de mon père me revient en tête. Il me disait ça quand il tentait de me faire comprendre que je devrais être plus discrète avec mes pouvoirs au milieu des humains : « À Rome, fais comme les Romains. »

— OK, je vais juste regarder, je ne suis pas encore persuadée que je devrais me changer, préviens-je en m'éloignant.

— Libre à toi.

Je grimpe à nouveau dans la chambre d'ami et ouvre la porte coulissante du dressing. Très bien. Je vois le genre. Autant les robes de Perséphone sont décentes, longues et colorées, autant les robes de Kère et de Némésis sont décolletées, bien courtes et noires. J'en essaie une et l'adopte aussitôt. Hermès rechigne à revenir ? Pas de souci ! Je me débrouillerai seule.

*

L'Antre d'Achlys ne fait pas envie, au premier abord. Thanatos m'a guidée jusqu'à un gros tas de roches posé contre le rempart de la Cité. On n'aperçoit pas tout de suite l'ouverture, dans un coin, surmontée d'un panneau bancal en grec ancien avec le nom du lieu. Mais une fois qu'on pose le pied à l'intérieur, tout change. La musique est omniprésente, les lumières sont rouges. C'est spacieux, haut, bondé. Des nymphes et des divinités dansent sur une grande piste circulaire et un comptoir en pierre en longe une partie. Thanatos me désigne un point au-dessus de nous : un deuxième bar est creusé en hauteur, pour désengorger le bas, et des divinités ailées papillonnent autour. Je comprends aussi la nécessité de changer de robe. Tout le monde est vêtu différemment ici, court et sexy.

Un client nous bouscule pour passer, j'agrippe le bras de Thanatos pour me retenir. Le client s'excuse d'un geste de la main sans s'arrêter pour autant. Il y a tellement de monde ici, ça ressemble à un club d'humains ! Je connais la voix de la chanteuse en plus… Je suis sûre de l'avoir déjà entendue. C'est du pur années 1980.

— D'où vient la musique ? demandé-je en élevant la voix.

Thanatos enroule son bras sur mes épaules pour me tourner dans la bonne direction. Je ne vais pas dire que ça me déplaît. Ma tenue l'a fait tiquer, mais sans plus. Il ne me colle toujours pas, n'a fait aucun commentaire désobligeant non plus… Je ne sais pas vraiment ce qu'il attend de moi, mais il est respectueux, ça, c'est certain.

— Hadès nous fournit en vinyles, répond-il en me montrant un podium avec une platine.

Je tilte en voyant la pochette du disque qui tourne à ce moment-là. Madonna. Les Enfers dansent sur Madonna, bien sûr. Et ils connaissent *Holiday* par cœur ! Les voir danser et chanter me rend le sourire. C'est exactement ce dont j'avais besoin ! Cent ans au milieu d'eux, ce ne serait pas si terrible.

— Pour toi, intervient une nymphe serveuse en tendant un verre à cocktail plein à Thanatos. De la part du jeune dieu, là-haut.

On lève tous les deux les yeux, un psychopompe à la peau nacrée lève son verre avec un sourire charmé. Thanatos, lui, me paraît si gêné qu'il lance un rapide rictus avant de se détourner en m'entraînant plus loin. Je vais le bombarder de questions mais il me coupe vite dans mon élan.

— Mon ex, je sais déjà où ça mène.

Je vois, Thanatos est probablement pansexuel. D'ailleurs, en observant bien les danseurs autour de nous, je m'aperçois que beaucoup de regards sont tournés vers lui. Ça ne devrait pas m'étonner en fait, il est le boss des psychopompes et il est si spécial avec sa peau d'étoiles. Mais son caractère a fait de lui quelqu'un de doux. Il n'est pas imperméable à la colère ni à la revendication, mais c'est un tendre, sans aucun doute possible.

— Tu veux danser ? me propose-t-il.

J'opine, excitée par la musique et l'atmosphère euphorique qui nous entoure. Thanatos attrape ma main et me fait tourner sur moi-même. Je me mets à rire alors qu'on se laisse engloutir par la foule sur la piste de danse. Mes tensions s'envolent. Tout le monde se déhanche sans se préoccuper des autres. Un vrai défouloir ! Je retrouve ce que j'ai tant aimé sur Terre : les soirées où je dansais pour moi-même, en chantant à tue-tête. Je m'amuse et je ne suis pas la seule, Thanatos aussi. Et il bouge bien en plus !

Lorsque la chanson change et devient plus douce, il me demande la permission de se rapprocher de moi. Je la lui donne sans discuter. S'il comptait m'emballer de cette manière, il s'y prend comme un chef. Il pose ses mains au bas de mon dos, les miennes se retrouvent à plat sur son torse. Le balancement dans lequel il m'entraîne me berce dans une langueur agréable. Je me sens bien, le fait est là. Quand je pense que je danse avec la Mort, c'est étrange. Elle me fait moins peur, elle m'apprivoise et je l'accepte. Sur du Madonna.

— Than ! appelle une autre voix, plus loin.

Je reconnais sa sœur Kère, entourée de collègues. Tous lui font signe de les rejoindre.

— Vas-y, l'encouragé-je. Je vais faire un tour, on peut se retrouver après.

Il se mordille la lèvre avec hésitation et finit par acquiescer.

— Tu devrais parler avec Achlys, me conseille-t-il en fixant le bar principal, au fond du club.

J'aperçois une déesse à la peau mate et à la volumineuse chevelure noire et bouclée. Je ne sais pas comment j'ai fait pour ne pas la voir jusque-là ! On est loin d'elle, certes, mais ses yeux vert émeraude sont immanquables tant ils sont brillants.

— Pourquoi ? m'étonné-je.

— Parce qu'elle est sortie avec Hermès, elle saura te dire pourquoi il n'est toujours pas revenu.

Il douche mon enthousiasme d'un coup tout en s'éloignant. Je n'ai pas tellement envie de discuter avec l'ex d'Hermès. Achlys est la déesse des poisons et elle sert les verres, ça ne me paraît pas très indiqué, comme job pour elle. Pourtant, je prends place à son bar. J'observe les tonneaux derrière elle, remplis de bière, et toutes les bouteilles colorées dont elle tire des cocktails qui ont l'air fabuleux : scintillants, fumants, irisés…

Bon sang, c'est une vraie bombe, cette fille ! Mais qu'est-ce qu'Hermès peut bien me trouver ? Je n'aime pas me dévaluer, mais je pose vraiment la question en admirant Achlys avec son charisme de fou, passer d'un client à l'autre, pleine d'assurance. Les sorcières l'ont souvent priée par le passé, Achlys a un lien étroit avec toutes les plantes les plus dangereuses de la Terre.

La chanson change et la voix qui rugit non loin de moi me fait tressaillir.

— *I was beeeat ! Incompleeeete ! I'd been haaad, I was sad and bluuuue ! But you made me feeeel, Yeah you maaade me feeeel ! Shiny and neeew !*

Loin d'être aussi imposante que Sthéno, la Gorgone qui vient de lever la tête à deux tabourets de moi et de brailler à tue-tête ne laisse planer aucun doute sur son identité. La peau kaki, les serpents qui se tordent dans tous les sens, les crocs apparents, les ailes repliées, elle semble dans un sale état, avec ses cadavres de verres vides devant elle.

— *Like a virgiiiiiin !* poursuit-elle en se lamentant à moitié.

Ça attire vite l'attention d'Achlys qui ramasse les verres tout en passant un coup devant la Gorgone qui s'époumone.

— Euryale, je te fais un café ?

Elle secoue la tête sans cesser de chanter mais en chancelant sur son siège. Achlys s'arrête près de moi, captant mon regard fiché sur elle.

— C'est la même histoire tous les soirs, le Destin l'a foutue dedans, me dit-elle avec un haussement d'épaules. Qu'est-ce que je te sers, ombre ?

— *I'll be youuuurs ! 'til the end of tiiiiiiime !*

— Euh, rien, merci, dis-je avec une brève hésitation.

Si jamais je reste ici, je sais que je serai au même endroit qu'Euryale, à boire pour oublier. Ça aussi, c'est rassurant quelque part.

Achlys penche la tête sur le côté.

— Toi, tu es une sorcière.

Je ne sais pas comment elle l'a deviné, mais je hoche la tête pour confirmer.

— Elle est une sorcière et elle attend Hermès, déclare Némésis en débarquant.

Elle s'appuie sur le comptoir avec un large sourire. Achlys ouvre de gros yeux.

— Tu attends Hermès ? répète la déesse des poisons avec pitié.

— Dis-lui, toi, que c'est idiot, appuie Némésis.

Achlys ne s'embarrasse pas de mots, elle attrape un verre, le pose sous mon nez et y verse un alcool fort qui sent la grenade.

— Bois, c'est la maison qui offre.

Je déglutis, une vague de désespoir me compressant la gorge.

— *When you hold me, and your heart beats, and you love me…*

Heureusement que la chanson finit, ça fera ça en moins. Je plonge mes yeux dans le verre sans oser le toucher.

— Tu te souviens quand il disait qu'il reviendrait ? Il y a cent ans ? poursuit Némésis.

— Il passe en coup de vent sans même venir jusqu'ici, répond Achlys.

— Il va revenir, finis-je par dire avec toute la persuasion dont je suis capable.

Les deux déesses me scrutent avec de la compassion pour l'une et de l'impatience pour l'autre. Je ne veux pas croire qu'Hermès m'a juste laissée tomber. Même si le doute grandit en moi.

— Il t'a abandonnée, sorcière, sa place est au Tartare, grogne Némésis en me fixant de côté, comme si elle attendait ma réplique.

Achlys pose sa main sur mon bras.

— Hermès est canon et c'est un super coup, mais il est incapable d'aimer ni de s'attacher suffisamment à quelqu'un pour revenir jusqu'ici.

Quel *uppercut* dans le ventre ! J'en éprouve un haut-le-cœur.

Est-ce qu'il m'a vraiment abandonnée ? Il s'est trouvé une autre occupation ? Zeus lui a donné une nouvelle tâche ?

J'attrape le verre. Autant le boire. Qu'est-ce que ça changera ? Si Hermès ne revient pas, je suis condamnée à rester ici. Je le porte à mes lèvres mais il m'échappe au dernier moment. Némésis l'avale après me l'avoir chipé.

— Tu portes ma robe, je bois ton verre, décrète-t-elle en le reposant brutalement sur le comptoir.

Elle s'éloigne sans un mot de plus. Par Hécate, je n'ai que de l'aversion pour elle. Achlys est déjà sur d'autres clients et Euryale a le front posé sur la pierre.

— Tout est faux ici, marmonne-t-elle.

J'ai besoin de prendre l'air. Je me fraye un passage parmi la foule et parviens jusqu'à la sortie. Une fois dehors, le froid et l'obscurité me saisissent. La nuit est tombée. C'est vrai qu'il n'y a pas de lune ici. Seules quelques torchères ici et là éclairent les rues. Je m'accroupis contre le rempart, déboussolée. Moi qui voulais me changer les idées, penser à autre chose, je suis servie. Me voilà noyée dans mes doutes, je déteste attendre sans savoir. Je n'ai aucune patience et Hermès me torture avec ça.

— Tiens, tu as l'air d'en avoir besoin, ombre, me dit un couple en arrivant à l'Antre d'Achlys.

Une obole tinte devant moi, sur le sol pavé.

— Je ne fais pas la manche, m'agacé-je trop tard.

Le couple s'est déjà engouffré dans le club.

Cela dit, j'ai une obole à moi. Je la prends et me relève. Est-ce que ce n'est pas l'occasion d'envoyer un nouveau message au dieu absent ? Le bureau de poste est peut-être fermé, mais sait-on jamais ? Les Disputes n'ont pas l'air d'avoir un rythme très régulier.

Je tente ma chance. Je m'élance dans la rue et retrouve mon chemin jusqu'à la place du musée. Géras ferme sa boulangerie en chantonnant. Je me fais discrète pour ne pas attirer l'attention. Je descends la ruelle étroite jusqu'à la placette triangulaire. Il y a encore de la lumière dans le bâtiment ! Je me rue à l'intérieur, les Disputes font ce qu'elles savent le mieux : s'incendier à tour de rôle. Je me demande même si elles ont remarqué que la nuit était tombée. Sans qu'elles s'aperçoivent de ma présence, je me sers sur le présentoir à cartes postales, choisis une vue du palais et invoque un calame et de l'encre pour écrire moi-même le mot. Je me pose contre la banque, loin de la fenêtre des Disputes et sais tout de suite quoi dire au dieu messager.

Lorsque je me présente devant les employées d'Hermès, ma carte postale est déjà roulée et je suis prête à dégainer mon obole.

— Je veux envoyer une capsule, dis-je d'une voix claire.

Les trois Disputes s'interrompent instantanément. Elles s'approchent, interloquées.

— Encore toi ?

Je fais glisser la pièce de monnaie entre nous.

— Le message est prêt et il fait quarante mots. C'est pour Hermès, au Siège.

Elles se consultent toutes les trois du regard et, avec des gestes lents et bougons, elles écrivent le nom d'Hermès sur une feuille tout en préparant une capsule. Puis l'une d'elles tend la main vers moi. Je lui confie ma carte avec un avertissement.

— C'est personnel.

— Bien sûr. Comment il dit déjà, le patron ?

— « Le client est roi, la cliente est reine », grommellent les deux autres, les bras croisés.

Elles saisissent mon message, reculent, me tournent le dos et le déplient pour le lire à voix haute. Bon sang, elles m'exaspèrent elles aussi !

— « Je suis bornée et c'est une qualité, d'après toi. Alors, tu reviens quand ? Je n'ai plus que six nuits. Avec Thanatos, on n'est pas loin de jouer aux cartes, si tu vois ce que je veux dire. Réponds-moi. Circé. »

— Mais elle craque vraiment pour le boss, en fait ?

Elles jettent un œil sur moi, m'observent et se mettent à ricaner tout en fourrant ma carte dans la capsule. Je pourrais les transformer en poules ou en cochonnettes, mais à quoi bon ? Les Disputes sont juste fidèles à elles-mêmes, je ne peux pas les empêcher d'être ce qu'elles sont. Ça ne m'empêche pas de souhaiter qu'elles s'étouffent dans leurs railleries.

— Et voilà ! C'est envoyé !

— Merci, marmonné-je en sortant.

Je retourne à pas lents jusqu'à la place centrale, guettant une réponse possible, espérant même que l'une de ses capsules me tombe sur la tête. Je m'assieds sur les marches du musée et crée une boule lumineuse dans la paume de ma main, le cœur battant.

Rien. Rien. Toujours rien.

— Elle est là ! s'exclame la voix de Némésis. Tu vois, elle n'est pas perdue !

Thanatos apparaît à ses côtés, inquiet.

— Circé, tu vas bien ?

J'ouvre la bouche pour leur répondre quand je me sens aspirée par le haut. Je décolle du sol sous le regard éberlué de Némésis et de Thanatos, et tout s'estompe brutalement autour de moi.

Chapitre XVI

Lorsque j'y vois enfin clair, je constate que mon environnement a changé et que je suis à nouveau vaporeuse, sans aucune matérialité. Des arbres et des visages familiers m'entourent.

— Ella ? Méroé ?

Mes deux sœurs ?!

— Circé !

Je me jette dans leurs bras mais je les traverse plus qu'autre chose.

— Nous avons invoqué ton âme par un sacrifice de sang.

Je reconnaîtrai cette voix derrière moi même au fin fond des Enfers.

— Hécate.

La déesse me sourit malgré le couteau ensanglanté dans une main et l'animal, un lapin peut-être, mort, dans son autre main. À ses pieds, elle a creusé une fosse pour recueillir le liquide de vie et en appeler aux mondes souterrains afin de me permettre l'ascension. C'est une ancienne magie qu'on ne répète plus depuis très longtemps, pour la simple et bonne raison qu'Hadès a fini par l'interdire.

— J'ai conservé ton corps dans un sort, ne t'en fais pas pour lui, ajoute-t-elle.

Méroé enroule ses bras autour d'Ella, toutes deux bouleversées mais heureuses de me voir. J'en ferais de même si je pouvais émettre des larmes et les toucher. Je me contente d'emplir mes yeux d'elles.

— Mon corps ? Pourquoi vous avez fait ça ? balbutié-je.

— Hermès, c'est lui qui nous a prévenues, répond Méroé.

Mon cœur manque un battement.

— Quand ?

— Quand il m'a demandé de glisser une obole dans la bouche de ton corps, explique Hécate. Il m'a imploré de faire mon possible pour garder ton enveloppe charnelle intacte.

Et il ne m'a rien dit. À raison. Je ne sais pas, à ce moment-là, comment j'aurais pu prendre cette nouvelle. J'aurais foncé dans le tas bien trop tôt, je n'aurais pas eu d'apaisement. Le fait est qu'il contre ma mort depuis le départ, avec la plus grande prudence. Je pensais que ma confession au tribunal avait déclenché son action, mais même sans cela, il aurait agi. Juste pour moi.

Comment ai-je pu douter de lui et d'Hécate ?

— Tu crois que tu as une chance ?

Ella enveloppe son ventre de ses mains, plus fatiguée que jamais. L'impuissance m'étrangle à nouveau.

— Je ne sais pas.

Je n'arrive pas à aller plus loin. Impossible de demander pourquoi notre mère n'est pas là, comment se portent les sorcières de la communauté, comment vont véritablement mes sœurs… Je vais en rester à une liste de faits qui m'empêchent de plonger dans la détresse de ma situation si exiguë.

— Hadès doit rendre un jugement dans six nuits.

— Le soir de la fête du printemps, comprend Hécate.

J'acquiesce et leur raconte tout dans les grandes lignes. Je vois mes sœurs se crisper lorsque je leur dis que la proposition de Thanatos ne me paraît pas si absurde.

— Ne dis pas de bêtise, s'agace Méroé. Il n'est pas question qu'on t'abandonne à Thanatos !

— J'aurais cent ans devant moi pour venir vous voir et vous soutenir, comme aujourd'hui, insisté-je. Tu seras guide, Méroé, et tu vas devoir protéger ta nièce, je suis le cadet de tes soucis !

Ma sœur recule d'un pas, terrifiée et révoltée par mes paroles.

— J'aimerais tellement qu'il en soit autrement, ajouté-je. Mais je ne peux pas me permettre d'entretenir des illusions sur un possible retour. Ça n'est *jamais* arrivé.

— Circé… bredouille Ella. Comment veux-tu que nous acceptions ça ?

— Vous devez vous y préparer.

Je suis aussi surprise qu'elles de mes propres mots. Les voir terrassées par le chagrin me pousse à les aider à accepter l'inacceptable.

— Tes paroles sont raisonnables, Circé, mais rien n'est définitif pour le moment, déclare Hécate. Ta mort a ébranlé le Siège. La paix demeure établie puisque ni moi, ni Zeus n'avons outrepassé le Serment du Styx. Mais certaines déesses se posent des questions.

Son regard lilas me fait comprendre qu'elle parle bien des frondeuses Athéna, Héra et Aphrodite.

— Et Deimos, que pense-t-il de tout cela ? demandé-je à ma petite sœur.

— Il est inquiet d'avoir perdu la protectrice de Médée, et puis…

Elle s'arrête là et partage un regard avec Méroé.

— Quoi ? appuyé-je.

— Le retour d'Hermès est plutôt… agité, précise Ella. Deimos n'a pas le droit de quitter le Siège sauf ordre contraire. Il doit pouvoir se rendre auprès de Zeus aussitôt qu'il fera appel à ses services.

Cette fois, mon pouls s'emballe.

— Et tu sais ce qu'il s'y passe ?

Ella secoue la tête.

— Pas exactement, mais ça fait trois jours qu'Hermès est enfermé au Siège avec Zeus et je n'ai pas accès au dernier étage.

Voilà pourquoi il n'est toujours pas revenu aux Enfers. Mais que se trame-t-il au juste là-bas ?

— Cela dit, nous avons une âme avec nous maintenant, déclare Hécate.

On se tourne toutes les trois vers notre déesse, intriguée par l'idée qu'elle semble avoir. Elle dépose l'animal et le couteau sur le sol, fait disparaître le sang de ses mains en un battement de cils et nous regarde avec défi.

— Nous pouvons te voir parce que nous t'avons invoquée, mais personne d'autre ne le peut. Sauf bien sûr les psychopompes, et donc Hermès.

Mes deux sœurs affichent un air ravi et complice.

— On part en mission toutes les quatre ? s'impatiente Méroé.

— Je vous dépose au pied de la tour mais je n'irai pas plus loin avec vous, décide Hécate. Ma présence ne ferait qu'attirer l'attention. Et vous n'avez pas besoin de moi, Ella peut vous faire entrer au Siège.

Notre petite sœur a une carte d'accès au Siège puisqu'elle est l'épouse du petit-fils de Zeus. Voir la détermination sur le visage de mes sœurs et le bonheur, même bref, d'une escapade toutes les trois me ragaillardit.

— Prêtes ? nous demande Hécate en tendant ses mains vers nous.

*

En une seconde, on se retrouve devant les portes du Siège. Hécate s'évapore aussitôt en nous souhaitant bonne chance. Je lève la tête sur l'imposante architecture marquée de l'enseigne lumineuse « OLYMPUS » en lettres capitales ainsi que d'un aigle auréolé d'éclairs dorés. Ella nous parle souvent de cet endroit mais Méroé et moi n'y avons jamais mis les pieds.

— Commençons par le bureau de Deimos, nous propose Ella. S'il est bien là, nous le retiendrons, Méroé et moi, comme ça tu pourras fureter au dernier étage sans qu'il intervienne trop vite.

Elle prend la main de Méroé et je plonge la mienne dans son épaule, en espérant que cela suffise à me faire franchir la porte du Siège. On tombe nez à nez avec l'immense Sphinge qui occupe le hall d'entrée. Elle se redresse et suit du regard Ella.

— Je suis si désolée pour votre sœur, Sorcières talentueuses, déclare la Sphinge avec compassion.

Ella pose une main touchée sur l'énorme patte. Elles échangent quelques paroles et ça ne me frappe qu'à cet instant : Ella et Méroé sont toutes les deux vêtues de noir. Ça me fout un cafard monstre. J'avance jusqu'à l'ascenseur pour me détourner de tout cela. Mes sœurs me rejoignent et on entre dans la cabine, plongées dans le silence.

« Vous me manquez », j'aimerais leur dire ça. Mais j'ai peur de sombrer dans un triste état contre-productif. Méroé qui a toujours su adoucir et tempérer les choses, demeure silencieuse. Ella, si positive et vive, fixe le sol. La joie de nous retrouver a été de courte durée. Il faut dire que j'ai tant rappelé combien ma situation était étriquée qu'elles peuvent difficilement se réjouir à présent. C'est à moi de réparer ça avec la seule vraie chose positive que j'ai à leur apprendre.

— Hermès m'a dit qu'il tenait à moi, qu'il ne voulait pas que je disparaisse.

Les deux nez se lèvent simultanément.

— Oh mais bien sûr qu'il l'a dit ! s'exclame Méroé avec un large sourire. Il ne pouvait pas en être autrement !

— Qu'est-ce qu'il t'a dit d'autre ? s'enquiert Ella avec sa curiosité débordante.

— Pas grand-chose de plus, c'était juste avant qu'il vienne ici.

D'où ma frustration à son comble !

Mes sœurs plaisantent à nouveau, se remémorent les instants où elles ont croisé Hermès à la Clairière et tentent d'interpréter le comportement du dieu. Comme s'il avait laissé des indices derrière lui. Je les regarde s'en amuser et se détendre enfin.

— Au fait, c'est quoi cette tenue ? enchaîne Méroé. Elle n'est pas un peu trop sexy pour les Enfers, cette petite robe noire ?

— Une longue histoire incluant un prêt involontaire de Némésis, un club avec du Madonna, une barmaid en la personne d'Achlys et une sorte de rendez-vous curieux avec Thanatos, réponds-je en balayant l'air de la main.

Mes deux sœurs me fixent, la tête penchée sur le côté.

— La déesse des poisons sert des verres aux Enfers ? relève Ella, perplexe.

— T'avais un rendez-vous avec Thanatos ? s'enquiert Méroé.

— Longue histoire, c'est ce qu'il faut retenir, insisté-je.

Lorsque les portes de l'ascenseur s'ouvrent, on est gonflées à bloc ! On échange un hochement de tête déterminé et on sort de là. Deimos n'est pas seul dans son bureau, son frère jumeau Phobos lui tient compagnie. Ils se lèvent ensemble quand ils voient mes sœurs entrer.

— Ella, tout va bien ? s'inquiète aussitôt Deimos.

— Oui, on passait dans le coin.

— Venez prendre un thé ou du café, invite Phobos qui se dévoue dans l'espace cuisine.

— Je viens t'aider, propose Méroé.

— Hermès est toujours en audience avec Zeus ? demande Ella.

— Zeus a exigé qu'il reste au Siège jusqu'à nouvel ordre. Personne ne peut les interrompre, pas même Héra.

Le temps que Deimos accorde un regard à son frère, Ella me fait un clin d'œil. Je recule de quelques pas alors que les quatre vivants poursuivent leurs gestes quotidiens.

— À tout à l'heure, dis-je à mes sœurs.

Elles ont toutes les deux un sourire, au même instant, identique, sans pour autant me trahir et regarder dans ma direction.

À moi de jouer. Je passe à travers les murs et rejoins les escaliers. Je peux passer partout, mais pas voler non plus. L'avantage d'être une ombre sur Terre, c'est que je ne ressens aucune fatigue, je peux grimper la tour sans pause ni perdre le souffle. J'accélère même, impatiente de retrouver Hermès. Arrivée tout en haut des marches, je réfrène mon ardeur. Il ne faudrait pas non plus que je débarque à l'improviste devant le dieu messager et que je le perturbe sans qu'il ne s'y attende.

Je passe une tête à travers un mur : le hall d'entrée de l'étage de Zeus et d'Héra est une magnifique illustration de l'art déco, tout en boiseries aux murs, jonchés d'appliques murales en fer forgé, au parquet marqueté et aux consoles de bois précieux. Il y a deux portes à double battant. L'une est vitrée avec un impressionnant paon en verre coloré, l'autre a des motifs d'éclair en cuivre sur du bois sombre.

Zeus et Héra font donc penthouse à part ?

La porte au paon s'ouvre soudain, je sursaute. Iris, la déesse arc-en-ciel, messagère d'Héra, sort de là, un porte-document sous le bras. J'ai envie de me jeter derrière une console pour me cacher, par réflexe, mais la déesse ne me voit pas. Elle est suivie de près par Athéna. Toutes deux semblent préoccupées. Elles s'arrêtent devant l'ascenseur.

— Je vais devoir retourner sur l'Olympe, annonce Athéna. J'ai beaucoup à faire.

— Je me chargerai des messages de Dame Héra moi-même, assure Iris.

La déesse de la sagesse jette un œil vers la porte aux éclairs.

— Il faudra peut-être que tu te montres indispensable pour Zeus, dit-elle à voix basse.

— Je m'y attellerai.

Une onde électrique parcourt l'étage au point où même moi, ombre en vadrouille, je la ressens. Les deux déesses se tournent vers le penthouse de Zeus. Iris fait un pas dans sa direction, mais Athéna la retient.

— Non, pas maintenant, ce n'est pas une bonne idée. La colère de mon père est aveugle, elle te frapperait sans raison.

Elles entrent dans l'ascenseur et disparaissent. Je ne sais pas ce que je vais trouver en passant le double battant aux éclairs, mais je le traverse, regrettant de n'avoir aucun corps et donc aucune magie avec moi. L'intérieur est aussi chaleureux que l'entrée, avec foison de bois et de métal, et une décoration toute à la gloire du maître de l'Olympe.

Les aigles partout : en tableaux majestueux, en sculptures de bronze, en motifs répétés sur les murs tapissés… Et des éclairs, omniprésents. Tout est immense et luxueux.

Des grondements et de fortes paroles commencent à se faire entendre, tout au fond. Je presse le pas et la voix de Zeus, aussi profonde et assourdissante que le tonnerre, fait trembler les murs. Avec prudence, je plonge la tête à travers la paroi pour y jeter un coup d'œil. C'est une bibliothèque, ou un bureau. Les deux à la fois, si j'en crois les étagères pleines de livres sur deux niveaux et la grande table de travail au fond, devant un pan entier de vitrail figurant un aigle auréolé d'éclairs, encore.

— Tu prétends que *je* t'ai commandé une inspection de l'accès aux Enfers ! Voilà *un* problème ! s'exclame Zeus sans modérer sa voix, d'où les ondes électriques qui pulsent hors de lui. J'ai dû endurer les plaintes de mon frère pendant près d'une heure lorsqu'il est venu m'en parler !

Il se tient debout, arcbouté de colère au-dessus de son bureau. Face à lui, Hermès me tourne le dos. Il a revêtu son costume trois-pièces bleu nuit et ressemble à un soldat en plein supplice. Je ne vois pas son visage, mais à en croire les traits déformés par la colère de son père, je l'imagine plus fermé que jamais. Je ne suis pas visée, Zeus n'a pas conscience de ma présence et pourtant j'ai une crainte glaciale dans le ventre. Plus inquiétant encore, le Caducée d'Hermès volète auprès du maître des dieux. Il reste à portée de main, mais je ne doute pas de l'interdit pesant et absolu qui empêche son fils de l'approcher.

J'entre lentement dans la pièce en me gardant d'apparaître devant mon psychopompe.

— Tu lorgnes depuis toujours les mines de diamants d'Hadès, prétexte Hermès d'une voix calme. Elles sont laissées sans surveillance dans le tunnel du Styx, sauf lors du passage de la barque de Charon.

— Ne me prends pas pour un simple d'esprit !

Les livres tremblent sur les étagères.

— Tu n'es descendu aux Enfers que pour aider ta sale petite sorcière ! Tu reçois même des messages d'elle alors que c'est formellement interdit ! lance-t-il en brandissant la carte postale que je viens tout juste de lui envoyer.

Bon sang, Zeus intercepte le courrier de son fils… Je n'avais pas songé un seul instant à cette possibilité ! Mon premier message était peut-être neutre, mais le second est plutôt explicite. Le simple fait qu'ils viennent de moi ont dû provoquer un regain de colère.

— Je n'ai fait que mon travail, père ! se défend Hermès avec plus d'ardeur. Le décès prématuré de la future guide est un problème ! Il devrait au moins l'être pour toi !

L'électricité constante dans les cheveux de Zeus s'échappe en plusieurs filaments autour de lui, nimbant la silhouette grandie du maître de l'Olympe. Ses yeux deviennent aussi blancs que la foudre.

— Que sous-entends-tu ? Vas-tu, toi aussi, comme cette folle d'Héra, m'accuser d'être compromis dans la mort de cette pauvre fille ?

Sa relation avec son épouse s'est vraiment dégradée !

Le silence d'Hermès n'aide en rien, Zeus fulmine. Son aura tranche soudain son bureau en deux, exactement comme si un sabre de feu venait de couper le bois, en le brûlant et en le faisant fondre tout à la fois. Le chemin dégagé, Zeus avance, incandescent. Hermès recule d'un pas.

— Suis-je banni des miens ? poursuit Zeus. Mon souffle est-il coupé ?

— Non, répond son fils avec un calme relatif.

— Tu sais que c'est la punition pour celui qui rompt un serment prêté sur le Styx ! Si j'avais touché à ta précieuse sorcière, je ne serais pas là !

— Je ne t'accusais pas, père, tente-t-il de tempérer.

Mais je reconnais aussi une touche de soulagement dans le son de sa voix. Hermès a toujours cherché l'attention de son père, jusqu'à la trouver et grimper les échelons de l'Olympe, au point de devenir l'un des Douze. Il ne balayera jamais tout ça pour moi et je ne veux même pas l'exiger de lui.

— Allons, fils, reprend plus calmement Zeus tout en posant une lourde main sur son épaule. Tu sais qu'elle te manipulait ? C'est l'adage de cette race. Les sorcières manipulent. Je l'ai tout de suite compris en voulant séduire Médée la Première. Une fille… magnifique.

Mon estomac se retourne. Je me souviens de cet épisode. Médée la Première était la nièce de Circé la Première. Une sorcière aux grands pouvoirs qui a aidé le héros Jason à s'emparer de la Toison d'or. Jason l'a épousée et lui a donné deux filles. Et puis, un jour, Zeus a jeté son dévolu sur elle, et même en le repoussant, Médée a été répudiée par son époux qui s'est déniché une autre femme plus jeune.

— Elle m'a droguée, m'a fait croire qu'elle m'avait cédé, mais personne ne peut tromper Zeus, assure-t-il en resserrant ses serres sur l'épaule d'Hermès.

Voilà pourquoi il a commandé à Némésis de châtier Médée ! Je suis soulagée, quelque part, que la déesse ait refusé.

Mais pourquoi Zeus évoque-t-il tout cela avec Hermès ? Il le prévient ? Le menace ? Je ferme les poings, j'enrage d'être aussi impuissante !

— Alors je l'ai confrontée, j'ai arraché sa robe, je l'ai dénudée sous mes yeux et j'ai jeté ses vêtements aux pieds de son époux pour lui prouver la légèreté de sa femme.

J'avance d'un pas et ravale un flot d'insultes de toutes mes forces. Je pourrais rugir en toute sécurité si Hermès n'était pas capable de m'entendre.

— Je sais déjà tout cela des sorcières, finit par dire Hermès, provoquant un sourire complice sur le visage flamboyant de son père. Je les fréquente depuis toujours.

J'espère pour lui qu'il tente d'endormir la colère de Zeus.

— Mais Circé est différente. Et je vais avoir besoin de mon Caducée.

Un silence tombe alors que j'en ai le souffle coupé ! L'idiot ! L'incroyable et merveilleux idiot ! Pourquoi dire ça au nez de son père ! Il y a mis toute sa morgue et toute sa force de persuasion. Les traits apaisés de Zeus se déforment. Le sol et les murs sont parcourus d'ondes de choc qui font tout tomber autour de nous : livres, vases, statuettes.

— Tu changeras d'avis ! lance Hermès avec une détermination qui me fait craindre le pire.

C'est dit comme une prière au père aimé, mais qui déclare aussi un non-retour. Alors le père aimé lève la main sur son fils en guise de réponse. D'un geste ample du bras, il envoie Hermès sur le côté et son corps enfonce une bibliothèque avant de retomber sur le parquet. Je plaque mes mains sur ma bouche. Je ne peux pas rester là, à ne rien faire !

— Quelle déception ! hurle Zeus. Tu es comme ta pauvre mère ! Une bête qui se terre dans ses illusions !

Hermès se redresse et, cette fois-ci, m'aperçoit. Pendant une fraction de seconde, il tique à ma vue, ouvre la bouche et la referme avant d'en revenir vite à son père. Un filet d'ichor doré coule de son arcade sourcilière. Les dieux sont susceptibles de se blesser bien plus fort entre eux. Je regarde le Caducée et me précipite vers lui.

— Non ! lance Hermès en se concentrant sur Zeus, mais j'ai l'impression qu'il s'adresse à moi.

Je stoppe à un ou deux pas. Je ne pourrais pas le toucher, c'est vrai. Et puis la nuit de ma mort me revient en tête. Le moindre contact avec le Caducée envoie une âme aux Enfers.

— Renonce à cette folie ! Tu ne voudrais pas être le premier des Douze à être déchu de son titre !

La menace de Zeus le pousse à se relever. Je suis sûre de détecter du trouble au fond de ses yeux gris, mais il ne laisse rien paraître lorsqu'il fait à nouveau face à son père.

— Si je suis une telle déception pour toi, finis-en ! Je n'ai pas l'intention de retirer mes paroles ! défie Hermès.

— Je t'en prie, arrête ! ne puis-je m'empêcher de supplier.

Ni une, ni deux, Zeus invoque le foudre qui frappe sa main et se met à crépiter. Il ne va pas frapper son propre fils ?! Il pourrait le désintégrer ! Et je n'ai aucune magie pour sauver son essence !

Les battants de la porte volent au même instant et Deimos déboule dans la bibliothèque. Le foudre et les secousses ont dû finir par l'interpeller.

— Zeus, non ! intervient le dieu de la terreur en attrapant le bras de son grand-père.

L'attention du maître des dieux se détourne d'Hermès. Il en profite pour voler jusqu'à moi tout en agrippant le Caducée au passage.

Tout disparaît d'un coup. Je suis en chute libre avec Hermès dans un trou vertigineux. Je presse mes paupières, apeurée par l'enchaînement des actions. Au bout d'une poignée de secondes, le corps d'Hermès me paraît réel et j'enroule mes bras autour de son cou pour me raccrocher à lui. Il referme les siens dans mon dos. On tombe de plus en plus vite, enlacés. Ma peur s'amenuise parce que je le tiens contre moi, il est là. La gorge obstruée, j'insuffle ma magie entre nous pour que nous atterrissions dans un endroit sécurisé et sans nous blesser. Une chaleur réconfortante nous enveloppe et notre trajectoire dévie jusqu'à ce que nous roulions sur une surface moelleuse.

Je me retrouve essoufflée, sur le dos, le cœur cognant à toute vitesse dans ma poitrine. Hermès est au-dessus de moi, visiblement dans le même état, mais un sourire en coin conquis en plus. Je suis si soulagée ! Qu'il ne bouge pas, surtout. Je veux sentir son poids sur le mien, sain et sauf. Nos deux corps sont entremêlés : sa jambe entre les miennes, sa cuisse contre mon intimité, son abdomen sur mon ventre, sa poitrine frôlant mes seins. Il est accoudé juste au-dessus de moi, le Caducée dans une main, près de nous. On se dévore des yeux. Je glisse mes mains dans son cou, jusqu'à sa nuque humide et Hermès s'affaisse sur moi, plaquant ma poitrine contre la sienne. Bergamote poivrée, chaleur de sa peau, dureté de son torse… c'est possible de le désirer plus ?

— T'es super sexy dans cette robe, remarque-t-il alors que nos souffles se mélangent.

Je souris pour réfréner un rire plus spontané. Je veux répliquer mais c'est une autre voix qui retentit au-dessus de nous.

— Neveu ! Tu tombes à pic, nous parlions justement de toi.

Chapitre XVII

On se relève immédiatement avant de comprendre que nous sommes au milieu du salon confortable d'Hadès et de Perséphone, celui qui accueille l'impressionnante collection de vinyles et la kunée, le casque d'invisibilité du dieu des morts, posé en hauteur. Son propriétaire nous fixe avec une impatience et des doutes impossibles à cacher. Hadès fait tourner le liquide ambré d'un whisky au fond de son verre, un col roulé noir tranchant avec la pâleur de sa peau. Perséphone, à côté de lui, nous regarde avec un mélange de sympathie et de pitié, malgré le somptueux kimono de soie fleuri qu'elle porte. Le couple régnant n'est pas seul, Thanatos se tient derrière eux, les bras croisés, bien plus en rogne qu'eux.

— Hadès, Perséphone, souffle Hermès qui rajuste sa veste de costume, son Caducée reprenant sa place, épinglé contre son cœur.

— Bonsoir, dis-je avec maladresse, le visage bouffi d'embarras.

— Il paraît que ton histoire d'inspection est une grossière imposture, débute Hadès d'un ton accusateur.

— Menteur ! appuie Thanatos.

— Tout de suite les grands mots, regrette Hermès en croisant les bras, sa nonchalance naturelle refaisant soudain surface.

J'ai encore le sang qui bat mes tempes, de l'adrénaline à ne plus savoir qu'en faire, et lui, il est là, flamboyant, serein, son esprit carburant déjà !

— J'ai toujours été curieux de voir l'évolution de l'accès aux Enfers, reprend-il en se tournant vers son oncle. Vous savez combien ma tâche de psychopompe me tient à cœur, ajoute-t-il en prenant surtout à témoin Perséphone, bien plus tempérée que les deux autres.

— Nous le savons, Hermès, concède-t-elle alors. Mais ce n'est pas tout. Non seulement tu as entretenu des tensions entre Hadès et son frère, tensions dont nous nous passerions bien, mais tu as aussi accompli une invocation d'âme, ce qui est interdit.

— C'est lui qui l'a invoquée ! C'est certain ! lance Thanatos.

Je me raidis et avance d'un pas. Je ne veux pas jeter Hécate sous le courroux d'Hadès, mais je ne peux pas laisser Hermès être injustement accusé !

— Non, non, ça ne s'est pas passé comme ça, dis-je pour prendre sa défense.

— C'est vrai, oui, j'ai fait une invocation interdite, endosse-t-il.

Je lui jette un regard impatient, il me prend la main, confiant.

— J'avais besoin de la voir.

Hadès, qui portait son verre à ses lèvres, stoppe. Ses yeux noirs vont de nos mains liées à Hermès, puis à moi. Il baisse son whisky et affiche une expression sidérée et désespérée.

— Oh non. Pas toi, neveu.

Il se tourne vers Perséphone qui reste à son écoute. Elle doit le connaître par cœur car sa réaction ne l'étonne pas.

— On a un cas Orphée !

Et il se met à faire les cent pas, alors que Thanatos a délié ses bras d'un air menaçant.

— Tu ne joueras pas aux cartes avec elle, prévient Hermès en fixant à son tour le dieu de la mort.

Pourquoi cet idiot prend-il ce risque ? Juste pour rappeler à Thanatos que sa prétention n'aura jamais lieu d'être ? Pour assurer un peu plus son projet de me sortir de là ? Habituer le couple divin à l'idée qu'il tient à me ramener ?

— Je déteste les cas Orphée, gronde Hadès. Ces vivants qui débarquent ici et pensent *vraiment* pouvoir ramener une ombre ! Orphée n'a même pas tenu jusqu'au bout. Je lui avais donné une consigne, *une seule !* Mais non, non, il s'est retourné avant d'être sorti des Enfers et bien sûr qu'il a perdu Eurydice !

Il jette ensuite un regard furieux à Thanatos sans l'apostropher. Hadès doit songer très fort à son histoire avec Macaria qui n'a mené à rien de bon, juste à une fin tragique. Je resserre mes doigts sur ceux d'Hermès, la gorge trop nouée pour protester. S'il ne me reste que six nuits, j'aimerais les passer avec lui et m'épargner tout ça.

— N'oublions pas le jugement de Minos, déclare Thanatos, ébranlé.

— Oui ! Il y a ça aussi ! Si je ne le prends pas en considération, alors quoi ? C'est l'anarchie ? N'importe qui peut contester les jugements du tribunal ? N'importe qui peut débarquer et réclamer une ombre ? On va endiguer ça tout de suite et voilà ce qu'il va se passer : je...

— Tu vas souffler, Amour ! intervient Perséphone en attrapant ses épaules pour les masser. On va tous souffler et garder notre calme.

La silhouette si tendue du roi des Enfers s'avachit.

— On a dit qu'on réfléchirait. Ne perdons pas de vue la problématique de la mort inopinée de Circé.

Hadès dodeline de la tête. On dirait un ballon de baudruche gonflé à son maximum et qui relâcherait tout l'excédent d'air. Perséphone enlace son mari dans son dos et enfouit son visage dans son cou.

— On a encore des préparatifs à faire pour la fête du printemps.

— Tu as raison, accorde Hadès.

Hermès s'éclaircit la gorge avant de prendre la parole, à présent que le dieu des morts est enfin calmé.

— J'aimerais faire une demande d'asile officielle aux Enfers, le temps que Zeus s'apaise.

Il fait preuve cette fois d'humilité, chose qui semble toucher le couple.

— Mais bien sûr que tu peux rester, grogne Hadès. Je connais les colères de mon frère, je ne les souhaite à personne.

Thanatos choisit cet instant pour sortir du salon, furieux. Je m'en veux aussitôt. J'aimerais lui parler, je me sens coupable d'être partie du club sans le prévenir.

— Il n'y a vraiment que toi pour mettre en rogne les Olympiens et les Infernaux en un si court laps de temps, soupire Hadès en scrutant Hermès.

— Je vais prendre ça comme un compliment.

— Ce n'en était pas un, affirme le roi d'un ton égal.

— Non ? Vraiment ? joue le dieu messager en faisant mine d'implorer la pitié de Perséphone.

Hadès lève les yeux au ciel et la reine pouffe en secouant la tête.

— Plus jamais de fausses inspections, neveu, tu mets tous mes psychopompes sur les nerfs, prévient Hadès.

— Promis, si je mens, je vais aux Enfers, répond Hermès.

Je me masse les sinus, effarée par sa roublardise. Il est le pire avocat du monde ! Hadès se libère des bras caressants de son épouse et se dresse devant nous tout en finissant d'un trait son whisky. D'instinct, je lâche la main d'Hermès.

— Je vous ai à l'œil, tous les deux, prévient-il. Pas de bêtises.

*

Je me retrouve dans ma chambre, allongée, avec un trop-plein d'émotions qui bouillonnent en moi. J'ai vu mes sœurs et Hermès est à nouveau là. Hécate ne m'a pas abandonnée et Hermès est là. Mon sort est définitivement incertain, mais Hermès est là. J'ai les mêmes bouffées de désir qu'adolescente, ça n'a plus de sens ! Son corps contre le mien dans notre chute, ses épaules larges, sa cuisse frottant mon entrejambe…

Je plonge ma tête sous l'un des coussins en geignant. Il vient de vivre une épreuve terrible, un face-à-face dévastateur avec son père, et moi je le veux. Je fantasme sur son corps chaud ! La dernière des tartes !

— *Psttt !*

Je me redresse, surprise. Il est là, dans le péristyle au jardin en trompe-l'œil. Je bondis sur mes pieds. Hermès a quitté cravate et veste, il semble plus décontracté en chemise et veston, le Caducée épinglé à son emplacement habituel. Son sourire fait battre mon cœur. Je m'élance vers lui, il tend vite les mains devant lui pour m'arrêter.

— Attends, attends. Pas ici, pas sous le toit de mon oncle.

— Il n'y a que nous deux, contré-je, perplexe.

— Ne sous-estime pas l'Invisible.

Mes épaules s'affaissent. Mais il a raison, j'ai déjà été imprudente avec mes capsules.

— Désolée pour l'envoi des messages, je ne pensais pas que Zeus les lirait, confessé-je en regardant ailleurs.

— J'avais réussi à le calmer après le premier, et puis le second est arrivé en pleine entrevue. Non seulement mon père s'est déchaîné, mais en plus je n'avais plus que cette vision de Thanatos et toi en train de *tout* faire sauf de jouer aux cartes, me raconte Hermès, à la fois léger et contrarié.

Je blêmis. J'avais bien pour but de le rendre jaloux, mais je ne m'attendais pas à ce que ça atterrisse entre les mains de Zeus. Je me sens si coupable, encore !

— Pardon.

— Il t'attire ?

Je vais éviter d'évoquer mon instant pervers à mater Thanatos par la fenêtre.

— Non ! Tu as disparu pendant trois jours, mon temps est compté ici ! J'ai eu peur !

Mon explication maladroite mais franche semble le contenter. Ses traits crispés se détendent.

— Désolé, j'étais retenu, dit-il avec une ironie tragique qui ne me fait pas rire.

— Je n'aurais jamais dû poser les pieds dans ce bureau de poste, regretté-je.

— Les Disputes ne t'ont pas découragée, c'est un exploit, s'amuse-t-il.

— Pourquoi tu leur as confié ce poste ? L'endroit est désert à cause d'elles.

Il planque ses mains dans ses poches avec un haussement d'épaules.

— Personne n'a envie de leur confier quoi que ce soit. Au moins, elles ont une occupation ici.

Je l'avais déjà remarqué, son grand cœur ? Je ne suis pas sûre en fait. Touchée, j'approuve d'un hochement de tête.

— Quoi qu'il en soit, avec ou sans elles, le bureau de poste resterait quasi vide. Rares sont ceux qui utilisent les capsules, ajoute-t-il.

— Pourquoi avoir installé ce service alors ?

— Ça fait partie de la réforme des années 1980. Elle était censée ouvrir les Enfers aux visiteurs extérieurs, mais jamais aucun dieu n'a voulu venir jusque-là.

Pourtant les habitants de la Cité d'Hadès et de Perséphone sont sympathiques, au-delà de leur ronchonnerie constante. C'est peut-être pour ça que je ressens de la bienveillance pour eux. Ils me plaisent en vérité, avec leur sarcasme et leur attitude à mi-chemin entre la brutalité et la franchise. Hermès a un pied là-dedans, c'est ce qui le rend encore plus attirant à mes yeux.

— Et toi ? m'enquiers-je alors. Comment tu vas ?

Les yeux argentés d'Hermès me renvoient mon propre reflet.

— Ce n'est pas la première colère dont je suis témoin, dit-il seulement.

C'est une demi-confidence. Il n'est peut-être pas prêt à reconnaître une crainte bien plus grande d'avoir blessé ou trahi son propre père. Mais moi, je ne garde en tête que la main levée. Zeus a frappé son fils et s'apprêtait à le foudroyer.

— Tu n'aurais pas dû lui parler de moi, tu n'as fait que le provoquer.

— Pour une bonne raison, il me semble, réplique-t-il.

Je dois rougir à vue d'œil alors que je me mords la lèvre pour ne pas sourire. Ça me plaît à en crever de l'entendre me dire cela, mais ça reste bien trop téméraire, même pour le dieu aux mille tours !

— Arrête, grogné-je.

— Quoi ? relance-t-il en me dévorant des yeux.

— De me regarder comme ça, on ne peut rien faire, on est juste… coincés !

Il avance d'un pas.

— Ici, oui. Mais dans la Cité… sous-entend-il.

Le battement de cœur qui suit est intense dans ma poitrine. Tout mon sang pétille au bout de mes doigts, me tourne la tête et chatouille mon bas-ventre. Je sais exactement où on peut se retrouver pour commencer.

— La place devant le bureau de poste ?

Hermès acquiesce et disparaît.

Je me retiens de courir dans le palais, mais je marche vite, très vite, espérant ne pas croiser quelqu'un qui me retiendrait. Heureusement, la nuit a déserté l'endroit. Je déboule dans la salle du trône. De grosses guirlandes de laurier en émeraude, piquées de fleurs en pierres précieuses multicolores, ont été hissées contre les murs. Perséphone a détourné la colère d'Hadès avec tact et intelligence. Visiblement, la préparation de la fête du printemps va accaparer toute l'attention du roi. Je sors de la salle, la tension à son comble. Je ne croise ni Thanatos, ni Némésis. Je n'ose pas imaginer leur niveau de colère. Je traverse l'esplanade et dévie ma route en apercevant la Gorgone, Sthéno, tourner en rond, les serpents de sa chevelure dressées. Ses ailes déplumées battent l'air, elle semble toujours aussi désœuvrée que les rares fois où je l'ai croisée. Je m'enfonce dans la ville avec une lueur magique dans la main. Je croise deux ou trois couples près de la fontaine de lave, sans que la température les effraie ou les empêche de se dévorer de baisers. C'est donc un lieu de rendez-vous romantique la nuit.

J'emprunte la ruelle et accélère dès que j'aperçois la petite place triangulaire. Il n'est pas encore là. OK ! Je tourne autour du grenadier, une impatience extraordinaire grandissant en moi. Des voix qui s'élèvent me font cependant ralentir. Des bruits de pas rapides approchent. Hermès surgit.

— Circé ! Transforme-moi ! Vite !

— Quoi ?

Les bras m'en tombent.

— Vas-y, tu en as toujours eu envie, je te donne la permission !

— Reviens là ! Fils de Zeus ! s'exclament les voix derrière lui. Tu ne pourras pas t'éclipser longtemps ! On te voit !

— Mais qu'est-ce que t'as fait ? On s'est quittés il y a à peine quelques minutes !

— S'il te plaît Circé, je ne résisterai pas au sort, promis !

Je lève les yeux au ciel, tends les mains et récite ma formule.

— *Corrige cet importun et transforme-le en cochon nain.*

Le dieu rapetisse jusqu'à devenir un petit animal rose très mignon, mais pas du tout le compagnon que j'espérais à cet instant. Je me baisse pour l'attraper dans mes bras et lui caresser le cou. Juste à cet instant, quatre divinités ailées, à la peau écarlate, débarquent pour les unes et atterrissent pour les autres, à l'affût.

— Je suis sûr qu'il est passé par là !

— Toi, m'interpelle l'un d'eux. Tu n'aurais pas vu Hermès l'Olympien ? Le traître aux Enfers ? Le fils de Zeus ? Le chien de…

— Non, je ne l'ai pas vu, le coupé-je.

— Il nous doit un paquet d'oboles après avoir triché aux dés ! Ça fait cent ans qu'on attend son retour !

Je referme mon emprise sur le cochon nain qui gémit.

— Désolée, j'espère que vous allez l'attraper.

De frustration, l'un d'eux jette une pierre sur la façade du bureau de poste, visant bien évidemment l'effigie d'Hermès dans le fronton. Ça alerte aussitôt les Disputes qui mettent le nez dehors, prêtes à batailler. J'en profite pour m'éloigner à pas rapides. Cette situation ne m'étonne pas du tout !

Je suis plusieurs rues, tourne toujours dans celles qui me paraissent les plus tranquilles, jusqu'à ce que j'arrive devant une sorte de verger, au pied du rempart. Dix grenadiers poussent en toute liberté sur un terre-plein de cendres, cerné par un muret de pierres taillées. Personne à l'horizon.

Je fais voler la boule lumineuse au-dessus de nous et m'assieds sur le rebord, le cochon nain sur les genoux. Ça a l'air de lui plaire puisqu'il se prélasse contre mon ventre, les yeux fermés. Le petit scélérat, m'amusé-je en lui caressant le dos. C'est plus prudent, quoi qu'il en soit, il vaut mieux attendre que ses poursuiveurs s'épuisent et abandonnent.

Je dois avouer que ça me rassure, même. De le savoir là, dans mes bras. Les images du foudre apparaissant dans la main de Zeus me tourmentent encore. Je ne peux pas empêcher mon esprit de rebondir sur ma propre relation avec mon père, alors que j'ai pu être témoin de celle épineuse d'Hermès. Et le fait que l'homme – ou le dieu – qui me plaît et en qui j'aimerais avoir une oreille attentive, soit là sans être là, m'encourage à aborder ce point noueux de mon existence de vivante.

— Moi aussi j'ai eu une relation conflictuelle avec mon père. Je le mettais souvent en colère. Pas autant que toi, hein, mais quand même.

Ma voix déraille et le cochon nain ouvre les yeux pour me regarder.

— Tu vois, la veille du jour où il est mort, on s'était disputés. Je voulais sortir tard, il a refusé, alors je lui ai fait des reproches absurdes… Je lui ai balancé combien je lui en voulais de ne pas être plus présent dans ma vie, alors qu'il n'y pouvait rien.

L'oppression que j'ai toujours éprouvée en songeant à tout cela, déboule dans ma gorge et dans ma poitrine. Les larmes me montent aux yeux et je suis obligée de déglutir pour poursuivre. Le cochon nain, lui, est assis, immobile.

— Je lui ai dit que je le détestais, tu te rends compte ? Au fond je savais que le lendemain, on aurait oublié, qu'on passerait à autre chose. Jamais je ne m'étais imaginé que ça resterait la dernière phrase que je lui adresserais… Mais c'est le cas. Il ne s'est jamais réveillé.

Je frotte mes yeux en reniflant.

— Tu crois… tu crois qu'il est mort par ma faute ?

Le cochon saute sur le muret et reprend sa forme divine. C'est à moi de lever les yeux pour voir les siens, et ils sont bourrés de tendresse, sans plus aucune armure.

— Viens là, dit-il en m'attirant sur ses genoux.

Je me blottis contre lui, bouleversée.

— Ne crois pas ça, tu n'es pas responsable de sa mort. Personne ne l'est.

— Mais nos derniers mots…

— Circé, pour avoir accompagné de nombreuses ombres jusqu'ici, je peux t'assurer qu'aucune d'elles ne rumine les dernières paroles échangées avec leurs proches. Toutes ne se souviennent que des êtres aimés dans leur ensemble.

Ses mots me touchent avec une telle justesse que j'hésite.

— Tu ne dis pas ça pour me faire plaisir ?

— Je te le promets.

Et je le crois sans plus l'ombre d'un doute. Autant son « promis » à Hadès me semblait bien léger, autant là, avec toute la gravité possible dans sa voix, je le crois. Je cale mon oreille contre son cœur et l'écoute battre dans toute sa lenteur. Le rythme des dieux est bien différent du nôtre, si intemporel et calme.

— Allons, ma douce, me murmure-t-il pour finir de m'apaiser.

— Arrête de dire que je suis douce ou gentille, grogné-je.

Je l'entends rire et il m'en arrache un. Je prends le temps d'avaler mon chagrin. J'ai réussi à formuler ces mots à voix haute. Et en les prononçant, je me rends compte combien le « je te déteste » que j'ai pu dire à mon père était futile et dénué de sens. J'ai tellement focalisé toute ma culpabilité sur ces paroles, je les ai tellement crues jusque-là, qu'elles me paraissent soudain abattues et vidées de leur sens.

Je me love un peu plus contre le dieu.

— Hermès ?

— Mmh ?

— Embrasse-moi, demandé-je, dans un souffle.

Je ne veux plus perdre de temps ni rien regretter. Je me redresse pour lui faire face, mon nez contre le sien. Il n'a pas réagi parce que sa volonté vacille à ce sujet.

— Embrasse-moi, répété-je, avec plus de force.

Il fond sur mes lèvres et je retrouve enfin ses baisers. Ses mains encadrent à nouveau mon visage et cette fois-ci, il se laisse conquérir jusqu'au bout. Je glisse ma langue contre la sienne et elles dansent entre deux mordillements de lèvres. Hermès laisse échapper des grognements sourds qui me font frémir. Je me plaque contre lui et laisse mes doigts dégringoler le long de ses épaules solides. Ses muscles sont tendus et si fermes… Je veux tellement plus, je veux le parcourir entièrement, explorer chaque parcelle de sa peau ! Lui, alors qu'il suçote ma lèvre inférieure, envoie sa main sous ma robe, le long de ma jambe. J'ai un tel frisson que ça le fait sourire. Il enfonce sa paume brûlante jusqu'à la naissance de ma cuisse, provoquant en moi hoquet sur hoquet. Ses doigts frôlent mon intimité à diverses reprises, me coupant le souffle en plein baiser. Je retiens une supplique en me mordant la langue. Il en profite pour plonger dans mon cou et je me raccroche tant bien que mal à sa nuque.

— Oui, Hermès, soupiré-je.

Ça le stoppe d'un coup sans que je m'en rende compte tout de suite. Ce n'est que lorsqu'il me saisit par la taille pour me poser sur le muret que je me réveille. Il se lève et s'éloigne de quelques pas, rongé par une inquiétude nouvelle. Pour ma part, je reste incrédule, la jupe de ma robe à moitié relevée, les lèvres encore douloureuses, une morsure fraîche près de la carotide.

— Quoi ? finis-je par dire, essoufflée.

— Bordel, tu m'excites, lâche-t-il, énervé.

Il finit par me faire face, le masque d'or a envahi la moitié de son visage et deux petites ailes d'argent ont poussé au-dessus de ses oreilles. Sans compter qu'une bosse déforme son pantalon. Un coup de chaud me frappe le visage. Je serre les cuisses pour endiguer le feu qui dévore mon intimité.

— Comment veux-tu que les Enfers croient qu'il ne se passe rien entre toi et moi si j'apparais comme ça ? Si Hadès me voit rentrer avec cette tête, il appliquera la loi sans réfléchir !

Troublée, je balbutie une réponse absurde que j'espère pourtant utile.

— Bah, euh, ça pourrait venir d'une autre ?

Il est bien connu pour ne piocher que dans des divinités.

— Après ce que je viens de lui dire ? doute Hermès en secouant la tête. De toute façon, ça n'arrive qu'avec toi.

Il me laisse pantoise. C'est vrai que ça pourrait être plus discret. Mais ça veut surtout dire que le soir de la fête d'Éros, c'est bien moi et seulement moi qui l'ai mis dans cet état-là, et non pas un rendez-vous qu'il attendait avec impatience. Bon, j'ai plutôt envie de me réjouir, mais il est bien trop embêté par la situation pour que je me le permette.

Et puis zut !

— Je n'ai potentiellement plus que six nuits, ici. Enfin cinq, si je déduis celle-ci. On va attendre le jugement d'Hadès avant d'avoir une chance de se toucher ? Et si je suis condamnée au fleuve Léthé ou à passer cent ans avec Thanatos ? On ne pourra jamais coucher ensemble ?

Je crois que je touche un point sensible. Il croise les bras et acquiesce.

— Laisse-moi réfléchir, dit-il en reprenant place sur le muret mais à bien trois mètres de moi.

— Les Enfers, marmonné-je, frustrée au possible.

Peut-être qu'une idée incroyable va émerger de sa tête ? Tout ce qu'il dit cache un autre sens, non ?

— Pourquoi l'avoir dit à Hadès ? questionné-je alors. Tu avais quel plan en tête ?

— Je n'avais aucun plan en tête, juste envie de dire à mon oncle que tu me plaisais.

On échange un sourire de loin. Moi qui ai toujours ressenti un désir physique réel pour lui, et une complicité vraie par moment, je me rends compte qu'il y a autre chose encore. Un lien bien plus spécial. J'ai connu quelques hommes avec qui je m'entendais bien, mais jamais encore je n'avais ressenti cette *chose* qui est là, entre nous, juste à cet instant.

— Qu'est-ce qui te plaît chez moi ?

— Le fait que tu me poses ce genre de question, répond-il d'un air malin.

— Ce n'est pas une vraie réponse ! m'indigné-je. Cite-m'en au moins trois.

Il me fixe une seconde, alors que son masque d'or s'estompe très lentement.

— Tes yeux.

— C'est trop facile…

— Ils te trahissent toujours mais tu ne t'en rends pas compte, complète-t-il.

Je déglutis.

— L'amour que tu portes à tes sœurs, poursuit-il.

— Vraiment ?

— Je défie quiconque de se mettre en travers de ton chemin dès qu'elles sont concernées. Et en trois, parmi tant d'autres choses qui vont de tes lèvres les plus douces au monde à ton odeur de cerise, il y a ta puissance magique, et l'arrogance sexy qui en découle.

Je n'en finis plus de m'empourprer ! Je baisse les yeux, à la fois gênée et soucieuse.

— Je n'ai pourtant pas fait mes preuves de ce côté-là.

— Détrompe-toi. Zeus t'a vu combattre, il te craint.

Ça me trouble d'autant plus ! J'admire l'air confiant d'Hermès alors qu'il passe ses mains dans ses cheveux, vérifiant si les petites ailes se sont rétractées ou non.

— La première fois que j'ai craqué pour toi, quand j'avais quinze ans, c'est le jour où tu as aidé Panthéa à ramasser ses herbes aromatiques, lui raconté-je à mon tour.

Il a l'air de douter de mes paroles. Pour lui, ce n'était rien de plus qu'un coup de main à une sorcière âgée qui s'occupait de son jardin, mais pour moi, c'était cet homme séduisant, à l'allure impeccable, prêt à se salir les mains pour venir en aide à une femme qui souffrait de ses articulations. Par simple bonté, parce que c'était la chose à faire.

— Tu es plus bienveillant que tu ne veux le montrer, ajouté-je. Je te trouvais canon aussi, hein. Tu as des mains de rêve et puis un cul…

— Circé, me coupe-t-il d'un son rocailleux.

Le masque doré vibre à nouveau alors qu'il était en train de disparaître. Je m'humidifie les lèvres. Je ne m'aide pas, moi non plus.

— Cela dit, à la fin de cet été-là, je t'ai surpris dans les bras d'une nymphe et c'en était terminé de mon attirance.

— Une nymphe, à la Clairière, il y a dix ans, se met-il à réfléchir. Peut-être cette nymphe des rivières très excitante…

Je me raidis d'un coup. Il le fait exprès, il guette d'un œil mon élan de jalousie.

— Tu m'as bien brandi ton Kevin au café, la dernière fois, se défend-il.

Oui, mais j'ignorais bien ce qu'il pouvait ressentir pour moi à cet instant !

— Il ne s'est jamais montré le jour où on devait se rencontrer, dis-je avec nervosité.

— Je l'ai suffisamment secoué pour qu'il ne se pointe pas, grommelle-t-il.

— Quoi ? Tu as quoi ?

— Je suis allé le trouver pour lui expliquer la vie et surtout comment bêtement la perdre, reformule-t-il sans mâcher ses mots.

La sueur froide qui coule le long de mon échine se transforme en bouffée brûlante. Son excès de jalousie me plaît beaucoup trop ! Moi qui étais soulagée de ne pas avoir croisé Kevin… Je sais que c'est mon côté possessif qui jubile, mais pour la forme, je ne retiens pas une mise en garde qu'il accepte avec une pointe d'admiration et d'amusement.

— Ne recommence pas.

— Je tenterai.

Dans tous les cas, parler de Kevin a drastiquement diminué son masque d'or.

On garde le silence un moment.

— Et maintenant ?

— On tâche de ne pas faire de bêtises, répond-il en reprenant la formule de son oncle.

— Tu en es capable, toi ?

— Ne me défie pas, s'amuse-t-il.

Je secoue la tête et me relève, Hermès m'imite.

— Je vais rentrer.

— Je te laisse prendre de l'avance.

On a l'air de deux ados, à se lancer des signes sans avoir vraiment envie de se quitter. Lorsque je finis par m'engager dans la ruelle sans me retourner, je prends mon visage entre mes mains, soufflée par ce que je viens de vivre. Si ce n'est pas le moment le plus intense de ma courte vie, je ne sais plus comment je m'appelle !

Chapitre XVIII

J'ai à peine dormi. Mon cœur bat trop vite.

Boum, boum. Boum, boum. Boum, boum.

C'est le seul bruit qui m'habite. Je suis fébrile depuis ce baiser caressant du verger. Sa main entre mes cuisses me hante.

Je repousse ma couverture et sors du lit. Si les divinités des Enfers peuvent se baigner dans leur bassin d'eau bouillante sans la craindre, elle est beaucoup trop chaude pour moi. Je la tempère d'un doigt trempé et d'un peu de magie avant de pouvoir m'immerger dedans. Je prends un bain rapide. Les produits de Perséphone sont tous à base de fleurs. Je suis sûre qu'elle les fabrique durant les six mois qu'elle passe sur Terre. Son savon au frangipanier est si réussi que j'ai l'impression de porter une couronne de fleurs fraîches et parfumées durant plusieurs heures.

Je sors de l'eau, me tâte devant les robes de Perséphone, m'agace d'hésiter, tout ça parce qu'Hermès est là, prends la longue robe de mousseline rose, peste dessus en me disant que c'est ultra mielleux, soupire en la trouvant quand même beaucoup trop jolie, et parviens enfin à poser le pied hors de ma chambre.

Boum, boum. Boum, boum. Boum, boum.

À partir de maintenant, je peux croiser Hermès n'importe où et n'importe quand. Aucune raison d'être nerveuse, bon sang ! Mais tout ce qu'on s'est dit la nuit dernière me rend fiévreuse. Cinq nuits, il ne me reste que cinq nuits et on n'a pas le droit de se toucher. Ça devrait être comme le dernier repas d'un condamné : au-to-ri-sé !

Je m'arrête devant la salle à manger et jette un œil à l'intérieur : Perséphone et Hadès prennent leur petit-déjeuner, Cerbère à leurs pieds. Hermès n'est pas là. D'habitude, je pars me balader dans la Cité un long moment, mais j'espérais le croiser ce matin.

— Tu te joins à nous ?

Sa voix me fait sursauter. Je pivote, Hermès se tient juste sous mon nez, en chemise blanche et veston gris, le Caducée épinglé près du cœur. Ses cheveux chocolat en bataille, sa barbe naissante, ses yeux clairs… bouffée de chaleur sur bouffée de chaleur !

Boum, boum. Boum, boum. Boum, boum.

Bon sang ! Je suis incapable de prononcer un mot !

— Tu concurrences Perséphone dans son propre palais ? me demande-t-il en passant son index sur le tissu de ma robe, au niveau de l'épaule.

OK. Non, pas avec Hadès juste à côté. Il faut garder la tête froide ! Je repousse sa main avec un regard autoritaire.

— C'est elle qui m'a prêté ses robes.

— Ce n'est pas une raison pour sentir aussi bon, réplique-t-il avec un haussement d'épaules.

— Ne joue pas au plus malin, le préviens-je sans pouvoir retenir un air amusé.

Il recule d'un pas, tout sourire, sans me lâcher. Je me sens dévorée des yeux. Mes mains en deviennent même moites.

— Tu viens ? me lance-t-il en entrant dans la salle à manger.

Je ne sais pas comment il se débrouille, mais en passant près de moi, il me donne une petite tape sur les fesses qui ne m'aide pas du tout ! Je cramoisis. Le goujat ! J'inspire et expire, prends quelques secondes pour calmer les battements de mon cœur et rejoins les dieux attablés.

— Circé, la belle nuit, me salue Perséphone en se servant du thé.

Assise en bout de table, elle rayonne dans son ensemble fuchsia.

— La belle nuit, Perséphone, lui dis-je.

Hadès, installé à son côté, ne m'accorde qu'un regard en coin, occupé à lire les pages d'un dossier, un café fumant devant lui. Il reprend son commentaire à mi-voix à son épouse.

Hermès a pris place en face de lui. Je pensais qu'il ne mangerait rien, mais il a une assiette creuse remplie d'une bouillie dorée : l'Ambroisie, la nourriture des dieux. C'est la seule chose qu'il peut manger ici en toute sécurité.

Je m'assieds à son côté et la faim revient me hanter. Je n'étais jamais entrée dans cette pièce, je ne remarque que maintenant l'impressionnante Corne d'abondance posée contre un mur, sur une desserte, et de laquelle se déversent des fruits et des légumes dès qu'on en prend un. Deux nymphes sont en train d'en remplir des paniers entiers qu'elles distribuent aux habitants des Enfers. J'ai déjà aperçu des divinités quitter le palais avec leur part sous le bras.

— Hé ! Cerby !

Hermès baisse les yeux : Cerbère vient de se poser entre nous, tourné face au dieu messager, les trois têtes droites, des grognements peu aimables au fond des gorges.

— Tu as l'air en colère, constate Hermès.

— Peut-être parce que tu n'es pas venu le voir en cent ans et que tu ne lui as pas assez accordé d'attention au mariage d'Ella et Deimos, explique Hadès en refermant son dossier.

— Du bacon et il va changer d'avis, assure Hermès en attrapant une tranche de viande grillée pour l'agiter sous les museaux. Allez, la gauche a toujours eu un faible pour moi !

Les trois têtes demeurent stoïques quelques secondes avant que celle de gauche, en effet, ne craque, attrape le bacon et n'en fasse qu'une bouchée. Les deux autres se redressent, scandalisées alors que la traîtresse se pose sur le genou d'Hermès.

— Tu vois que tu m'aimes, Cerby.

Les grognements redoublent.

— À trente-trois pour cent, ajoute vite Hermès.

— Il est devenu très proche de Thanatos, explique Perséphone en tartinant une brioche beurrée de confiture à la rose avant de la planter dans la bouche de son époux.

Puis elle s'accoude le plus près possible d'Hadès et papillonne.

— Elle est bonne, hein ?

Le roi prend le temps de mâcher mais ne cache pas qu'il est sous le charme, quoi qu'il en soit. De la confiture, oui, mais surtout de sa femme.

— Délicieuse.

— Une recette de maman, précise Perséphone.

Hadès se fige et son sourire s'affaisse un peu. La reine chasse les deux ou trois miettes du coin de sa bouche tout en lui frottant l'épaule. Elle se tourne vers moi avec un sourire explicatif.

— Je le prépare aux retrouvailles avec ma mère.

— Aux dernières nouvelles, Déméter avait hâte de te revoir, Hadès, confirme Hermès, amusé. Comme *toujours*.

Il appuie bien sûr le « toujours » qu'il adresse à son oncle sur un ton revanchard.

— Pourquoi elle ne part pas en croisière pendant six mois ? ronchonne Hadès en détournant ses yeux impatients de son neveu.

— Amour, tu entends ce que tu dis ? reprend Perséphone en tapotant sa main. Ma mère, sur un bateau ?

Je me mords la langue pour ne pas rire. Déméter, déesse fertile de la terre et des cultures, est bien la dernière des déesses à avoir envie de naviguer !

— Oui, confirme Hadès. Les humains fabriquent des sortes d'immenses paquebots qui font le tour de la Méditerranée et qui coulent *très* lentement.

— Ne dis rien que tu pourrais regretter, prévient Perséphone.

Hadès s'incline, il attire les doigts de son épouse jusqu'à ses lèvres pour un baisemain d'une classe folle. Perséphone glousse et moi, je fonds. Est-ce qu'il y a un couple plus adorable qu'eux ? À part Ella et Deimos ? Je jette un œil sur mon voisin et remarque son sourire touché par la scène. Un vrai beau sourire attendri qui serre mon cœur. Est-ce qu'il a envie de ça, lui aussi ?

— Alors, quels sont vos projets aujourd'hui ? demande la reine en nous regardant, Hermès et moi.

Je n'ose pas espérer d'intimité avec Hermès, alors je réponds ce que je ferais s'il n'était pas là, afin de tâter le terrain.

— Je dois rendre la robe de Némésis et visiter le quartier des tisserands dans l'après-midi, je pense.

— Je vais t'y accompagner, se propose immédiatement Hermès.

Oh oui, du temps seuls !

— En fait, vous y allez ce matin, décrète Hadès. Thanatos ne va pas tarder.

Il impose un court silence.

— Pourquoi Thanatos ? conteste Hermès. Je connais très bien la Cité.

— Pour vous chaperonner, affirme Hadès sans pincettes.

— Je suis outré par ton manque de confiance, proteste le dieu messager avec grandiloquence. Est-ce que j'ai déjà bafoué ta confiance, mon oncle ?

Même moi, je n'aurais pas osé ! Si je suis soufflée par son audace, le roi affiche un air à mi-chemin entre la critique et l'impatience.

— À ton avis, pourquoi Cerbère est là, entre vous deux ? finit par rétorquer Hadès.

— Parce que je lui manquais, dit Hermès avec un sarcasme marqué. Du moins, c'est ce que j'espérais.

La tête de gauche se baisse, penaude, tandis que les deux autres soutiennent son regard désappointé. Hadès se lève pour se mettre au travail, il prend le temps d'ajouter sur un ton malin :

— Il sera à votre disposition jour *et* nuit.

L'avertissement est clair. Je me retiens de râler, mais je n'en pense pas moins. Je me lève de table à mon tour pour aller chercher la robe de Némésis. Lorsque je débarque dans la salle du trône, Thanatos et Hermès sont déjà réunis et guettent mon arrivée. Je sais déjà que la matinée sera longue. Leurs expressions contenues laissent entrevoir la menace qu'ils ressentent l'un vis-à-vis de l'autre et je n'ai vraiment pas envie de me retrouver au milieu d'eux comme un trophée à remporter.

Autant le dire, j'y vais à reculons.

*

— Comment s'est passée l'excursion ?

Perséphone reste pendue à mes lèvres. Je crois que ma situation l'intrigue, pour ne pas dire « l'amuse ». C'est sûr que deux dieux qui se disputent une ombre, doublé d'un cas Orphée, ça n'arrive pas tous les jours aux Enfers.

— Hum, bien, dis-je, incertaine.

C'est presque vrai. Je lui raconte une version abrégée. À l'évidence, les tensions étaient là, cependant ils ont eu le tact de les contenir un maximum. J'ai tout fait pour ne prendre aucun parti : ne pas donner de faux espoirs à Thanatos qui s'est cassé la tête pour me distraire, et ne pas titiller Hermès pour ne surtout pas tomber dans le flirt. On y a passé la journée. Je ne ressens pas de fatigue physique, mais la fatigue mentale m'a rattrapée et je me suis affalée dans le canapé du salon d'Hadès et de Perséphone pour ne plus en bouger. La déesse du printemps a pris place près de moi, regrettant de ne pas m'avoir croisée comme tous les derniers jours passés.

Hadès, Hermès et Thanatos ont sorti un vieux billard acheté à Louis XIV par les soins du dieu du commerce pour le dieu des Enfers. Ils l'ont bien évidemment arnaqué puisque le roi français se prenait pour Apollon et qu'aucun des deux n'a supporté une telle arrogance. Ça, c'est la version officielle. La version officieuse selon Perséphone, c'est qu'Hermès a roulé l'humain seulement pour embêter Apollon.

Donc, on les regarde s'agiter pour faire passer une boule à l'aide d'une crosse à travers un arceau et faire tomber une quille.

— Je peux te poser une question ? demandé-je, alors que la reine et le roi échangent des clins d'œil de loin.

— Oui, bien sûr.

Je baisse la voix.

— Hadès t'a vraiment enlevée ?

Perséphone éclate d'un rire modéré, comme si on lui avait posé mille fois la question et que ça l'amusait encore.

— Non, Hadès ne m'a pas enlevée. Après qu'il a hérité des Enfers, il s'est souvent promené à la surface de la Terre parce que ça lui manquait. Il portait la kunée à chaque fois pour passer inaperçu.

— Pourquoi ?

— Pour ne pas montrer qu'il avait du mal à s'habituer au monde souterrain. La kunée permet d'être invisible même aux yeux des divinités susceptibles de te voir, c'est plus fort qu'un sort d'invisibilité. Bref. Hadès s'est attardé plusieurs fois en Sicile et il a fini par croiser ma route.

— Il ne t'a pas matée à ton insu ? douté-je avec perplexité.

— Je l'ai d'abord cru, évidemment, répond Perséphone. Mais quand il s'est dévoilé, je ne sais pas… je l'ai cru.

Elle devient dorée tant elle « rougit ».

— On s'est vus de nombreuses fois, en secret, jusqu'à ce que ma mère, Déméter, tombe sur lui un jour. Je ne te raconte pas le drame ! C'était un refus catégorique de sa part. On a dû faire encore plus attention pour se voir. Et puis, j'ai demandé à Hadès de m'emmener aux Enfers, je voulais voir comment il vivait. J'ai passé plusieurs semaines avec lui ici, on ne voyait plus le temps passer.

Elle se mordille la lèvre, confuse par le souvenir de leur fugue.

— Et pendant ce temps-là, ma mère a débarqué sur l'Olympe en arguant qu'Hadès m'avait enlevée et qu'il me retenait aux Enfers contre ma volonté. Comme personne ne descend jusqu'ici, Hermès a été envoyé pour parlementer avec Hadès. C'était l'un de ses premiers jobs, il était tout jeune.

Je souris en essayant d'imaginer un Hermès adolescent. Tout mon ventre se réchauffe d'attendrissement.

— Qu'est-ce qui s'est passé ensuite ? demandé-je, impatiente.

— On lui a expliqué la situation et il nous a assuré que ma mère ne céderait pas. Elle sabotait les récoltes, les humains grondaient et Zeus s'impatientait. Alors Hermès a eu une idée : il suffisait que je mange une grenade aux Enfers pour y être rattachée, Déméter me réclamerait quoi qu'il en soit à Zeus et le maître de l'Olympe serait obligé de couper la poire en deux pour contenter les deux partis.

C'est donc grâce à Hermès que Perséphone est ici, avec Hadès. Je comprends mieux la dynamique entre l'oncle et le neveu : le premier ne peut pas en vouloir au second pour son comportement ou ses écarts, il ne peut qu'essayer de les limiter. En même temps, Hermès respecte la loi de son oncle le plus possible, et ce dernier apprécie l'effort. Ils s'aiment bien, tous les deux. Ils se chamaillent pour la forme.

— Ma mère a tant clamé autour d'elle que j'avais été soustraite contre ma volonté que l'histoire n'a retenu que cela.

Pour ma part, j'ai l'impression d'avoir subi un enlèvement. On m'a arrachée à ma vie et à mon futur.

— Vous parlez de moi ?

Hermès s'avachit à côté de moi.

On m'a aussi arrachée à lui et à un possible bonheur.

— Figure-toi que oui, s'amuse Perséphone.

— En bien, j'espère ?

— À ton avis ? lui dis-je en le fixant droit dans les yeux.

Il s'accoude sur le dossier de la banquette et plonge dans mon regard. OK. On va jouer à qui se détourne en premier ? Hermès garde son air concentré et inquisiteur, je tente la même prouesse, mais sa présence si proche sans possibilité de le toucher me fout en l'air. Pas assez de baisers et beaucoup trop peu de caresses, bon sang !

« Tes yeux te trahissent toujours mais tu ne t'en rends pas compte. » Ses paroles me frappent à l'instant même où il lâche un sourire en coin d'un charme absolu. Le genre qui me dit tout de suite : « Je sais, je suis d'accord, pas assez de baisers et trop peu de caresses. »

Hermès rompt notre contact visuel pour se tourner vers Perséphone.

— Tu n'avais pas promis à Circé de l'accompagner aux bains du palais ?

— Oh là là, si ! C'est prévu avant la fête du printemps, mais l'organisation me prend tout mon temps ! s'en veut la reine.

C'est tout ce qu'il a à dire après notre face-à-face ? Je suis la seule à penser que c'en est assez de cette attente ? D'abord découragée, je me lève. En fait, non, je refuse. Il est temps de déjouer la surveillance d'Hadès.

— Je vais me coucher, dis-je en saluant tout le monde dans le salon, Thanatos y compris.

J'esquive l'air intrigué d'Hermès et me rends dans ma chambre. Première phase : attendre. J'enfile ma chemise de nuit et m'allonge sur mon lit. La nuit doit tomber, et même après ça, je ne dois plus entendre les pas des nymphes qui se déplacent encore dans les couloirs. J'attends un grand moment, déterminée.

Boum, boum. Boum, boum. Boum, boum.

Seconde phase : m'extraire de ma chambre sans me faire remarquer. Je commence par faire semblant de dormir sur le lit et laisser une projection à ma place. Je me relève après mon sort, un double de moi est assoupi sous la couverture, l'illusion est parfaite. Il ne me reste plus qu'à me rendre invisible pour parcourir le palais et à trouver où se situe la chambre d'Hermès.

— *Conduis-moi jusqu'à lui, guide mes pas dans la nuit.*

Je pousse doucement la porte et la referme. Le chemin me semble évident, je sais d'instinct où je dois aller. Quelques pas plus tard, je tombe sur Cerbère, endormi en plein milieu du couloir. Il va aussi falloir jouer les acrobates pour passer entre ses pattes sans lui faire sentir ma présence. Je me crois à l'abri dès que je le dépasse et voilà que l'une de ses têtes se dresse soudain ! Je me plaque bien inutilement contre le mur. Cerbère observe les lieux et je me rends compte que c'est la tête gauche qui se plante dans ma direction avec hésitation. Elle doit me percevoir sans me voir. Je fais un pas sur le côté, elle ne bronche pas. Elle se repose sur une patte et ferme les yeux.

Par Hécate, j'ai eu chaud ! Ça va qu'Hermès s'est réconcilié avec un tiers du chien des Enfers ! J'accélère, mais mon cœur bat à toute vitesse. J'ai l'impression de semer de la peur derrière moi. Dès que j'arrive devant la porte qui m'est destinée, je l'ouvre sans attendre et la plaque derrière moi, soulagée.

— Circé ?

Hermès s'est redressé sur son lit. Seule une vasque de feu éclaire la pièce plongée dans une obscurité profonde. La lumière rouge et jaune des flammes danse sur le torse mat du dieu. Il n'a qu'un drap sur lui, ramené contre son abdomen.

Boum, boum. Boum, boum. Boum, boum.

Je déglutis. Je n'ai jamais désiré quelqu'un comme je le veux, *lui*. Je retire mon invisibilité et lui accorde un geste nerveux de la main. Je guette un refus de sa part, mais il me sourit en secouant la tête.

— Qu'est-ce que tu fais là ?

Je m'avance et m'agenouille sur le lit, près de lui.

— Je me baladais pour m'occuper l'esprit, réponds-je d'un air malin.

— Mmh. Avec une idée derrière la tête ?

J'ai *beaucoup* d'idées derrière la tête. Tous mes sens sont en éveil : son odeur de bergamote poivrée, le goût de ses lèvres à peine entraperçu, les muscles bien dessinés de ses épaules et de ses pectoraux sous mes yeux, le son léger de son souffle qui accélère discrètement, la douceur du drap qui s'enroule autour de sa taille…

— Tu as l'esprit mal tourné, prétexté-je, la voix cassée.

Ma nervosité a atteint un pic !

— Je suis là parce que j'ai une question pour mon psychopompe.

Il n'est vraiment pas dupe, ça se voit à son air à la fois séduit et prudent.

— Je t'écoute.

Sa voix est du miel ! Chaleureuse et rocailleuse à souhait. Je m'éclaircis la gorge en inspirant profondément.

— Je voulais savoir quelle était la limite de nos contacts. Par exemple, si je fais ça…

Je pose une main tremblante sur son poignet. Sa peau est brûlante !

— Ça n'a rien de provocant, c'est donc qu'on peut se toucher comme ça, non ?

— Je dirais que ça dépend de ton intention, grogne-t-il.

Il se rapproche de moi, je le relâche.

— Si je fais ça…

Hermès glisse la paume de sa main sur ma joue, son pouce frôlant mes lèvres. C'est un rappel à notre premier baiser dans la verrière qui me tord de l'intérieur.

— C'est interdit, finit-il par dire sans toutefois se retirer.

— Pour une main sur la joue ? bredouillé-je.

— Pour tout le désir que le geste contient, corrige-t-il.

Ses yeux sont envahis d'or dès qu'ils prononcent ces mots. Il niche ses lèvres dans mon cou, me provoquant un violent frisson, et dépose un baiser sur ma peau.

— Ça, c'est très interdit.

Son autre main se plante sur mes fesses et s'y accroche. Un hoquet me saisit.

— Et ça, c'est condamnable sans procès. J'ajouterai que le fait que tu ne portes pas de culotte nous mènerait directement au châtiment.

Je me pends à son cou, cédant à ma soif de lui.

— S'il te plaît, tais-toi ! lui dis-je avant de l'embrasser.

Il me ramène contre lui d'un mouvement sec qui fait encore grimper la tension. Ses lèvres, bon sang ! Son corps chaud ! Je veux l'entraîner avec moi sur le lit mais je m'y retrouve seule, bousculée d'un coup et enfouie sous le drap. La porte de sa chambre s'ouvre pile à cet instant et j'entends les pas de verre sur le sol. Une nymphe d'une quelconque pierre précieuse vient de surgir, je me tasse contre la jambe d'Hermès.

— J'apporte du thé, annonce-t-elle en posant un plateau sur le lit.

— Merci beaucoup, répond poliment Hermès.

Est-ce qu'elle va remarquer qu'il est essoufflé ? Moi, je ne perçois que ça ! Et d'ailleurs, un silence prend place.

— Qu'est-ce qu'ils ont, tes yeux ? questionne la nymphe.

— Rien, c'est la fatigue, répond le dieu sur un ton des plus naturels.

— Oh. D'accord.

Elle semble perplexe mais finit par sortir en souhaitant une belle nuit. La peur me martèle encore les tempes et je n'ose pas bouger. Hermès soulève le drap et soupire, embêté.

— Fini les bêtises pour ce soir, décrète-t-il en attrapant ma main.

Il nous téléporte dans ma chambre et me lâche sur le lit avant de me tourner le dos, entièrement nu. Et par Hécate, quel verso !

— J'ai un plan, m'assure-t-il. Il faut juste que tout soit réuni pour.

Je soupire en effaçant mon double.

— Et tu commandes des nymphes au beau milieu de la nuit ? grommelé-je, agacée par mon échec et jalouse comme jamais.

— Bien sûr que non, c'est mon oncle qui envoie une sentinelle.

Mais c'est pas possible !

— Je dois partir, au cas où, enchaîne-t-il en jetant un œil sur moi par-dessus son épaule. Je sais que tu as du mal à me résister, mais il va falloir que tu te contiennes, Circé. Cela dit, tu as parfaitement le droit de penser à moi pour te toucher.

Un clin d'œil d'or complice et il s'évapore. Je tombe en arrière en gémissant.

— Mais c'est déjà ce que je fais, idiot d'Hermès beaucoup trop canon…

Chapitre XIX

Plus que deux nuits. La fête du printemps est demain soir.

On a passé plusieurs nuits et plusieurs jours à se croiser, à flirter à distance, à se frôler dangereusement sans avoir une occasion d'aller plus loin. Je n'en peux tellement plus que j'ai hâte d'en finir. Si Hadès décide de me donner à Thanatos, je garderai pendant cent ans le souvenir douloureux d'une histoire incomplète avec Hermès. Et comme à chaque fois que j'en arrive à cette pensée, je suis décidée à choisir le fleuve Léthé et l'oubli. Car même après ces cent années infernales, je finirai aux Champs Élysées, avec une éternité devant moi pour me souvenir d'Hermès sans plus jamais le revoir. J'en ai des crampes à l'estomac rien qu'en y songeant.

Plus tôt dans l'après-midi, Perséphone a insisté pour que je vienne avec elle aux fameux bains du palais, un temps mort s'amorçant enfin dans son planning. J'ai donc faussé compagnie à mes guides en fin de journée pour rejoindre la reine des Enfers. Thanatos m'a fait un topo sur les bienfaits des eaux infernales pleines de soufre – ce qui est plutôt étrange puisque je suis une ombre, aucun bienfait n'a d'incidence sur moi. Quant à Hermès, il s'est contenté de me dire qu'il en profiterait lui aussi de son côté, les thermes d'Hadès et de Perséphone étant réputés.

Maintenant que j'y suis, je suis assez perplexe. J'aurais cru que ces bains du palais seraient plus flamboyants que cela. On dirait une immense grotte aménagée : des bassins ont été taillés dans la roche sombre, avec des marches pour s'asseoir et différentes profondeurs. Des alcôves que l'on peut fermer d'un rideau, accueillent des banquettes pour s'allonger et profiter des vapeurs ambiantes. Mais esthétiquement parlant, ce n'est pas ça.

— Je les trouve sinistres, me dit même Perséphone, assise près de moi dans une longue piscine fumante.

On est nues, installées de son côté des bains, là où elle reçoit sa propre cour. Derrière le portique à colonnes, sans réelle séparation, il y a celui d'Hadès. Même s'ils ont tous les deux un petit bain privé pour leurs amours.

— Pourquoi ne pas avoir mis des mosaïques ou des peintures, comme au palais ?

— Pour conserver le naturel de la grotte. Tout est déjà du trompe-l'œil dans le palais, je ne souhaitais pas en rajouter ici.

Une nymphe de cristal s'approche de nous et nous tend une panière pleine d'éponges et savons. Il règne un chaleureux brouhaha autour de nous. Des déesses ailées et des nymphes infernales sont elles aussi plongées dans le bassin, se délassant aux côtés de leur reine sans aucun complexe. Je ne pense pas avoir déjà vu autant de corps nus d'un coup.

— Tu ne peux faire pousser aucune plante ni aucune fleur ? demandé-je en songeant à la feuille de *Philodendron giganteum* qui avait tant étonné autour d'elle.

— Si, bien sûr, mais aucune ne survit.

Elle tend la main et fait apparaître un nénuphar blanc magnifique qui, à peine éclos, fane et disparaît.

— Je n'ai que l'étincelle créatrice, regrette la déesse aux yeux verts. Rien ne pousse aux Enfers, à part les grenadiers.

— Peux-tu m'en refaire un ?

Elle s'exécute et, tandis que la fleur se forme, j'appose mes mains au-dessus.

— *Demeure éternelle et bonne dans la maison de Perséphone.*

On s'écarte au même moment, le nénuphar s'épanouit sans s'évaporer. Il attire aussitôt tous les regards et on s'ébahit devant le prodige, Perséphone la première. Je sens sa main sur mon bras et son excitation fait pétiller son regard.

— Il faut absolument que tu m'aides à fleurir ces bains, insiste-t-elle. Si j'en fais apparaître beaucoup, tu sauras élargir le champ d'action de son sort ?

Je hoche la tête, amusée par la joie si candide de la déesse. Perséphone ferme les yeux et une flopée de boutons de fleurs de lotus et de nénuphars s'éparpillent sur le bassin. Des passiflores et des volubilis violets grimpent aux parois de la grotte et s'enroulent autour des stalactites et des colonnes du portique.

Je concentre toute ma magie dans le même sort que le premier, en l'étendant tout autour de moi. La déesse du printemps vit six mois par an dans une simulation de nature depuis bien trop longtemps. Elle mérite des fleurs impérissables. Toutes les déesses et les nymphes s'extasient devant le spectacle. Des regards curieux provenant de nos voisins de bain furètent de notre côté. Perséphone jubile et explique à ses voisines quelles fleurs elle a spécifiquement choisies. J'en profite pour me frotter avec l'éponge, un peu plus à l'aise à présent que tous les regards sont occupés.

Je suis contente de mon sort, mais je ne pense qu'à Hermès.

Boum, boum. Boum, boum. Boum, boum.

— Iris ! Tu t'es libérée, se réjouit soudain la reine des Enfers.

Je lève les yeux, surprise de voir la messagère d'Héra apparaître, elle aussi nue.

— La belle nuit, dame Perséphone, souhaite la déesse arc-en-ciel en entrant dans le bain.

Elle est donc en mission officielle pour Héra ?

— Regarde le prodige que nous devons à Circé, invite Perséphone, son enthousiasme ne semblant pas trouver de fin.

Iris m'accorde un clin d'œil tout en commentant avec politesse la nouvelle décoration des bains. Sa présence m'intrigue vraiment. Si elle est là, en mission, alors quelle est la place d'Hermès ? Il y a deux envoyés à partir de maintenant ? Iris a convaincu Zeus de la prendre à son service ? C'était une idée d'Athéna, évoquée au Siège alors que j'explorais le dernier étage.

— Quelles sont les nouvelles ? s'enquiert Perséphone. Raconte-nous tout.

La déesse du printemps me surprend. Je commence à comprendre pourquoi on se retrouve toutes les trois ici et maintenant, dans ses bains : Hadès n'est pas présent. Je ne pense pas que Perséphone lui cache beaucoup de choses, mais elle semble vouloir garder certaines conversations pour elle et les personnes qu'elle choisit.

— Le Siège est encore secoué par la colère de Zeus, raconte Iris. Il prend la fuite d'Hermès comme une trahison.

— Qu'est-ce que ça implique ? m'inquiété-je, la boule au ventre.

Iris grimace.

— Rien de bon pour Hermès. Les traîtres finissent au Tartare.

Je jette un regard effaré à la reine des Enfers.

— Hermès a invoqué le droit d'asile et Hadès le lui a accordé, indique Perséphone.

— Gardez-le à l'œil, conseille Iris. Cela dit, tous les Olympiens n'approuvent pas la colère de Zeus. Après tout, Hermès n'a fait que son travail de psychopompe. Et de diplomate en accompagnant l'ombre d'une future guide des sorcières.

Iris n'a pas l'air au courant du « cas Orphée » que déplore Hadès. Perséphone et moi échangeons un regard sans trahir ce qu'il en est.

— Dame Héra a également surpris Zeus en train de recevoir des messages des Enfers, déclare Iris.

— Comment a-t-elle pu savoir d'où ils venaient ? m'étonné-je.

Je ravale bien vite mon ton que je n'espère pas impertinent.

— Elle a remarqué des cartes postales que l'on ne trouve qu'ici, me précise Iris sans se montrer offensée.

— Et est-ce qu'elle sait qui est l'expéditeur ? demande Perséphone.

— Ce n'est pas Hadès ? supposé-je, intriguée.

— Non, Hadès et Zeus n'échangent jamais de capsules, précise la reine des Enfers. Hadès est passé lui-même au Siège pour exiger une explication sur l'inspection surprise d'Hermès.

J'acquiesce. Qui peut bien échanger des messages avec Zeus ici et à quel sujet ? Il faut absolument que j'enquête. Il y a des stations de tubes pneumatiques au palais et au bureau de poste, je peux guetter les allées et venues demain.

Iris en a terminé avec les nouvelles et interroge Perséphone sur celles des Enfers. On se met donc à discuter de la fête du printemps et de choses et d'autres sans plus aborder l'affaire Hermès.

*

Peu à peu, le bassin se vide et je décide de rester jusqu'à être la dernière personne présente. J'ai une intuition depuis tout à l'heure. « J'en profiterai moi aussi de mon côté » m'a confié Hermès. J'espère qu'il est encore là. Je balaie l'impression que je me fais à moi-même : une obsédée qui furète autour d'un dieu sexy. Lorsque les deux dernières nymphes me saluent d'un signe de la main, je scrute chaque recoin des bains, à la recherche de retardataires.

Cette fois, je suis véritablement seule. Je nage jusqu'au bout du bassin et me hisse hors de l'eau pour me plaquer derrière une colonne du portique séparant les deux espaces. Le côté d'Hadès est plongé dans le silence depuis un bon moment puisque le roi des Enfers n'est pas descendu en même temps que son épouse. Je jette un œil et ne croise aucune silhouette parmi les brumes ambiantes, sauf celle que j'espérais.

Hermès est seul, installé dans l'eau, le dos appuyé contre le bassin. Sa peau pleine de reflets dorés, ses pectoraux saillants, sa peau sillonnée de perles de sueur, son abdomen qui plonge dans l'eau, ses grands bras étendus le long du rebord… tout m'en met plein la vue.

Boum, boum. Boum, boum. Boum, boum.

J'attrape une éponge et un savon et, sur la pointe des pieds, je passe sous le portique, longe le bassin d'Hadès et entre dans l'eau chaude, près d'Hermès qui finit par remarquer ma présence alors que je m'immerge jusqu'au cou. J'enchaîne les coups de chaud alors qu'il ne semble pas plus surpris que cela, confirmant mon intuition de départ.

— Voyons, fait-il mine de réfléchir. Nous sommes sous le palais du roi et de la reine des Enfers, à l'écart de tous, et tu débarques dans les bains d'Hadès, complètement nue. C'est ce qu'on appelle jouer avec le feu, non ?

— Encore une fois, tu as l'esprit mal tourné, affirmé-je avant de brandir savon et éponge. Je suis seulement venue te proposer de te frotter le dos.

— Me frotter le dos, répète-t-il d'un ton perplexe, en faisant planer le doute.

— C'est bien pour ça que tu as relancé Perséphone sur son invitation aux bains, non ?

Il a l'un de ses sourires suaves à souhait et de l'or au fond des yeux. Là, il me confirme que c'était bien son plan ! Mais il ne s'avoue pas tout à fait vaincu.

— J'espérais que tu lirais entre les lignes, mais j'avais autre chose en tête.

Je le savais bien que sa présence ici n'était pas anodine.

— Je sais lire entre les tiennes, lui dis-je en souriant à mon tour, pressant l'éponge entre mes mains, prête à la balancer derrière moi pour passer aux choses sérieuses.

— Tu es bien la seule, m'affirme-t-il avec une lueur malicieuse dans les yeux. Cela dit, je ne suis pas contre ton idée, ajoute-t-il avec défi tout en se retournant pour croiser les bras sur le rebord.

Il m'offre son dos spectaculaire, où tous ses muscles roulent sous sa divine peau. Je déglutis, imprègne mon éponge du savon à l'huile d'olive et la pose délicatement sur sa nuque. Sans compter l'eau, je crois que c'est le préliminaire le plus bouillant de toute ma vie. Je longe son échine, m'écarte sur les omoplates et tombe vite à la naissance de ses fesses rebondies.

J'aimerais vraiment qu'on concrétise notre attirance sans être à nouveau séparés.

— Tu crois qu'on est plus à l'abri ici ? m'empressé-je de demander.

— Les divinités infernales ne viennent pas aux bains d'elles-mêmes. Elles accompagnent Hadès et Perséphone, s'y attardent parfois, mais ne tentent pas seules.

Il a une voix éraillée qui me fait vibrer… J'abandonne mon éponge et me rapproche de lui en tremblant. Je l'enlace et me blottis tout contre lui, comblant un premier désir : celui d'imprégner ma peau de la sienne, de froisser ma poitrine sur son corps magnifique. Je l'entends ouvrir la bouche pour faire le plein d'oxygène. Il se tend et se décroche du rebord. Ses deux petites ailes argentées réapparaissent au-dessus de ses oreilles et je fais remonter une main timide jusqu'à sa nuque avant d'arrêter ma caresse.

— Je peux ?

— Bien sûr.

Mes doigts plongent dans ses cheveux humides et lissent doucement les plumes. Quelle surprise ! Je m'attendais à sentir du métal froid et rigide, mais il s'agit de véritables plumes en argent, souples et douillettes. Hermès ploie la tête et j'aperçois son mince sourire alors que le masque d'or a repris toute sa place.

— Ça te plaît ? m'amusé-je.

— C'est très sensible, comme les oreilles.

Curieuse, j'encadre ses hanches de mes jambes et libère mes mains pour qu'elles caressent ses ailes et ses cheveux, m'occupant de mordiller son lobe d'oreille à l'occasion. Il frissonne, laisse échapper un rire et s'empare de mes genoux d'un geste puissant, me plaquant contre lui.

— Oh Circé…

J'adore l'entendre prononcer mon prénom ! Moi qui ai toujours eu l'impression d'avoir un nom impersonnel, il prend tout son sens dans sa bouche. Je glisse mes mains sur son torse et garde la pointe de son oreille entre mes dents avant de chuter à la naissance de son cou. Je l'entends grogner de contentement alors que ma cible change. Je dépose une guirlande de baisers et de morsures sur son épaule puis dans son dos, à mesure que je retombe sur mes pieds. Il est forcé de lâcher mes genoux mais il le fait clairement à contrecœur.

— Tu ne perds rien pour attendre, gronde-t-il.

Impossible de m'arrêter, je n'en fais qu'à ma tête. J'aime trop le goût salé de sa peau, l'odeur des bains ne m'atteint même plus, il n'y a que celle d'Hermès. Il me laisse de toute façon mener la barque et toute sa peau frissonne, sa respiration s'emballe et les sons gutturaux qu'il émet ne font que m'exciter davantage. Mes mains suivent les lignes dures de ses abdominaux et s'arrêtent sur l'aine.

— Je peux ?

— Je t'appartiens… souffle-t-il.

Prise d'un hoquet, je plante mes crocs dans son bras tout en attrapant son membre dans ma main. Il est déjà dur mais ma seule caresse le gonfle encore. La peau si douce et fine de son sexe m'arrache un gémissement de plaisir.

— J'ai si hâte, tellement envie de toi, parviens-je à dire dans un gémissement.

Toute mon intimité s'engorge, je suis convaincue de pouvoir jouir plusieurs fois d'affilée, au point en j'en suis. Hermès s'affaisse en arrière, contre moi, et cherche mes lèvres. Je l'embrasse sans relâcher mon va-et-vient. Ses baisers sont si intenses, à la fois lents et combatifs. J'en ai des papillons plein le ventre.

Il finit par retirer ma main pour pouvoir se tourner vers moi. Il affiche alors un tel sourire revanchard que je tressaille des orteils à la tête ! Il m'attire à lui, me soulève, j'enroule mes jambes autour de sa taille et reprends ses lèvres. Ce corps-à-corps rend nos gestes fiévreux, désordonnés. Il me dépose sur le rebord sur bassin, et me contemple, le regard doré de désir. Je me rends alors compte combien ma peau a rougi sous la chaleur et mes seins ont durci à force de s'être frottés contre lui. Je comprends aussi que je suis entièrement livrée à son regard. Je pourrais me sentir gênée, mais je suis vraiment au-delà. Et j'éprouve une telle confiance en lui que ça me va. Il me sourit, ses mains remontant mes cuisses.

— J'ai ton consentement ? s'assure-t-il.

— Oui, acquiescé-je, le cœur cognant rudement ma poitrine.

Mes jambes se retrouvent sur ses épaules, l'intérieur de mes cuisses se presse contre ses joues mal rasées, envoyant des frissons partout dans mon corps. Les mains d'Hermès me ramènent au plus près de sa bouche avant de se lancer en expédition sur mon ventre. Le premier baiser qu'il dépose sur mes petites lèvres me fait sangloter tant je suis fébrile. Sa langue trace un sillon entre elles jusqu'à mon clitoris qu'il lèche avec une lenteur ravageuse. Il répète ses caresses et ses baisers, me forçant à tendre les bras derrière moi pour me cambrer et lui offrir un meilleur accès.

J'ai besoin d'air, les vapeurs des bains sont étouffantes et j'ai la tête qui tourne. Je me tends et me détends plusieurs fois, tente d'endiguer vainement des gémissements, de peur qu'on nous entende, mais je dois reconnaître que je me fous qu'on soit découverts. Lorsqu'il enfonce un doigt en moi, mes bras cèdent. Je me retrouve allongée sur la pierre chaude de la grotte. Je ne sais pas ce qu'il fait avec ses dents, sa langue et mon bouton de chair, mais c'est radical, je me cambre et halète de plaisir. Son deuxième doigt me fait vriller.

— Hermès ! m'exclamé-je en me redressant pour plonger mes mains dans ses cheveux. Attends !

Il peine à me relâcher et ne peut s'empêcher de déposer des baisers sur mes cuisses en se redressant. Le spectacle me foudroie. Un bandeau d'or lisse recouvre la moitié de son visage, ses yeux sont deux billes de métal à la couleur chaude et brillante. Des stries tombent le long de ses joues jusque dans son cou. Sa bouche reste d'un rose sombre, entrouverte et volontaire.

Il se hisse hors du bain, je recule, et il s'allonge sur moi, m'enflammant davantage. Tous ses muscles bandés, sa peau saisissante et assombrie, son visage transformé, tout est fascinant chez lui ! Il écarte mes jambes et je sens son membre palpiter contre le mien.

— Ça va ? me demande-t-il de sa voix de contrebasse. Tu es prête ?

Je l'embrasse avant de répondre des « oui, oui, oui » impatients. Il guide son sexe à l'entrée du mien et me pénètre avec douceur. Il est si impressionnant que je jure à voix haute.

— Par tous les dieux !

Ça fait rire mon amant divin qui se retire et revient, d'abord lentement, puis à un rythme plus poussé.

Je m'habitue à lui, mes jambes se nouant autour de lui. Il roule les pointes de mes seins dans ses mains sans quitter ma bouche. Je plonge mes ongles dans la chair ferme de ses fesses, il me mord le cou en représailles. Une réaction parfaite ! C'est délicieux, le missionnaire, oui, surtout pour se découvrir, mais vu mon état d'excitation, on va s'emballer bien trop vite et je veux le sentir d'une manière plus corsée.

— Hermès !

Dans le feu de l'action, il m'offre un coup de reins qui m'arrache une nouvelle plainte avant de se retirer. Embrouillée, je tente de rassembler mes idées.

— Ça va ? s'inquiète-t-il.

— Oui, oui, dis-je en souriant. Ça fait si longtemps que j'attendais ça…

Il sourit comme un démon.

— Moi aussi, ma douce, me dit-il de sa voix rocailleuse. Je lis dans tes yeux comme dans un livre ouvert, tu veux mener ?

Bon sang, même plus besoin de mots ! Je hoche la tête en me sentant bouillir davantage. Il se relève et, à le voir à genoux au-dessus de moi, dans toute sa puissance, ça éveille pléthore de fantasmes tous plus fous les uns que les autres.

— Tu as envie de quoi, Circé ? Dis-moi.

Je me mords la lèvre et espère ne pas paraître trop empressée en me collant à lui, de dos. Il m'enlace aussitôt tout en attaquant mon oreille. Je m'occupe de son sexe et le réintroduis en moi, prenant en main le rythme pendant qu'il dépêche une main sur mon clitoris. Cette coordination, alors que je mène un train d'enfer tout en me resserrant sur lui, nous propulse dans une dimension où il n'y a plus que le plaisir qui compte. Il multiplie les caresses, recouvre mon cou de morsures et roule mon bouton de chair si fort qu'il me pousse aux limites de l'orgasme plusieurs fois avant de s'arrêter.

L'exquise torture !

— Encore ? s'amuse-t-il.

— Je crois que je ne vais pas tenir plus longtemps, lui avoué-je, si sensible que le moindre mouvement me fait gémir.

Hermès reprend alors la main. Il se redresse sur ses genoux, je me penche en avant et m'appuie sur mes bras tendus. Il agrippe ma taille et reprend un va-et-vient vif tout en stimulant mon clitoris. C'est si bon que je lâche prise, lui ordonne de continuer, crie son nom alors que je l'entends prononcer le mien. Tout se tend en moi, je gravis une immense vague, tout se suspend une seconde et j'en tombe à une allure vertigineuse, me laissant m'engloutir par elle alors que tous mes muscles se resserrent sur Hermès. Ses gémissements me parviennent quelque part au milieu des miens. On bouge ensemble par pur automatisme avant de nous arrêter, le souffle coupé, des vertiges plein la tête et un plaisir brut qui se diffuse partout entre nous.

Je m'affale devant moi, roule sur le dos, ravie. Hermès tombe à côté de moi et me prend la main.

— Tu es… incroyable, dit-il avec un grand sourire.

— C'est toi qui l'es, répliqué-je, envahie par un bonheur sauvage.

*

On s'est réfugiés dans une alcôve pour plus de confort, le rideau fermé. Je n'arrive pas à quitter sa peau. Je suis allongée sur lui, si satisfaite que rien au monde ne pourrait me détourner de lui. Pas même ma situation.

— Qu'est-ce que t'as fait à Deimos et ses frères pour qu'ils me déconseillent de te fréquenter ?

— Tu me poses vraiment cette question ?

— Oui, insisté-je.

Il soupire, embêté.

— Je suis sorti avec leur mère, finit-il par dire. Elle venait de quitter Héphaïstos.

Je me redresse, à la fois surprise et jalouse. J'avais déjà entendu ces bruits, mais ça restait une sorte de légende urbaine.

— Alors tu confirmes ?

Il lève un index.

— Ça n'a duré qu'une nuit, une seule.

Je n'aime pas comparer les personnes, mais je viens de coucher avec un dieu qui compte Aphrodite parmi ses maîtresses. Il y a de quoi me ramener sur Terre.

— Je crois que cette histoire doit participer au fait que les habitants des Enfers me détestent, réfléchit Hermès.

— Pourquoi ?

— Parce qu'Héphaïstos est un sex-symbol défendu corps et ombre ici.

On n'a jamais vu Héphaïstos à la Clairière, mais on sait toutes qu'il boite et qu'il est bossu, qu'il vit caché dans son coin, en grande symbiose avec Zeus. Loin de ce que l'on pourrait qualifier de sex-symbol donc. Du moins, *a priori*. Tous les goûts sont dans la nature, après tout. Je dois refléter une moue dubitative puisqu'Hermès ajoute :

— Il peut générer du feu avec ses mains, ça affole toutes les divinités du coin. Sans compter qu'il est le dieu des volcans.

— Vu comme ça, concédé-je.

Il se rassied et je me retrouve à califourchon sur lui. Hermès a plein de demi-frères et de demi-sœurs, mais il n'a l'air proche d'aucun d'eux. La fratrie de Deimos a ses failles, mais ils se côtoient souvent et se soutiennent toujours, comme moi et mes sœurs. Et puis, depuis mon arrivée aux Enfers, j'ai un nouveau visage devant moi : celui d'un homme qui ne cesse de me prendre dans ses bras, de rechercher un contact privilégié avec moi autant que je le cherche avec lui.

— Pourquoi tu parais toujours inaccessible aux yeux de tous ?

— C'est toi qui parais inaccessible. Je t'ai toujours trouvée intimidante au premier abord. Mais j'aime qu'on me tienne tête et tu es bien la seule à t'y risquer sans arrêt.

Je secoue la tête en masquant mon sourire dans son cou. Je me demande si on peut dormir là. Est-ce qu'on finira par se rendre compte de notre absence ou non ?

Le rideau qui s'écarte nous fait sursauter tous les deux. Thanatos apparaît et se fige en nous voyant. Il ouvre la bouche puis la referme, alors que je me décompose. Mon compagnon, lui, ne bouge pas.

— Hermès, je te cherchais pour discuter, finit par dire le dieu de la mort.

Chapitre XX

Le palais s'agite alors qu'il sombrait dans le sommeil. Une escorte de nymphes m'a ramenée fissa dans ma chambre pour que je m'habille. J'enfile la robe rouge qui m'a tapée dans l'œil lorsque je l'ai vue passer. Sans pouvoir souffler, on me guide jusqu'à la salle du trône. Je pensais avoir l'occasion de discuter avec Thanatos, de lui demander de rester discret. Je me rends compte que c'était bien naïf. Le dieu de la mort a un côté très sympathique et bon enfant, mais aussi un côté assombri rempli de colère. Alors je me retrouve face au trône, Hermès à mon côté, en pantalon et chemise, pensif, fermé. Il pourrait partir et j'aimerais le lui conseiller, mais il a demandé l'asile et Zeus ne le manquerait pas s'il revenait prématurément. Thanatos et Némésis, quelques nymphes et divinités curieuses et insomniaques constituent l'audience derrière nous. On pourrait régler ça en privé, je ne comprends pas ce qu'on fait là.

Lorsqu'Hadès et Perséphone arrivent, les chuchotements cessent immédiatement. Je me disais une minute auparavant que ce n'était pas si grave et que tout serait réglé en un rien de temps, mais en voyant la contrariété monstrueuse du roi, j'angoisse. Perséphone paraît plus posée sans cacher sa préoccupation.

— Je t'ai réprimandé et accueilli chez moi il y a à peine quelques jours et nous en sommes là ? lance Hadès, en col roulé, enveloppé dans une robe de chambre pourpre, des cheveux s'échappant de son bun.

Perséphone aussi a cette allure « débraillée ». On n'était pas les seuls à se câliner.

— Thanatos est venu me chercher en me disant que c'était le thiase en bas ! Dans les bains ! tempête le roi des Enfers.

Il compare vraiment nos corps enlacés à une partie de débauche digne de Dionysos ?

— Un « thiase », se moque Hermès. On était deux ! Bon, après, peut-être que Circé a cru qu'on était plusieurs, mes partenaires peuvent avoir cette impression avec moi. Mais je n'ai comblé qu'une seule femme en ce qui me concerne.

Je m'empourpre en murmurant des « mais tais-toi, s'il te plaît ».

Hadès se plante sous le nez de son neveu et me pointe du doigt.

— Elle est morte ! rappelle-t-il si fort que sa voix résonne dans toute la salle.

Moi qui me sentais si bien tout à l'heure, je blêmis. Bon sang, oui, je suis morte. Et Hermès m'a offert le plus merveilleux des instants durant mon sursis, mais ça ne change pas le principal : *je suis morte*. Ces quelques jours d'insouciance sont parvenus à me faire oublier ce point.

— Pas pour moi, refuse Hermès après un silence.

Tout son visage change. De la nonchalance, il est passé à une résolution inébranlable. Une part de moi-même veut y croire autant que lui, une autre me fait comprendre à quel point c'est de la folie.

— Hadès, je t'en prie, il est tard, rappelle Perséphone.

— Hermès connaît la loi mieux que personne, réplique-t-il sans baisser d'un ton. Les relations entre les vivants et les morts sont interdites !

Si le roi des Enfers est entré dans ses batailles verbales par habitude jusque-là, je ne pensais pas le voir à présent si furieux. J'en ai des sueurs froides. Je jette un œil sur Thanatos qui détourne son regard du mien. Je fais un pas pour prendre la parole.

— Pourquoi considérer la décision de me remettre à Thanatos alors ? Et pour cent années ! C'est bien pour établir un lien entre nous ? demandé-je, perdue.

Hadès se met à grommeler dans son coin, Perséphone prend le relais.

— C'est une idée que j'ai eue il y a quelques siècles. Un compromis pour les divinités des Enfers et les ombres qui sont attirées l'une par l'autre. Les juges peuvent alors proposer cette solution limitée dans le temps. La procréation n'étant pas possible, il n'y aurait pas de conséquences de ce genre. L'ombre a ensuite le choix : se réincarner ou choisir les Champs Élysées. Si Minos a proposé ce jugement, c'est qu'intrinsèquement, tu es attirée par Thanatos, Circé. Il n'offrirait jamais cette solution aux dépens de l'un des deux.

Je recule, interdite. Je le trouve séduisant et inquiétant, d'accord, mais de là à dire qu'il m'attire, il y a un grand pas !

— Ce jugement n'a été appliqué que deux ou trois fois, ajoute Perséphone. C'est dire combien il est rare que toutes les circonstances soient réunies.

Je tourne un air défait vers Hermès, j'espère qu'il ne va pas croire ça ! Son impression m'échappe, il se concentre sur Thanatos qui semble, lui, touché, heureux. Mais c'est n'importe quoi !

— C’est tout ce qui pourrait t’être permis, reprend Hadès en s’adressant au dieu messager. Est-ce que c’est ce que tu veux, toi aussi ?

— Non ! refuse-t-il en bloc. Je ne veux pas passer cent ans avec Circé dans les Enfers et lui dire adieu lorsqu’elle ira aux Champs Élysées ! Je veux réparer l’injustice de sa présence ici, les Moires elles-mêmes étaient perplexes !

On aurait pourtant cent années tous les deux, alors que je vivrai moins longtemps sur Terre, pensé-je. Mais forcer Hermès à vivre là, dans une Cité où tout le monde le déteste… je ne peux pas lui demander ça, ni espérer ça de lui.

Hadès fait les cent pas avant de s’arrêter devant Thanatos.

— Réveille la Cité, décide-t-il. Que tous ceux qui veulent venir viennent. Je vais rendre un double jugement.

Le dieu ailé approuve et disparaît pour battre le rappel.

— Un « double » jugement ? s’enquiert Perséphone en aidant son époux à remettre de l’ordre dans sa tenue. Tu t’es décidé au sujet de Circé ?

— Ne t’en fais pas, comme pour tous les cas Orphée, elle aura une chance. Même minime.

Je n’étais pas prête à entendre mon jugement dans la foulée. Je me rapproche d’Hermès qui a la même idée, mais Némésis s’interpose en sortant deux longues lames noires de ses bras.

— On s’écarte.

Je cherche le regard d’Hermès. Le qualifier de préoccupé me semble léger, mais il esquisse du bout des lèvres un « je ne regrette rien » qui me remonte le moral. Elle est bien là, toute son insolence qui boosterait la confiance de n’importe qui !

On pourrait également croire que la nuit favoriserait un petit comité, mais non. La salle se remplit à une allure vertigineuse. Aucun habitant des Enfers ne veut louper l'événement et personne ne fait preuve de discrétion en débarquant, parfois avec un masque de nuit remonté sur le front.

« Hermès a été arrêté, il a enfreint la loi ! »

« Hermès va enfin payer ! »

« Le dieu des mensonges, ça ne m'étonne pas… »

Les Disputes débarquent toutes les trois, en prenant bien soin de déclencher des altercations sur leur passage. Géras, la boulangère, se fraie un passage avec un tabouret dépliant pour soulager ses vieux os. Achlys reste au fond de la salle, intriguée. Charon, accompagné de quelques psychopompes parmi lesquels je reconnais Kère, la sœur de Thanatos et de Némésis, se joignent à l'assemblée, apparemment inquiets. Ce sont peut-être ceux qui ont le plus fréquenté Hermès puisqu'il a longtemps été l'un d'eux. Mais ils sont minoritaires au milieu de la foule. J'aperçois même les quatre dieux ailés à la peau écarlate qui couraient après Hermès, jubilant de le voir enfin puni.

Une fois sa tâche terminée, Thanatos se place tout près de nous, devant le trône.

J'ai le cœur au bord des lèvres. Et lorsqu'Hadès impose le silence, je n'entends plus que son battement sourd et angoissé.

— Loyaux sujets, commence le roi des Enfers, avec moins d'agressivité dans la voix. J'ai devant moi un dieu vivant et une sorcière morte qui ont enfreint une loi sacrée ici, dans notre royaume. Hermès, dieu voyageur et du commerce, messager et diplomate de Zeus…

Des grondements mécontents vibrent derrière nous à l'énoncé du maître de l'Olympe.

— Et Circé, sorcière de la communauté de Springfall, placée sous la protection d'Hécate.

Cette fois-ci, ce sont des approbations que j'entends derrière moi, et pas à mon nom mais à celui de ma déesse. Elle devait être appréciée au temps où elle travaillait ici.

— Le sort de cette ombre m'a été remis entre les mains à la suite de doutes soulevés par son psychopompe Hermès, par les Moires ainsi que par ma très chère Perséphone.

Des « Louée soit notre bien-crainte » retentissent. La reine des Enfers m'accorde un sourire. Elle a donc pris position pour moi, son soutien me touche au milieu de tout ça.

— Mais comme cette ombre se croit plus maligne que les autres, à défier nos lois, j'ai décidé de régler ce cas Orphée d'une pierre deux coups.

Si je n'étais pas cernée par l'intégralité des divinités infernales, je crois que j'aurais rudement répliqué !

— Nous aurons du divertissement, demain, à l'occasion de la fête du printemps, annonce Hadès. Car l'ombre de Circé subira trois épreuves. Si elle vient à bout de chacune d'entre elles, elle pourra repartir avec Hermès. Elle ne sera plus une ombre et j'autoriserai son retour sur Terre.

J'inspire lentement, une tornade d'espoir se ruant dans mes veines. Peu importe les épreuves ! Je vais les passer !

— Si vraiment son destin est indispensable auprès des siennes, elle devra nous le prouver et gagner son retour parmi les vivants. Dans le cas contraire, si elle échoue, l'ombre de Circé suivra le jugement de Minos et elle sera attachée à Thanatos pour cent ans. Quant à Hermès, il repartira sur Terre et sera banni des Enfers pour les cent mêmes années.

Autrement dit, si j'échoue, je ne verrai plus jamais Hermès. On se regarde, à la fois démunis et confiants. Ce rappel à prouver ce que je vaux, si je suis bel et bien utile à ma communauté, me fait l'effet d'un coup de poing dans le ventre. J'ai toujours douté, *toujours*. Je vais devoir surmonter ma défiance envers moi-même si je veux réussir.

— Cela dit, je ne peux pas laisser l'infraction à la loi impunie, ajoute Hadès.

Il tend les mains devant lui et un sceptre doré apparaît sur ses paumes, s'allongeant en une chaîne composée de si petits maillons qu'elle ressemble à une corde qui tombe jusqu'au sol. On dirait… un fouet. Un puissant haut-le-cœur me gagne. Je scrute le visage des dieux autour de moi sans oser le croire. Perséphone baisse les yeux, Thanatos ne peut dissimuler toute l'horreur que l'arme lui inspire, Némésis jubile tout en divulguant une tristesse inattendue. Quant à Hadès, il est peut-être celui qui a le plus grand conflit intérieur. Il déteste cet objet, mais il a de la détermination à revendre. Je tremble en songeant à cet instant que ce n'est qu'un aperçu de son job : régner et faire appliquer la loi, malgré le coupable qu'il a devant lui.

— C'est un rappel pour chacun d'entre nous, annonce-t-il. Aucun vivant, même s'il est l'un des Douze, ne peut s'y dérober. Mais tu es mon neveu, Hermès, l'ichor de mon ichor. Je n'appliquerai pas moi-même le châtiment.

Est-ce que ça veut dire qu'il l'épargne ? Un sursaut d'espoir me prend aux tripes, bien vite douché par la silhouette de Némésis qui s'avance. Elle l'avait promis depuis le départ : elle allait châtier l'*hybris* d'Hermès. Elle s'empare du bâton et fait claquer le fouet sur le sol de pierre. Le métal doré déchaîne des étincelles de feu dès qu'il touche les dalles.

— Vous n'allez pas permettre ça ! m'emporté-je. C'est barbare !

— Il fallait y songer avant ! rétorque Hadès qui ne décolère pas.

— Circé, m'appelle Hermès en déboutonnant sa chemise. Je savais ce qu'il en était.

— Pourquoi tu ne m'as rien dit ?

L'idiot a un sourire presque attendri alors que moi, j'ai plutôt la sensation de m'enfoncer dans un ravin de lave.

— Je ne t'ai pas encore dit que tu vaux tous les risques ?

Une boule obstrue ma gorge. Thanatos me tire en arrière et Némésis frappe le sol de son pied alors qu'un silence de mort s'abat sur la salle du trône. Un pilier de pierre surgit devant le trône sur lequel le couple royal prend place. De lui-même, Hermès tourne le dos à l'assemblée, lève les bras et deux anneaux en métal viennent ferrer ses poignets. Hermès sait quoi faire parce qu'il a déjà vu ça. C'est ce qu'il craignait depuis tout ce temps et même tout à l'heure, dans les bains, en me cédant. Parce que c'était peut-être notre dernière chance de vivre ce que nous avons vécu.

Je me dis, en sentant les doigts de Thanatos se resserrer nerveusement sur mes bras, que c'est son supplice qu'Hermès a vu, il y a plusieurs siècles de cela. Mais Hermès est un dieu. L'un des Douze. Aucune arme ne pourrait le blesser ? Il y a forcément quelque chose à laquelle se raccrocher !

Némésis lève le manche et abat un premier coup d'une telle violence que je ne suis pas la seule à sursauter ni à retenir un cri à grands frais. Je plaque mes mains sur ma bouche. Le fouet s'est planté dans la peau du dos sculptural d'Hermès. D'un geste, Némésis le retire et il arrache une giclée d'ichor qui vole autour d'eux, frappant ma robe et mes bras. Hermès attrape les chaînes des anneaux suspendus et compresse ses mâchoires sans pousser un cri.

— N'importe quel autre fouet aurait fait moins de dégât et n'aurait laissé aucune cicatrice, mais celui-là sort de la forge d'Héphaïstos, me dit Thanatos à l'oreille, tout en me faisant à nouveau reculer. Même les dieux en gardent une trace indélébile.

*

Lorsque Némésis en a terminé, elle échappe le fouet qui frappe le sol, tourne le dos et sort, toutes les divinités s'écartant de son passage. Elle ne semble même pas satisfaite de son carnage. Les anneaux rompent et le corps d'Hermès glisse à genoux, son front fiévreux et humide se pose contre le pilier. Sa cage thoracique se soulève rapidement tandis que l'ichor recouvre son dos traversé de profonds sillons.

— Rentrez chez vous, c'est terminé, annonce Hadès en se levant.

Il appelle à lui le fouet et disparaît avec. Seule Perséphone s'avance jusqu'à Hermès, se baisse près de lui et le téléporte avec elle, m'interdisant de fait de m'approcher. Moi, je me sens encore paralysée et nauséeuse, les jambes clouées au sol. Si Thanatos ne me retenait pas, je me serais déjà éparpillée, choquée par la violence du spectacle. Le public, lui, se détourne, toujours en silence. S'il était plein d'empressement au départ, le sort réservé à

Hermès a rasé tout cela pour ne laisser qu'une amertume et un fatalisme qui les touchent tous.

Le dieu de la mort finit par me relâcher.

— Je suis désolé, dit-il avec une sincérité dont je n'arrive même pas à douter.

Il s'éloigne à son tour et je demeure seule.

J'ignore pourquoi, la carte des Enfers gravée sur un pan de mur au musée surgit dans ma mémoire. J'ai le souvenir d'une porte près du tribunal, à l'est, que je n'ai pas encore vue. Je me détourne du pilier encore debout, auréolé des gouttes d'ichor, et sors de la salle du trône. Je produis une boule de lumière au creux de ma main et marche à l'instinct dans la nuit opaque des Enfers. Ce n'est qu'au bout d'un long moment que je me rends compte combien mon souffle est court. Je le retiens depuis le départ car dès que je le relâche, des larmes roulent sur mes joues. Et je n'en veux pas. J'en ai assez. J'ai trop de rage dans le ventre pour ça.

J'aperçois la grande porte dans le rempart et me rue dans sa direction pour la passer. Je stoppe juste derrière. Un chemin mène au bord du fleuve Léthé, paisible et nacré, dont la lumière blanche éclaire les berges recouvertes de cendres. Des ombres sont assises sur sa rive. Certaines se lèvent et entrent dans le flot précieux jusqu'à disparaître sous sa surface. Elles ne réapparaissent pas. Le moment de *l'oubli* leur appartient. C'est un lieu de quiétude. Je m'en approche et m'arrête.

Je tremble encore. L'or tache le tissu rouge de ma robe et mes bras.

Je ferme les yeux. L'ichor jaillit de sa peau et voltige dans les airs au ralenti avant de fouetter le sol et ma robe. J'ai encore des cris coincés dans ma gorge. Est-il vivant ? Un dieu peut-il mourir ? Même ici, aux Enfers ? Est-ce que je peux encore espérer ? Ses traits tirés, ses dents serrées, ses doigts déformés sur les chaînes…

Il disait vouloir « réaliser l'impossible » pour moi, mais c'est de la folie ! Je n'ai fait que mettre sa vie en danger.

La douleur m'étreint. Je peux le perdre, le mettre en danger en un claquement de doigts. Et ça ne me frappe que maintenant : je l'aime depuis bien trop longtemps sans le reconnaître. J'ai essayé d'oublier cette information et de la rejeter, encore et encore. Rien à faire. Il est là, dans le flou de mon cœur et de mon esprit. Seul le fleuve Léthé pourrait me délivrer de lui, et le délivrer de moi.

Je pourrais choisir, ici et maintenant. *L'oubli.*

Je renaîtrai. Je serai un nouveau bloc de vie à sculpter.

J'avance d'un pas.

— Ne fais pas ça, Circé.

La voix m'immobilise. La main du bourreau agrippe mon bras.

— Tu veux vraiment oublier toute la personne que tu es pour un dieu ? Un chien d'Olympien ?

Je me dégage de l'emprise de Némésis, un sursaut de fureur me secouant.

— Ne parle pas de lui comme ça ! m'exclamé-je.

— Tu dois passer les épreuves de l'Invisible Hadès et de la bien-crainte Perséphone, tu ferais mieux de t'y préparer.

— Si tu lui fais encore du mal, je te tuerai, lui assuré-je, poings serrés.

— Allons, ne professe pas de menaces que tu ne pourras pas appliquer, se moque-t-elle avec un sourire agressif. Tu ne peux pas me tuer. La seule chose qui t'attendrait en guise de condamnation, c'est le Tartare duquel *personne* ne revient *jamais*.

Ce que la déesse du châtiment ignore, c'est que moi aussi, je réaliserai l'impossible pour lui. Cette loi est monstrueuse ! Il est hors de question que je l'accepte. Je vais passer les épreuves d'Hadès, sortir de là et reprendre mon combat auprès d'Hécate et des frondeuses. Je veux bien comprendre la marge de manœuvre limitée d'Hadès, mais je ne pardonnerai pas le système qu'ils ont mis en place et qui les contraint à ce point. Je décapiterai la tête de l'Olympe !

— Je ne suis pas ton ennemie ici, reprend Némésis d'un ton plus posé.

— Permets-moi d'en douter !

— Un autre que moi aurait été plus violent encore. Je me suis retenue.

Son culot m'arrache un rire cynique.

— Ne te cherche pas d'excuse.

Là encore, ma mémoire me renvoie toutes les discussions que j'ai eues avec la déesse jusque-là. Je suis partagée depuis le départ : elle est insupportable de mauvaise foi, d'aigreur et de sale caractère, mais je n'ai jamais cru jusqu'à maintenant qu'elle était en effet mon ennemie. Elle aurait déjà pu me vendre, moi et mon message envoyé au Siège depuis le bureau de poste. Chaque fois que nos chemins se sont croisés, un détail est *toujours* revenu.

— Pourquoi me parles-tu autant du Tartare ?

Elle me fixe droit dans les yeux sans rien dévoiler de plus que son profond intérêt pour l'endroit. Elle veut me voir à l'œuvre ? Elle va avoir ce qu'elle désire tant. Car je me dis, finalement, que les ennemis de Zeus sont mes amis.

Chapitre XXI

— Si tu veux te rendre au Tartare, ta magie ne suffira pas ! me prévient Némésis en me talonnant.

— Arrête de douter de mes pouvoirs !

Elle m'attrape le bras pour me ralentir alors qu'on aborde le palais. Le Tartare est à l'ouest de la Cité, je suis partie pour traverser la ville.

— Crois-tu vraiment que Zeus soit stupide au point de permettre aux sorcières de franchir l'enceinte de sa prison de haute sécurité ? Tu ne passeras pas inaperçue ! Les Hécatonchires en sont les gardiens et je te rappelle, au cas où tu l'ignorais, qu'ils ont cent bras et cinquante têtes, soit des centaines de raisons de te voir et de t'attraper !

— Même avec un sort d'invisibilité ?

Némésis m'assène un regard noir tout en passant sa main dans sa crête avec agacement. OK, très bien, il faut trouver comment passer l'enceinte sans magie… Je me raidis, elle aussi, on se fixe et proclamons en toute synchronie :

— La kunée !

Le casque d'Hadès n'est pas issu de la magie des sorcières, il pourrait fonctionner. Perséphone m'a assuré qu'il rendait invisible même aux yeux des divinités susceptibles de percevoir les choses imperceptibles. Je pivote pour me rendre au palais. La nuit l'a vidé et j'ai encore de douloureux nœuds dans la poitrine lorsque j'entre dans la salle du trône. Plus aucune trace du châtiment n'est visible. C'est comme si rien ne s'était passé quelques minutes auparavant. Je pars en quête du salon de vie d'Hadès et de Perséphone en murmurant une formule pour réduire le bruit de mes déplacements et de ceux de ma compagne silencieuse. Tout est tranquille, les lumières sont même baissées.

Je glisse une tête dans la pièce et aperçois deux nymphes qui s'occupent justement de remettre de l'ordre dans les affaires d'Hadès et de Perséphone, comme tous bons domestiques dans une grande demeure, car tout doit être impeccable pour le matin de Leurs Grandeurs.

— C'était effroyable, murmure la nymphe de diamant, un oreiller serré contre elle.

— Heureusement que l'Invisible et notre bien-crainte sont auprès de lui, répond sa collègue, nymphe de turquoise, qui range les verres d'alcool dans le bar.

Son oncle s'est donc rendu à son chevet ? Tout ce qui me rassure, c'est que Perséphone soit là pour le soigner et prendre soin de lui.

— Il a fait ça par amour, tu te rends compte ? soupire la nymphe de diamant.

Ça lui vaut un râle écœuré de sa compagne.

Moi, je me plaque contre le mur. J'ai toujours trouvé idiots ces sacrifices que l'on fait par amour, mais est-ce qu'il ne vient pas d'en faire un ? Est-ce qu'il m'aime ? Il a beaucoup fait et beaucoup dit. Mais nous sommes à un moment clé d'une existence. Est-ce qu'il en serait de même dans le quotidien ? On s'attire, on se plaît, on se veut, mais pour toujours ? Mes sentiments débordent pour lui. Ressent-il la même chose que moi ?

« Tu vaux tous les risques. » Je m'embrase. Pourquoi avoir des sentiments est si éprouvant, même physiquement ?

Un coup de coude de Némésis me rappelle à l'ordre.

— Le nymphe des cendres en cuisine ne te plaît déjà plus ? relance la nymphe de turquoise en faisant le tour de la pièce.

— Si, mais c'est pas pareil, ronchonne la première.

— Tu changes de *crush* comme de reflets, critique la seconde en s'affalant sur le canapé.

Elles ne sont pas près de bouger !

— Tu n'as déjà plus de posters d'Héphaïstos chez toi ?

La nymphe de diamant gémit en s'affalant sur son amie.

— Mon cœur appartient à jamais à Héphaïstos !

Némésis se met à se taper la tête contre le mur, se retenant avec peine de tailler les pierres précieuses en morceaux.

— Ça fait quoi, trois cent ans qu'on ne l'a pas vu ici ?

La nymphe de diamant se redresse, coudes sous le menton.

— Je donnerai tout pour rejoindre ses forges.

— Vraiment tout ? s'insurge la nymphe de turquoise.

La première se tasse, confuse.

— Non, tu le sais bien.

La seconde se redresse, attrape la nuque de la nymphe de diamant et l'embrasse tout en parvenant à grogner un « je préfère ça » possessif.

OK ! Leur sexualité est complètement fluide. C'est cool mais ça ne m'arrange toujours pas ! Némésis fait déjà sortir ses épées noires de ses bras, il faut que je fasse quelque chose.

— *Nymphes déchaînées, chez l'une ou chez l'autre vous devez vous rendre ; abandonnez ici la kunée, et partez vous détendre.*

Les sorts de manipulation sont les plus difficiles. Il faut laisser la porte ouverte au libre arbitre car il est trop puissant pour établir un contrôle total sur un être, tout en suggérant une action faisable et applicable par la ou les cibles. Les deux nymphes bondissent sur leurs pieds.

— On va chez moi ? propose la nymphe de diamant.

— Non, chez moi, décide la nymphe de turquoise. Tous les posters d'Héphaïstos qui nous regardent dans ta chambre me rendent bien trop nerveuse.

Elles se ruent dans notre direction, je me plaque contre le mur, misant sur le fait qu'elles soient bien trop empressées pour nous voir, mais dès qu'elles franchissent le seuil, Némésis m'attrape le bras et on se téléporte dans le salon.

— Les nymphes… râle-t-elle.

— Elles ne font de mal à personne, *elles*, rétorqué-je en levant les yeux sur la kunée.

Je peux faire venir l'objet d'un tour de main, mais je vais créer une illusion pour le remplacer le temps de notre absence. Tout en exécutant mon tour de magie, je murmure pour moi-même :

— Hermès, si tu entends cette prière, bénis le vol que je suis en train de commettre.

Et c'est bien la première fois que je prie une autre divinité qu'Hécate. La kunée atterrit dans mes bras. Elle est lourde et étrangement chaude et vibrante. Je la pose sur ma tête et deviens aussitôt invisible. Un sentiment d'invulnérabilité m'envahit. Ce n'est pas seulement une invisibilité qu'il procure, c'est aussi une armure.

— Allons-y, dis-je à Némésis pour qu'elle sache que je m'éloigne.

On sort du palais et une fois sur l'esplanade, Némésis m'appelle.

— Circé, monte sur mon dos, on va y aller en volant, ça ira plus vite.

— Pas question.

— Ne sois pas fière au point d'être stupide !

Elle déploie ses grandes ailes grises et semble attendre que je me décide, incapable de me voir. Elle a raison bien sûr, mais bon sang, je le fais de bien mauvaise foi. Je grimpe sur son dos, m'agrippe à son cou et elle décolle. On survole la Cité plongée dans la nuit infernale. Seules quelques lueurs brillent, ici et là, des fenêtres allumées, la fontaine de lave sur la place centrale, des vasques de feu près des portes de l'enceinte.

À l'ouest, il y a bien un chemin perdu sous la cendre, sans grenadier, sans fleuve. Il s'enfonce dans une immense caverne sinistre. On le suit un long moment avant que Némésis décide de se poser.

— On est arrivées ? m'étonné-je en constatant qu'il n'y a rien d'autre que le sentier autour de nous.

— Non, on va poursuivre à pied. Il est impossible de voler au-dessus du Tartare, ça rend les Hécatonchires nerveux et je ne veux pas qu'on nous tire dessus à vue.

C'est un argument imparable. Alors on se met en marche sans un mot. Ce qui n'a rien de confortable, mais je n'ai rien à lui dire, ni elle non plus d'ailleurs.

Une lumière rouge finit par jaillir devant nous. J'accélère, je l'ai déjà vue, lorsque nous étions sur la barque de Charon : un fleuve de feu nous barre la route. Il dessine une boucle autour d'un îlot avant de replonger dans son tunnel, de l'autre côté de la caverne.

— Le Phlégéthon, m'indique Némésis. L'entrée du Tartare est au milieu.

Un pont en pierre noire surmonte le fleuve de lave et mène à une très haute enceinte d'airain percée d'une porte en fer. C'est ultra impressionnant, mais je m'attendais à quelque chose de plus grand. Impossible que la majorité des Titans, pour ne citer qu'eux, soient retenus dans ce qui ressemble à une simple forteresse ? On s'engage sur le pont et si je craignais de me brûler les pieds et de souffrir de la chaleur, ce n'est pas le cas. La kunée me protège de tout cela. Le casque permet vraiment de se faufiler n'importe où !

— Qui va là ?

La voix me fait reculer tant elle est bourdonnante. Je lève les yeux et jure dans mon coin. L'un des Hécatonchires se penche au-dessus du chemin de ronde du rempart. C'est un géant qui agrippe ses cent mains partout. Ses cinquante têtes lui offrent une vue à trois cent soixante degrés. Il est constamment à l'affût, impossible de lui échapper.

— C'est moi, Némésis ! s'annonce la déesse à côté de moi.

Il ne répond rien, il se contente d'ouvrir la lourde porte en fer. La manœuvre est lente, elle me permet d'admirer avec défiance les monstres marins aux queues d'anguille et aux tentacules qui décorent les battants. Un cadeau de Poséidon ? Les trois frères divins seraient donc tous impliqués dans cette prison de haute sécurité ? Zeus, en maître, choisit qui entre et qui sort, Hadès la surveille dans son royaume, et Poséidon a en offert le seul accès.

On franchit une première enceinte, puis une seconde, et enfin une troisième, toutes fermées par de lourdes portes en fer. Dans le dernier cercle, seul un escalier irrégulier, taillé à même la roche, plonge dans les profondeurs des Enfers. Je suis Némésis qui s'enfonce dans ses entrailles bouillantes. Les battants se referment derrière nous. Ma tension grimpe à mesure que je pose les pieds sur les marches. Même avec un sort d'invisibilité, en partant du principe que les Hécatonchires ne pourraient pas me détecter, je ne suis pas sûre qu'une mortelle ou une ombre soit en mesure de résister à la chaleur et aux odeurs de soufre ambiantes. Merci la kunée !

Lorsqu'on arrive à un croisement de plusieurs passages, entouré de marécages puants et de brumes, on s'arrête.

— Où veux-tu me conduire ? demandé-je à Némésis sans détour.

Elle affiche une surprise de coupable prise sur le fait.

— Je suis curieuse de parcourir le Tartare, précisé-je. Mais je ne suis pas aussi bête que tu le crois. Tu veux me mener quelque part, et je suis là.

Elle rumine dans son coin avant de céder.

— Je suis sous serment, je ne pouvais pas te demander ni te forcer à venir ici, il fallait que ça vienne de toi, explique-t-elle.

— Tu travailles ici ?

— Non, mais je suis la reine du châtiment, je passe de temps en temps, grommelle-t-elle. Disons que tu vas comprendre pourquoi. Viens.

Elle choisit une direction et nous reprenons la route. On débarque dans un paysage inattendu, comme si on était passées dans une autre dimension : des collines sombres et arides, entourées d'étangs gelés et balayées par un vent glacial. Un aigle glatit en nous survolant avant de disparaître derrière les hauteurs.

— Il va dévorer le foie de Prométhée, me dit Némésis. Encore.

Je resserre les bras autour de moi. Le désespoir qui règne ici est prenant. La kunée ne protège pas contre cela. De loin, j'aperçois une silhouette qui pousse un énorme rocher sans y parvenir, il roule dès qu'il touche le sommet de sa colline.

— Sisyphe, lâche la déesse. Il a voulu jouer au plus malin avec Zeus et Thanatos. Ça fait des millénaires qu'il ne rit plus.

Je préfère baisser les yeux et poursuivre ma route sans plus être témoin de ces tortures. On marche un long moment. L'effroyable Tartare est en réalité un endroit vide de sens, de chaleur et de lumière. Une pseudo pénombre nous entoure et chaque supplice est loin de la route, comme des tableaux auxquels on ne prête même plus attention. Chaque condamné vit son tourment dans une solitude infinie.

— On arrive.

On sort de la route pour poser le pied sur un mélange de terre sèche et de cendres, jonché de flaques de poix qui produisent de grosses bulles huileuses écœurantes.

— Monte sur mon dos, conseille Némésis alors qu'on approche d'une fosse.

J'obéis, parce que je suis dépendante de son savoir et assaillie par une détresse omniprésente, mais dans un coin de ma tête, je me demande dans quel genre de piège elle me mène. Némésis plonge au fond de la cavité et me dépose. Il n'y a qu'une seule chose ici, immanquable et vaste : une cage dorée. Un pavé rectangulaire fait de barreaux. Sans porte. Et à l'intérieur, des femmes. Elles ne se marchent pas les unes sur les autres, mais elles occupent tout l'espace. Et elles n'ont vue que sur un ciel sans étoiles, une voûte opaque et morne.

— Qui sont-elles ? chuchoté-je, secouée.

— Les ennemies de Zeus.

— Némésis ? appelle l'une d'elles.

La déesse du châtiment se précipite vers elle, je m'avance plus lentement. Même de loin, je reconnais la chevelure faite de serpents et la peau couleur kaki. Une Gorgone, la sœur de Sthéno qui tourne en rond dans la Cité d'Hadès avec ses ailes déplumées, et d'Euryale qui boit jusqu'à comater dans l'Antre d'Achlys. Et cette Gorgone disparue n'est pas n'importe qui.

— Méduse !

Autant Sthéno est massive et puissante, autant Méduse est chétive et menue. Elle ressemble plus à Euryale, mais sans ailes. J'ai envie de lancer un avertissement à Némésis, la Gorgone ayant les yeux découverts, mais rien ne se passe, pas de changement en pierre. Et les deux déesses se connaissent visiblement bien puisque la déesse du châtiment glisse ses bras entre les barreaux pour la serrer contre elle.

— Comment te sens-tu ? demande Némésis avec une brutalité inquiète.

Le visage de Méduse se détend et sourit.

— Bien, maintenant que tu es là.

Némésis n'attend pas plus longtemps pour l'embrasser. Je ne m'attendais pas à cette révélation, mais tout le personnage de Némésis s'éclaircit dans ma tête. Son amour est enfermé dans une cage infranchissable au fin fond du Tartare. Tout ce qui se rapproche de près ou de loin à un Olympien, d'autant plus de la famille de Zeus, ne peut donc pas trouver grâce à ses yeux. Voilà pourquoi elle en veut autant à Hermès, le messager, celui qui a dû annoncer aux Enfers la défaite et la captivité de Méduse.

— Comment vont mes sœurs ? questionne cette dernière.

— Sthéno est nerveuse, la fête du printemps approche, elle va encore perdre la tête. Quant à Euryale, elle passe tout son temps dans l'Antre d'Achlys, à boire jusqu'à rouler par terre.

Méduse soupire tristement et Némésis la blottit contre elle comme elle peut.

— C'est elle que tu voulais que je voie ? m'enquiers-je, près d'elles.

— Qui parle ? Avec qui es-tu venue ? s'étonne Méduse.

Je retire la kunée pour me découvrir. La froideur et le soufre me saisissent bien plus vivement, mais je peux résister un moment avant de tourner de l'œil.

— Avec une ombre, une sorcière.

Mon regard croise celui de Méduse et je frissonne de peur. A priori, elle est inoffensive, mais je ne peux m'empêcher de penser à toutes ces histoires qui circulent : la Gorgone qui fige d'un coup d'œil les guerriers venus la défier.

— Elle ne te fera rien, s'agace Némésis qui remarque mon trouble. Non seulement cette cage annule les pouvoirs, mais en plus Méduse choisit d'enclencher le sien, elle ne passe pas son temps à transformer en pierre tous ceux qu'elle rencontre.

Ses traits sont plutôt délicats. Si on oublie tout son bagage légendaire et les serpents qui s'agitent sur sa tête, Méduse ne paraît pas hostile. Ses yeux sont même d'une couleur pourpre assez fascinante.

— Ce n'est pas une punition d'Athéna ? demandé-je, embarrassée par ma propre ignorance.

— Méduse a été violée dans son temple ! tempête Némésis. Athéna n'a fait que lui donner le pouvoir de se défendre et de pétrifier les hommes qui s'attaquent à elle ! Jusqu'à ce que le Destin lui envoie Persée, ce sale fils de Zeus ! Et qui lui a fourni les armes et la stratégie, à ce chien ?

Je connais l'histoire officielle : Hermès et Athéna. Les deux enfants favoris de Zeus. Qui ont aidé leur demi-frère Persée. Hermès et Athéna qui sont en train de défier leur père, à leur manière.

— Némésis, ne perds pas de vue que Zeus manipule ses propres enfants, tempère Méduse.

Elle m'ôte les mots de la bouche. Je pose une main plus apaisée sur le bras de Némésis. Je la comprends mieux, et je compatis d'autant plus à sa situation étriquée et impossible.

— Tu m'as emmenée ici pour que j'ouvre la cage ? formulé-je alors.

Alors que depuis le départ je ne lis que de la colère et du tourment au fond de ses yeux rouges, j'y vois enfin la touche d'un espoir rageur et désespéré.

— Dis-moi que tu le peux, exige-t-elle.

Je pose la kunée sur le sol et touche les barreaux. Ils ont eux aussi cette vibration chaude lorsqu'on les touche.

— Ils ont été forgés par Héphaïstos ? déduis-je en sentant poindre l'impuissance.

— Oui, et ils s'enfoncent trop profondément pour creuser, me dit Méduse.

Je concentre toute ma magie dans mes mains en fermant les yeux, murmurant des sorts pour rompre le métal, mais rien n'y fait. Je pourrais vider ma propre puissance, je sais déjà que ça ne marchera pas. Zeus n'a pas fait que rendre impossible l'accès au Tartare aux sorcières, il a vraiment restreint toute chance de sortir ses prisonnières de là. Je jette un œil sur Méduse qui semble résignée et sur Némésis qui a les poings fermés, comme si elle essayait de m'insuffler toute sa force.

Pour elle, je peux bien faire une dernière tentative.

— Ne t'épuise pas, tu n'arriveras à rien.

Une nouvelle voix retentit de la cage. Une silhouette s'avance, emmitouflée dans un grand manteau noir. Sa chevelure aussi sombre que son vêtement est retenue par un bandeau doré. Son visage m'est familier. Le teint hâlé, les yeux d'ambre en amande, le front haut et volontaire… Tout me parle et je le ressens soudain en moi : je sais qui elle est.

Circé la Première.

Chapitre XXII

— La cage ne tient que par la volonté d'un seul, ajoute-t-elle en s'arrêtant devant moi.

Je déglutis. Jamais je n'aurais cru un jour rencontrer notre aïeule à l'éternelle jeunesse. Circé la Première est la fille d'Hélios et d'une nymphe, elle est donc une déesse immortelle. Mais personne ne l'a vue depuis des millénaires. On avait fini par oublier qu'elle ne peut pas mourir. Émue, je la dévore des yeux. Je retrouve, ici et là, des traits de ma mère, de mes sœurs, de nos guides. La déesse, première sorcière du monde, tend la main à travers les barreaux et touche ma joue. Elle sait, elle aussi, qui je suis.

— Bonjour ma fille.

— Circé, c'est mon nom, comme le tien, dis-je en prenant sa main.

Elle me sourit, dévoilant ses dents blanches et un air si plein de bienveillance qu'elle me retire le poids du Tartare des épaules.

— On ne savait même pas que tu étais là.

— Zeus a profité de mon voyage en Égypte pour me capturer et m'emprisonner ici, soi-disant pour désobéissance, me dit-elle. Il m'a toujours beaucoup trop craint. Mais j'avais laissé la communauté à Aiaía en ordre.

Je n'avais abandonné derrière moi que quelques trésors cachés, vous les avez retrouvés ?

Elle paraît empressée à ce sujet alors que j'ignore absolument tout de la façon dont nos ancêtres ont plié bagage pour partir aux Amériques. Je n'ai pas le souvenir de reliques ayant appartenu à Circé la Première.

— Euh, nous avons quitté Aiaía il y a plusieurs siècles pour nous installer sur un nouveau continent. Je ne sais pas ce que les sorcières ont ramené avec elles à ce moment-là.

Circé la Première a un air défait mais ne perd pas son sourire.

— Si vous avez pu vous débrouiller sans, c'est que vous êtes devenues bien plus puissantes que je ne l'aurais imaginé, affirme-t-elle avec fierté. Où en êtes-vous ?

Je lui expose dans un fouillis excité la situation de la communauté : Springfall, la Clairière, Hécate, la guerre contre les dieux, le sort qui leur a fermé l'Olympe et qui impressionne Circé la Première, et puis le mariage d'Ella qui souffle d'autant plus notre aïeule.

— Deimos a épousé une sorcière, dit-elle, stupéfaite. Il n'était qu'un tout jeune dieu batailleur et effrayant quand j'ai quitté la Terre.

J'ai peur de lui parler d'Hermès et préfère ne pas aborder le sujet. Je ne veux pas la décevoir, ni qu'elle me fasse la leçon. Et cette pensée me ramène à notre situation actuelle. Méduse et Némésis se sont écartées pour discuter à voix basse. Leurs mines sont démoralisées et attristées.

— Tu n'as plus aucun pouvoir alors ? demandé-je.

— Pas tant que je suis dans cette cage. Les empousa non plus.

Les silhouettes qui hantent l'entourage de Circé la Première sont donc les fameuses servantes d'Hécate disparues ? Celles dont le nom est devenu une insulte dans la bouche des dieux pour parler des sorcières.

— Qu'est-ce que je peux faire ? Il y a forcément un moyen !

— Il n'y a aucun moyen direct. Il faut frapper plus haut.

Zeus. La volonté de Zeus maintient les Enfers, les lois, le Tartare et la cage. Il y a trop de témoins pour aborder tout le plan de rébellion contre le maître des dieux, mais je suis gonflée à bloc pour sortir des Enfers et le faire chuter de son trône.

— Je dois passer les épreuves d'Hadès et de Perséphone pour revenir dans le monde des vivants, je rapporterai notre rencontre aux autres sorcières et nous ferons tout pour vous sortir de là, lui promets-je.

Circé la Première encadre mon visage de ses mains et m'attire à elle pour déposer un baiser sur mon front.

— Ne doute jamais de toi.

— Je ne douterai plus.

— Nous devons y aller, dit Némésis, le ton éteint.

Mon aïeule me relâche et je recule, le cœur lourd. Méduse s'est raccroché aux barreaux, bouleversée. Circé la Première s'approche d'elle pour l'enlacer. J'attrape la kunée et la remets tandis que Némésis attrape ma taille pour bondir dans les airs. Elle se pose sur la route et nous nous remettons en marche. La déesse du châtiment ne peut cacher sa déception, les épaules raides.

— Je suis désolée, je n'ai rien pu faire, dis-je, la gorge nouée.

— Personne ne peut rien faire, le Destin tient tout, réplique-t-elle avec froideur.

Notre mission est de trouver des alliées divines et Némésis a toutes les bonnes raisons de nous suivre, mais elle est impulsive et enragée. Un peu comme moi, à un degré bien supérieur. Cela dit, je peux lui parler du plan, sans lui dévoiler le nom des déesses impliquées. Athéna faisant partie du complot, je ne veux pas qu'elle puisse nous trahir si elle tient à faire payer la déesse pour son rôle dans la chute de Méduse.

— Et si je te disais que nous sommes plusieurs à vouloir la fin de Zeus ?

— Je te demanderais « où et quand ? », répond Némésis sans ralentir.

— Sur Terre, et bientôt.

Cette fois-ci, elle s'arrête.

— Tu es sérieuse ?

— Très sérieuse. Une déesse guerrière comme toi, avec la meilleure des raisons de se battre, c'est tout ce dont nous avons besoin.

Si j'étais visible, elle me fixerait sans ciller et je soutiendrais son regard sans peine.

— Je ne peux pas sortir des Enfers, rappelle-t-elle.

— Je sais. Il nous faut une solution pour beaucoup de problèmes. Mais je sais aussi qu'on peut les trouver. Je dois en parler avec les autres, ajouté-je sans préciser de noms.

J'ai de toute façon l'impression qu'elle se moque bien de savoir qui est impliquée.

— Je donnerai tout pour voir Zeus tomber, m'affirme-t-elle.

— Moi aussi.

Elle incline la tête, comme pour approuver mes paroles et confirmer sa participation.

— Alors compte sur moi.

Et elle se remet en marche. J'ai rarement eu confiance en une telle personnalité aussi vite. Némésis est bourrée de défauts, mais ça me paraît évident qu'elle ne me trahira pas.

— C'est pour ça que je ne supporte par son engeance. Hermès parmi d'autres, grogne-t-elle en accélérant.

— J'ai cru comprendre, oui. Mais Hermès est plus contraint que tu ne le crois. Et il a déjà défié son père… pour moi.

Je murmure à peine la fin de ma phrase. Je n'en finis plus de craindre ce qui peut suivre : Hermès découvrant notre complot et prenant le parti de son père, outré par nos projets. C'est une sérieuse possibilité. Il a peut-être quitté son père, fâché, mais il espère encore pouvoir le faire changer d'avis.

— Pourquoi mon frère Thanatos ne trouve pas grâce à tes yeux ? balance soudain Némésis.

— Je ne comprends même pas pourquoi Thanatos a jeté son dévolu sur moi. Je ne suis pas sûre de me sentir attirée par lui, comme l'affirme Minos.

— Tu n'as vraiment pas remarqué tout ça ?

J'hésite.

— De quoi parles-tu ?

— De « la grande solitude affective des divinités des Enfers », déclare-t-elle, me surprenant suffisamment pour que je pousse une exclamation interloquée.

Némésis dodeline de la tête.

— Ce n'est pas de moi, c'est de Méduse, grommelle-t-elle. Il y a bien encore des nymphes pour flirter et baiser un peu partout, mais la plupart d'entre nous vivent isolés. Thanatos a perdu la femme qu'il aimait, il cherche désespérément une nouvelle compagnie.

C'est un peu ce que je pressentais de lui, mais comme il ne se montre pas pressant ni lourd envers moi, j'ai douté. Némésis a visé juste : il cherche de la compagnie.

— Mais pourquoi moi ?

Elle hausse les épaules.

— Je l'ignore, comment veux-tu que quelqu'un comprenne quelque chose au jugement de ces trois vieillards du tribunal !

Juste.

On grimpe à la surface et faisons le chemin inverse. Les Hécatonchires nous ouvrent les trois portes de fer tout en saluant la reine des châtiments. Nous traversons le pont en pierre et nous éloignons de l'entrée du Tartare. Je quitte avec soulagement la chaleur et le soufre, mais aussi avec la désolation d'avoir laissé Circé la Première, les empousa et Méduse au fond de leur cage. Zeus a réservé un endroit particulier aux femmes bien trop puissantes qui peuvent le menacer. C'est peut-être là que nous finirons si notre coup d'État faillit.

Alors qu'on approche de là où on a atterri la première fois, hors de portée des gardiens du Tartare, on aperçoit deux silhouettes qui semblent guetter notre retour. Je retire la kunée en reconnaissant Thanatos et Hermès. Mon cœur s'emballe au pas de course en voyant le dieu messager debout, certes, mais aussi appuyé sur son Caducée qui s'est allongé pour former un bâton. Ses blessures doivent le forcer à trouver un soutien. Il est enveloppé dans un manteau de voyageur noir qui fait ressortir ses yeux argentés.

Je presse le pas avec l'envie de me jeter à son cou, me réjouissant de le voir debout, même s'il est un peu pâle, mais son air décomposé m'en empêche.

— Non mais t'es complètement folle ! Tu as volé la kunée et tu t'es infiltrée dans le Tartare ? s'exclame-t-il.

— Hadès l'a remarqué ? m'inquiété-je.

— Non, j'ai entendu ta prière !

Je souffle, soulagée. Hadès ne me porte pas dans son cœur, j'aurais été bonne pour une multiple condamnation s'il avait su.

— C'est pour ça que je suis là ! panique Hermès.

— Et je vais bien, tout va bien, rassuré-je alors.

— C'était très imprudent, reproche Thanatos en regardant sa sœur.

Il a une bonne raison de ne pas nous dénoncer cette fois, puisqu'il serait obligé de livrer sa propre sœur. Mais c'est plutôt étonnant que Thanatos et Hermès soient là au même moment.

— Comme le dit si bien la sorcière, tout va bien, répète Némésis.

— Si tu avais été aperçue ou si mon oncle comprend que ce n'est qu'une projection de son casque qui trône dans son salon, je ne donne pas cher de ta peau, ajoute Hermès.

Je m'approche de lui, pose la kunée et le prends dans mes bras. C'est à la fois très égoïste – j'avais si envie de le sentir à nouveau contre moi, vivant et bien portant – et j'espère réconfortant. Il tressaille en sentant ma main dans son dos, je la retire bien vite.

— Pardon.

— De la douceur, s'il te plaît.

Je suis, sans l'ombre d'une incertitude, du plus profond de mon être et farouchement – très farouchement – amoureuse de lui. C'est un constat implacable alors que je retrouve son étreinte. Des raclements de gorge autour de nous me font desserrer mon étau.

— C'est une embrassade amicale ! lancé-je en m'écartant, le rouge aux joues.

Les trois dieux me fixent en silence. Silence rompu par Hermès qui désigne son voisin.

— Est-ce que c'est vrai que tu es intrinsèquement attirée par lui ?

Je me raidis alors que Thanatos me scrute avec une curiosité débordante. Il m'a déjà exposé son doute et j'ai déjà répondu. Ce retour en arrière m'impatiente.

— Tu me poses encore cette question ?

— Minos ne se trompe jamais.

OK, je peux comprendre que le jugement infaillible du tribunal des Enfers lui embrouille les idées.

— À ton avis ? rétorqué-je, le cœur battant.

On s'affronte tous les deux, droit dans les yeux. Je me retrouve à nouveau devant cette armure impassible.

— Circé me reviendra, assure Thanatos au milieu de notre confrontation.

— Reste en dehors de ça, proteste Hermès, nerveux.

— Comme tu l'es resté en me dénonçant à Hadès ? rétorque Thanatos avec violence.

Je ne l'avais pas encore vu aussi vibrant de colère, lui qui est si posé. Hermès fronce les sourcils, indécis.

— De quoi parles-tu ?

— Tu sais très bien de quoi je parle !

Le dieu messager ne paraît toujours pas comprendre.

— Tu n'ignorais pas mon histoire avec Macaria et tu en as informé Hadès.

La blessure encore profonde du dieu de la mort nous saute aux yeux. Voilà pourquoi il en veut à Hermès. J'aurais pu croire cette théorie par le passé, mais je n'y arrive pas à cet instant. Du moins, je l'espère. Hermès, lui, semble bien trop soufflé par l'accusation.

— C'est vrai, j'étais au courant, parce que tu te trahissais toi-même, Thanatos. Et je n'étais pas le seul à voir que tu étais heureux.

— Macaria a été menée au fleuve Léthé sans que je puisse lui dire adieu, ajoute-t-il, un trémolo dans la voix.

Je le vois trembler. Il devait contenir ces reproches depuis bien trop longtemps. Il a probablement mis tout ça de côté pour suivre le cours sa vie, mais me voilà, avec le jugement de Minos, et tout s'éveille à nouveau en lui. L'incarnation de la « grande solitude affective ». Combien d'années, de siècles, sont passés depuis la disparition de Macaria ? Il ne m'inspire plus que de la pitié et de la sympathie. J'aimerais l'aider sans savoir quoi faire pour lui puisque son désir le plus cher me contraint, moi.

— Tu as vécu des mois entiers avec elle, tente de calmer Hermès.

— Ce n'était pas assez ! proteste-t-il.

— Ce n'est jamais assez, admet Hermès. Et je suis désolé, sincèrement, mais je n'ai pas trahi ton secret. Hadès s'en est aperçu seul. Sache que s'il l'avait pu, il l'aurait gardé pour lui.

— Ça ne l'a pas empêché de m'infliger le fouet d'Héphaïstos !

— C'est exactement ce que tu m'as fait, s'agace Hermès.

— Pour le même crime !

— Es-tu satisfait à présent ?

Thanatos ravale une réponse bien violente. Les constellations qui tachent son visage brillent de mille feux. Ses grandes ailes immaculées se déploient d'un coup. Il n'a pas l'air d'avoir réellement de réponse à apporter. Cependant, alors qu'il semble vouloir s'éloigner, il me regarde et déclare à son rival :

— Je ne renoncerai pas à Circé.

Puis il s'envole et disparaît.

Hermès soupire, préoccupé. Il jette un œil sur Némésis qui a gardé le silence, laissant son frère mener son combat.

— Tout le monde aux Enfers croit que c'est moi qui ai dénoncé Thanatos et Macaria ?

— Entre autres choses, oui.

Il se tourne ensuite vers moi.

— Circé…

— Je comprends que la parole de Minos te fasse douter, je doute moi-même, le coupé-je.

— Ce n'est pas ce que je voulais dire, commence-t-il confus.

Tout s'emmêle dans ma tête et dans mon cœur.

— Mais tu te méfies de tes propres certitudes, n'est-ce pas ? C'est la même chose pour moi. Je tâcherai de vérifier par moi-même ce que je ressens, pour toi comme pour lui, annoncé-je.

Il ne répond rien, muré dans une impassibilité qui le caractérise si bien.

— Je ne renoncerai pas à toi, moi non plus, dit-il avec fermeté, avant de s'éclipser.

Je me sens vidée. Fatiguée. Je ne veux pas qu'il renonce à moi, mais je veux qu'il me fasse confiance. Il est le dieu voleur, menteur, enjôleur… J'espère qu'il n'est rien de tout ça avec moi.

— Tu veux que je te ramène ? me propose Némésis en déployant ses ailes grises.

Elle a le tact de ne pas m'enfoncer plus avec ce triangle qui vient de se former officiellement. J'accepte sans rien ajouter de plus. Je remets la kunée, grimpe sur son dos, et on s'envole en direction du palais.

*

Une fois le casque d'invisibilité remis à sa place, Némésis me fausse compagnie et je m'assieds sur le canapé du salon, épuisée mais bien trop soucieuse pour dormir tout de suite. La station de tubes pneumatiques attire mon attention et mes pensées rebondissent sur la personne qui échange des messages avec Zeus. Ce pourrait être rien, juste un envoi de nouvelles sans intérêt. Mais je n'arrive pas à y croire. À part le bureau de poste, je ne vois pas où des capsules pourraient traîner. Je sonde les espaces en invoquant celles qui pourraient se cacher avec un sort pour retrouver les objets perdus ou dissimulés, mais rien n'apparaît dans ma tête.

Je m'affale sur le canapé, me laissant gagner par la fatigue.

— Tu ne dors toujours pas ?

Je me redresse aussitôt. Perséphone entre en pyjama deux-pièces et en chaussons surmontés chacun des trois têtes de Cerbère en pilou. Je l'imaginais bien en mode cocooning, cette tendre déesse du printemps. Sa longue chevelure est détachée et ressemble à une traîne en soie châtain dans son dos.

Elle n'a pas l'air d'avoir remarqué mon absence, tant mieux.

— Je vais y aller, dis-je en restant pourtant assise.

Perséphone fouille des vinyles. Je m'en veux, j'ai l'impression de trahir sa confiance, elle qui garde un œil sur moi depuis le départ.

— Je suis désolée pour aujourd'hui, finis-je par dire.

— Hermès se remettra, me rassure-t-elle en dénichant le disque qu'elle cherchait. J'ai l'impression que Némésis a retenu ses coups.

Ce n'est pas ce que m'a laissé croire le spectacle ni la marre dorée d'ichor autour du corps affaissé d'Hermès, mais elle n'est pas la première à le faire remarquer.

Je ne cesse de songer à Deimos. Ella m'a raconté qu'il avait choisi de garder une cicatrice marquante, celle d'un sort de sorcière qui l'a touché durant la guerre. Car habituellement, les dieux cicatrisent vite. Et j'ai encore cette image du dos sculptural d'Hermès dans ma chambre et aux bains, si parfait, si gracieux.

— Mais il gardera des marques, non ?

Perséphone vient s'asseoir à côté de moi.

— Oui, sûrement, soupire-t-elle.

Je vais culpabiliser à mort !

— Hermès savait ce qu'il faisait, tente-t-elle de me réconforter.

C'est ce qu'il m'a dit, lui aussi. Et il ne regrette rien.

— Tu ne dors pas, toi non plus ?

— Hadès a du mal à lâcher prise, après tout ce qu'il s'est passé. Mais il ne résiste pas à Aretha Franklin, dit-elle en brandissant le vinyle.

— Tu es heureuse ici, aux Enfers ? enchaîné-je, comme si notre discussion d'il y a quelques jours sur son « enlèvement » n'avait pas eu sa conclusion.

— J'ai appris à l'être, me dit-elle avec sincérité. Ce n'était pas facile au départ, mais je suis heureuse avec Hadès, ici ou sur Terre. J'ai hâte de partir pour la Sicile, mais une fois qu'arrive l'automne, j'ai hâte de revenir ici.

Elle a l'air si impliquée dans la vie infernale, entre l'installation de l'écran plat au musée pour entretenir une mémoire collective des habitants et leur rappeler qu'ils font un métier important, et cette proposition de vie avec une ombre limitée dans le temps, une alternative censée adoucir une vie bien solitaire.

— Les habitants de la Cité sont intenses, mais touchants, confirmé-je.

— Exactement, approuve Perséphone en me tapotant le bras.

— Je peux te poser une dernière question ?

— Bien sûr.

— Est-ce qu'Hadès va avoir des problèmes avec son frère ? Après tout, il a puni son fils, même si Zeus est en colère après Hermès.

Mon but est double : en savoir plus sur la relation qu'entretiennent Hadès et Zeus, et espérer que je n'ai pas dégradé quoi que ce soit entre eux. Je me suis déjà assez mis le roi des Enfers à dos. Perséphone fait mine de réfléchir. Elle ne doit pas savoir comment formuler sa réponse.

— Hadès n'a jamais eu des relations sans nuages avec Zeus, finit-elle par me confier. Le maître de l'Olympe est un peu trop… tactile, si tu vois ce que je veux dire.

Est-ce qu'il aurait touché ou tenté d'aborder Perséphone ? La femme de son propre frère ?! Ça ne devrait pas m'étonner, mais je le suis !

— Cela dit, Hadès aime l'ordre, il suivra la loi établie par le roi de toutes choses. Ça ne signifie pas qu'il se laissera marcher sur les pieds.

Je hoche la tête. C'est une information précieuse malgré tout.

Perséphone se relève, sans perdre son entrain.

— Tu ferais mieux de te reposer, Circé, une longue soirée t'attend demain.

Je l'imite, la remercie et me réfugie dans ma chambre. J'enfile une chemise de nuit et me laisse lourdement tomber sur le lit. Dans les brumes de ma fatigue, au milieu de tout ce que j'ai vu et entendu, je n'ai que l'étreinte d'Hermès qui m'accompagne dans le sommeil.

Chapitre XXIII

Je sors de la partie privée du palais pour entrer dans la salle du trône pleine à craquer. La décoration de la fête du printemps est somptueuse. J'avais déjà aperçu les guirlandes de laurier faites d'émeraudes taillées, piquées de fleurs en pierres précieuses, mais pas encore les tapis fleuris au sol, les candélabres en or élancés, l'enchevêtrement de glycines et de lianes en métal qui recouvre la surface du plafond et dont s'échappent des boutons lumineux pour éclairer la salle. Les deux statues du couple régnant sont recouvertes d'offrandes en tissus et bijoux. Et je comprends mieux pourquoi en voyant les tenues incroyables des habitants de la Cité : tous ont revêtu leurs robes ou leurs tuniques les plus chatoyantes, et les psychopompes arborent tous leur plus beau manteau.

Ce bal de couleurs m'en met plein la vue. Moi qui ai toujours l'impression que tout est noir ou gris dehors, l'équinoxe du printemps semble invoquer un éventail de couleurs inespéré. De longues tables ont été installées le long des murs pour un buffet digne d'un palais royal. Je gargouille dès que je pose mon regard sur les merveilleuses grenades en sucre soufflé, brillantes et croquantes, remplies de mousse et empilées en pyramide au milieu de mets tous plus attirants les uns que les autres. Géras et les cuisines du palais se sont surpassées. Hypnotisée, je m'approche de l'une d'elles, la faim me poussant à tendre la main.

Une intervention interrompt mon geste et la friandise m'échappe. Hermès abaisse mon bras. Il se tient un peu plus droit, dans son manteau noir qui est en vérité, maintenant que je le vois dans la lumière, tissé de fils sombres et d'argent. Il a l'air de porter un costume trois pièces gris dessous, mais son Caducée est épinglé bien en évidence sur sa poitrine. Il est si séduisant que ma faim s'évanouit.

— Tu m'évites ? me demande-t-il.

Je ne l'ai pas vu de la journée. J'ai préféré rester auprès de Perséphone, peut-être bien pour l'éviter, en effet. Et ne plus me torturer.

— Tu m'en veux pour ce que j'ai dit la nuit dernière ?

— J'aimerais que tu me croies, lui expliqué-je.

— C'est le cas, mais peut-être que tu es quand même attirée par Thanatos et je ne veux te contraindre en rien, dit-il, le regard fuyant.

Je comprends un peu mieux sa réaction et découvre, au fond de son regard, une certaine appréhension qui me serre le cœur. C'est plus une volonté de respecter ma volonté qu'une jalousie qui motive ses paroles, mais elle n'efface pas sa crainte. Je prends sa main dans la mienne. Je peux au moins le rassurer à ce sujet.

— Tu ne me contrains pas et je n'ai pas la sensation de t'avoir poussé à croire que Thanatos m'intéressait. Je me suis jetée sur toi à diverses reprises.

Il sourit et, le temps d'une seconde, ses yeux prennent des reflets d'or encourageants. Tout est si nouveau, cette dynamique entre nous est presque inconnue. Il faut encore qu'on apprenne à se faire confiance. Je me rends compte aussi que je l'ai évité parce que, au fond de moi, avec ma prudence naturelle, je me prépare à la possibilité de le perdre ce soir. Je me sens si heureuse auprès de lui, si bousculée, vivante et pleine de désirs que j'ai peur d'être séparée de lui. J'ai préféré l'anticiper comme pour tenter de ne pas en souffrir. C'est aussi pour cela que je refuse de parler de mon père avec ma mère : ce serait attiser une douleur que j'ai du mal à encaisser, mais qui demeure sous-jacente. Je ravale un flot de larmes désespérées pour lui sourire et tenter d'imiter son courage sans faille.

— Je n'ai pas envie qu'on se fasse du mal ce soir, ajouté-je. Même si je veux gagner ces épreuves et retourner sur Terre avec toi, il n'est pas impossible que ce soit notre dernière nuit ensemble.

Hermès pousse un soupir tout en levant les yeux au ciel. Il cherche peut-être à détourner l'attention, mais ils brillent plus que d'habitude. Je lis la même tension que moi dans la crispation de ses doigts sur les miens et dans le coin de ses lèvres pincés.

— Pourquoi tu dis ça ? Sorcière bornée que tu es, grommelle-t-il.

— Parce que c'est la réalité.

— Seulement une possibilité, corrige-t-il avec insistance.

Il s'incline, prend ma main et dépose un baiser sur son dos, sans trop s'attarder car nous sommes au milieu de la foule. C'est si *old school* et son regard en coin est si pétillant qu'il est impossible de ne pas rougir. Il n'y a que lui pour abattre mes propres murs.

— Je ne te laisserai pas m'échapper aussi facilement. Et pour tout te dire, tu es magnifique.

Perséphone s'est chargée de ma tenue : un chiton court pour me laisser libre de mes mouvements, tissé au fil d'or et retenu sur les épaules par deux broches. La déesse a fait apparaître des clématites violettes, aux couleurs de ma déesse de tutelle Hécate, qui suivent le pourtour de mon décolleté. Je les ai figées d'un sort pour les garder. Je craignais de ne pas passer inaperçue, mais vu la débauche de luxe qui nous entoure, c'est plutôt Hermès en noir et argent qui attire l'œil.

Avec une confiance retrouvée, je me mets à le taquiner.

— Et toi, tu es vieux.

— Ce n'est pas ta main que j'embrasserais si nous étions seuls, m'assure-t-il sur le même ton et tout en déposant à nouveau un baiser sur mes doigts.

Des « je t'aime » gonflent et éclatent comme des bulles autour de moi. Vraiment pas le bon endroit ni le bon moment pour ce genre de déclaration !

— Salut Hermès !

La troisième voix nous surprend tous les deux et je reprends vite ma main lorsque je remarque la chevelure arc-en-ciel de la déesse à nos côtés. Impossible qu'elle n'ait pas vu notre échange, mais elle ne montre rien : ni approbation, ni blâme.

Le dieu messager roule ses yeux dans leurs orbites.

— Iris, j'ignorais que tu accompagnais Héra partout où elle allait.

La reine des dieux vient en effet de faire son entrée dans une impressionnante robe bleu-vert brodée de fleurs de lys. Héra est une amie d'Hadès et Perséphone, ça ne m'étonne pas qu'elle soit invitée. Iris, par contre, c'est nouveau.

— C'est mon travail, collègue, réplique-t-elle.

— Et j'imagine que la place que j'ai temporairement laissée vacante t'intéresse ?

— Je préfère servir notre maîtresse.

Hermès ne fait que confirmer qu'il tient à son travail auprès de Zeus, rien de très rassurant pour moi.

— Hermès, merci d'avoir pris soin de ma protégée, déclare Hécate en posant une main sur mon épaule, derrière moi.

Me voilà bien encadrée, face à lui. Iris et Hécate ont une attitude défensive automatique devant le diplomate de Zeus et je lui adresse un sourire à la fois amusé et plein de défi. C'est comme si je le présentais à mes parents. Je me demande ce que ma mère penserait si je le ramenais. Elle ne l'a jamais porté dans son cœur, a toujours fait preuve d'un désintérêt profond pour lui. Quant à mon père… je crois qu'il hallucinerait. Hermès ! C'est un dieu que le monde entier connaît !

— Je t'en prie, Hécate, répond-il d'un ton neutre.

— Je te l'emprunte, dit-elle en prenant mon bras.

On s'éloigne toutes les deux. La déesse de la magie a revêtu son péplos violet piqué de boutons d'or en tissu, s'éparpillant comme un essaim de papillons, pour honorer le printemps. Les divinités infernales se pâment devant elle, lui adressent des sourires et des salutations, lui souhaitent la bienvenue et se réjouissent de la voir. Elle a marqué les Enfers dans le bon sens. On finit par sortir sur l'esplanade pour échapper à l'attraction qu'elle suscite.

— Je suis si contente de te voir, finis-je par dire.

Hécate me donne une accolade en me glissant un « moi aussi » à l'oreille. J'ai tant à lui dire ! Alors je me lance dans le récit de ma virée au Tartare, de ma découverte de la cage au fond de la fosse, des prisonnières à l'intérieur : Méduse, Circé la Première et les empousas. Hécate se confond dans la torpeur à mesure que je parle pour finir les bras croisés et l'air réfléchi. Elle ignorait ce qui se tramait au fond du Tartare.

— Nous devons les sortir de là, ça ne fait pas de doute, déclare-t-elle, décidée. Circé la Première a raison, la seule solution est de détrôner Zeus. Tu dois réussir les trois épreuves, Athéna, Héra et Aphrodite sont à tes côtés, ne l'oublie pas.

Je hoche la tête avec une résolution encore plus forte.

— Hécate ! Circé ! nous appelle Iris depuis le pas de la porte.

Le moment est venu. Le stress fait accélérer mon cœur, mais je ne tremble pas. Je mets de côté tous les échecs de mes prédécesseurs. Je serai peut-être la première ombre à revoir la lumière du jour en tant que vivante. Je fais un pas vers le palais quand Hécate pose une main sur mon épaule.

— Circé, attention avec Hermès.

Mon estomac se retourne.

— Je n'ai rien contre lui ni contre une histoire entre vous deux, se dépêche-t-elle se préciser. Mais il aime son père, et l'emprise de Zeus sur lui est forte.

C'est une sorte d'approbation et de mise en garde qui ne me déstabilise pas. Je suis d'accord avec elle, même si je veux avoir confiance en Hermès.

— Cela dit, c'est un cas Orphée, peut-être que c'est une bonne chose, ajoute-t-elle.

Je veux le lui confirmer, mais je m'étonne que le terme franchisse sa bouche. Les Enfers sont un vase clos et j'imagine que ce n'est pas la première chose que l'on dit à la déesse de la magie lorsqu'elle revient enfin ici. Est-ce que c'est Perséphone ? Déjà ?

— Qui t'a parlé du cas Orphée ?

— L'information circule au Siège, je l'ai su d'Iris qui a entendu Héra et Zeus en parler.

La personne qui envoie des messages à Zeus le renseigne sur tout ce qu'il se passe ici ?

— Comment Zeus le prend ? demandé-je alors en craignant d'autant plus le sort d'Hermès s'il remontait à la surface.

— Mal, je n'ai pas besoin de te préciser qu'il va guetter le cours des choses ce soir.

OK, c'est une nouvelle pression à endurer, mais qui me renforce en même temps.

— Ne te décourage pas, j'ai confiance en toi, m'appuie Hécate.

— Je suis déterminée.

On se rend dans la salle du trône, Hadès et Perséphone ont pris place devant leur trône, Héra et Iris à leur côté. Hécate les rejoint, me laissant seule devant eux. Hermès se tient sur le côté, Thanatos apparaît de l'autre, entouré de Némésis et de Kère. Les trois enfants de la Nuit sont vêtus d'un manteau aux couleurs de leur mère : un nuancier de bleu profond et de noir, parsemés d'éclats de diamants. Thanatos, lui, a la tête ceinte d'un bandeau brodé de grenades. Il semble impatient et je me rappelle à moi-même que si je sors victorieuse de la première épreuve, je dois lui parler pour mettre au clair cette soi-disant attirance.

Le couple infernal est flamboyant dans ses atours royaux : pour Hadès, une longue tunique, reflétant autant la cendre, les mines et la lave qui émaillent son royaume, une couronne à hautes pointes sur la tête ; pour Perséphone, une robe à traîne d'un rose saisissant, sur laquelle tombent en cascade des grenades en rubis, du buste aux pieds, une couronne de fleurs en pierres et en métal précieux sur la tête. Cerbère se tient à leurs pieds, les trois têtes fièrement dressées.

Allez, Hadès ! Balance la première épreuve !

— Ombre de Circé, débute-t-il d'une voix tonitruante, éteignant les dernières discussions de la salle du trône. Les trois épreuves que nous te lançons devront attester de tes qualités de future guide de ta communauté, afin que nous déterminions si ou non, ton retour dans le monde des vivants est indispensable.

— Pour cela, nous testerons ta force physique, ta force mentale et ton habilité à résoudre d'épineuses affaires, enchaîne Perséphone. En somme, nous voulons savoir si tu es digne de la tâche qui t'attend.

Ça, ça me met une pression monstre. Je vais enfin me prouver à moi-même que je suis à ma place en tant qu'aspirante guide.

— Ta première épreuve, reprend Hadès, sera de contrôler Sthéno, la Puissante !

Tout le monde retient son souffle derrière moi. Sthéno, la Gorgone nerveuse qui tourne en rond. Des « elle est totalement réfractaire à la fête du printemps » et autres « elle pète toujours les plombs cette nuit-là » retentissent ici et là. Il avait fallu à Persée l'aide de deux dieux pour venir à bout de l'une d'elles et ce n'était pas la plus menaçante. Hécate et Héra semblent préoccupées mais m'encouragent d'un geste de la main. Je croise le regard d'Hermès qui murmure un « je crois en toi » qui fait battre mon cœur plus vite.

Puisqu'Hadès n'ajoute rien, j'en déduis que je dois parcourir la Cité à la recherche de la Gorgone. Je ne l'ai pas aperçue sur l'esplanade tout à l'heure, elle doit ruminer sa rage ailleurs. En sortant de la salle, alors que la foule s'écarte sur mon passage, j'entends les trois Disputes qui devisent en me suivant, bien décidées à ne pas être discrètes.

— Vous croyez qu'une ombre peut à nouveau mourir ?

— Il se passe quoi si on lui arrache la tête ?

— J'ai parié sur la Gorgone moi, et vous ?

J'accélère le pas. Leurs paroles réveillent mes nerfs, ce n'est pas plus mal. Même si je me demande ce qu'il pourrait bien se passer si Sthéno me démembrait. Je traverse l'esplanade et fais naître mon habituelle boule lumineuse qui vole à côté de moi. L'éclairage public n'a pas beaucoup d'utilité pour les habitants, habitués à cette éternelle pénombre. Je décide d'explorer les endroits les plus dégagés, la Gorgone a besoin d'espace pour se défouler. Je mise donc sur la place principale. Des divinités ailées me suivent de haut, sûrement pour couvrir l'événement et faire valider l'épreuve au roi et à la reine.

Un bruit de verre brisé attire mon attention. Lorsque je débouche sur la place du musée, Sthéno est bien là, grande et bardée de muscles tendus. Elle marche d'un pas lourd autour de la fontaine de lave. Elle n'est pas seule, la troisième Gorgone, Euryale, est assise sur les marches du musée, un peu plus loin. Elle ne paraît pas dans son assiette, ivre au point de ne plus tenir debout. Elle a ramené les bouteilles de l'Antre d'Achlys avec elle et les vide avant de les jeter par terre.

— Tout le monde se pavane pour ce foutu printemps, grommelle Euryale.

— Je déteste le printemps ! confirme Sthéno. Je le hais !

Leurs éclats de voix résonnent contre la façade des maisons qui les entourent. Elles sont encore plus seules et isolées ainsi. Au moins, je ne crains pas qu'Euryale intervienne, elle est inoffensive.

— Qui peut se réjouir du départ de notre bien-crainte, ça n'a pas de sens, dit-elle, désabusée.

Pour tout commentaire, Sthéno envoie son poing dans l'une des têtes de Cerbère et la décroche de la statue. Elle bute sur le rebord du bassin en tombant, créant une entaille et une coulée de lave sur les dalles de la place. La tête roule sur plusieurs mètres avant de s'arrêter. C'est du basalte ! Sthéno vient d'abattre du basalte ! Ses serpents sont agités, ses ailes frémissent et ses crocs paraissent encore plus menaçants que d'habitude.

Je déglutis, la peur au ventre. Mon enveloppe charnelle d'ombre se répare seule, je ne crains rien, enfin, je le crois. Mais qu'arrivera-t-il si je plonge dans la lave ? Je ressens encore la douleur.

Je serre les poings, inspire, expire et me lance. Pas question de reculer. Pour Hermès. Pour la fronde. J'envoie la boule lumineuse dans le ciel au-dessus de nous et la divise en plusieurs éclats pour illuminer le plus de surface possible au sol. L'attention des Gorgones se braque sur moi.

— Ce n'est vraiment pas le bon soir ! rugit Sthéno.

— Barre-toi, ombre, conseille mollement Euryale en buvant au goulot.

Hadès a parlé de « contrôle », donc il suffit de la calmer et de faire en sorte qu'elle ne fasse pas plus dégâts.

— Je viens juste voir comme tu vas, dis-je en m'avançant avec prudence.

Sthéno penche la tête sur le côté, perplexe. Elle s'écarte, rejoint la tête en pierre, lève la jambe derrière elle et en un coup de pied, m'envoie le morceau de statue comme un boulet de canon. Je n'ai que le temps de me jeter par terre pour l'éviter. Elle s'enfonce dans une façade, reste ancrée quelques secondes puis retombe avec lourdeur. Je roule sur le dos, le souffle coupé, tandis que la Gorgone fait craquer ses doigts.

— Tu veux vraiment jouer à ça avec moi ? Ça ne me pose aucun problème, sache-le ! clame-t-elle alors que sa sœur l'encourage.

— Ouaaais ! Vas-y, Sthénooo !

Je me relève sans attendre. Très bien, on va partir sur quelque chose d'un peu plus corsé. Il y a la magie par potions et sorts, celle qui est lente et créative, celle qu'on utilise toutes la plupart du temps, comme Ella avec ses expériences de tricotage, ou moi et mes doubles. Et puis il y a la magie de combat, qui s'appuie sur nos instincts de survie et sur nos réflexes. Je m'applique un sort de protection pour amoindrir les blessures et leurs impacts.

Sthéno, elle, décroche une deuxième tête de Cerbère, recule et me la jette avec une force extraordinaire. Je lève les mains devant moi et dévie sa trajectoire d'un geste. La tête fonce droit sur la boulangerie. Elle emporte avec elle le treillage de grenadier abritant les tables de la terrasse qui la ralentit et sauve la vitrine. Euryale éclate de rire devant les dégâts que je suis en train de causer. Sthéno, en revanche, enrage de plus belle. Elle décroche la troisième tête, décapitant pour de bon la statue de Cerbère, la rompt en deux et les balance coup sur coup dans ma direction. Si j'ai le temps de dévier la première, la deuxième arrive bien trop vite derrière. Je hurle *« eau ! »* et la roche se transforme à la dernière seconde en une bombe liquide qui m'explose au visage.

Je recule, surprise par mon propre sort qui a fonctionné, et trempée.

— On pourrait peut-être discuter ? proposé-je alors en m'égouttant, le souffle court.

— Et de quoi ?!

La Gorgone cherche autour d'elle de quoi m'abattre.

— De la raison derrière toute cette rage lors de la fête du printemps ?

— Oh par tous les Enfers, déplore Euryale. Mais tais-toi donc, ombre !

Sthéno tombe sur les débris en verre des bouteilles de sa sœur. Elle les soulève et les rassemble d'un geste, me surprenant davantage. Sthéno a donc des pouvoirs autres que la force ! Le pouvoir de créer une arme, si j'en crois la sorte de massue faite d'éclats de verre coupants qu'elle se met à brandir avec un sourire satisfait.

— Par Hécate, murmuré-je, effrayée.

S'engage alors un échange rapide de projections de bras pour sa part et d'esquives de la mienne. Si moi, je m'essouffle, elle, rien ne l'ébranle. Et manquer son coup, encore et encore, ne fait que la rendre plus forte. Alors, au moment où j'anticipe le jet de son arme, elle envoie son autre poing à l'assaut sans que je puisse le voir arriver. Je me sens décoller dans les airs et atterrir durement à plusieurs mètres. Sans mon sort de protection, j'aurais vraiment morflé ! Sthéno bondit et déboule au-dessus de moi.

— Toujours envie de parler, sorcière ? s'amuse-t-elle en levant sa massue.

— *Nope !*

Elle va frapper, mais j'exécute ce que je fais le mieux : créer un double de moi et rouler sur le côté. Sthéno s'est braquée sur mon image allongée, elle ne perçoit pas la différence et abat son arme sur ma projection avec un hurlement de victoire.

Je me redresse et m'éloigne, le sang battant dans mes tempes, des douleurs plein les bras et le dos. Je boitille en décidant de créer d'autres doubles. Je les sème ici et là, en les éparpillant sur la place, les rendant mobiles.

Sthéno, à force de s'acharner sur une image immobile, finit par comprendre et pivoter. Surprise par le nombre de sorcières qui se déploient sous ses yeux, elle se fige. Euryale se relève et tangue sur ses pieds.

— Toi aussi tu en vois plusieurs ou c'est juste moi ? balbutie-t-elle.

— Maudite sorcière, grogne Sthéno en donnant des coups de massue sur chacune de mes doubles.

— C'est pourtant l'occasion de se réunir avec tous les habitants des Enfers, dis-je en poussant mes projections à parler.

Nos voix s'élèvent sur la place en même temps, je ne pensais pas qu'un jour je produirais ce genre de sort !

— La ferme ! s'agace Sthéno en parcourant la forêt de Circé.

— Pourquoi rester ici, avec ta sœur, à l'écart de tous ?

— Je vais te trouver et t'étriper ! menace-t-elle en frappant dans le vide.

Mais je continue. Il y a forcément une raison pour laquelle la Gorgone est aussi remontée ce soir-là en particulier. « Se réunir tous alors qu'il en manque une. » La réponse finit par me parvenir au moment où je la vois s'immobiliser et sourire, dévoilant ses crocs avec plaisir. Elle fait jaillir tous les éclats de verre de son arme et les envoie partout autour d'elle. Si les morceaux coupants traversent mes doubles, ils se plantent dans ma chair, me tirant des cris de douleur. Mon sort est interrompu, toutes mes projections s'évanouissent et Sthéno se rue sur moi.

Je n'ai pas le temps de l'éviter. Elle m'attrape et bondit jusqu'au bassin. Elle me soulève comme si j'étais une poupée de chiffon avec l'intention de me jeter dans la lave. L'onde brûlante du fluide me chauffe la peau.

— Attends ! crié-je, paniquée. J'ai vu Méduse ! J'ai vu Méduse !

Le nom de sa sœur stoppe son mouvement, mais elle ne me pose pas à terre pour autant.

— J'ai rencontré Méduse au Tartare ! Elle a demandé de vos nouvelles ! Elle se languit de vous !

Euryale titube jusqu'à nous tandis que Sthéno m'abaisse lentement, son souffle ralentissant mais sans perdre sa rage.

— Tout le monde se réjouit du printemps au palais alors que votre sœur est enfermée dans une cage, c'est si injuste ! Je ferais comme vous, croyez-moi !

Sthéno me dépose à terre, les traits crispés. Du sang coule de mes blessures mais je les ignore en me laissant choir, soulagée de retrouver le sol de dalles. Je recule pour échapper à la chaleur étouffante de la lave.

La Gorgone tombe à genoux, envahie par un mélange de rage et de chagrin.

— Si c'étaient mes sœurs, je serais comme toi, dis-je avec plus de douceur, bouleversée à mon tour par la détresse de mon adversaire. Je comprends ce que tu ressens.

Sthéno frappe le sol de ses poings et pousse un hurlement déchirant. Euryale arrive à notre niveau et s'affale sur le côté, manquant l'épaule de sa sœur, bien trop ivre pour viser juste. Je tends la main vers elle.

— *Dessaoule de tout ton vin, de ses maux tu ne ressens plus rien.*

Elle se redresse, étonnée, me jette un regard de côté mais ne s'appesantit pas sur le sort, elle incline seulement la tête en guise de remerciement, murmure un « super utile, ce sort », et se plaque contre sa sœur pour la réconforter.

Je reprends ma respiration et retire les éclats de verre de ma peau, soulagée de voir qu'en effet, je guéris vite. Je me rapproche ensuite de Sthéno pour poser une main sur son bras tendu et tremblant. De grosses larmes roulent sur ses joues, mais elle retient tout sanglot, s'interdisant de craquer. Je ne vais pas m'amuser à lui lancer de sort, mais je vais lui insuffler un peu de ma magie douce.

— Je ne t'enlève pas ton chagrin car il faut le ressentir, mais je te retire de la colère, dis-je à voix basse. Et je vous fais cette promesse, à toutes les deux : je sortirai votre sœur de sa prison, et si je ne peux pas le faire moi-même, les sorcières le feront, j'en fais le serment.

Les serpents dressés sur la tête de Sthéno s'enroulent, calmés. Elle s'assied sur ses talons et rend l'embrassade de sa sœur.

— On peut rentrer à la maison et se faire un chocolat chaud, lui promet Euryale.

Elles ne bougent pourtant pas tout de suite, profitant d'un apaisement commun bien trop rare. Je me relève et décide de les laisser tranquilles. Je m'éloigne en me frottant les bras, touchée en plein cœur. Son désespoir est poignant. Je crois que je n'oublierai jamais Sthéno.

Déphasée, je rejoins la salle du trône déjà au courant de tout grâce aux observateurs volants. Je fais quelques pas au milieu du débordement de couleurs et Hadès lève une coupe en me voyant.

— La première épreuve est remportée par l'ombre !

Des applaudissements fusent, je souris enfin, gardant en moi la révolte des Gorgones.

Chapitre XXIV

Les taches de sang sur ma robe ont fait bondir Hermès mais il a vite compris que je n'avais rien ni envie de m'attarder là-dessus. Hadès et Perséphone m'accordent une pause, je vais en profiter pour discuter avec Thanatos. J'ai abandonné Hermès aux mains des Disputes mais ne peux m'empêcher de tendre l'oreille, curieuse de leurs interactions.

À première vue, elles débutent sans surprise : Hermès se masse les sinus, dépassé.

— Vous comprenez ce qui ne va pas dans votre comportement, n'est-ce pas ?

Les trois Disputes ont les bras croisés et secouent la tête. La mauvaise foi incarnée !

— Vraiment, on ne voit pas.

— Vous avez transformé le bureau de poste en bureau de bookmaker ! Ça a fini par arriver à mes oreilles !

— Oh ! Ça ! Mais c'est juste pour ce soir !

— … Pardon ?

Cette fois, le patron des Disputes croise les bras alors que j'aurais plutôt envie de rire. Je ne sais pas ce qu'il pouvait attendre d'autre de leur part.

— Patron, ne nous prends pas pour des amatrices.

— On a lancé des paris sur la réussite ou non des épreuves par la sorcière, et on passe notre temps à dire qu'elle va rater.

— Comme ça, quand elle va réussir, on gardera les gains.

Les démones !

— … Ah parce qu'en plus, vous trichez ? Ça va encore me retomber dessus, déplore Hermès.

— Patron, patron, on a récolté pas moins de trois mille oboles pour le moment.

Le dieu messager garde le silence quelques secondes avant de chuchoter, incrédule :

— Trois mille oboles !

Les trois Disputes se gaussent tout en bombant le torse. Le sourire d'Hermès s'allonge et il leur tapote l'épaule.

— Vous êtes douées, les félicite-t-il. Sur quoi d'autre on pourrait parier ? Vous avez des idées ? Ça vous dit un *brainstorming ?*

Ah ah l'idiot, bien sûr qu'il est fier d'elles !

— Circé ?

Je pivote et tombe nez-à-nez avec Thanatos.

— J'allais justement te voir, lui dis-je.

Il m'accorde l'un de ses sourires attendris. Dès que je fais un pas vers lui, ça le contente, peu importe mon intention. J'essaie de déceler un sentiment pour lui, ou une attirance. Et je dois avouer que j'en ressens une, un peu étrange et déplacée. Rien à voir avec l'impérieuse qui me lie à Hermès. Je ne comprends pas pourquoi Minos a déterminé cela en examinant le fil de ma vie. Est-ce que j'ai une fascination pour la mort de base ?

— Je suis impressionné que tu sois parvenue à calmer Sthéno. Chaque année, elle détruit des pans entiers de la ville.

— La fontaine de Cerbère n'a pas survécu.

— Ce n'est pas la première fois qu'on la refait, balaie-t-il d'un geste.

En vérité, Sthéno m'a fait penser à lui. Il est tout aussi seul et tourmenté par sa propre situation.

— Tu n'as jamais eu envie de te déchaîner, toi aussi ? lui demandé-je.

Il a un sourire désenchanté.

— Tout le temps, mais qu'est-ce que ça changerait ?

— Ça défoulerait, je dirais.

— Quand bien même. Je suis condamné à rester ici. Et même si je pouvais sortir, je suis le dieu de la mort, personne ne m'acceptera dans le monde des vivants.

Je déglutis, je n'ose pas lui confirmer que c'est possible, ni lui donner de faux espoirs en contestant. Il veut donc quelqu'un qui soit capable de lui faire oublier sa condition et pour cent ans. C'est mettre une pression énorme sur les épaules de l'ombre.

— Je suis un fils de la Nuit, je n'ai jamais vu le soleil et toi, tu es une descendante d'Hélios. C'est peut-être pour ça que tu es là, auprès de moi, en cadeau.

Si je suis assez convaincue par la Nuit et le Soleil, le terme « cadeau » m'envoie une gifle.

— Je suis un cadeau ?

— Un cadeau du Destin, m'assure-t-il.

— Même si je restais, je ne t'appartiendrai pas, lui rappelé-je.

Thanatos se décompose.

— Oh, ce n'est pas ce que je voulais dire, bredouille-t-il.

Il est bien trop sensible pour avoir ce genre de prétention, m'aperçois-je. Mais autant le lui rappeler. Il doit penser qu'en cent années, tout peut évoluer. C'est peut-être le cas.

— Mais je te promets que les Champs Élysées sont un lieu de paix éternelle, dans lequel tu ne ressens plus ni tristesse, ni contrainte, ni colère.

Est-ce qu'il tente de me vendre cent ans avec lui seulement pour avoir la récompense au bout ? Est-ce qu'il se dévalue à ce point ?

— Tous tes vœux les plus chers se réalisent là-bas. Tu ne penseras même plus à ce que tu peux manquer ni aux personnes du monde des vivants que tu as quittées. Et puis avoir…

Des gémissements à ses pieds l'interrompent dans sa vente. Il baisse les yeux, Cerbère est assis et le guette, en quête d'une caresse.

— Plus tard, Cerbère, je suis au beau milieu d'une discussion, sermonne-t-il avant de relever les yeux vers moi. Je disais qu'avoir accès aux Champs Élysées est une chance accordée à…

Son manteau est tiré par le bas et le coupe à nouveau. Thanatos semble défait et embarrassé, comme s'il avait répété plusieurs fois son discours sans prévoir qu'un chien à trois têtes ruine ce moment.

— Cerbère, s'il te plaît, prie-t-il sans élever la voix.

Je me mords la lèvre, trop amusée par sa maladresse.

— Qu'est-ce que je disais ?

— Que les Champs Élysées étaient une chance accordée à trop peu de personnes, j'imagine, complété-je.

Il baisse les yeux, gêné.

— Oui, c'est ça. C'est dire combien ça peut valoir le coup de passer du temps avec moi avant.

Je ne souhaite pas rester, mais je suis à peu près sûre que Thanatos vaut mieux qu'un sacrifice pour atteindre les Champs Élysées. J'aimerais au moins le rassurer sur cela mais Cerbère accapare à nouveau l'attention en posant ses deux pattes avant sur le dieu de la mort, gémissant de plus belle.

— Très bien, cède Thanatos en s'accroupissant pour le couvrir de caresses.

Touchée, je me joins à eux. Cerbère est au comble de la joie tandis qu'on se partage les têtes pour les gratouiller.

— C'est promis, demain on part se promener aux champs d'Asphodèle, dit Thanatos au chien infernal.

— Les champs d'Asphodèle ? relevé-je, étonnée de ne pas m'en souvenir sur la carte des Enfers.

— Une grande plaine qui précède les Champs Élysées, je l'emmène souvent courir là-bas. Ce n'est rien d'autre qu'un champ de cendres, mais les filons de diamants sont les plus brillants à cet endroit. C'est comme si on avait un ciel d'étoiles quand il fait nuit.

Je me souviens d'avoir eu un aperçu des plaines lors de ma première balade. Il y a donc de belles choses par là-bas, quand on sait regarder avec ses yeux.

— Ça a l'air merveilleux.

— Ça l'est, sourit-il.

Minos a raison sur une chose : je ressens le besoin de protéger ce dieu prisonnier de son enfer, qui, malgré son malheur, y trouve tout de même de quoi s'ébahir.

Le tintement répété sur un verre nous interpelle. Hadès est en train de réclamer l'attention de tous, la deuxième épreuve va être lancée. On se redresse tous les deux.

— À plus tard, dis-je à Thanatos avec plus de chaleur pour lui dans la voix.

Il me fait un signe de la main et je m'éloigne. Hadès, Perséphone, Héra, Iris et Hécate reprennent place sur l'estrade, près du trône. Je me présente devant eux, Hermès et Thanatos derrière moi.

— Ombre de Circé, passons à l'épreuve suivante afin de tester ta force mentale, annonce le roi des Enfers.

— Tu vas devoir résister au Trône d'Oubli, annonce Perséphone alors qu'un siège en pierre apparaît devant moi.

Autant la salle avait été remuée par l'annonce de mon affrontement avec Sthéno, autant là, c'est comme si le temps s'était arrêté. Plus aucun bruit. Le Trône d'Oubli est d'une sobriété menaçante qui me glace le sang. Entièrement noir, un haut dossier terminé en pointe, deux accoudoirs cloisonnés. Il n'encourage pas à s'y asseoir.

— Non, souffle Hermès.

Je jette un œil sur lui, la poitrine serrée. Il a blêmi.

— Personne n'en est jamais sorti ! proteste-t-il.

— Ce serait la condamner, appuie Thanatos, chamboulé.

Je cherche un appui parmi les déesses, mais toutes gardent le silence. Elles n'ont pas leur mot à dire dans les épreuves. Perséphone n'a qu'un regard plein de soutien pour moi, et Hécate paraît soucieuse, mais confiante.

— Deux personnes ont réussi à s'en sortir, contre Hadès avec un air supérieur.

Le roi tient à me faire savoir qu'il a sa revanche pour avoir défié sa loi.

— Thésée et Pirithoos ne s'en sont pas tirés seuls ! s'exclame Hermès.

— Leur crime était plus grave, ajoute Thanatos. Ils ont tenté d'enlever notre bien-crainte Perséphone !

— C'est bien mon seul regret, devise Hadès. Que ces deux vermines s'en soient sorties.

— Héraklès les a tirés de là par la force ! poursuit Hermès, dans une colère sourde.

Tout son corps reprend cette teinte métallique d'armure que j'avais aperçue près du Styx, lorsqu'il était plongé à la fois dans le désespoir et la fureur.

— Thésée et Pirithoos n'avaient rien dans la cervelle pour s'en sortir tous seuls, finit par dire Hécate. Ce qui n'est pas le cas de Circé.

Ça tasse la rébellion. Je voudrais y croire, mais je suis ébranlée. Je ne suis pas sûre d'avoir l'équivalent en force mentale de la force physique d'Héraklès. Hermès se terre dans l'angoisse.

— Si l'ombre ne s'en sort pas d'elle-même, elle finira par disparaître, engloutie par le Trône d'Oubli, ajoute Hadès avant de tapoter l'assise tout en me regardant.

OK. La leçon sera définitivement de ne pas défier le roi des Enfers sans craindre de châtiment à la hauteur derrière. Je fais un pas dans sa direction et sens la main d'Hermès prendre mon bras derrière moi, sans brutalité. Il se penche sans que je le voie, et glisse quelques mots à mon oreille.

— Ne m'oublie pas.

Sa déclaration me tord le cœur dans tous les sens. Aussi légère qu'un murmure et intense qu'une tempête. Elle se grave dans ma tête et dans ma cage thoracique. Puis il recule. Comment pourrais-je l'oublier ? Je m'interdis même de l'envisager. Peu importe ce qui m'attend sur ce Trône, je me répète tout ce qui fait de lui l'homme réel qui m'habite : odeur de bergamote poivrée, chaleur de sa peau, douceur réconfortante de son manteau, discussion à cœur ouvert près du grenadier, révélation imprévisible sous le portique, rire dans le verger près du rempart, ailes argentées dans les bains, sacrifice de son ichor sous mes yeux.

Lorsque je prends place, je suis face à lui. Je m'assieds et tout disparaît.

Je suis dans l'Érèbe.

J'en reconnais l'obscurité sans fond.

Je n'ose d'abord pas bouger, interloquée. Je sais comment sortir de là, il suffit de marcher tout droit. Donc pourquoi me retrouver ici ? J'avance, avec prudence, me disant que finalement ce ne sera pas une calamité, juste un court voyage inattendu…

Chapitre XXV

Je grimpe les marches du perron, un sac de courses dans la main, les clés de ma voiture dans l'autre. Les premiers jours du printemps sont beaux, il fait même doux. Ça ne m'empêche pas d'avoir enfilé une écharpe et une veste mais ma mère a raison, c'est la journée idéale pour un barbecue dehors, le premier de l'année. Je pousse la porte de sa maison et suis aussitôt assaillie par les cris des enfants qui jouaient dans le salon.

— Maman !

Les quadruplés de trois ans courent vers moi, échappant à leur cousine Médée qui, à en croire son air ronchon, tentait de leur faire faire quelque chose de construit. Elle n'a que deux ans de plus qu'eux, mais elle semble en avoir dix tant son air peut être sérieux. Ça fait toujours rire Ella qui trouve qu'elle ressemble beaucoup à son père. Et c'est vrai. Médée a bien la chevelure très rousse de sa mère, mais bon sang elle a la gravité et le regard dépareillé de son père : un œil noir, un œil bleu-vert.

Mes petits monstres à moi se sont partagé les traits de leurs deux parents. Emma, Angelia, Ulysse et Eudoros ont les cheveux soit bruns, soit auburn, et les yeux soit gris, soit bleu-vert. Ils adorent les bêtises, sont rebelles à fond, surtout à l'heure du bain, et tentent par tous les moyens de soutirer des bonbons à tout adulte qui croise leur route.

Je m'agenouille pour les prendre dans mes bras tout en distribuant des baisers.

— Ils n'en pouvaient plus de t'attendre, s'amuse Ella en se levant d'un canapé.

Enceinte de son deuxième, elle prend la main de Médée dans la sienne.

— J'ai ramené le citron et la moutarde qui manquait et je suis passée par l'atelier pour chiper une bouteille de *ginger beer*.

En tant que nouvelle directrice de la fabrique de *ginger beer*, j'ai les clés de l'usine et ça me rend toujours aussi fière de pouvoir aller et venir dans les locaux. Maman vient de prendre sa retraite, me léguant l'entière affaire.

— Ce sont les préposés à la cuisine qui vont être ravis, m'assure Ella.

— Tu as fui les champs de bataille ? m'amusé-je.

— Maman est en pleine symbiose culinaire avec ton cher et tendre, et Deimos et Phobos s'occupent du barbecue dehors.

Elle ponctue ses annonces d'un air perplexe que je plussoie.

— Papa dit qu'il sait ce qu'il fait, intervient Médée, pas du tout d'accord avec notre ton sarcastique.

— N'oublie pas, ma puce, qu'il avait affirmé la même chose avec l'installation des décorations de Noël, lui dis-je avec complicité.

Elle détourne les yeux et se met à rire à ce souvenir. Mes petits quadruplés reviennent à elle pour jouer et j'en profite pour m'approcher de ma sœur et l'embrasser.

— Je suis contente que vous soyez venus de New York.

— On n'aurait pas loupé le premier barbecue.

— Comment tu te sens ?

— J'ai hâte que la petite sœur de Médée sorte de là !

Ella se penche vers moi.

— J'ai encore plus hâte de reprendre mon travail au musée, murmure-t-elle avec un sourire coupable.

— Personne ne t'en voudra.

— Mamaaaan ! geint Ulysse en trottant jusqu'à moi, des larmes de crocodile dans les yeux. Eudoios, il a piis mon chevaaal !

Eudoros cache vite le jouet dans son dos alors que ses deux sœurs Emma et Angelia lui jettent des regards outrés.

— Pas vraaai ! ose-t-il dire.

— Si, il a pris son cheval, s'indigne Médée.

Avec Ella, on partage un regard entendu.

— Allez, ça suffit, vous fatiguez tata Ella. Tout le monde prend son manteau et court embêter tonton Phobos ! lancé-je en prenant le cheval des mains d'Eudoros.

J'aide les quadruplés, ouvre la porte de derrière qui donne sur le jardin et relâche les fauves dans le jardin. Médée les accompagne en courant vers son père. Phobos les réceptionne à merveille. C'est l'oncle adoré, il aime raconter des histoires et jouer dehors avec eux. La patience de ce garçon est exceptionnelle. Ella s'allonge sur le canapé avec un soupir de contentement.

— Je t'apporte un jus d'orange, Citrouille, lui dis-je en reprenant mes courses.

— T'es un amour.

Je passe dans la cuisine, maman est aux fourneaux avec Hermès qui découpe des pommes de terre en quartier, un torchon sur l'épaule.

— C'est une recette de famille grecque, explique-t-il. De l'huile d'olive, des herbes, du jus de citron, sel et poivre, on mélange le tout et on met les pommes de terre au four.

— On va se régaler, se réjouit ma mère.

Je m'approche d'eux, toujours aussi épatée par le rôle de gendre idéal que peut endosser Hermès, lui qui incarnait l'absolue et séduisante nonchalance quand on s'est rencontrés. Et puis, la naissance des quadruplés a tout changé, on s'est vite retrouvé la tête sous l'eau tous les deux. Heureusement que ma famille nous a aidés. À présent, on a notre rythme et Hermès est le père et homme au foyer idéal.

— Je ramène le citron à temps, dis-je en le déposant sur la planche à découper.

— Je le savais bien que j'avais entendu la plus belle femme du monde rentrer, déclare Hermès en se tournant vers moi pour m'embrasser.

J'adore me serrer contre lui quand il porte ses pulls marins.

— Flatteur, m'amusé-je en humant son cou le temps de son embrassade. Tu as changé de parfum ?

— Non, pourquoi ? s'étonne-t-il.

— J'étais persuadée que tu sentais la bergamote poivrée.

Hermès me fixe en clignant des paupières.

— Qu'est-ce que nos gamins t'ont fait ?

— Ils sont quatre, affirmé-je en donnant la moutarde à ma mère.

— Je t'ai proposé d'en vendre deux, tu as refusé.

— On les vendra plus cher quand on les aura éduqués.

— Tu veux dire *si* on parvient à les éduquer.

Je ris tout en déposant un baiser sur son épaule.

— Je me souviens d'avoir pensé la même chose avec vous trois, s'amuse ma mère.

— Non, non, non, objecté-je en sortant une bouteille de jus d'orange du frigo. Tu ne peux pas nous comparer, moi et mes sœurs, à des quadruplés.

— Tu comptais bien pour deux, me taquine ma mère.

Et ça fait rire Hermès ! Je lui jette mon meilleur regard sévère tout en servant un verre pour Ella.

— Hé, je suis fils unique, rappelle-t-il.

— Puisque tu sors de la cuisine, me dit ma mère en pointant une panière sur le comptoir. Tu veux bien apporter les fruits sur la table, dehors ?

J'attrape verre et panière alors qu'ils me promettent de tout mettre au four et de nous rejoindre. Je retrouve Ella dans le salon, lui tends le verre et m'assieds à côté d'elle. À vrai dire, toute mon attention est engloutie par la grenade au milieu des pommes et des poires.

— « Discussion à cœur ouvert près du grenadier », me récité-je sans comprendre d'où cette phrase peut bien venir.

— Qu'est-ce que tu dis ? s'étonne Ella en vidant son jus d'orange.

— Aucune idée, des mots qui me trottent dans la tête.

La porte d'entrée s'ouvre et se referme. Méroé apparaît dans le salon, sac à dos sur l'épaule, l'air ravi. Elle revient d'une randonnée dans les montagnes alentour, juste à temps.

— Salut les pondeuses !

Ella lui envoie un coussin et je pointe mon doigt sur elle.

— *Méroé dans son coin, n'aura plus qu'un groin !*

Mes deux sœurs éclatent de rire.

— Ça fait des siècles qu'on n'a pas joué aux sorcières, tu sais ! s'amuse Méroé.

— J'avais envie de répéter la formule, affirmé-je en souriant.

Pourtant, je suis confuse. Ça a jailli de moi-même sans contrôle.

— Je vais prendre une douche rapide et j'arrive, dit Méroé en grimpant à l'étage.

— Je vais voir où en est Deimos, tu viens ?

Je suis Ella et on se retrouve dehors. Phobos est en train de faire peur aux quadruplés qui hurlent de rire en courant tandis que Deimos cuisine d'une main, Médée calée contre lui de l'autre. Je pose la panière de fruits sur la table pour m'approcher de ma sœur et de son mari, directeur de la sécurité dans un gros groupe à New York.

— Tout va bien mon *Agápê ?* demande Deimos alors qu'Ella inspecte la viande et les légumes qui grillent.

— Ce n'est pas carbonisé, constate-t-elle.

— Parce qu'il y avait des doutes ?

— Nooon, balaie Ella.

— Siiii, rigole Médée.

— Je pourrais vous surprendre, toutes les deux, défie Deimos.

— Je n'en ai jamais douté, s'amuse Ella en déposant un baiser sur sa joue.

Ils sont si adorables tous les trois, bientôt quatre.

— Tes parents sont toujours à Cythère ? demandé-je à mon beau-frère.

— Oui, il y a peu de chances qu'ils reviennent un jour à New York après la tempête de neige qu'on a eue à Noël, répond Deimos.

Je me souviens très bien de la tronche de sa mère, Aphrodite, emmitouflée jusqu'au nez, grognonne, à rester devant la fenêtre en priant pour que ça s'arrête. Notre mère sort de la maison avec un plat dans les mains, Hermès à son côté. Il dépose des boissons et me rejoint pour m'enlacer dans le dos. Je ne crois pas avoir déjà été aussi heureuse. Toute notre famille est réunie, ma mère attrape Angelia dans ses bras alors que Phobos peine à se relever, terrassé par Emma, Ulysse et Eudoros.

Je ne remarque qu'après la coupure au doigt de ma moitié. Un pansement le recouvre mais la petite tache de sang est visible à travers.

— Bah, qu'est-ce que t'as fait ?

— Le couteau a glissé en tranchant le citron. Rien de grave, m'assure-t-il.

« Sacrifice de son ichor sous mes yeux. »

— L'ichor, murmuré-je. Qu'est-ce que c'est ?

Deimos, Ella et Hermès me toisent, perplexes.

— C'est le sang d'or des dieux grecs, me répond ma sœur qui a étudié la mythologie à l'université.

— Je suis désolée de te décevoir, Ariadne, mais le mien est rouge, dit Hermès.

Ariadne ?

— Qui appelles-tu Ariadne ? m'étonné-je.

Le regard de Médée s'ajoute aux trois autres. Hermès se détache et me passe devant.

— Amour, ça va ? s'enquiert-il.

— Oui, mais aux dernières nouvelles, tu as épousé une Circé, par une Ariadne. C'est qui Ariadne ? Ta maîtresse ?

Il y a un petit moment de flottement interrompu par Deimos qui dépose Médée à terre.

— Va rejoindre tonton Phobos.

— Qu'est-ce qu'elle a, tata ?

— Va jouer, ma puce, ajoute Ella.

Mon cœur se serre. On plaisante tous beaucoup, et je pensais qu'ils plaisantaient là encore, mais ils ont l'air sérieux.

— Mais qu'est-ce qui vous prend ?

Hermès fronce ces traits.

— Rappelle-moi ton prénom ? Juste pour voir ?

— Circé ! Arrête, ce n'est vraiment pas drôle !

Bon sang, quelque chose ne va pas, je le sens ! Je regarde autour de moi, tout le monde s'est figé et me fixe avec inquiétude. Mon cœur s'emballe. On n'entend même plus le vent ni les oiseaux. Je recule, paniquée. Quelque chose ne va pas. Quelque chose ne va pas !

Méroé sort de la maison et est immédiatement stoppée par la voix de ma mère.

— Appelle les secours !

J'ai un haut-le-cœur. Je suis morte. Je suis morte ? Pourquoi ai-je cette idée dans la tête ? Je tombe à genoux et tout s'embrouille. Je perds la vue, je n'entends plus rien.

*

Lorsque je rouvre les yeux, je suis cernée par les ténèbres de l'Érèbe. J'ai encore la poitrine comprimée et le souffle coupé. Qu'est-ce qui vient de se passer ? C'était une vision ? Tout était si réel ! J'ai encore l'odeur de la grillade, les bras d'Hermès et le rire de Médée dans la tête. Si je suis sortie de ce… rêve, mais je ne suis pas revenue au palais d'Hadès.

Je m'accroupis, afin de recouvrer mes esprits.

Angelia, Emma, Ulysse et Eudoros, Médée. Tous sont encore dans mon cœur et je n'ai que l'impression de les avoir perdus à jamais. Le chagrin m'étouffe. Ils ne sont pas réels, il faut que je me le répète.

— Ne demeure pas dans l'Érèbe, dit une voix audessus de moi.

La flamme de la torche qu'il porte à la main éclaire partiellement sa peau blanche et ses yeux rouges. Hypnos s'est baissé sur moi, ses immenses ailes nous encadrant. Sa voix se répercute encore en écho dans ma tête. Le géant, dieu du sommeil, entité merveilleuse et inquiétante de l'Érèbe, semble vouloir s'appesantir près de moi.

— Ne demeure pas dans l'Érèbe, le Destin te piège, répète-t-il.

Je me relève. J'étais persuadée que cette phrase annonçait ma mort, mais en vérité, ne concernait-elle pas cet instant précis ? Je suis piégée sur le Trône d'Oubli qui m'envoie dans l'Érèbe.

— Comment je sors de là ?

— Si tu t'enlises dans les rêves, tu ne repartiras jamais.

— Je ne suis plus dans un rêve, je suis là, devant toi.

Hypnos penche la tête sur le côté.

— En es-tu sûre ?

Par Hécate… Je me souviens très bien d'être arrivée ici après m'être assise sur le Trône d'Oubli, mais est-ce que je suis, là, maintenant, dans une nouvelle vision ?

— Comment puis-je en être certaine ?

— Comment pourrais-je le savoir ? réplique Hypnos.

— Est-ce que si je marche droit devant, je vais sortir de là ou m'enfoncer dans une autre vision ?

Hypnos soulève une aile.

— Essaie.

Il ne m'aide pas beaucoup ! En même temps, est-il là pour m'aider ? Il me prévient, tout au plus. Je passe sous son aile et avance. J'ai oublié qui j'étais dans le rêve. Nous n'avions plus rien de sorcières ni de dieux. Ça ressemblait aux scénarios inventés par Méroé, avec une autre vie fantasmée. Peut-être que la solution est de ne pas oublier qui je suis ?

— Je suis Circé, je suis Circé, je suis Circé…

*

La douleur au flanc devient perçante. Je me traîne sur le sol de la chambre. Le plancher est brûlant, les lattes gondolent dangereusement. La fumée s'emmagasine au plafond. Je rampe jusqu'à la porte en toussant. Le feu embrase tout, je dois sortir et vite ! Ma blessure saigne encore malgré mon sort pour tenter de la juguler. Je me redresse dans le couloir et presse le pas, le dos courbé. Le bois craque partout autour de moi. J'espère que l'escalier tient encore. Quand j'arrive à leur niveau, le spectacle me fige : la maison au cœur de la Clairière se consume. Les statuettes de nos guides sont toutes tombées par terre, brisées, les murs sont en flammes, la statue en bronze d'Hécate fond et le toit part en fumée. L'escalier chancelle lorsque je m'engage dessus, une main plaquée sur ma hanche.

Une fois en bas, je veux me ruer dehors quand un corps allongé près de la cuisine m'interpelle. Je titube jusqu'à lui et ralentis lorsque je reconnais tante Zelda.

— Oh non, Zelda, bredouillé-je en essayant de bloquer mes larmes en vain.

La chute d'une partie du toit dans la grande entrée me pousse à sortir. La vue dehors est apocalyptique. Nous ne pouvions pas gagner cette guerre, et c'est ma faute. J'ai failli à ma tâche. Les lèvres tremblantes, je regarde tout autour de moi. La Clairière entière est en proie aux flammes, les arbres s'effondrent les uns après les autres, le jardin des plantes aromatiques a disparu et… et les corps carbonisés des sorcières jonchent le sol.

Choquée, j'avance à pas chancelants, à la recherche d'un signe, un seul, qui pourrait me donner une once d'espoir. Mais ce que je découvre me fait tomber à genoux. Je pousse un cri, les yeux écarquillés, peine à reprendre mon souffle, et plaque des mains ensanglantées sur ma bouche avant de hurler encore.

Ella et Méroé, liées à un poteau, brûlées vives, inertes.

La douleur me coupe en deux. Je répète des sorts de résurrection qui n'ont jamais fonctionné, prie Hécate d'intervenir en sachant que c'est impossible, elle est aux

Enfers depuis trop longtemps, et m'épuise à supplier le Destin de tout arrêter.

— Allons, allons !

Zeus apparaît, à quelques pas seulement de moi.

Je me redresse, coupée dans ma détresse. Il porte un costume d'un blanc immaculé, sans aucune tache. Ses cheveux électrifiés se déploient en auréole autour de sa tête. Il tient, dans sa main, son foudre avec lequel il a dévasté la Clairière.

— Doucement, Circé ! ajoute-t-il, paisible.

Il fait un pas vers moi et s'accroupit à une distance raisonnable.

— Ne t'en fais pas, tu n'as pas manqué le final, il reste à venir. Tu vas pouvoir assister à la mise à mort de l'ultime traître.

Zeus se relève et claque des doigts. Une cage dorée réduite sort de terre. À l'intérieur, le corps replié d'Hermès, agenouillé et penché en arrière, des barreaux dorés plantés dans son torse, son ichor s'écoulant des plaies. Je laisse échapper un sanglot, incapable de le garder ferré en moi. Il est à l'agonie sans pouvoir mourir, Zeus ne le dévoile que pour le spectacle.

— Il… il est votre fils ! parviens-je à dire, essoufflée.

— J'en aurai d'autres, dit-il avec haussement d'épaules. Lui, il va directement plonger pour le Tartare mais je vais t'accorder le droit de lui dire adieu.

Zeus tend le bras en direction de la cage tout en reculant. Je me relève et marche jusqu'à Hermès. Mes doigts se resserrent sur les barreaux comme des griffes incapables de lâcher une proie. J'ai hurlé pour mes sœurs, à m'égosiller. Devant lui, alors que son regard gris me suit, je suis muette. On m'éventre, on me retire le cœur, je n'ai plus de mot, ni de furie.

— Pardon, murmuré-je.

Ses lèvres pâles bougent et une phrase les franchit.

— Ne m'oublie pas…

— Non, jamais, je…

La cage s'enfonce dans le sol sans que je puisse finir.

— Hop ! Direct au Tartare, avec les autres ! s'emballe Zeus. Je te remercie d'avoir renoncé à ton destin de guide. Confier cette lourde tâche à une incapable, c'était parfait ! Tu es l'instigatrice de tout ce qui t'entoure ! Et je te dois la naissance de ma prochaine dynastie.

Il fait apparaître un bébé dans ses bras, emmailloté dans une couverture que je reconnais tout de suite. Médée, ma nièce, à la fois sorcière et déesse.

— Je vais la modeler à mon image, et dès qu'elle aura l'âge, je l'épouserai. Nous allons créer une nouvelle race de dieu.

— Espèce de monstre, craché-je en fermant mes poings.

Je n'ai plus aucune force, ni aucune magie, je n'ai rien d'autre que des insultes à balancer et le gouffre de mon impuissance sous mes pieds.

— Allons, allons, tempère-t-il à nouveau. Ne t'emballe pas, j'ai décidé de faire preuve de mansuétude et de t'épargner. Tu vivras, seule et désœuvrée. La dernière sorcière d'une époque révolue, et si jamais tu as la bonne idée de pondre une autre sorcière, je la tuerai sous tes yeux à peine sortie de ton ventre…

« Ne m'oublie pas.»

Hermès n'est pas mort. Médée n'est pas née. Mes sœurs sont encore vivantes.

« Ne m'oublie pas. »

Je ferme les yeux. Je dois me sortir de là.

*

Lorsque j'ouvre les yeux, je suis face à Hypnos, dans l'Érèbe. Je tombe en arrière, encore secouée par ce que je viens de vivre.

— Rien n'est réel ! m'exclamé-je pour me convaincre.

— Ne demeure pas dans l'Érèbe, le Destin te piège.

J'enrage !

— Je sais ! Encore ce foutu destin ! Tout le monde l'invoque pour un oui ou pour un non aux Enfers ! Mais je n'y crois pas ! Je suis maîtresse de ma propre vie !

Crier me fait un bien fou, je bondis sur mes pieds, chasse les terribles images qui me hantent encore et tente de comprendre.

— Le destin est coupable de ce fatalisme ambiant !

Hypnos, avec son calme pénétrant, penche la tête sur le côté.

— N'as-tu donc pas compris *qui* incarne le Destin ?

J'ai un mouvement de recul. De quoi parle-t-il ? Le destin est une idée. Il est la fortune qui trace le chemin de tous, pas une personne. Tout le monde semble se soumettre au destin et… à Zeus, le maître de toutes choses. Je plaque mes mains sur mes tempes.

— Tu es en train de me dire que le Destin dont tout le monde parle ici, c'est Zeus ?

— Son nom est haï. On lui préfère le Destin pour évoquer la fatalité.

Au point d'en avoir fait une insulte, c'est vrai ! Donc chaque fois qu'une divinité terminait sa phrase par « bah, c'est le Destin », en fait elle incriminait Zeus ?

— Quand tu dis que le Destin me piège, tu parles de Zeus ?

Hypnos hoche sa lourde tête avec lenteur.

J'en frémis ! Zeus a trouvé le moyen de me nuire sans s'attirer le châtiment du Serment du Styx. Il l'aurait frappé automatiquement. C'est donc qu'il a détourné son action d'une manière ou d'une autre. Une autre question me taraude : pourquoi Hypnos, qui semble si neutre, si dévoué à sa tâche, au point de demeurer dans l'Érèbe, me vient en aide ?

— Pourquoi me dis-tu tout cela ? Est-ce que c'est ce que tu dois faire si quelqu'un prend place sur le Trône d'Oubli ?

— Non. D'habitude, je les regarde s'enliser dans leurs visions et s'y perdre. Le Trône les avale et ils disparaissent. Mais j'ai vu trop de cauchemars de mon frère et de mes sœurs, des êtres infernaux comme des Olympiens, même des sorcières, pour vouloir en finir. Je ne suis pas le seul à penser ainsi aux Enfers.

Némésis, sa sœur, m'a en effet déjà rejointe. Mais je suis abasourdie par la prise de position du dieu des rêves.

— Comment je sors d'ici ? demandé-je, pressée de retourner me battre.

— Tu le sais déjà.

Et il a raison. Mes questions intempestives ne font que refléter mes doutes. Circé la Première me le disait avant même que je débute les épreuves. *Ne pas douter*. Jamais. Je repense à ma nièce, à mon rôle que je vais endosser, à mes sœurs et à Hermès qui m'a guidée.

« Ne m'oublie pas. » Je me raccroche aux paroles de mon psychopompe, du dieu messager que j'aime de toute mon ombre.

Je ne vais pas tout droit, je reste immobile et ferme les yeux. J'ai la ferme intention de me réveiller.

Chapitre XXVI

Je reprends connaissance sur le Trône d'Oubli comme si je sortais d'un profond sommeil. Je me sens engourdie et rompue. J'ai l'impression d'avoir passé des heures entières dessus, mais ce n'est rien à en juger l'expression d'Hermès et de Thanatos devant moi, sidérés de me voir revenir. La foule a retenu son souffle juste à cet instant.

— La deuxième épreuve est remportée par l'ombre ! annonce Hadès.

Des hourras incrédules jaillissent dans la salle. Je me tourne face à l'estrade, encore chancelante. L'ascenseur émotionnel est bien trop violent pour moi !

« Elle a réussi ce que personne n'a jamais réussi ! » entends-je derrière moi. C'est ce qui me bouscule le plus. Je sais qu'Hypnos m'a aidée sans pour autant agir, tout comme Hermès, mais je commence à m'interroger quant au rôle d'Hadès et de Perséphone. Leur but est de me tester, oui, mais seulement pour savoir si je peux être guide ? Hypnos a dit qu'il voulait rompre le cercle des cauchemars générés par Zeus et qu'il n'était pas le seul à le vouloir. Est-ce qu'Hadès et Perséphone ne m'ont pas envoyée délibérément vers lui ? Sans aucun témoin possible ? Ils affichent un air satisfait. Savaient-ils que je m'en sortirais ?

Hécate me sourit et s'incline. Elle m'a aidée, elle aussi, indirectement. J'ai emmagasiné toutes ces expériences auprès d'eux et je m'en suis sortie. Et maintenant que je connais le coupable, je suis encore plus déterminée à sortir de là.

Hadès m'accorde à nouveau une pause. Je sors de la salle, pressée de m'isoler et de pouvoir faire éclater mon impatience à l'abri des regards.

« Tu crois qu'elle peut sortir de là et retourner dans le monde des vivants ? » se demandent les habitants des Enfers en me laissant passer. Je déboule sur l'esplanade déserte et me mets à tourner en rond. Je crois que je suis sous le coup d'une sorte de montée d'adrénaline ! Je ne tiens pas en place. J'ai hâte de passer la troisième épreuve.

— Et dès que je sortirai de là, j'irai le chercher moi-même !

Je rugis en contournant un grenadier. Est-ce que ma seconde vision était un aperçu du futur ? D'un futur possible, plutôt. Zeus pourrait vouloir épouser Médée ? Elle sera la première « sang-mêlé » à notre connaissance. Qu'est-ce que ça va impliquer ? Le maître de l'Olympe va-t-il raser tout son entourage pour s'en refaire un ? N'est-ce pas ce qu'il a déjà fait en se débarrassant des Titans, les prédécesseurs des dieux ? Mais au point de condamner ses propres enfants ?

Hermès m'interrompt en se tenant là, à quelques pas, immobile. Il affiche un mince sourire, un peu moqueur et très tendre. Je n'oublie pas ma première vision. Quelle vie on aurait pu avoir, si simple, si heureuse ! Je ressens encore ce bonheur avec lui en moi, mais aussi la terreur de le voir disparaître. Une pulsion voudrait que je lui balance un « je t'aime depuis trop longtemps ! » mais je la conserve. Je le mettrais dans une situation périlleuse avec son père. Ce n'est pas de mes sentiments, ni de lui, dont je doute, mais bien du cours des choses avec Zeus.

— En plus de cinq mille ans de vie, je n'avais jamais rencontré aucune femme comme toi, si résolue, si casse-pieds et si attirante.

Confuse, je me jette à son cou pour l'embrasser. Il me serre contre lui et nous téléporte dans un coin discret, contre les murs latéraux du palais, derrière des grenadiers. Hermès me plaque contre la paroi et on se dévore de baisers sans pouvoir s'arrêter. Si on nous surprend, je ne donne pas cher de sa peau. Ni de la mienne à vrai dire. Mais après ce que je viens de vivre, je me sens euphorique de l'instant présent ! Ses lèvres caressantes, ses dents entreprenantes et sa langue dansante me contentent comme jamais. J'adore encore plus sentir les poils de sa barbe frôler ma peau, entendre ses grognements de plaisir et m'enivrer encore et toujours de son odeur de bergamote poivrée.

Si seulement on pouvait suspendre le temps et passer des heures ainsi. Comme ce que j'ai vécu dans l'Érèbe. Ma première vision n'a peut-être duré qu'une poignée de minutes, mais j'ai encore la sensation d'avoir vécu avec Hermès plusieurs années, au point d'avoir eu des quadruplés avec lui !

Hermès relâche ma bouche alors que je suis pendue à son cou, et il frotte son nez contre le mien. Ses mains dans mon dos et son corps contre le mien entretiennent une pression brûlante.

— J'ai eu si peur de te perdre, j'allais prendre place à mon tour sur le Trône d'Oubli pour venir te chercher, me dit-il.

— Est-ce que c'est même possible ? m'étonné-je.

— Je n'en ai aucune idée, répond-il avec un sourire.

Le masque d'or a repris sa place sur son visage et me comble à nouveau. Je dépose un baiser sur ses lèvres avant de le prévenir :

— Je t'interdis de faire une bêtise pareille à l'avenir.

Son sourire redouble et il se niche dans mon cou pour me mordiller. Ça envoie une décharge dans mon corps qui me fait tressaillir.

— Ça devient dur de te résister, grogne-t-il.

Je n'ai pas l'intention de repousser mon désir fou pour lui.

— Tu voulais m'embrasser où ? Tout à l'heure ? lancé-je alors.

Hermès se redresse et je lis toute son espièglerie érotique dans l'or qui recouvre ses iris. Mon cœur bondit et l'impatience me tord l'estomac.

— Je n'ai pas envie de te le dire.

Surprenant !

— Pourquoi ?

— Mais plutôt de le faire, ajoute-t-il en s'agenouillant devant moi.

Oh par Hécate ! Il abaisse mon sous-vêtement d'un geste précipité, je m'appuie contre le mur, la respiration rapide. Je regarde partout autour de nous en priant que personne ne surgisse parce que je ne vais certainement pas le ralentir.

— Je peux ?

Sa demande, faite sur le même ton que le mien dans les bains, me tire un rire excité. Je sais déjà quoi lui répondre.

— Je t'appartiens.

— Mmh, douce et gentille sorcière, dit-il avant de disparaître sous ma robe.

Je lui ferai ravaler ça *après.* Là, ses mains qui me soulèvent la taille pour que je passe mes jambes sur ses épaules font valdinguer mes pensées. Il fait ce qu'il avait en tête depuis le début de soirée : il embrasse mes petites lèvres à pleine bouche, glissant sa langue en moi, suçant mon clitoris et le mordillant avec une délicatesse et une passion qui me fait tout abandonner, la crainte d'être découverts comme la troisième épreuve qui m'attend. J'enfonce mes doigts dans ses cheveux et lisse ses deux petites ailes d'argent, tout aussi saisie par leur douceur que la première fois. Heureusement que le mur est là pour me soutenir. J'aspire encore tout cri, mais ses coups de langue plus rapides sur mon bouton de plaisir me fait déraper et un gémissement s'échappe de ma bouche. Je m'en mords la lèvre. J'aime bien être démonstrative en temps normal, mais encore une fois, ce n'est pas le bon endroit !

Hermès embrasse une dernière fois mon intimité, essaime des baisers dans l'intérieur de mes cuisses et mes pieds se retrouvent à nouveau sur le sol. J'ai pourtant les genoux qui s'entrechoquent et le souffle court. Je ne perds pas une seconde, dès qu'Hermès me fait face, le visage à moitié transformé en or, j'accroche un doigt dans son pantalon pour l'attirer à moi. Je déboucle son vêtement, baisse son boxer et caresse son membre déjà bien ferme. Il grogne alors que je le serre fort dans main, jusqu'à le faire hoqueter. Il pose ses poings de part et d'autre de mon visage. J'ai toujours aimé soumettre mes partenaires tout en appréciant l'inverse de temps en temps. Et là, le voir défaillir, l'or de ses joues se parant d'une teinte cuivrée, m'envoie une nouvelle décharge bien plus virulente dans l'entrejambe.

— Et là, je suis toujours aussi douce ? demandé-je.

Je prends conscience de la force de mon sang charrié par mes veines juste à cet instant, alors qu'il frappe mes tempes et ma poitrine.

— Plus que jamais.

Il aime ça ! Alors je le caresse avec empressement tandis qu'il m'embrasse. Ça devient suffocant et je ne veux pas qu'on puisse venir nous chercher parce qu'on tarde trop à revenir.

— Prends-moi, lui susurré-je, impatiente. Vas-y fort, ne perdons pas de temps.

Hermès remonte aussitôt mon chiton, je le relâche pour m'accrocher à son cou, il me soulève et s'enfonce en une fois et très profond. Je bascule ma tête en arrière, un cri s'entravant dans ma gorge. Je l'entends haleter alors qu'il s'arrête.

— Ça va ? Je n'ai pas été trop vite ?

— Non, c'est bon, dis-je en revenant à lui pour l'embrasser. C'est si bon.

Il me sourit et me cale contre le mur avant de commencer un va-et-vient intense, fait de mouvements courts et secs, qui n'ont pas d'autre but qu'un orgasme rapide et dévastateur. Mon dos cogne contre la pierre mais je ne ressens rien d'autre que ses baisers langoureux, son sexe qui m'explore et son pouce qui roule mon clitoris. J'ai hâte de pouvoir prendre mon temps avec lui, de partager un lit plus confortable aussi, mais cet instant que nous volons à la loi des Enfers est parfait.

Je me resserre sur lui dès que je sens le haut de la vague poindre.

— C'est bon, Circé, murmure-t-il en posant son front contre le mien.

— Pour moi aussi…

Il accélère un peu plus et nous emmène très haut. Une couche de sueur me recouvre soudain, alors que je tremble en sentant la délivrance déferler. Je plante mes ongles dans sa nuque, il grogne et roule de plus belle mon clitoris entre ses doigts, déclenchant un orgasme si violent que j'en sanglote. Tous les muscles se compriment sur lui, le faisant jouir à son tour. Il bouge encore, le temps de se déverser en moi, alors que je flotte au-dessus de mon corps, balayée par le plaisir brut qui nous frappe.

Je me blottis contre lui et pose mollement ma joue sur son épaule, essoufflée et trempée. Son manteau de voyage me paraît encore plus doux et chaud à cet instant. Il s'affaisse en avant, tout en me gardant lovée contre lui.

On doit bien rester comme ça, immobile, le son de nos respirations se calmant, une longue minute avant de pouvoir bouger à nouveau. Hermès se retire, s'assure que je vais bien avant de reculer d'un pas pour se rhabiller. Je l'imite de mon côté, sur un nuage. J'ai les jambes en coton ! Et je ne parle pas de l'état de ma robe et des fleurs froissées sur ma poitrine.

Pile au moment où je me dis qu'il fait froid quand il ne me serre pas dans ses bras, Hermès pose son manteau sur mes épaules. Son visage encore marqué et ses ailes argentées me gonflent le cœur de chaleur et plusieurs bouffées me font rougir.

— Je veux plus, dis-je sans réfléchir.

Je l'interloque et je m'aperçois qu'il n'y a pas plus vague comme déclaration.

— Je veux plus que du sexe, avec toi.

Il sourit mais semble aussi déconfit. Pas parce qu'il ne sait pas quoi dire, je n'y crois pas, mais parce que c'est évident que lui aussi veut plus. On ne se l'est juste jamais dit. Il planque ses mains dans ses poches et me lance la demande la plus impromptue qui soit.

— Épouse-moi.

C'est à mon tour d'être incrédule. Je ris, embrouillée par mes désirs, perdant de vue toutes les terribles questions qui restent en suspens autour de nous. Pourtant je bous du désir de lui dire « oui ! » On ne s'est même jamais avoué nos sentiments alors qu'ils sont clairement là, entre nous !

Je me hisse sur la pointe des pieds et dépose un baiser sur ses lèvres. Je crois qu'il se doute déjà de ma réponse.

— Repose-moi la question plus tard.

Il se penche pour m'embrasser à son tour.

— Compte sur moi.

Il me prend la main et on se met à marcher vers l'esplanade et l'entrée du palais, en espérant dans un coin de notre tête que notre absence n'a pas été remarquée.

— Allez, vas-y, parle-moi de Kevin pour tasser tout ça, me demande-t-il en pointant du doigt son masque d'or et ses ailes d'argent qui refusent de disparaître.

— Il te ressemblait en fait, c'est pour ça que je l'ai choisi.

Hermès ralentit et ses ailes se rétractent aussitôt.

— Ah non, non. Tu ne peux pas me dire que l'humain le plus ennuyeux de la Terre me ressemble, dit-il, froissé.

— Je pensais que je ne pouvais pas t'avoir, j'ai cherché ailleurs.

On se fixe une longue seconde et hop ! ses ailes ressortent. J'éclate de rire. C'est un peu comme une érection encore moins discrète en fait ! Et qui ne fonctionne qu'avec moi.

— Je suis sûr que tu peux trouver mieux, insiste-t-il.

— Très bien, alors une fois, je suis sortie avec un garçon qui savait vraiment se servir de ses dix doigts, si tu vois ce que je veux dire.

C'est radical, le masque et les ailes s'effacent. Hermès grommelle et presse le pas.

— N'en dis pas plus !

Les grenadiers et les colonnes de l'esplanade se dessinent enfin dans la nuit. Puisque c'est lui qui a abordé un potentiel futur, je ne peux retenir mes questions alors que le retour à la réalité m'environne.

— Si on continue tous les deux, ce sera difficile quoi qu'il en soit. Tu es le diplomate de l'Olympe et moi je serai guide. Je n'ai pas l'intention d'abandonner ce but.

Je l'ai compris lors de la seconde vision. Et même durant la première où la magie, inexistante, m'a manqué.

— Iris pourrait me remplacer, suppose Hermès. Elle a déjà commencé.

— Mais tu ne veux pas abandonner ce poste.

— Il y aura toujours de la rivalité entre elle et moi parce qu'on est sur les mêmes créneaux, mais le poste m'importe peu. Il me permettait surtout de te voir.

Je suis touchée, oui, et j'ai les joues cramoisies, mais j'ai peur qu'il pense surtout que ça lui permet d'être proche de son père, de se montrer indispensable pour lui, et donc enfin *désiré*.

— Ton père le prendra mal si tu démissionnes.

— Il le prend déjà mal, précise-t-il. Et puis, j'ai vu tant de colères et d'emportements de sa part. J'ai toujours essayé de temporiser les choses, sans y parvenir à chaque fois. Deimos n'a peut-être pas tort de vouloir quitter son poste au Siège.

— Tu es sûr ?

— Crois-moi, le réinvestissement de l'Olympe va rebattre les cartes, tout peut changer.

Dès qu'on pose les pieds sur l'esplanade, Némésis nous barre la route. On se lâche la main direct et Hermès inspire pour lui fournir la meilleure explication possible, mais la déesse du châtiment ne lui en laisse pas le temps.

— Je dirai que je vous ai chaperonnés, dit-elle, un poil agressive. Seulement parce que ta réussite à la troisième épreuve m'importe.

Je hoche vite la tête, soulagée. Elle aussi, elle attend beaucoup de moi et je n'ai pas l'intention de la décevoir. On rentre et Hermès et moi, on préfère s'écarter l'un de l'autre. L'ambiance de la salle a changé. Un groupe de nymphes joue un air hypnotique avec des instruments disparus comme la lyre en carapace de tortue et l'aulos, une flûte double grecque. Je cherche des yeux Hécate et remarque Héra en train de s'entretenir avec Perséphone, en aparté. Elles ont un air grave et réfléchi au milieu de la fête. Hadès, lui discute avec Hécate et Iris, et j'ai l'intuition qu'elles lui tiennent la jambe plus qu'autre chose.

Je me suis souvent dit que les trois frondeuses, Athéna, Héra et Aphrodite, étaient inactives au possible parce que le temps me semblait long. Mais en fait, elles sont prudentes *et* rusées. Elles ont attendu la fête du printemps pour parler avec la reine des Enfers en toute sécurité, sans attirer l'attention sur une visite inopinée, ni en échangeant des messages qui ne passent pas inaperçus au Siège. J'aimerais pouvoir suivre leur discussion mais elles ont choisi l'instant musical pour s'entretenir.

Dès que Perséphone quitte Héra, Hécate libère Hadès et le couple divin se reforme sur l'estrade, encadré par leurs invitées. L'orchestre s'interrompt.

— Il est temps d'annoncer la troisième et dernière épreuve, lance Perséphone.

Je m'avance devant eux. J'ai passé les épreuves de force physique et de force mentale, il me reste à démontrer mon habileté à « résoudre d'épineuses affaires ». À quoi dois-je m'attendre ? Le silence se fait à nouveau et je suis sereine. J'ai survécu aux deux premières après tout. Hadès avance d'un pas.

— Ombre de Circé, tu dois à présent contenter Thanatos.

Chapitre XXVII

Je ne suis pas sûre d'avoir bien compris. « Contenter Thanatos » ? La seule façon de le contenter, c'est de le choisir et donc de rester là pour cent ans avant d'entrer aux Champs Élysées ou dans le fleuve Léthé. Hadès et Perséphone sont-ils aussi cyniques ? Me faire croire qu'il est possible que je sorte de là en me laissant passer des épreuves qui me mènent de toute façon au même résultat ? Que je réussisse ou rate cette épreuve, ça ne changera rien !

Mes espoirs se glacent. Je jette un œil sur Thanatos, il n'ose pas en croire ses oreilles. Il est véritablement surpris et un grand sourire se dessine sur ses lèvres. Je me tourne vers Hermès, il a décroisé ses bras, en proie à une colère sourde.

— C'est une condamnation que tu viens de prononcer ! proteste-t-il avec la ferveur d'un avocat.

— Ce n'est pas à toi de réagir, neveu, recadre Hadès. C'est à Circé de se prononcer.

Je déglutis. Moi aussi, j'ai envie de bondir ! Je suis piégée et si injustement !

— Contenter Thanatos ? répété-je en espérant un malentendu.

— Tu m'as très bien compris, rétorque Hadès, impassible.

Comme toutes les déesses auprès de lui.

Il y a forcément une vraie solution. Peut-être que l'épreuve, c'est le choix du sacrifice ? Si je choisis de rester ici en m'avouant vaincue et non en choisissant Thanatos, je remporte l'épreuve ? Mais Hadès et Perséphone feraient-ils cela aux dépens de Thanatos ? Quelle cruauté de l'utiliser pour ça ! Toute la salle du trône est pendue à mes lèvres.

— Réfléchis, Circé, me murmuré-je à moi-même.

Comment contenter Thanatos… Il veut que je reste ici. Je suis un « cadeau du Destin ». Maintenant que je me souviens de cette affirmation, un frisson me parcourt l'échine. Il parlait donc de Zeus ? OK. Il me doit des comptes. Je m'approche de lui et récite une formule pour nous isoler :

— *Dans une bulle, enferme-nous, personne ne nous entendra aux alentours. Nous pouvons parler en toute sécurité, ajouté-je avec fermeté.*

Thanatos est fébrile. Il acquiesce, sur ses gardes. Il a raison, je ne vais pas l'épargner.

— C'est toi qui as provoqué ma mort ? Zeus m'a offerte à toi ?

Tous ses traits se raidissent. Il jette un œil paniqué vers Hadès mais le roi des Enfers ne peut pas avoir entendu ce que je viens de lui dire. Il s'en assure dans tous les cas avant de baisser des yeux coupables.

— C'est un bien grand crime, souffle-t-il.

— Tu étais le seul à pouvoir faire cela, n'est-ce pas ? interrogé-je en calmant mon ton.

Il est le dieu de la mort, il doit pouvoir invoquer une ombre et donc tuer une personne.

— Zeus m'a promis une ombre de sorcière exceptionnelle, avoue-t-il, la honte assombrissant son visage constellé.

— Il a soudoyé Minos pour qu'il rende ce jugement ?

— Personne ne le peut, pas même Zeus. Mais il est le maître des destinées, il a simplement changé la tienne en manipulant le fil de ta vie. C'est pour cela que les Moires ont trouvé qu'il ne semblait pas vouloir s'arrêter là.

Je comprends mieux comment les choses se sont enchaînées.

— Et c'est avec toi que Zeus échangeait des capsules, conclus-je.

— Je devais lui donner des nouvelles, oui.

D'où la fuite du « cas Orphée » au Siège.

Quel manipulateur ! Zeus s'est servi de la détresse de Thanatos pour parvenir à ses fins. Il commence par mettre les habitants des Enfers en position de faiblesse en leur dictant des lois terribles, et ensuite il fait des promesses, s'assurant ainsi leur servitude. Zeus s'en fout bien de Thanatos ! Son seul but était d'éviter le châtiment en cas de rupture du Serment du Styx parce qu'il veut m'écarter. Sans cérémonie du lien entre la petite Médée et moi, elle ne bénéficierait plus de son statut de protégée et de future guide de la communauté. Mais Zeus ignore beaucoup de choses sur les traditions des sorcières. Il n'a jamais cherché à s'éduquer à notre sujet. Il ignore peut-être que Méroé m'aurait remplacée, il aurait dû trouver une autre façon de se défaire de ma sœur. Débarrassé des tantes de Médée, il pourrait la revendiquer et la garder auprès de lui. C'est bien pour cela qu'il a rappelé qu'elle était sa descendante légitime lors de la *baby shower*. Il a avancé un pion.

— Je suis désolée, mais ce n'est pas pour toi que Zeus a agi, c'était contre moi.

Thanatos me paraît abattu. Je ne suis toujours pas persuadée que c'est moi que le dieu de la mort veut. Ni même une véritable compagnie. « Je suis un fils de la

Nuit, je n'ai jamais vu le soleil », disait-il. J'ai bien une idée, mais elle ne dépend pas réellement de moi. Je lève le sort qui nous enferme.

— Je reviens.

Je m'approche d'Hermès alors que tout le monde se demande ce que je peux bien faire.

— Tu me fais confiance ? lui demandé-je droit dans les yeux.

— Bien sûr, répond-il sans l'ombre d'une hésitation.

Je prends une ou deux secondes de réflexion – vaines bien sûr, mais indispensables – avant d'exprimer ma demande.

— Peux-tu me céder ton Caducée ?

Sur le coup, Hermès ne cache pas sa surprise. Il reste immobile un court instant avant de détacher l'épingle et de rendre sa taille de sceptre au Caducée. Il me le tend des deux mains. Je sais que je lui en demande beaucoup et que ça risque de changer énormément de choses. Mais ses dernières paroles – jugeant qu'Iris puisse prendre sa place – et son asile auprès d'Hadès me convainquent de tenter ma chance.

— Merci.

Il est soucieux, mais il accepte. Je m'éloigne pour revenir à Thanatos et lui remettre le Caducée. Stupéfait, Thanatos laisse son regard aller de moi au sceptre.

— Le Caducée te permettra de sortir des Enfers et d'y retourner sans l'autorisation de personne, ni de Zeus, ni d'Hadès et de Perséphone, lui dis-je. Tu pourras voir le soleil, rencontrer d'autres vivants et nouer des liens avec eux sans être seul ici. Ce n'est pas moi que tu désires, mais ta liberté.

Thanatos déglutit. S'il me témoignait de l'intérêt jusque-là, ce n'est rien comparé à son expression de satisfaction troublée et impatiente à cet instant.

Il lève des yeux brillants vers le roi et la reine des Enfers.

— L'ombre de Circé m'a contenté, approuve-t-il.

Tous les visages divins se détendent, Hécate retrouve le sourire.

— L'ombre de Circé a donc relevé les trois épreuves, déclare Perséphone.

— Pour la première fois de notre histoire, une ombre a l'autorisation de retourner sur Terre en tant que vivante, félicite Hadès.

La foule se met à applaudir, laissant échapper des exclamations admiratives.

« C'est donc possible de changer les choses ici ? » entends-je ici et là. Zeus veut démontrer son pouvoir ? Je vais chasser sur ses terres.

Je me rue vers Hermès sans profiter de la liesse, alors que Perséphone fait apparaître des cocktails à la grenade dans les verres pour trinquer. Le soulagement de mon retour à la vie bouillonne dans mon ventre, mais j'ai besoin de savoir quelque chose avant d'être totalement soulagée.

— Dis-moi que tu ne m'en veux pas.

— Bien sûr que non, me dit-il en me prenant dans ses bras. Tu es libre, c'est toi qui as réalisé l'impossible.

Je souffle enfin, au bord des larmes.

En une épreuve, je viens de changer le destin de deux dieux : Hermès ne pourra plus aller et venir aux Enfers sans l'invitation expresse d'Hadès et de Perséphone, il ne pourra donc plus endosser son rôle de psychopompe ; quant à Thanatos, il était condamné aux Enfers sans jamais voir la lumière du jour, ce n'est plus le cas, le fils de la Nuit va pouvoir admirer le soleil. Je défie Zeus sur son propre terrain de jeu.

*

Lorsque la lumière blanche se lève sur la Cité, le couple divin a ses valises bouclées. Ils vont me ramener sur Terre avec eux, dans leur palais en Sicile, là où je pourrai enfin me restaurer – rien qu'à cette idée, je gargouille depuis que j'ai ouvert les yeux ! Hécate est rentrée et m'a promis que mes deux sœurs seraient là. Elle s'est chargée de porter la nouvelle à la Clairière et de ramener mon corps chez Hadès et Perséphone pour qu'ils m'y réincorporent. En attendant notre départ, il me reste encore un peu de temps pour mener à bien une mission.

— Tu veux ramener des souvenirs ? m'interroge Hermès, perplexe.

Le dieu messager va nous accompagner. Il est toujours sous la protection de son oncle, il va donc profiter de sa présence sur Terre pour se déplacer avec eux. Zeus ne pourra rien lui faire dans le palais du couple infernal, c'est le territoire de Perséphone.

— Oui, réponds-je en l'entraînant par le bras hors du palais. Le musée a une boutique, ce n'est pas pour rien. Même si je vais regretter de ne pas pouvoir goûter les grenades en sucre de Géras.

On s'engage dans la rue principale, les boutiques ouvrent à peine. Les divinités ailées, emmaillotées dans leurs manteaux, ont la mine écrasée par la gueule de bois, grimaçante, le nez dans un gobelet en céramique noire, repli de café à ras bord. La fête du printemps s'est poursuivie dans l'Antre d'Achlys d'après ce que j'ai compris hier soir. Les cocktails et le Nectar ont coulé à flots. Et malheureusement, les travailleurs des Enfers ne connaissent pas les congés. Ce serait irréalisable, d'après Hermès. Les ombres affluent en continu. Ils n'ont pu qu'instaurer un temps de travail et un temps de repos par jour pour apaiser les conditions de vie.

— C'est possible d'acheter un manteau de voyageur ?

— C'est une très bonne question, répond Hermès, enveloppé dans le sien. Probablement, je ne vois pas pourquoi ce serait impossible.

Je l'attire aussitôt dans la boutique consacrée au vêtement emblématique des psychopompes : Chez Melinoé. Une divinité ailée bleu nuit nous accueille et j'ai la curieuse sensation de revivre l'achat de la Bespresso sur la liste de naissance d'Ella. J'en ai des papillons chaleureux dans le ventre. On va reprendre une vie à peu près normale, tous les deux. Il y a encore mille questions et mille obstacles comme son père et ma communauté, parmi tant d'autres, mais on est tous les deux vivants. Ça ouvre un certain horizon !

— La belle nuit ! lance Melinoé. Que puis-je faire pour… Hermès.

Son air avenant s'affaisse. Moi qui pensais que nos épreuves apaiseraient les rumeurs le concernant…

— Tu tombes bien, ajoute la divinité ailée. Tes trois Disputes sont en train de rendre mon employée folle. Si tu pouvais les sortir de là, ça m'arrangerait.

— Elles ne sont pas au bureau de poste ? grommelle Hermès, déconfit.

— Non, elles sont là pour dépenser leurs gains d'hier, rétorque Melinoé avec un grand sourire faux, plein de reproches.

Au même instant, des éclats de voix retentissent derrière un rideau, au fond de la boutique recouverte de tapis et de tentures. C'est cosy à l'intérieur, un peu comme à la boulangerie. Hermès s'en approche et écarte un pan du long tissu rouge. Les trois déesses écarlates sont occupées à se disputer un manteau en fil d'or, brodé d'argent. Leur cou, tête et bras sont garnis de bijoux plus étincelants les uns que les autres. Elles ont déjà dû dépenser pas mal d'oboles !

— Je peux savoir ce que vous faites ? interroge Hermès alors que la vendeuse qui se tient au fond, la tête dans ses mains, en profite pour fuir la large cabine d'essayage.

— J'ai pas signé pour ça ! s'agace-t-elle.

Les trois Disputes se figent avant d'afficher un sourire mielleux.

— Patroooon !

— Vous n'êtes pas censées travailler ?

— Si si !

— On y va tout de suite !

— Dès que j'aurai récupéré mon manteau !

— *Ton* manteau ?!

— Bas les pattes ! Il est à moi !

— Je te préviens, Hermès ! tempête Melinoé. Elles abîment la marchandise, elles la payent !

— Pourquoi vous n'en achetez pas toutes les trois un ? soupire Hermès.

Soudain, les Disputes ont un air penaud.

— On a déjà tout dépensé, il ne reste suffisamment d'oboles que pour un seul manteau comme celui-ci.

Hermès ravale sa surprise et son impatience. Il tend la main et invoque sa minuscule bourse argentée.

— Combien pour trois ?

La vendeuse rumine et lui donne un prix qui me paraît faramineux. Perséphone m'a donné quelques oboles quand je lui ai parlé des souvenirs du musée, elle ne pouvait pas anticiper ma curiosité pour les manteaux. Les trois Disputes se drapent dans leurs nouvelles acquisitions, radieuses de bonheur. Elles passent devant Hermès en disant chacune « merci patron ! » et se dirigent vers la sortie.

— Pas si vite ! les retient-il.

Elles tournent une tête déçue dans sa direction. J'ai l'impression qu'elles espéraient s'échapper tranquilles de la boutique, mais non !

— J'ai longtemps été absent et je vais encore l'être quelques jours, mais je vais revenir et on va remettre la poste en ordre. Commencez par nettoyer la façade, faites disparaître les tags et les affiches.

Si j'aime beaucoup leur dynamique à tous les quatre, son annonce me brouille un peu. Il a l'intention de revenir aux Enfers plus souvent ? Les Disputes acquiescent à contrecœur, plus par décorum que réel ressenti. Car elles ont toutes un demi-sourire content lorsqu'elles sortent de la boutique.

— Tu penses que la colère de Zeus durera des jours ? demandé-je à Hermès.

— Il y a des chances, oui. Je suis sous la protection d'Hadès donc je lui demanderai la permission d'aller aux Enfers avec lui quand il s'y rendra pour voir si tout va bien.

— Tu veux dire que tu vas rester en Sicile quand tu seras sur Terre ?

— Ce n'est qu'une question de temps.

Mouais. La temporalité des dieux n'est pas la même que la nôtre. Je vais devoir rentrer à Springfall de mon côté. J'en ai déjà une boule dans le ventre alors qu'on a encore plusieurs jours devant nous à passer ensemble.

— Je te manque déjà ? me taquine-t-il en posant ses mains sur mes hanches.

Ben oui, j'ai envie qu'il reste. La perspective d'être séparés dans le futur proche n'a rien de réjouissant.

— Pourquoi tu m'as demandé de t'épouser ? On ne vivra pas au même endroit.

— Pour qu'on soit ensemble, peu importe le lieu et le temps, dit-il en posant son front contre le mien.

Et toujours pas de « je t'aime » ? C'est comme si mon meilleur ami, avec qui je couche à l'occasion, me demandait de l'épouser. Les mots de son ex, Achlys, me reviennent en mémoire : il est incapable d'aimer d'après elle. A-t-il déjà eu des sentiments avant ? Il aimera sûrement après moi. Je ne suis pas éternelle, s'il est prêt à attendre des années, je ne le suis pas du tout.

Un raclement de gorge nous interrompt, Melinoé nous toise, bras croisés.

— Et du coup, qu'est-ce que je peux faire pour vous ?

— Oui, je voulais juste regarder les manteaux, par curiosité, dis-je en guettant une réaction négative de sa part.

Elle n'a pas le temps de répondre qu'Hermès me refourgue sa bourse argentée dans la main.

— Et en acheter un si des fois Circé trouve ce qu'elle cherche.

Melinoé se détend.

— Non, tu ne vas pas me payer un manteau, refusé-je.

— Crois-moi, tu as une part non négligeable des gains, toi aussi. C'est toi qui as fait tout le travail.

Je vais protester mais je me ravise. C'est vrai, ça !

— Bon ! se réjouit Melinoé. Alors, que souhaite l'ombre qui a vaincu les trois épreuves ?

— Un manteau qui me rappellera cet endroit.

Je regarde les étoffes présentées sur une penderie le long d'un mur, toutes plus chatoyantes et douces les unes que les autres.

— J'ai exactement ce qu'il faut, s'emballe la vendeuse en disparaissant dans sa remise.

Elle revient vite avec un grand manteau tissé de gris cendres et d'argent, et brodé de motifs de grenades à la fois entières et ouvertes en deux.

— Personne n'en veut parce que justement, ça rappelle trop le quotidien.

Elle le déplie sous mes yeux et je le trouve à tomber !

— Il est magnifique.

— Bah, tu sais, j'ai pris des cours par correspondance avec Rhapso, la déesse de la couture en personne, explique-t-elle en rougissant, flattée.

Je pose l'étoffe sur mes épaules, ravie de retrouver cette chaleur inhérente au tissu infernal. Je paie le manteau, remercie Melinoé et nous sortons pour reprendre la rue principale. Hermès lie ses doigts aux miens alors que je ne détache pas mes yeux des grenades brodées.

— Je trouve que cet endroit te va bien, me dit-il.

— Vraiment ?

— Tu t'y es plutôt bien habituée.

— Si les sorcières pouvaient voyager entre les dimensions, je ne serais pas la seule à venir ici, lui assuré-je.

En arrivant sur la place du musée, Thanatos et Némésis encadrent deux autres divinités qui terminent de colmater les trous dans le bassin, stoppant l'écoulement de lave sur les dalles. Le Cerbère décapité me fait un peu mal au cœur. Mais en nous approchant du groupe, on les entend deviser sur une figure de remplacement pour rénover la place.

— Moi, je veux qu'on mette les trois Gorgones, impose Némésis. Comme ça, Sthéno la détruira jamais et on n'aura pas à la rénover *encore* une fois.

Elle dit ça en râlant, mais je sais qu'elle pense à Méduse et à la ramener ici. Thanatos semble plus perplexe.

— On pourrait mettre un *Philodendron giganteum*, propose-t-il.

— Personne ne sait à quoi ça ressemble en vrai, grommelle sa sœur.

Il va répliquer lorsqu'il nous aperçoit et pivote vers nous. Le dieu de la mort est plus serein qu'hier. Son regard est plus droit. Il n'a plus à me cacher quoi que ce soit. Il a épinglé le Caducée à son manteau et ne semble pas prêt à vouloir s'en servir dans l'immédiat. Rien de plus normal, c'est lui qui gère les Enfers lorsqu'Hadès part pour les six mois de l'année. J'imagine qu'il pourra s'absenter durant ceux où Hadès reviendra dans la Cité.

— Je vote pour les Gorgones, dis-je avec un sourire pour Némésis.

— Ah, tu vois ! rebondit-elle.

— Je m'incline, déclare son frère.

On partage, Némésis et moi, un regard d'une complicité sérieuse et pleine de motivation.

— Circé, j'espère avoir vite de tes nouvelles, me dit-elle.

— Compte sur moi, Némésis.

Je me fais l'impression de demander de la patience à une impatiente, ce que j'ai toujours été avec les frondeuses. La déesse du châtiment lance un regard froid à mon compagnon.

— Hermès, salue-t-elle en tournant les talons.

Wow, elle l'a appelé par son prénom ! C'est une avancée !

— La belle nuit, Némésis, souhaite Hermès.

Je ne comprendrai jamais qu'il ne lui en veuille pas pour le châtiment du fouet. Il doit y avoir de cette résilience commune à tous ici, du bon sens probablement, et peut-être bien un attachement indéniable pour les gens d'ici de la part du dieu messager.

— J'ai une dette envers vous deux, enchaîne alors Thanatos. Je saurai vous rendre la pareille au centuple. Mais en attendant, je te crois, Hermès, et je suis désolé de t'avoir accusé de ne nous avoir dénoncés, Macaria et moi. Je te promets de faire bon usage du Caducée.

— Je n'en doute pas, répond Hermès sur son ton le plus poli possible.

Il ne m'en veut pas et n'en veut pas non plus à Thanatos, mais ça le travaille quand même de voir son si fidèle Caducée épinglé sur le vêtement de quelqu'un d'autre.

— Circé, as-tu des conseils à me donner pour mon futur voyage sur Terre ?

Il avait déjà des étoiles partout sur le corps, il en a aussi au fond des yeux à présent.

— Sois prudent, les humains ne sont pas habitués à voir des divinités telles que toi. Et passe à Springfall, près de New York, les sorcières te réserveront bon accueil.

Je ne peux pas lui promettre l'accès à la Clairière, mais s'il a besoin de soutien, il en trouvera dans notre petite ville.

— Merci, dit-il en inclinant la tête. La belle nuit, Circé et Hermès. Faites bon voyage.

On le salue et il s'éloigne à son tour. On traverse la place pour arriver au musée. Je repense à l'écran plat mais sans ressentir un besoin pressant de le fouiller. Est-ce que j'accepte un peu mieux le décès de mon père ? Possible. Thanatos m'a peut-être aidée, mais ce sont surtout les paroles d'Hermès qui m'ont le plus apporté.

— Mine de rien, réfléchit-il à côté de moi, tu as insufflé de l'espoir aux habitants des Enfers. Qui sait ce qu'il se passera demain ici ?

Chapitre XXVIII

Quand j'ouvre les yeux, je ne fais plus qu'une avec mon corps terrestre. Hadès a réincorporé mon ombre et se tient au-dessus de moi avec Perséphone. Je me redresse doucement, aveuglée par la lumière de la pièce dans laquelle je me trouve. Les murs sont hauts et recouverts d'un ocre jaune éblouissant, le plafond en caissons est vertigineux et une immense baie vitrée est ouverte sur le ciel azur. Une brise tiède balaie l'espace et j'entends le bruit lointain d'oiseaux et de vagues. Ça sent bon, il règne une odeur de pins et de citrons.

— Comment tu te sens ? s'enquiert Perséphone.

— Bien, dis-je, malgré ma tête qui tourne.

— Prends ton temps, ton corps doit combiner une double réalité : celle de ton corps terrestre resté en stase et celle de ton corps d'ombre qui a vécu, mais ça va passer, me conseille Hadès.

Je m'assieds et m'aperçois que je suis à nouveau dans ma robe framboise, celle que je portais lors de la *baby shower*, et installée sur un lit à baldaquin ancien. Une grande cheminée en marbre, sculptée de figures féminines, semble plus décorative que fonctionnelle. Plusieurs tableaux de paysages et de scènes mythologiques décorent les murs. Des plantes apportent du vert dans cet ensemble mordoré. Le palais de Perséphone ressemble à un édifice des XVIe ou XVIIe siècle, tout en pierre blonde, en couleurs ocre et en bois. C'est chaleureux et organique.

— Tout le monde t'attend en bas, m'indique Perséphone alors que le couple sort de la chambre. Tu as de quoi te baigner et te changer dans la pièce d'à côté.

— Merci.

Je m'appuie sur les meubles pour me déplacer jusqu'à la porte, près du lit, et l'ouvre. La salle de bain est d'un luxe ! Toute en marbre, avec une grosse baignoire sur pattes et une robinetterie en or… Des serviettes empilées et parfumées, des savons aux fleurs et à l'huile d'olive… Tout ressemble à Perséphone ! J'aperçois mes affaires posées sur les étagères d'un meuble en bois. Ma veste en jean. Je la déplie et la regarde avec plaisir mais sans ressentir l'envie de la remettre. Je ne renie pas la personne que j'étais avant, mais j'ai l'impression d'avoir grandi. Il est peut-être temps de laisser cette période de ma vie derrière moi. Mon étole des Enfers, grise et brodée de grenades, et le sac contenant les souvenirs m'attendent juste à côté.

Avec des gestes maladroits et mille occasions de chuter, je prends une douche et enfile un short en jean et un tee-shirt à manches retroussées. Je retrouve une aisance qui me convient toujours. Je chausse des baskets en toile et sors. Je suis pressée de descendre, mais l'éclatante lumière du soleil m'attire. Je passe la baie vitrée et fais quelques pas sur le balcon, enivrée par les odeurs de la nature et la chaleur des rayons de l'astre solaire. Un jardin grandiose s'étend en bas, avec des parterres de fleurs qui bourgeonnent, des arbustes verts, des citronniers et des orangers pleins de fruits, et des palmiers, plein de palmiers.

C'est merveilleux ! Des fontaines chuchotent, des statues antiques jalonnent les allées, des treillages forment des tunnels et des kiosques garnis de jasmin de Sicile. Les jardins s'étendent sur plusieurs niveaux de terrasse jusqu'à la mer. J'avais même oublié le chant des oiseaux et celui des cigales. Il n'y a aucun bruit de ce genre aux Enfers, juste la brise infernale, le son étouffé de la cendre qui tombe, le bouillonnement de la lave ou de l'eau.

— Perséchouuu ! Youhouuu ! s'exclame une voix en bas.

Alors ça, jamais je n'aurais cru la voir un jour : Déméter, la déesse de la nature, en chair et en os ! Des gants de jardinages aux mains et un tablier vert plein de poches, elle s'avance dans une allée en direction du palais, grande et ronde, les cheveux noirs comme la terre et la peau aussi dorée que le soleil. Perséphone se précipite dans ses bras et sa mère l'enlace, excitée de retrouver son enfant chérie. Elles sont adorables ! Et en parlant de câlins, mes sœurs m'attendent sûrement. Je sors de ma chambre et trouve vite l'escalier pour atteindre le rez-de-chaussée, là où les voix sont de plus en plus fortes.

Tous sont rassemblés dans un salon ouvert sur l'extérieur. Dès que j'apparais, mes sœurs se ruent sur moi et on se tombe dans les bras les unes des autres. Quel soulagement ! Ma visite en fantôme était pleine d'incertitudes et n'avait pas le même intérêt concret. Là, je peux les serrer contre moi. Ma Méroé et mon Ella, mes deux petites sœurs !

— Ne me refais plus jamais ça, balbutie Méroé.

Ella, elle, sanglote sur mon épaule.

— Vous m'avez tellement manqué toutes les deux, dis-je, un trémolo dans la voix.

— T'as pas intérêt à recommencer, gronde Ella.

— Promis. Et arrêtez de pleurer !

Elles rient et se redressent en écrasant les larmes dans leurs yeux. Je les imite et mesure ma chance de les avoir perdues un si court laps de temps pour ensuite les retrouver.

— J'ai beaucoup à vous dire.

Elles acquiescent. Je frémis de joie à l'idée d'avoir une longue discussion avec elles. Mais avant de m'éloigner, je cherche Hermès des yeux. Lui aussi, il s'est changé. Il a opté pour un ensemble en lin crème et des lunettes de soleil. Avec son teint mat et ses cheveux bruns, il est canon à souhait ! Il m'accorde un sourire discret alors que je n'ai qu'une envie, me jeter dans ses bras. Mais en présence de mes sœurs, de Deimos qui se tient lui aussi dans un coin en costume clair, et d'Hadès qui jette des coups d'œil à l'extérieur, je ne me sens pas de dévoiler tout le degré d'intimité qu'on a atteint tous les deux. Il doit penser l'exacte même chose. Ça me rassure et ça m'angoisse tout à la fois !

— Hadès ! Amour ! appelle Perséphone depuis l'extérieur. Maman veut nous faire faire le tour de tout ce qu'elle a fait pendant l'automne et l'hiver dans le jardin !

Le roi des Enfers grommelle des « je le savais, que ça se passerait comme ça ».

— J'arrive !

Il s'approche de son petit-neveu Deimos qui, sans aucun échange de paroles, comprend tout de suite ce que veut Hadès : il lui sort son porte-cigarette, lui en tend une et allume son briquet. L'odeur du laurier d'Apollon et du dictame de Crète chatouille mes narines. La cigarette calmante du dieu de la terreur doit être la parfaite solution pour tasser la tension du dieu des morts, alors qu'il s'apprête à écouter les longs et détaillés commentaires de sa belle-mère.

— Tu peux fumer dehors ? demande Deimos sur un ton autoritaire. Ella est enceinte.

— Oui, oui, dit-il en sortant à reculons.

— Haaadèèès ! répète Perséphone.

— Te presse surtout pas, gendre ! ajoute Déméter avec impatience.

Il aspire la moitié de sa cigarette d'un coup et disparaît.

— Deimos, appelle Hermès. On devrait laisser Circé, Méroé et Ella discuter ensemble. J'aimerais que tu me parles du Siège et de ce qu'il s'est passé depuis mon départ.

— Oui, allons-y, accepte-t-il en s'approchant d'Ella pour l'enlacer et déposer un baiser près de son oreille. Mes parents, mes frères et ma sœur ne vont plus tarder.

— Ils viennent tous ? m'étonné-je.

— Ils passent toujours quelques jours ici quand Perséphone et Hadès reviennent.

Les deux dieux partent de leur côté. Méroé prend mon bras.

— Viens, on a déjà prévu un endroit tranquille.

On sort dans les jardins et je ne cesse de m'enchanter face à toute cette beauté végétale et brillante. Mes deux sœurs m'entraînent jusqu'à un petit coin dallé, face à la mer, et sur lequel sont installés trois fauteuils en rondins et une petite table basse. Une limonade et des pâtisseries au citron nous attendent. Mon appétit surgit et mon estomac hurle famine. Je m'avance et pioche sans attendre d'être assise. Le gâteau fourré à la crème me fait gémir. Je me laisse choir sur un siège et en dévore trois d'affilée avant de boire un grand verre.

— Oh c'est tellement bon ! Je n'ai pas mangé depuis des jours !

— Sers-toi, on en redemandera, me rassure Méroé.

— Le citron fait danser Médée, dit Ella en croquant une tartelette.

— C'est vrai ? s'amuse Méroé en posant une main sur son ventre.

Je l'imite, curieuse. Le bébé donne des coups de pieds dès qu'Ella croque dans la douceur au citron. Ça m'émeut. Je repense à ma deuxième vision durant laquelle Zeus récupérait Médée et à son plan pour m'écarter et aller dans ce sens. Je ne veux pas inquiéter plus Ella, mais je ne pourrai pas lui cacher bien longtemps les projets du grand-père de Deimos. Hécate est repartie à la Clairière et va revenir avec notre mère – qui s'impatiente après avoir été dévastée – et avec les autres frondeuses. J'en profiterai pour les mettre au pied du mur : il est temps que nous, les sorcières, sachions si oui ou non elles veulent agir avec nous.

Je prends la parole et raconte tout à mes sœurs : mon chemin aux Enfers, l'appui d'Hermès – je survole le « cas Orphée » sans prononcer ces mots et en prétextant qu'il voulait m'aider –, ma rencontre avec les divinités locales, ma visite de la Cité, mon voyage au Tartare, les trois épreuves en édulcorant les visions pour ne pas stresser Ella et enfin le dénouement. Méroé et Ella ont tout écouté avec attention et se montrent en particulier touchées par le sort des déesses en cage.

— Que s'est-il passé de votre côté ? Après mon retour aux Enfers ? Deimos intervenait à peine pour retenir Zeus de frapper Hermès.

— Zeus a fini par se calmer, répond Ella. Mais il en a beaucoup voulu à Deimos.

Je dois avoir une mine bien coupable et préoccupée puisqu'elle se dépêche de nuancer.

— Circé, leur relation se dégrade depuis un moment, Deimos s'inquiète de l'emprise que semble vouloir Zeus sur sa fille. Il aimerait pouvoir partir du Siège, mais il est encore sous serment.

— Et tu ne préfères pas accoucher à la Clairière ? Ce serait plus prudent, non ?

— Je ne sais pas, grimace-t-elle. Je t'avoue que je me sens encore un peu frileuse vis-à-vis des guides. Et Deimos pense que je serai plus en sécurité auprès de sa famille.

— Il pense t'emmener à Cythère pour accoucher ? s'interroge Méroé.

— C'est une possibilité. Et bien sûr, maman et vous deux serez avec moi, nous assure-t-elle.

— On fera comme tu voudras, lui dis-je en prenant sa main. Tout ce qui compte derrière, c'est la cérémonie du lien. Une fois qu'elle sera faite, Médée sera sous notre protection de manière indéfectible.

Méroé approuve en posant sa main sur les nôtres.

— Maintenant que tout cela est dit, reparlons du cas Orphée, déclare-t-elle sur un ton cérémonieux.

Je m'empourpre. L'info est même sortie du Siège pour arriver aux oreilles de ma famille. Je me sens incapable de parler de cette relation qui s'est nouée alors qu'elle flottait au-dessus de nous depuis longtemps. Moi qui suis la sœur forte et indépendante, avouer une faiblesse aussi énorme pour le dieu le plus insaisissable de tous, ça me rend très nerveuse.

— Tu n'as pas tout dit. Éros nous a expliqué de quoi il s'agissait, c'est bien plus qu'une anecdote en passant ! Ça va plus loin que ce que tu nous as confié dans l'ascenseur !

— Je ne veux pas te décourager, et vous avez le droit de vous papouiller dans ma verrière autant que vous voulez, mais tu es sûre de toi ? enchaîne Ella.

— Je sens que cette défiance te vient de Deimos et de ses frères, défends-je, le cœur battant entre la révolte et l'embarras.

Ils ont dû s'alarmer quand ils ont entendu parler du cas Orphée.

— Peut-être, oui, avoue Ella en grimaçant.

— Il a pris tous les risques pour moi, dis-je en songeant qu'il est temps de leur fausser compagnie.

— Ah mais moi, je savais déjà que tu étais folle de lui, avance Méroé. Ce qui m'étonne le plus, c'est que lui aussi, il a fini par le confirmer !

Je n'ai qu'envie d'un retour au cynisme. « Vraiment ? Il m'aime sans me le dire ? » Et s'il n'avait qu'un syndrome de sauveur ? Et si maintenant que je suis en sécurité, il allait se rendre compte que je n'en valais plus la peine ? Malgré ses déclarations ? Il ne s'est pas non plus jeté sur moi quand je suis descendue tout à l'heure. Il veut juste défier son père en m'aidant, moi ? Sa demande en mariage ressemble à un coup de tête idiot…

Tout se brouille.

— Il te l'a confirmé, n'est-ce pas ? demande Ella, pendue à mes lèvres.

Ma gorge se noue. Je ne sais pas quoi dire, bon sang.

— Attendez-moi ! crie une voix dans le jardin. Attendez ! Attendez !

Éros débarque en courant, en short et en se débattant avec un tee-shirt qu'il essaie d'enfiler. Il freine en arrivant à notre niveau, en sueur et essoufflé.

— J'étais en plein beach-volley à Cythère, mais j'ai senti que votre conversation en valait plus la peine !

Il accorde un clin d'œil à Méroé qui le lui rend. La traîtresse ! Elle a prié Éros de nous rejoindre !

— Le cas Orphée ! s'exclame-t-il en faisant apparaître un fauteuil et en prenant place juste sous mon nez.

Mes deux sœurs rapprochent leurs sièges, ça commence à ressembler à une intervention.

— Il me faut tous les détails, ne lésine pas.

Cernée, je songe d'abord à mon sort de dédoublement pour fuir. Et puis, je finis par me dire qu'Hermès vaut le coup que je me pose certaines questions et que je les relaie au dieu qui sera peut-être capable, lui, de comprendre quelque chose à ce que nous vivons tous les deux. Alors, embuée par l'embarras, je me lance.

— Eh bien, quand on s'embrasse, il…

— Donc il y a eu *des* baisers, interrompt Éros. Même après celui de la verrière.

Antéros a évidemment tout balancé à son frère.

— Oui, grogné-je.

Ce n'est déjà pas simple comme genre de discussion, mais si en plus il me coupe toutes les deux secondes, je ne vais pas m'en sortir.

— Et alors ?

— Quand on s'embrasse, il a un masque d'or sur les yeux qui…

— Oh ! Mais quand je t'ai parlé des yeux d'or de Deimos, tu ne m'as pas dit que c'était aussi le cas d'Hermès ! s'insurge Ella.

C'est vrai que j'avais bien éludé la question lors de la *baby shower*.

— Une minute, une minute, s'empresse Éros. Précise tout ça, Circé. On n'était déjà pas convaincus que Deimos en était capable…

— Hé ! s'insurge Ella. Deimos est très passionné !

Éros a un rire moqueur et amusé.

— Voyons, voyons, douce belle-sœur ! Tu ne peux pas me contredire sur ce point. Circé et toi, vous craquez sur du cérébral, et non de l'émotionnel.

Si Ella lève les yeux au ciel, concédant le point, je n'en suis pas tout à fait convaincue de mon côté.

— C'était loin d'être cérébral ce qu'il s'est passé dans les bains de Perséphone, affirmé-je, le visage en feu.

— Hin hin, et ? insiste Éros.

— Dis-nous touuut, pousse Méroé.

— Alleeez, participe Ella.

— Je ne vais pas vous raconter tout ça ! protesté-je, au summum de la gêne.

Ça n'appartient qu'à lui et à moi, tout comme ses ailes argentées. Éros plaque ses mains sur sa bouche et recule.

— C'était chaud BOUILLANT !

— Ça suffit ! m'exclamé-je en regardant partout autour de moi, craignant qu'Hermès ne surgisse.

Mes sœurs gloussent comme les deux petites dindes qu'elles sont et elles me donnent des coups de coude dans les bras qui mériteraient largement un groin !

— Hermès est plus vieux que Deimos et il a un sacré tableau de chasse, poursuit Éros. Mais jamais encore ses yeux d'or ne s'étaient manifestés à ma connaissance. Ça nous arrive quand on désire *vraiment* quelqu'un. Sauf Antéros, ça lui arrive tout le temps. Ce garçon ne se posera jamais.

Sa dernière phrase le fait réfléchir une seconde.

— En parlant d'Antéros, rebondit Méroé. Il a vu le visage d'Hermès comme moi, dans la verrière.

— Aperçu, corrige Éros. Il n'a pas eu le temps d'analyser quoi que ce soit, Hermès a pris immédiatement la fuite.

C'est peut-être pour ça qu'Hermès s'est volatilisé d'ailleurs, pour ne pas permettre à Antéros de lire ses sentiments réciproques… Peut-être.

— Pourquoi ne dit-il rien alors ? dis-je en réfléchissant à moitié. Il m'a demandé en mariage, il me dit qu'il tient à moi, mais sans m'avouer ses sentiments.

Un blanc plane quelques instants, ce que je prends pour enfin un temps de réflexion sain de la part de mes trois interlocuteurs. Mais non. Mes sœurs bondissent en même temps.

— QUOI ?! hurle Méroé.

— Il t'a demandée en mariage ? s'ébahit Ella.

— Sans nous demander *notre* bénédiction ?!

— Il aurait pu m'en parler ! proteste Éros.

— Stop ! Arrêtez ! les supplié-je.

Les trois se mettent à déblatérer dans le désordre le plus complet.

— C'était sûrement une bêtise ! lancé-je en tentant de couvrir le tout.

— Quelle bêtise ?

La voix derrière nous impose le silence. Hermès et Deimos nous ont rejoints et nous scrutent avec perplexité. On se décompose tous les quatre.

— Aucune, on bavardait, dis-je.

— Qu'est-ce que tu fais là ? questionne Deimos en fixant son frère avec suspicion.

— Je venais chercher Méroé pour une partie de beach-volley, répond Éros. On revient ce soir avec tout le monde. Circé, un maître mot : la sincérité.

Et hop ! Il s'éclipse en emportant ma sœur.

— Amour ? appelle Ella. Tu me raccompagnes ? J'aimerais m'allonger un moment.

— Bien sûr, se dévoue aussitôt Deimos en la prenant dans ses bras pour les téléporter à leur tour.

Il ne reste plus que moi, Hermès et mon infini embarras.

Chapitre XXIX

On se regarde un instant, enfin seuls.

— Que veux-tu faire ? me demande-t-il. Tu veux visiter le coin ?

— À vrai dire…

J'ai très envie qu'on discute, qu'on s'ouvre un peu plus l'un à l'autre, mais je crois que j'ai besoin d'un moment pour calmer ma nervosité. Je regrette déjà tellement d'avoir évoqué cette demande en mariage qui suivait mon souhait d'en vouloir plus avec lui.

— J'ai faim, terminé-je avec un sourire.

— S'il n'y a que ça, je vais te cuisiner quelque chose.

On se met en route tous les deux en direction du palais.

— Tu cuisines, toi ? m'étonné-je, ravie de sa proposition.

— Oui, c'est quoi ce ton ? On ne peut plus être sexy à mort et bon cuisinier à la fois ?

— Je ne t'imaginais pas concocter des petits plats.

Il a un sourire un poil vantard qui me fait lever les yeux au ciel.

— J'ai longtemps voyagé seul, prétexte-t-il.

Il m'entraîne aux cuisines du palais, dans les sous-sols à demi enterrés. C'est un espace tout aussi chaleureux que le reste des salles que j'ai parcourues. Le carrelage alterne l'ocre mat et le doré, les fourneaux anciens en îlot sont allumés, les batteries de casseroles en cuivre s'étendent au-dessus de plans de travail en bois, tout est aux antipodes des Enfers.

Une déesse est installée sur un tabouret haut près d'un fourneau, le nez dans une liste, un crayon roulant entre ses doigts. Elle est aussi brune que Déméter et a le même teint hâlé. À mesure que son crayon s'agite, la flamme du fourneau grossit et dégrossit. Elle porte un impressionnant chemisier à fleurs rouge et un tablier blanc noué à la taille.

— Hestia, salue Hermès en me précédant.

Elle lève les yeux sur le dieu messager et ne démontre pas une amabilité grandiose à son encontre. Hestia, la déesse du foyer et sœur de Déméter, est donc chargée des cuisines chez Perséphone ? Je ne doute pas du tout que ce soit par passion. Elle est celle qui bénit les mariages et les demeures, une des plus anciennes déesses qui existent. Et bien entendu, elle ne fait pas son âge. Elle ressemble à une quadragénaire épanouie. Pendant très longtemps, ce qui faisait le centre d'un foyer, c'était la nourriture et le toit, là où se réunissaient les familles. Hestia a donc une évolution qui me semble parfaitement logique.

— Hermès, qu'est-ce que tu fais là ?

— Je voudrais cuisiner quelque chose pour Circé. Tu me donnerais quelques ingrédients ?

Elle plisse les yeux.

— Si je n'avais pas été là, tu te serais servi ?

Hermès passe une main à l'arrière de son crâne et lui envoie un sourire charmeur.

— J'aurais laissé un petit mot pour te prévenir, voyons !

La méfiance est de mise !

— Mouais, se contente-t-elle de dire. Je vais faire le marché pour le grand buffet de ce soir, tâche de ne pas trop tomber dans les réserves.

— Non, tu me connais, rassure-t-il.

— Justement !

Elle saute de son tabouret et retire son tablier, j'en profite pour la féliciter.

— Tes gâteaux au citron étaient délicieux.

Hestia m'offre un grand sourire flatté.

— Merci, ma belle. Je ne suis pas sûre de ce qu'Hermès va te préparer, alors bonne chance ! Et Hermès, n'éteins pas le feu de mon fourneau, je te préviens ! lance-t-elle en sortant.

J'hésite entre rire et grimacer. Je me tourne vers mon compagnon qui, comme toujours, n'est pas surpris.

— Tu lui as fait quoi, à Hestia ?

— Rien, on est juste différents, dit-il en se mettant en quête d'ingrédients. On nous a souvent comparés sur le terrain économique : elle, elle épargne et moi, je dépense.

Il sort des œufs du frigo et fouille les caisses de fruits et de légumes. Je me hisse sur un tabouret, bien décidée à le regarder faire. Je ne pense qu'à ma première vision qui n'était pas dénuée de sens ni de vérité, au fond.

— Tu prépares quoi ?

— Une omelette, madame !

Hermès revient avec des oignons, des épinards et de l'oseille. Il sort une planche à découper et un couteau. Il me semble très à l'aise, en toutes circonstances. C'est vrai que c'est le dieu de la débrouille. Il taille les oignons sans verser une larme, fait blanchir les épinards dans une casserole et bat les œufs.

— Tu sais, quand j'étais assise sur le Trône d'Oubli, j'ai vécu une sorte d'aperçu d'une autre vie, lui raconté-je.

Il s'interrompt dans son travail, intéressé.

— Personne n'a jamais raconté ce qu'il se passait sur ce Trône.

— Si j'ai bien compris, on expérimente des visions qui finissent par nous perdre. J'ai failli oublier qui j'étais dans la première.

— Et qu'est-ce que tu as vu ? demande-t-il préparant la poêle pour cuir son plat.

Je n'éprouve que de la tendresse pour cette vision. Et de l'espoir. Et du regret. Je ne sais même pas si je veux des enfants, mais j'aimerais cette quiétude. Tout était trop idyllique et j'en suis encore touchée.

— Un barbecue familial chez ma mère.

Hermès a un sourire en coin.

— C'est tout ?

— Tu cuisinais des pommes de terre au four avec elle.

Cette fois, il s'immobilise.

— Moi ?

— Oui, on était ensemble et on avait des quadruplés.

Il éclate de rire.

— Quatre ! Rien que ça !

— Tu as proposé d'en vendre deux.

— Et je parie que tu as refusé.

Je hoche la tête en riant. Je ne sais pas ce que j'envie de cette vision en vérité. J'ai déjà cette complicité avec lui. Il rit, mais il semble aussi… chagriné. Comme s'il jugeait cette probabilité impossible.

— Tu te souviens de leurs prénoms ?

— Emma, Angelia, Eudoros et Ulysse.

— Ulysse ? répète-t-il en grimaçant.

— Il est mon ancêtre, précisé-je avec un haussement d'épaules.

Il secoue la tête, verse de l'huile d'olive dans la poêle chaude et la chauffe avant d'y jeter l'oignon et l'oseille.

— Pour être franc, je ne suis pas sûr de vouloir d'enfant, me dit-il sans me regarder.

C'est peut-être la déclaration la plus sincère qu'il m'ait faite jusque-là.

— Je ne suis pas sûre, moi non plus.

Ça le détend, il reprend sa cuisson en versant le reste de ses ingrédients.

— Tu sais, ajouté-je, profitant de cette ouverture. Les sorcières ne se marient pas, d'habitude. Ella est une exception.

— Je sais, oui, répond-il avec aise.

— Pourquoi tu m'as posé la question alors ? m'étonné-je.

— Parce que je veux quelque chose d'inhabituel avec toi.

Il a le don de me déstabiliser à chaque fois ! Troublée, les pommettes brûlantes, je m'accoude au plan de travail pour ne pas perdre une miette du dieu devenu cuisinier.

— Toi, pourquoi tu m'as demandé de te reposer la question ? enchaîne-t-il.

— Parce que moi aussi, je veux quelque chose d'inhabituel avec toi.

Hermès quitte les fourneaux une seconde, le temps de déposer un baiser sur mes lèvres. C'est vraiment de la provocation ! J'étais arrivée ici affamée, et voilà que je n'ai plus qu'une idée en tête : déshabiller Hermès et me jeter sur lui. Il fait glisser l'omelette dans une assiette et la dépose sous mon nez avec une fourchette.

— C'est bien connu qu'on séduit les femmes avec leur estomac, s'amuse-t-il en ayant un sourire d'un tel charme que j'en abandonne mon tabouret.

Je me pends à son cou pour l'embrasser. Il me soulève contre lui et je noue mes jambes autour de sa taille.

— Emmène-nous dans ma chambre, soufflé-je avant de reprendre sa bouche.

On se téléporte aussitôt. Je suis bien décidée à profiter du grand lit à baldaquin, du calme du palais et du fait que plus rien ne soit interdit entre nous. Je mets pied à terre et attrape sa ceinture pour l'en débarrasser. De son côté, il remonte mon tee-shirt. On se précipite tous les deux sans diapason, nous emmêlant les pinceaux avec des rires.

— Laisse-moi faire, s'il te plaît ! me prie-t-il.

Je retire mes doigts de sa braguette pour lever les mains. Il parvient à retirer mon haut, fait sauter les agrafes de mon soutien-gorge en une fois et baisse d'un geste ferme mon short pour me l'enlever. On ne m'avait jamais dénudée aussi efficacement ! Mon souffle se coupe, j'ai un *rush* de sang soudain partout dans mes veines. Satisfait, il recule d'un pas et me laisse le champ libre. Il a eu la patience de me laisser en culotte, je n'aurai pas la même ! Je baisse le tout – il en profite pour se dégager les pieds – et j'écarte sa chemise si vite que des boutons sautent et rebondissent sur le sol en terre cuite rouge.

— Oh ma douce, susurre-t-il en me plaquant contre le baldaquin pour m'embrasser.

Son masque d'or et ses ailes fleurissent sur sa tête alors qu'il plaque ses mains sur mes fesses. Quel plaisir de retrouver son corps si ferme et si chaud, je pourrais me frotter à lui comme un chat pendant des heures ! Mes mains caressent ses épaules et sa nuque, je le sens frémir contre moi. Ses doigts s'agrippent dans ma chair, me provoquant un hoquet de désir qui le fait sourire.

— J'ai très envie de te faire jouir, là, soupire-t-il avec malice.

Je hoche la tête, déterminée à enchaîner les orgasmes.

— On peut se presser maintenant et prendre notre temps ensuite, approuvé-je, le cœur battant.

J'enroule mes mains dans son dos en mordillant sa lèvre inférieure et, en sentant une rayure dans sa peau si parfaite, je relâche sa bouche, étonnée. Je longe la strie et comprends que c'est une marque du fouet d'Héphaïstos.

— Ne t'en fais pas, je ne le sens plus, dit-il pour me rassurer.

J'échappe avec douceur à ses bras et le contourne. Il y en a trois. Trois longues cicatrices, un peu dorées. Pourtant, il a subi beaucoup plus de coups, mais c'est comme si les trois les plus impactants devaient rester à jamais gravés dans sa peau. Un haut-le-cœur me retourne l'estomac.

— Je suis si désolée.

— Ne le sois pas, je recommencerais sans hésiter.

C'est vraiment le genre de propos qui me hérisse le poil.

— Arrête de dire de telles bêtises, tu es trop téméraire et ça ne fait que te mettre en danger !

Hermès envoie sa main derrière lui, attrape mon poignet et me fait revenir face à lui.

— Pourquoi tu parles de « bêtises » ? Tu vaux tous les coups de fouet du monde, je te l'ai déjà dit, tu t'en souviens ?

Confuse, je me contente de déglutir.

— Ne te dévalue pas, Circé, je recommencerais sans hésiter, répète-t-il.

— Pourquoi ?

— Parce que je t'aime ! Même si ce n'est pas quelque chose de facile à dire pour moi, lance-t-il, presque agacé, comme s'il se sentait forcé de le dire.

Ça me fiche un coup ! C'est tout ce que j'espérais entendre de lui, mais ça débarque dans un contexte étrange. Je m'avance d'un pas pour me mettre juste sous son nez. Je veux le laisser se reprendre mais aussi exploiter sa faille. Ses yeux d'or n'ont pas repris leur couleur grise.

— Tu m'aimes ? demandé-je alors, d'une voix plus légère.

Il sourit enfin et encadre mon visage de ses mains.

— Depuis bien trop longtemps.

— Quand ?

— Il y a cinq ans, tu éclatais de rire sous la glycine de la maison, on ne voyait que toi. Ton charme a tout balayé, je me suis même demandé comment j'avais fait pour ne pas te voir avant. Cette fraction de seconde m'a m'enchaîné à toi.

Un coup de chaud balaie mon visage.

— Donc rien à voir avec le jour où tu as débarqué alors que je bronzais à demi nue ?

Hermès lève les yeux au ciel avec un grand sourire amusé.

— Non ! C'était du pur hasard ! Cela dit, j'ai profité du spectacle, ajoute-t-il en suivant la courbe de mes seins du bout du doigt.

Non seulement ça relance mon impatience et mon désir, mais en plus ça me plaît. Enfin une réponse honnête à ce sujet ! Je passe mes mains sur son torse, jusqu'à ses épaules, et prends appui sur elles. Je veux le regarder dans les yeux.

— Moi aussi, je t'aime.

Ce qui me vaut un baiser passionné. L'excitation de lui avoir avoué mes sentiments, d'avoir entendu les siens et celle de notre situation – à savoir nus, face à face

– déchaîne tout sur son passage ! Mon cœur me cogne le thorax avec violence et je me tortille sur place, l'entrejambe en feu.

Hermès recule sans lâcher mes mains et s'assied sur le lit.

— Viens, dit-il en m'attirant, mon dos contre lui.

Je me retrouve assise entre ses cuisses, son membre coincé entre nous, se raffermissant à mesure que je me blottis.

— Je vais m'occuper de toi.

Et il caresse mon ventre, remontant avec lenteur ses paumes jusqu'à mes seins pour les enfermer dans leur creux et les masser, sans oublier de titiller leur pointe. Je me cambre en frissonnant. J'ai les doigts cramponnés à ses cuisses et la tête renversée sur son épaule. Il me dévore la gorge de morsures qui ne m'aident absolument pas à me réfréner. D'autant plus quand ses deux mains quittent ma poitrine pour plonger dans ma culotte.

— Redis-le, exige-t-il.

— Je t'aime…

Il cherche mes lèvres et les embrasse, j'en profite pour glisser mes doigts dans ses cheveux et ses plumes argentées. Bon sang, ses caresses vont me rendre folle ! Je fais tout pour repousser l'orgasme, mais mon désir pour lui est bien trop violent. Je tâtonne dans mon dos pour trouver son membre et le stimuler d'un va-et-vient vif, j'aimerais qu'on soit synchronisés. Il se met à mordiller mon lobe d'oreille et à rouler mon clitoris avec plus de force, m'entraînant sûrement en haut de la vague.

— Attends ! Ralentis !

— Encore un peu, grogne-t-il.

Je referme mes cuisses sur sa main en tremblant.

— Je veux enlever ma culotte, arrête, soufflé-je.

Là, il accepte et je peux me redresser pour finir de me déshabiller. J'ai les oreilles qui bourdonnent et je ne distingue plus les temps morts des battements de mon cœur. Hermès recule sur le lit et reste assis. Je m'empresse de le rejoindre et de lui sauter dessus pour l'embrasser. Sans perdre une seconde, je guide son sexe à l'entrée du mien avant de stopper.

— Euh, on est d'accord que mon corps en stase n'a pas fait disparaître les effets de mon contraceptif ?

— Je ne pense pas, mais ne t'en fais pas, j'en prends un moi aussi.

Je l'enfonce en moi en me mordant la lèvre. On est si excités tous les deux et d'accord sur le principe d'aller vite, que je ne me ménage pas ! Je m'accoude sur ses épaules et mène un rythme infernal qui nous arrache aussitôt des gémissements. Hermès campe ses mains sur mes hanches avant de retourner rouler son pouce sur mon clitoris. Moi qui pensais naïvement qu'une fois dans un lit, sans aucune contrainte, on prendrait notre temps ! C'est plus une course à l'orgasme. Bouillante et délicieuse. Là, tout ce qu'on veut, c'est jouir tous les deux sans interrompre un seul baiser.

Alors, lorsque le haut de la vague réapparaît, j'accélère tout en resserrant mes muscles sur lui et on se laisse aller à la mécanique de l'amour. C'est si évident et électrisant qu'on en rit à travers notre jouissance, échangeant à nouveau des déclarations enflammées tout en se serrant l'un contre l'autre. Après plusieurs spasmes virulents, je m'affaisse contre lui, comblée. C'est l'expérience la plus fusionnelle de ma vie.

*

Hermès est descendu chercher l'omelette qu'il a réchauffée, et il a chipé une bouteille de Negroamaro dans la réserve d'Hestia. Bien évidemment, il a croisé Déméter qui l'a regardé de travers – puisqu'il était nu comme un ver – et il s'est enfui très vite pour revenir auprès de moi. On s'est restaurés, câlinés, on a refait l'amour et on végète, allongés l'un contre l'autre.

Hermès a posé sa tête sur ma poitrine et je passe délicatement mes mains sur ses ailes argentées qui s'attardent. Je repense à sa déclaration : « Ce n'est pas quelque chose de facile à dire pour moi. » Il a formulé les sentiments qu'il avait déjà en lui. Je sais qu'il a de l'amour pour sa mère. Il en avait en tout cas dans la voix quand il me l'a évoquée. Mais je commence à voir d'où vient son blocage : lui, enfant non désiré, en quête d'un amour impossible de la part d'un père abusif. Il attend ces mots de Zeus qui ne viendront, à mon avis, jamais. Enfant, il a tout fait pour attirer le regard de son père et c'est pour ça qu'il est devenu son préféré, à force de remuer ciel et terre pour lui plaire.

Mais aujourd'hui, qu'attend-il de Zeus ?

— Tu veux qu'on reste cachés ? l'interrogé-je.

— Non, et toi ?

— Moi non plus, mais je pensais à ton père.

Hermès se redresse et s'accoude au-dessus de moi.

— Mon père a déjà remarqué que je tenais à toi et me l'a déjà reproché.

— À quelle occasion ? demandé-je, étonnée que Zeus ait perçu quelque chose, alors que moi, rien du tout.

— Mes visites répétées à la Clairière, ou les cafés qu'on a partagés. Le fait d'être allé te voir pour le cadeau de naissance de Médée.

Je lui souris, touchée. Moi aussi, j'attendais toujours ses visites. Est-ce qu'on n'avait pas l'air un peu naïfs tous les deux ? À s'apprécier sans se le dire ?

Hermès plonge dans mon cou.

— Mon père a raison sur un point, dit-il alors, d'une voix grave. Je suis une bête qui se terre dans ses illusions.

Les paroles brutales de Zeus me reviennent en tête et je resserre mes bras autour de lui.

— Pourquoi tu dis ça ?

— J'ai beau espérer, je n'aurai jamais ce que j'attends de lui, avoue-t-il plus bas encore. Je ne sais même plus pourquoi j'en ai eu tellement besoin. Plus ça va et plus je me rends compte que je ne suis plus à la recherche de son approbation. Je ne sais même plus qui il est véritablement.

L'émotion me compresse la poitrine. Je ne peux plus lui cacher les révélations de Thanatos. J'y vois un peu plus clair sur sa relation père-fils, je ne pense pas que ce que je m'apprête à lui dire lui paraisse si insensé.

— Hermès, je dois te dire quelque chose à mon tour.

Je lui raconte le plan de Zeus, comment il a manipulé Thanatos pour contourner le Serment du Styx et son désir de me voir disparaître pour s'approprier Médée. Hermès se redresse au fur et à mesure de mes paroles. Il n'a pas l'air si surpris que cela par la culpabilité de son père. Mais le fait d'en avoir enfin la preuve le sidère. Il s'assied à côté de moi et je me redresse, le cœur battant à tout rompre.

— Ce n'est pas tout, dit-il une fois que j'ai terminé. Ta mort le sert à t'éloigner de moi.

— Pour conserver sa main mise sur toi, approuvé-je, persuadée de la même chose.

Zeus a fait d'une pierre deux coups.

Hermès prend sa tête dans ses mains, bouleversé malgré tout.

— Jusqu'où est-il prêt à aller ?

Ma seconde vision envahit ma tête, mais j'ignore si Zeus pourrait vouloir condamner son propre fils. Il l'a pourtant menacé de son foudre sans vouloir reculer.

— Il s'est déjà débarrassé des Titans, lui dis-je. Il en a parlé à la *baby shower*, ça m'avait étonnée sur le coup. Et lors de ma deuxième vision, je l'ai vu et il m'a dit vouloir épouser Médée pour engendrer une nouvelle race de dieux. Tu crois que c'est même envisageable ?

Hermès tourne un regard envahi de crainte qui répond à sa place. J'ai l'impression que les murs de la chambre rétrécissent autour de nous.

— Je dois en parler à Athéna, murmure-t-il. Elle saura quoi penser de tout cela.

J'acquiesce en lui prenant la main. Je ne veux pas trahir la parole des frondeuses et si le premier pas vient d'Hermès, elles le croiront sans crainte.

— En attendant que la colère de Zeus s'apaise, tu seras la bienvenue à la Clairière, lui assuré-je. Je te protégerai.

J'accompagne mon invitation d'un sourire qu'il me rend. Il dépose un baiser au coin de mes lèvres.

— Je n'en doute pas, ma puissante Circé. Mais ne sous-estime jamais le pouvoir du maître de l'Olympe.

Chapitre XXX

Lorsqu'on finit par descendre, le soleil a baissé, l'après-midi prend fin. Le grand salon ouvert accueille des tables nappées de blanc et tapissées de fleurs. Perséphone s'est fait plaisir, tout ce qu'elle crée ici demeure. Hestia et Déméter installent des pièces montées de choux à la crème, des plateaux de mets salés et sucrés, des grandes coupes remplies d'Ambroisie dorée à servir avec une louche, des bouteilles de vin et des œnochoés pleines de Nectar frais. Perséphone s'enchante à leur côté, faisant apparaître toutes sortes de décoration florale.

La mère, la tante et la fille ont l'air en parfaite symbiose !

— Ah ! Hermès ! le repère Hestia. Tu me dois une bouteille de Negroamaro, ne crois pas que ton larcin soit passé inaperçu !

— Promis, Hestia, promis, répond Hermès, une main sur le cœur.

— Et tu as retrouvé un pantalon, bravo, déclare Déméter, le regard haut.

— Maman, laisse-le tranquille, tempère Perséphone.

— Mmh. Comme son oncle Hadès. On le découvre un jour à poil chez soi, comme ça, ajoute-t-elle d'un ton critique.

— Mamaaan !

Hermès s'empresse de rejoindre le roi des Enfers qui se tient à l'opposé de la pièce, un verre de Nectar entre les doigts, la mine abattue. Je cherche des yeux Ella et l'aperçois au bout d'une allée, avec Deimos, ils se promènent tous les deux et profitent enfin du calme sicilien. Je me souviens qu'elle nous avait raconté, des étoiles plein les yeux, son premier vrai rendez-vous avec son mari ici, dans ce même palais.

Tout le monde est en tenue décontractée, en robe à fleurs ou en costume de lin clair. J'ai ajouté mon manteau infernal que je porte en étole sur mes épaules, en plus de ma longue robe rouge grenat. Je reste là, appuyée dans l'encadrement d'une baie, à couver ma petite sœur du regard.

— Circé ?

La voix familière me fait pivoter. Hécate vient d'apparaître dans le salon avec Thessa, ma mère. Elle a déjà les larmes aux yeux, avant même que je coure dans ses bras. On se blottit l'une contre l'autre et mon bonheur redouble.

— Maman.

— Ma fille, ma petite fille, dit-elle en reniflant. Tu vas bien ? C'est sûr ?

— Oui, très bien.

Avec toutes ses habitudes de mère poule, elle m'inspecte pour s'en assurer elle-même. Et moi, je la revois au-dessus de mon corps, avec son sang-froid et ses décisions carrées qui font d'elle l'une des personnes en qui je crois le plus.

— J'ai beaucoup pensé à papa, là-bas, dis-je en déglutissant.

Ces mots sont si douloureux à prononcer, pourtant ils m'ouvrent enfin une brèche dans ce rempart que j'ai monté durant des années. Ma mère me sourit et acquiesce.

— Tu sais qu'il aurait été fier de toi ? Il l'a toujours été. Et il t'a toujours aimé. En aucun cas, son décès n'est ta faute. C'était juste ainsi.

Émue aux larmes, je hoche la tête. J'avais déjà ressenti ce soulagement profond après les paroles d'Hermès, près du verger aux grenadiers. Mais l'entendre de la bouche de ma mère, avec qui les choses ont pu être si difficiles, finit de balayer mes doutes à ce sujet.

— Maintenant, je le sais, dis-je après avoir inspiré à pleins poumons.

— Bon, se réjouit ma mère en me reprenant contre elle pour me secouer, heureuse. Ne me refais plus jamais ça !

Je ris et me fends d'une promesse à la Hermès : un peu à la légère mais avec un bon fond de base. On discute de la Clairière et en un claquement de doigts, elle fait apparaître une caisse remplie de bouteilles de *ginger beer* et de gâteaux de tante Zelda qu'Hestia et Déméter s'empressent de goûter. Athéna fait une entrée discrète en péplos blanc piqué de plumes, ravie de s'accorder une pause dans sa tâche architecturale. Elle s'entretient avec Hécate et je vois Hermès lui accorder quelques regards intéressés. Il doit mesurer le bon moment pour lui parler. Ella nous rejoint et laisse Deimos aller du côté d'Hadès.

Les derniers à arriver sont Héra et Iris, puis la famille entière de Deimos en compagnie de Méroé : Aphrodite et Arès, Éros et Psyché, Antéros, Phobos et enfin Harmonie qui, à cause de son lourd passé, ne semble vraiment pas à l'aise à l'idée de se trouver en face d'Hadès. Le roi des Enfers l'a peut-être sortie des Champs Élysée avec Deimos, mais c'est aussi lui qui l'y a plongée, transformée en serpent, sur ordre de Zeus. Harmonie baisse la tête et se précipite vers Ella derrière qui elle se cache. Elles sont devenues proches toutes les deux, Ella a découvert en Harmonie la petite sœur qu'elle n'a jamais eue.

Tout ce petit monde se délecte des mets d'Hestia qui est rondement félicitée. La première soirée de printemps se passe toujours chez Perséphone qui n'invite pas l'ensemble des dieux, mais seulement ses amis. Ce qui tombe très bien pour une possible discussion avec les frondeuses. Alors que je fais l'énième récit condensé de mon aventure aux Enfers, ponctué de « jamais encore une ombre n'avait fait ça », je sens la main d'Hermès se glisser dans la mienne. Son arrivée à côté de moi fige ma mère qui doit être la seule à ne pas savoir. Le cas Orphée a fait le tour du Siège et de mes sœurs, mais n'était pas encore parvenu à ses oreilles.

Elle arrondit ses yeux et je la vois se retenir de repousser l'affreux dieu qui touche sa fille seulement parce que personne n'est étonné autour d'elle. C'est vrai qu'en réfléchissant bien, elle l'a toujours connu et il a toujours été le diplomate de l'ennemi.

— Hermès, dit-elle aussi froidement que l'hiver.

— Thessa, répond-il.

— Je peux savoir ce que tu fais ?

— Maman…

Elle lève un index autoritaire.

— Je pose la question au dieu messager qui a trahi Circé la Première, rétorque-t-elle. Tu sais ? La sorcière de qui tu tiens ton nom.

— Oui, à ce propos, interromps-je. Si Hermès n'avait pas donné l'astuce à Ulysse pour qu'il résiste au sort de Circé la Première, Ulysse et Circé n'auraient jamais procréé et nous ne serions pas là.

Ma mère ouvre la bouche pour répliquer mais ne dit rien. Elle la referme aussitôt.

— C'est vrai que vu comme ça…, réfléchit Méroé à voix haute.

— Ça veut dire que je suis indirectement à l'origine de votre existence ? reprend Hermès, dubitatif.

— Non, corrigé-je vite. Ça veut dire qu'Athéna, qui t'a demandé d'agir, est indirectement à l'origine de notre existence. Enfin, en partie. Il y avait aussi les filles de Médée.

Ma mère se redresse et invoque un verre de vin dans sa main. Elle boit une gorgée en gambergeant.

— Ne fais pas la maligne, je ne suis pas sûre d'approuver *ça* pour autant, dit-elle désignant nos mains liées. Ce dieu a plus de cinq mille ans, fait partie des Douze et a joué bien trop de mauvais tours.

Eh bien, c'est imparable. Donc on ne dit rien et ma mère pointe son index et son majeur vers Hermès pour bien lui faire comprendre qu'elle le tient à l'œil. Puis elle s'éloigne en grommelant.

— Ça s'est bien passé finalement, me chuchote Hermès.

— Disons que ça aurait pu être pire, approuvé-je.

— Il lui faut juste un peu de temps, nous rassure Ella. D'abord mon mariage avec le dieu de la terreur, ensuite ta mort et maintenant votre histoire, ça fait beaucoup.

— Tu mets notre mariage sur le même plan que la mort de ta sœur ? doute Deimos.

Ella rougit comme une citrouille.

— Non ! Je parle juste de l'encaissement émotionnel de ma mère.

Pile à cet instant, la tête d'Harmonie surgit par-dessus son épaule. Elle traîne derrière Ella depuis qu'elle est arrivée.

— C'est donc que ton mariage avec mon frère est aussi dur à supporter que la mort de ta propre sœur pour ta mère ? reformule-t-elle.

Ella se mordille la lèvre.

— Tu ne m'aides pas, Harmonie, grogne-t-elle.

Harmonie a un sourire amusé très second degré et donc très rare à voir. C'était un trait d'humour ! Ella pose son front contre sa tempe avec tendresse, trop heureuse de cette amitié entre elles deux pour repartir sur cette discussion. Deimos a la même réaction que ma sœur : il sourit, touché. Ella nous a souvent dit qu'il était attaché et protecteur envers Harmonie. Ça doit le changer de la voir épanouie en dehors de sa cellule familiale. On se regarde avec Méroé, on ne devrait pas oublier qu'Harmonie sera elle aussi une tante de Médée, comme nous.

— Circé, je peux te parler un moment ? me sollicite Hécate.

— Oui, bien sûr.

Je laisse Hermès aux soins de mes sœurs et suis Hécate. Alors que la nuit tombe, je remarque qu'il manque une poignée d'invitées dans le salon. Ma déesse m'entraîne dehors, dans les jardins.

— Tu m'avais conseillée d'être prudente avec Hermès, est-ce que tu vas me répéter l'avertissement ? lui demandé-je, soucieuse.

— Non, je te l'ai dit, je n'ai rien contre lui, me garantit-elle.

Je voudrais en dire plus, mais pas question de lui couper l'herbe sous le pied. Hermès veut parler avec Athéna, je ne le ferai pas pour lui, je respecterai sa volonté d'agir comme celle de reculer s'il ne se sent pas prêt.

On laisse Iris derrière nous, chargée de distraire ceux qui se demanderaient où nous sommes passées, et on rejoint

Héra, Aphrodite et Athéna qui ont convié Perséphone, au bord du muret de pierre de la terrasse. La nuit étoilée s'avance et la mer en contrebas nous envoie un air marin tiède délicieux. Je ne peux pas m'empêcher de penser aux enfants de la Nuit qui sont restés en bas, dans les mondes souterrains.

Une fois arrivées, Hécate lève le bras et produit l'un de nos boucliers pour protéger notre discussion en cas d'interruption.

— Perséphone est à présent dans la confidence, me dit Héra en guise d'introduction.

— Je suis contente de compter parmi vous, annonce Perséphone. Il est temps que les choses changent.

— Et Hadès ? s'enquiert Athéna. Est-ce que tu as une prédiction ?

— Hadès n'a jamais supporté les prétentions de Zeus, mais la paix juste après la guerre contre les Titans reposait sur le respect de sa loi. Hadès sera frileux si le jeu n'en vaut pas la chandelle. Je lui parlerai de notre action le moment venu. Il a toujours respecté mon indépendance, il ne m'en voudra pas de lui cacher tout ça jusque-là.

— On ne pouvait pas en attendre moins d'Hadès, déclare Aphrodite, plutôt convaincue.

— Sur qui d'autre pouvons-nous compter ? demande Héra.

Je vois qu'Athéna et Aphrodite veulent apporter leurs précisions mais je décide de les devancer.

— J'aimerais parler la première, dis-je alors.

Je me lance dans un récit combinant celui fait à mes sœurs et celui fait à Hermès. Je leur dis absolument tout, et parle même des Gorgones impuissantes, de Méduse à délivrer, de Circé la Première et des empousa, tout. Et surtout, je leur rapporte l'alliance que j'ai forgée moi-même aux Enfers.

— Némésis est une alliée sans conteste. Elle veut sortir Méduse de sa cage et a suffisamment de puissance pour nous venir en aide, ajouté-je en conclusion de ma prise de parole.

Concentrée pour leur détailler le plus de choses possibles, je ne remarque pas les expressions effarées et remontées des déesses qui m'entourent. Le silence plombant qui suit est rompu par Athéna qui n'a jamais eu l'air aussi stupéfaite. Du moins, en ma présence.

— Zeus a contourné le Serment du Styx pour te faire disparaître ?

— Il a surtout manipulé le jugement de Minos en retouchant le fil de vie, murmure Perséphone avec crainte. C'est un crime impardonnable.

Hermès m'avait déjà donné cette impression : ils se rendent compte que leur maître est en roue libre et qu'il devient si imprévisible que tout peut arriver.

— Je veux prévenir les sorcières, quémandé-je. Si on veut leur appui à toutes, il faut les mettre au courant.

— Circé n'a pas tort, me soutient Hécate. Les actions de Zeus sont préoccupantes, nous devons agir au plus vite.

— Agir au plus vite, oui, mais pas sans prudence, rappelle Athéna. À présent, notre priorité est d'assurer la cérémonie du lien entre Circé et sa future nièce Médée.

— Ella a parlé de trouver refuge à Cythère pour l'accouchement, dis-je en regardant Aphrodite. Ce n'est pas une mauvaise idée, si tu es d'accord pour assurer sa sécurité. Nous serons là avec Méroé et ma mère, mais votre présence à tous rassurera Ella.

— Bien entendu, tu peux compter sur moi. Nous ferons appel aux Suivantes d'Artémis pour l'assister.

— On la fera ensuite revenir à Springfall pour la cérémonie du lien.

La déesse de la beauté et du désir acquiesce.

— Pouvons-nous tenter de lister les dieux qui seraient de notre côté ? propose Héra. On peut déjà rayer Poséidon et Apollon, ils sont très proches de Zeus. On ne peut faire confiance ni à l'un ni à l'autre.

— Dionysos et Ariane sont déjà convaincus, dit Hécate.

— Comme l'a annoncé Circé, Némésis a rejoint nos rangs, poursuit Perséphone. Hadès sans aucun doute, comme beaucoup de divinités des Enfers. Toutes subissent l'oppression de Zeus depuis trop longtemps.

— Arès et tous mes enfants, enchaîne Aphrodite. Je ne doute pas un instant de Deimos, même s'il dépend de Zeus pour le moment.

Puis tous les regards se tournent vers moi. Je cherche quoi dire de plus.

— Hermès ? finit par interroger Athéna.

Elle ne me répète pas ses doutes mais ils transparaissent d'elle.

— Tu devrais lui parler et te faire une opinion, lui conseillé-je. Je ne lui ai rien dit de notre plan.

— Très bien, concède-t-elle, la curiosité éveillée.

L'éclair qui cisaille le ciel nocturne nous surprend toutes. Il n'y a pas d'orage dans l'air, ça ne peut donc venir que d'une seule personne. Perséphone ne l'a bien sûr pas invité, mais Zeus est chez lui n'importe où sur Terre et sur l'Olympe, hormis aux Enfers et dans la Clairière.

Chapitre XXXI

Nous sommes toutes rentrées dans le salon. Zeus apparaît parmi l'assemblée qui s'est figée. Hadès fait le premier pas. Il saisit un verre de Nectar et le tend à son frère.

— Zeus, que nous vaut ce plaisir ? Notre retour sur Terre n'avait pas eu l'honneur de ta présence depuis bien longtemps.

Je sens toute sa prudence dans sa voix. Perséphone reste à ses côtés, Héra du sien, Athéna s'est rangée devant Hécate, un peu comme un bouclier, et Arès a pris la main d'Aphrodite. Tout le monde est tendu. Et tout le monde, sans exception, a peur de lui. L'aura dominatrice du maître des dieux est encore bien puissante.

Tout de blanc vêtu, comme dans ma vision, Zeus, lui, affiche une mine des beaux jours. L'argent et le jaune de l'électricité qui le parcourt étincellent ici et là dans ses cheveux et dans ses yeux.

— Je souhaite m'exprimer au sujet de cette malheureuse affaire Thanatos, déclare Zeus.

Son coffre de voix intense emplit l'espace autour de nous. Il ne va rien modérer. Les dieux peuvent encaisser, c'est un peu moins le cas des sorcières.

Et puis « l'affaire Thanatos » ? Il balance son complice ? Ou plutôt, son instrument ? Il n'a pas pu en avoir vent, je n'en ai parlé qu'à des personnes de confiance ici même.

Il veut seulement se dédouaner aux yeux des autres dieux maintenant que je suis revenue sur Terre. Cela dit, Hadès, lui, n'est pas au courant. Il cille un quart de seconde.

— Quelle affaire Thanatos ?

Perséphone prend sa main, comme pour lui signifier qu'il ne sait pas tout encore.

— Voyons, mon frère, c'est lui qui a tué la sorcière, explique Zeus.

Les doigts de la déesse du printemps se resserrent sur ceux de son époux.

— Je me permets d'en douter, répond-il alors. Mais je l'interrogerai moi-même.

— Oui, fais, dit Zeus d'un haussement d'épaules.

Il s'en fout tellement ! Ça remplit mon ventre de rage.

— Mais je commence à douter de tes capacités, mon frère. Depuis quand les ombres sont-elles autorisées à revenir parmi les vivants ? N'est-ce pas une règle immuable ?

Quel hypocrite.

Il me jette un regard en biais qui me fait frémir malgré moi.

— C'est bien pour cela que nous mettons en place des épreuves, répond Hadès avec simplicité. Pour pallier à ce genre de chose. Mais voilà, cette ombre est venue à bout de ses épreuves. Et tu sais combien je suis attaché au respect de la loi.

Zeus sourit.

— Oui, c'est ce qui fait de toi une personne exceptionnelle, mon frère.

Il trinque avec lui et boit son Nectar avant de parcourir le salon des yeux. Personne ne bouge. La tension insupportable qui s'est abattue est palpable.

— Athéna, Hermès, mes deux enfants chéris, vous ne venez pas me saluer ?

Il dit cela alors qu'Arès et Héra sont là. Aphrodite a un tel regard noir que je n'aimerais pas croiser sa route dans cet état. Ses enfants se sont regroupés autour d'Harmonie qui fixe le plancher, terrorisée. Moi-même, je ne remarque que maintenant la présence de ma mère et de mes deux sœurs près de moi. Deimos est resté au côté d'Ella.

Hermès, lui, est un peu plus loin. Je voudrais le rejoindre, mais je crains d'attirer la foudre sur lui en bougeant.

— Père, que fais-tu ici ? questionne Athéna en prenant les choses en main.

Elle n'est plus si démonstrative avec lui. Ses serments rompus et ses coups bas sont d'autant plus de trahisons à ses yeux que toutes les agressions dont il s'est rendu coupable. Sans compter que le don du port du foudre accordé à Médée lui est resté en travers de la gorge.

— Toujours aussi affûtée, félicite Zeus. Je viens surtout me réconcilier avec mon fils.

L'attention se porte sur Hermès qui ne démontre rien. Zeus s'approche de lui.

— Allons, fils. Nous nous sommes emportés. Oublions tout. J'ai besoin de mon messager, tu dois revenir au Siège. Tu sais combien tu m'es indispensable et combien tu comptes pour moi ?

Mon pouls s'emballe. C'est presque tout ce qu'Hermès espère entendre de son père. Cependant, il demeure en retrait, *hermétique*.

— Fils, répète Zeus. Ne me déçois pas plus. Je te pardonne.

Ils se font face dans un jeu de regard qu'eux seuls peuvent connaître. Puis, d'une voix claire, Hermès fait une annonce qui choque tout le monde :

— Je démissionne.

Son père se redresse, foudroyé par la colère.

— Tu n'oserais pas !

— Je le fais pourtant.

Une boule électrique jaillit de Zeus et ses cheveux sont parcourus de filaments blancs aveuglants. Ses yeux se transforment en deux faisceaux lumineux et une aura menaçante l'enveloppe. Pourtant, Hermès ne recule pas.

— Fils ingrat !

— Zeus, appelle Hadès. Hermès a fait une demande d'asile que je n'ai pas levée, il est sous ma juridiction.

Le maître de l'Olympe se calme en surface, mais son regard demeure sévère.

— Soit ! Alors c'est avec elle que je vais m'entretenir ! lance-t-il en me désignant.

Les trois mains de ma mère et de mes sœurs se plantent sur mes bras. Je pourrais refuser à mon tour, mais je n'en ai pas l'intention.

— J'accepte.

— Non, murmure Méroé.

Je retire leurs mains. J'ai traversé les Enfers par sa faute, j'ai cru perdre Hermès plusieurs fois, je ne me laisserai plus faire. Il a eu le courage d'affronter Zeus, j'en ferai de même.

— Que la sorcière me suive, ordonne Zeus en tournant les talons.

Je le suis, Hermès me prend le bras au passage.

— Non, dit-il lui aussi.

— Ne t'en fais pas pour moi, lui assuré-je.

Athéna s'approche et fait apparaître sa mini chouette dorée. Elle la fait rétrécir au point de passer pour un piercing à mon oreille.

— Nous gardons un œil sur toi, chuchote-t-elle.

Je la remercie d'un sourire et sors du salon. Zeus se dirige bien sûr à l'autre bout du palais. Il enfonce une porte et tous les luminaires de la salle s'allument en grésillant à cause de la charge qu'ils se prennent. On dirait un salon d'exposition d'œuvres d'art, avec ses tableaux aux murs et ses statues de marbre blanc. Il y a même plusieurs armoires vitrées pour exposer des objets d'art en or et matériaux précieux.

Zeus s'appuie contre la cheminée.

— Comment je me débarrasse de toi, hein ?

OK, il ne va pas jouer l'innocent et tant mieux. Je me récite un sort de protection pour parer les coups violents s'ils devaient venir. Mon combat contre la Gorgone m'a appris pas mal de choses quant à un affrontement physique avec une divinité. Même si je ne doute pas qu'en un geste, Zeus peut me rayer de la surface de la Terre.

— Pourquoi as-tu ensorcelé mon fils ? Que veux-tu pour l'abandonner et me le rendre ?

Il me fait face avec cette question et je suis soufflée qu'il ose la pondre !

— Tu me demandes ce que vaut ton fils ? rétorqué-je, ahurie. Il n'a pas de prix.

— Tout a un prix ! Que veux-tu ? Le retour de ton père ? Je pourrais rechercher son âme réincarnée sur Terre, la reprendre et lui rendre un corps. Je peux changer les destinées. Est-ce ce que tu souhaites ?

Une chose est sûre, personne, mon père le premier, ne souhaite une telle horreur dans ma famille.

— Pourquoi vouloir récupérer Hermès à ce point ? Tu ne l'aimes même pas.

Il penche la tête sur le côté.

— Comment oses-tu mesurer l'amour d'un père pour son fils ? Je détruirai des villes entières pour mes enfants !

rugit-il en relâchant une onde de choc qui détache les tableaux du mur et souffle les vitrines.

— Ça n'est toujours pas de l'amour ! m'exclamé-je. Seulement une possession violente et malsaine sur les autres ! C'est pour cela que tu veux Médée !

Il se met à sourire, puis à rire, faisant onduler dangereusement les fenêtres de la pièce.

— Sorcières ! Il serait temps que vous rompiez cette vieille tradition d'entre-soi ! Médée est un nouvel être, je sais déjà qu'elle sera plus puissante que la plus puissante des vôtres.

Je déglutis et le crois sur parole. S'il s'acharne autant, c'est parce qu'il *sait*. Il ne connaît pas la destinée précise de ma nièce, mais il sent qu'elle sera unique. Je me ressaisis. Je ne dois pas perdre pied.

— Tu devrais te retirer. Il est temps que toi, tu cèdes ta place, le provoqué-je pour le détourner de Médée.

En un clin d'œil, il se téléporte devant moi, m'attrape la gorge, me soulève et me plaque contre un mur, me coupant le souffle.

— Que dis-tu ?

J'enfonce mes doigts dans son emprise pour pouvoir respirer mais ma situation est périlleuse !

— Que tu devrais prendre ta retraite, dis-je tout de même, loin de me laisser démonter.

Il me décolle et me frappe à nouveau contre le mur avec une brutalité à peine étouffée. La paroi tremble et les lustres au plafond s'agitent dans un entremêlement bruyant de cristal. Je remercie mentalement mon sort qui ne me fait éprouver qu'une légère douleur dans les vertèbres.

— Tu aurais dû accepter la proposition de ce faible Thanatos ! Cent ans aux Enfers ne seront rien face à tout ce que je peux te faire subir ! Tu as peut-être vaincu la mort mais je n'en ai pas terminé. Soit ! Je ne te toucherai pas, car tu t'en moquerais. Je ne toucherai pas Ella qui s'est si bien insérée dans ma propre famille.

Si son volume s'apaise, son ton reste tranchant. Il approche son visage du mien.

— Mais mon œil s'est posé sur ta dernière sœur, Méroé, dit-il avec un demi-sourire qui me retourne l'estomac. Je peux l'avoir, *elle*. Une séduisante épouse pour un second mariage. Après tout, Médée aura besoin de sa tante auprès d'elle. Parce que j'aurai les deux : une femme qui me donnera de nouveaux enfants et une fille aînée à chérir.

Un haut-le-cœur me fait hurler.

— Jamais ! Jamais tu n'auras ni ma sœur ni ma nièce ! Sale monstre !

J'insuffle de la magie dans mes mains pour brûler son bras, et même si ça fonctionne, si je sens le feu sortir de mes mains, ça ne lui fait rien du tout. « Ne sous-estime pas son pouvoir », m'avait dit Hermès. Il a décuplé avec la réouverture de l'Olympe, mais je crois surtout que je n'ai aucune idée de son ampleur.

Zeus éclate de rire alors que je me débats, hors de moi. La terreur et l'indignation se battent la première place. Je l'injure de tous les noms mais le maître de l'Olympe demeure souriant, si sûr de lui et de sa victoire que ça ne fait qu'accroître ma rage. Et puis, d'un seul coup, son regard se fixe et ses traits se crispent. Un filet d'or coule de sa bouche. Je ne comprends rien et j'ai peur.

Zeus baisse la tête, étonné. Un poignard est enfoncé dans son ventre, par le côté. On suit tous les deux la main qui tient le manche en ivoire de l'arme ancienne, prise dans l'une des armoires.

Hermès, déterminé et nerveux. En colère aussi. Il vient de planter une lame dans son flan. Le temps se suspend autour de nous. Je n'arrive pas à le croire ! Est-ce que Zeus peut en mourir ? Non. Ce n'est pas un coup mortel, juste une diversion. Zeus ne semble affecté que par une piqûre, à bien le regarder. Il lève le bras, incrédule, et balaie son fils d'un geste solide. Le corps d'Hermès est projeté à l'autre bout de la pièce. Il s'enfonce dans le mur et retombe sur le sol.

J'essaie de reprendre mon souffle, bien trop sidérée pour faire quoi que ce soit d'autre. Zeus me relâche sans plus se préoccuper de moi. Je m'affale sur le plancher, le cœur à la dérive. Le maître de l'Olympe se soigne d'une pression de la main sur sa plaie. Il essuie le sang de sa bouche de sa manche et fait trois pas en direction du corps de son fils.

— Traître, dit-il, comme le jugement final d'un long procès.

Le foudre apparaît dans sa main, ses éclats illuminant la pièce. Hermès tente de se redresser, durement touché. Les autres dieux finissent par débarquer, Athéna la première. Elle a tout suivi grâce à sa chouette, elle sait tout des plans de son père.

— Quelqu'un d'autre souhaiterait me voir déchu du trône de l'Olympe ? rugit-il à pleine voix, me faisant grimacer et m'obligeant à plaquer mes mains sur mes oreilles.

Hermès me cherche du regard, j'ai si peur pour lui, à présent qu'il a levé la main sur son père, que je voudrais le voir disparaître tout de suite et réchapper à sa colère.

— Personne ne souhaite cela, père ! affirme Athéna en s'interposant.

— Recule, ma fille, il n'y a plus d'appel possible pour Hermès.

— Bannis-le, suggère-t-elle. Bannis-le du Siège et de l'Olympe. C'est ta colère qui parle, tu le regretteras plus tard si tu vas plus loin.

J'ignore si c'est un argument qui peut tenir, Hermès vient de le poignarder ! Et pourtant, la voix posée de sa fille, sa main sur son bras, et surtout le regard de tous les autres dieux rivés sur lui, font pencher la volonté de Zeus.

Le foudre disparaît.

— Hermès est banni de toute la surface de la Terre, prononce-t-il d'une voix glaciale. Ton palais compris, Hadès. Il est déchu de sa place parmi les Douze. S'il s'avise de reposer le pied ici ou sur l'Olympe, je le pulvériserai et il sera rayé des mémoires et des dimensions.

Je ne quitte pas ses yeux d'argent une seconde, la sentence de Zeus résonnant dans mes entrailles. « Banni de la surface de la Terre et de l'Olympe », c'est donc qu'il ne lui reste que les Enfers, l'endroit que ne je peux plus atteindre. Il reste lui aussi immobile, tourné vers moi. Je voudrais qu'il reste là, même une minute de plus, que je puisse lui parler, lui dire quelque chose, mais tout ce que je peux mimer de mes lèvres est un « Fuis » désespéré.

« Je t'aime », c'est la réponse qu'il m'envoie avant de disparaître.

Je m'affaisse sur mes talons avec l'impression de suffoquer. Les larmes me montent aux yeux sans aucune possibilité de les réfréner. Je me fiche des témoins muets dans la salle mise à sac, je me fiche de Zeus qui, se calmant enfin, se tourne vers les siens.

— Le premier qui s'avise d'aider Hermès n'aura pas la même chance.

Puis, en écrasant les bouts de verre au sol, il sort de là et s'éclipse à son tour. Je me fiche des regards incertains ni des murmures, je me fiche de tout ça. Je fixe l'endroit où était encore Hermès il y a quelques secondes, vide. Méroé finit par se frayer un chemin jusqu'à moi pour me prendre contre elle et je pleure sur son épaule.

— Si jamais une fronde se prépare, déclare Hadès avec aplomb, je veux en faire partie. Et j'engage chaque personne ici à en faire de même.

Alors que les dieux prêtent un nouveau serment à Héra, Aphrodite et Athéna, je me serre contre ma sœur, incapable de repousser le chagrin qui s'impose en moi.

Hermès est parti et je ne sais même pas si je le reverrai un jour.

Chapitre XXXII

Deux mois plus tard.

Médée a un mois, c'est un bébé tout rond et si craquant que tout le monde sans exception succombe à son charme. Elle est rousse et elle a un œil bleu-vert comme sa mère, et un œil noir et profond, comme son père. Ella a accouché à Cythère en notre présence et elle est restée là-bas pour se remettre à son rythme et en sécurité.

— Circé ! T'es prête ? appelle maman depuis le rez-de-chaussée.

— Oui ! J'arrive !

Je finis vite de m'habiller. Aujourd'hui, c'est la cérémonie du lien entre Médée et moi, Ella revient enfin à Springfall avec notre petite nièce ! Pour cette grande occasion, j'ai enfilé une robe en tulle vert amande un peu bouffante mais légère, sans manches et avec un profond décolleté en V. Le mois de mai est doux, la nature s'épanouit maintenant que Perséphone est de retour.

J'attrape mon sac et dévale l'escalier pour rejoindre maman qui termine d'emballer les plats qu'elle a préparés de son côté. Tante Zelda a fait le reste du sien. Méroé est dans la cuisine, un mug de café à la main – celui que je lui ai ramené des Enfers avec le couple royal dessus, elle l'a trouvé épatant de kitsch et n'utilise plus que celui-là –, son téléphone dans l'autre, à pianoter le clavier.

— Ça va ? lui demandé-je en buvant un fond de café.

En fait, je suis devenue hyper inquiète pour elle. J'aimerais me calmer, mais je ne peux pas m'empêcher de surveiller ses moindres faits et gestes, paniquée à l'idée que Zeus l'enlève d'une manière ou d'une autre. Je n'ai rien osé lui dire pour qu'elle ne s'enferme pas dans une paranoïa qui la hanterait une grande partie de son temps. C'est peut-être bien ce que cherchait Zeus de toute façon. Inspirer la peur dans notre famille. Mais je n'arrête pas de dire à Méroé de fuir les aigles, les taureaux et autres animaux qui apparaîtraient soudain devant elle. Zeus est aussi le maître de la transformation. Il est capable d'incarner n'importe quel visage, et de devenir n'importe quel animal pour approcher une femme et lui refourguer sa semence sans la consulter. Il a même été une pluie d'or une fois. Méroé me jauge un peu depuis que je m'alarme de tout et de rien, mais tant pis.

— Ouais, j'ai un rendez-vous demain, dit-elle en rangeant son téléphone dans son sac.

— Avec qui ?

— Un garçon mignon !

Elle pose son mug dans l'évier et le lave avant de se sécher les mains. Elle aussi, elle a sorti la tenue des grands jours avec sa robe en soie brodée de papillons. On aime les couleurs chez les sorcières.

— Et il vaut la peine que tu le voies ? demandé-je à nouveau.

Méroé a un rire intrigué.

— Mais qu'est-ce que tu as en ce moment ?

— Mais rien ! Je me dis peut-être que tu devrais faire attention avec tous ces inconnus que tu croises.

Et qui pourraient être Zeus.

Méroé s'approche de moi et me tapote l'épaule.

— Ma très chère Circé, je suis capable de me défendre, tu sais ?

— Oui. Oui, je sais, dis-je en souriant, sans perdre pour autant mon angoisse. Mais si jamais tu croises un cygne, tu fais demi-tour hein ?

Elle roule des yeux et sort de la cuisine.

— Allez, maman a besoin d'aide.

On la rejoint toutes les deux pour terminer de remplir l'arrière du pick-up de l'entreprise de notre mère de plusieurs bouteilles de *ginger beer*, puis on grimpe dans la coccinelle, direction la Clairière.

Lorsqu'on arrive, les tables ont déjà été installées dehors et tout est quasiment en place. Tante Zelda vient nous aider. La nature a repris ses droits et les glycines sont à nouveau en fleur. Partout sont éparpillés les bégonias, les capucines, les cosmos, les œillets et les reines-marguerites, avec leurs tons bleu, rouge, rose, jaune, orange et violet. Les azalées blanc et rose sont toutes ouvertes et prospèrent ici et là, noyant les chemins de leurs massifs. C'est un régal pour les yeux !

Il y a peu de monde. Toutes les sorcières de la communauté n'ont pas été invitées. J'ai opté pour un événement le plus restreint possible, avec la famille la plus proche. Circé la Grande et Médée la Jeune sont là seulement parce qu'elles participent à la cérémonie. Ella est déjà arrivée, Médée dans les bras, entourée de Deimos et de Phobos. Je me précipite vers eux, impatiente de revoir ma petite nièce en chair et en os ! Ella nous a bombardées de photos sur nos portables, mais ça m'a plus frustrée qu'autre chose.

— Citrouille !

Ma sœur me sourit, radieuse. La fatigue de la grossesse l'a quittée. Je l'embrasse et me ramollis devant le visage ravi de ma nièce.

— Oooh Médée, t'es tellement mignonne ! Tu m'as manqué !

— Tu veux la prendre ? me propose Ella.

— Non, non, moi ! surgit Méroé. Circé l'aura toute la soirée !

— D'accord, marmonné-je en peinant à céder ma place.

Médée change de bras en émettant des sons gutturaux de satisfaction. Je serre Ella contre moi, heureuse de son retour. Elle est soulagée de pouvoir franchir cette étape et de reprendre sa vie à New York. Deimos a dû faire les allers et retours entre le Siège et Cythère tous les jours. Mais ce soir, ils pourront réaménager ensemble au manoir.

— Tu es prête ? me demande-t-elle.

— Je n'ai jamais été aussi prête, affirmé-je.

On contemple Phobos faire des grimaces qui déclenchent sourire sur sourire chez Médée, alors que Méroé fond devant sa bouille. Éros et Psyché arrivent à leur tour et se pressent eux aussi auprès de la reine du jour.

— Coucou bébé adoré ! s'exclame Éros. C'est qui l'amour de son tonton ?

— Tout doux Éros ! calme aussitôt Deimos.

Le dieu de l'amour est immédiatement stoppé dans son élan, Psyché à son bras.

— Quoi ?

— Je sais tout. Tu as fait poser *ma* fille avec des mini ailes alors que je te l'avais formellement interdit !

— Jamais je n'ai fait ça, soutient Éros. Ça me blesse que tu puisses croire une chose pareille.

Ni une, ni deux, Deimos brandit un portable avec la preuve en photo.

— Ella s'est trompée de conversation en me l'envoyant avec toutes sortes de cœurs et de smileys qui n'ont aucun sens à mes yeux, ne mens pas !

Éros se tourne vers Ella, outré.

— Désolée ? dit-elle avec un grand sourire gêné.

Je suppose que ça devait arriver en poussant les dieux à découvrir les portables.

— Boon d'accooord ! soupire Éros. Mais elle n'est pas trop mimi comme ça ?

— Oh siii, soutient Psyché.

— Je ne veux pas que tu prennes des photos idiotes de ma fille, rétorque Deimos avec toute sa froideur.

— Hé, elle aura peut-être des ailes, tu sais pas, réplique le dieu de l'amour, froissé.

— En attendant, Médée va faire une sieste, intervient Ella en la reprenant dans ses bras. Comme ça, elle sera reposée pour la cérémonie.

Ça calme les ardeurs et ça me permet de m'activer pour terminer l'organisation.

*

Les vasques pour le feu sont posées, le buffet est prêt sur les tables à l'extérieur et tous les invités sont là, Aphrodite, Arès, Harmonie et Antéros nous ayant rejoints. Hécate est aussi parmi nous, pour bénir le petit autel en bois recouvert de lierre qui accueillera l'échange de magie entre Médée et moi.

Le bébé dort encore, la peluche de Cerbère que je lui ai ramenée auprès d'elle. D'après Ella, il est son doudou favori, au plus grand plaisir de Deimos. Je la veille dans le calme de la chambre, à l'étage. Je ne sais plus pourquoi j'ai eu aussi peur de cet instant ni de mes responsabilités. Elles me semblent évidentes aujourd'hui.

La minuscule brise derrière moi et la main qui se glisse dans mon dos me font sourire.

— Je suis en retard ?

Sa voix m'avait manquée. Je me laisse enlacer et repose ma tête en arrière, contre sa poitrine. Bergamote poivrée, douceur de son manteau. Toutes ces idées qui pétillent encore et toujours en moi.

— Non, tu arrives juste à temps.

Hermès dépose un baiser sur ma tempe.

Il y a un seul endroit sur Terre que Zeus ne peut contrôler : la Clairière. Alors Hadès et Perséphone, avec l'accord de mes guides, ont accepté de faire un pont entre les Enfers et notre refuge pour Hermès. Zeus sent peut-être la présence d'Hermès sur Terre, mais la Clairière est hors de sa portée et il ne se donnera jamais la peine d'aller aux Enfers pour vérifier si son fils banni est encore là ou non. Quoi qu'il en soit, Hadès s'est rangé du côté de la fronde, il protégera le dieu messager. Hermès ne peut plus courir le monde comme il en avait l'habitude, mais il vient ici dès qu'il le peut. J'ai vraiment bataillé pour avoir une station de tubes pneumatiques dans la maison, histoire de pouvoir communiquer avec lui et les divinités des Enfers, et j'ai enfin eu la permission ! Hermès va s'en charger à l'occasion de sa visite pour la cérémonie du lien.

— Tout va bien en bas ? demandé-je à voix basse.

— La statue-fontaine des trois Gorgones est terminée sur la place du musée, elle est à la fois belle et tellement effrayante, j'aimerais que tu voies ça.

Je ris mais je ressens beaucoup de regrets à l'idée de ne pas pouvoir m'y rendre comme je le souhaiterais.

— Moi aussi. Et Thanatos ? Némésis ?

— Thanatos va bientôt se rendre sur Terre, il repousse depuis longtemps. Hadès est déjà venu plusieurs fois, le libérant de ses responsabilités, sans qu'il se décide.

— Il doit avoir peur.

— Peur d'être déçu, même. Quant à Némésis, elle tourne en rond. Elle attend la pose de la station de tubes pneumatiques ici pour pouvoir communiquer avec toi.

— Vivement. Moi aussi j'ai des choses à lui dire. Et les Disputes ?

— On a remis le bureau de poste en état et j'ai commencé à installer des petites stations individuelles dans toute la Cité. Les Disputes sont toujours aussi versatiles et colériques, mais elles arrivent à l'heure et elles ne s'engueulent plus pour le café.

— Tu leur manquais, c'est évident.

— À vrai dire, cet endroit me manquait, à moi aussi. Mais j'aimerais que tu puisses m'y rejoindre.

Nos retrouvailles sont toujours espacées dans le temps, et c'est une déchirure à chaque fois de se dire au revoir. Mais tant que Zeus sera au pouvoir, on ne pourra rien faire évoluer. Je lui fais face et réponds d'un baiser. Il a changé. Ses cheveux et sa barbe ont poussé et il est vêtu de son long manteau au fil noir et argent. Je ne l'ai plus revu en gris. Il est à nouveau un dieu vagabond, un dieu infernal.

— Je t'ai ramené un cadeau, ma douce.

Il fait apparaître de sous son manteau un pendentif en rubis et or, avec une pointe d'émeraude, figurant une grenade.

— Issu du meilleur atelier des Enfers, dit-il en m'enfilant la chaîne autour du cou.

— Il est magnifique, merci, dis-je, émue de toute sa symbolique.

Hermès me prend dans ses bras pour m'embrasser.

— Hé.

Ella entre dans la chambre à pas de loup. Je me détache d'Hermès, le visage rougi de bonheur. Ma sœur n'a plus jamais douté de cette histoire, elle est même contente de savoir qu'on réussit à se voir. La cote d'Hermès est aussi remontée dans sa belle-famille, sauf pour Arès qui ne supporte pas l'idée d'une relation, même bien ancienne, entre sa femme et le dieu messager.

— Je venais voir si Médée s'était réveillée.

— Pas encore, réponds-je.

— J'ai aussi un cadeau pour Médée, dit Hermès en sortant cette fois un morceau d'étoffe recouvert de toutes petites plumes d'argent.

Il le déplie et l'expose fièrement sous les yeux admiratifs d'une mère et d'une tante convaincues.

— C'est un nid d'ange qui lui permettra de flotter près de toi.

— C'est trop bien ! s'enchante Ella avant de tiquer. Mais… on est d'accord que ce ne sont pas les plumes que tu crées pour qu'on se rende sur l'Olympe ? Médée ne va pas s'envoler dans le ciel quand je l'aurai mise dedans ?

— Non, non. C'est une nouvelle création, en collaboration avec Melinoé. Les plumes font flotter à environ un mètre vingt de hauteur.

— C'est tout doux en plus, merci Hermès !

Ella lui saute dessus pour un câlin, elle ne m'oublie pas puisqu'elle enchaîne avec moi, touchée par le présent de mon compagnon. C'est le moment que choisit Médée pour se réveiller. Elle s'agite et se met à pleurer.

— Tu veux que je la prenne ? me proposé-je.

— Attends, me retient Ella.

Une seconde plus tard, Deimos se téléporte près du berceau pour la sortir de là. Médée s'arrête aussitôt de crier pour n'afficher qu'un immense sourire, les yeux débordant d'amour pour son père au taquet.

— Ça ne loupe jamais, commente Ella, au summum de la félicité.

Elle m'a raconté au téléphone combien la naissance de Médée a bousculé Deimos. Combien il est heureux et dévoué, fasciné par ce bébé qui l'aime sans compter. Il veut être là à chaque pas important, la protéger à tout prix. Lui, la Terreur incarnée, abattu par le sourire de sa fille, transformé en papa « petit bouillon de poule », selon les propres mots d'Ella. Il a même posé une photo d'Ella avec Médée dans ses bras sur son bureau. Les Érinyes ont devisé quelques belles minutes devant, impatientes de rencontrer le bébé.

— Mes deux amours, s'attendrit Ella en les rejoignant pour gazouiller avec eux.

Je prends la main d'Hermès pour qu'on les laisse tranquilles tous les trois. Après toute la fin de grossesse stressante d'Ella, ils méritent ces petits instants rien qu'à eux. Ils descendront lorsqu'ils seront prêts. Dans l'escalier de la maison, le cœur baignant dans une douce chaleur, j'entends Hermès me dire la chose exacte à laquelle je pensais.

— Ça fait réfléchir, non ?

J'aimerais lui dire que j'en ai très envie moi aussi, mais que notre situation n'est pas du tout engageante. Je sais qu'il le sait. Je sais aussi qu'on a beaucoup de projets qu'on évoque comme des rêveries, en espérant un jour les voir se concrétiser. Les enfants vont tomber dans cette case.

— J'avoue, oui, lui réponds-je avec le même sourire à la fois triste et plein de désir que lui.

On retrouve tout le monde dehors pour discuter. Je rejoins Méroé, Harmonie et Psyché dans le club des tatas. On les a conviées à bénir elles aussi l'autel. Pour que toutes les tantes de Médée, sorcières ou déesses, lui apportent le meilleur et toute leur protection. Harmonie prend son rôle très au sérieux en apposant ses mains au-dessus des flammes. On a même l'impression de voir une tout autre personne, plus mature et plus sereine, qui réémergerait de son esprit malmené. Psyché l'a couvert de paroles bienveillantes et de souhaits pour une âme brillante. Méroé a désiré une vie pleine de joies inopinées et de soutiens indéfectibles dans les malheurs. Circé la Grande et Médée la Jeune ont récité un texte ancien pour assurer la prospérité à leur relève. Enfin, Hécate a propagé sa propre magie dans les flammes et m'a accordé un clin d'œil complice une fois sa tâche accomplie.

Quand Ella, Deimos et leur bébé reviennent, on se réunit tous près de l'autel et ma sœur me confie sa fille qu'elle a vêtue d'une tunique rouge. Elle m'observe avec ses grands yeux, ses petits poings fermés, presque étonnée par la solennité de ce moment.

C'est à moi de jouer. J'ai choisi le sacrifice à faire sur le feu béni : trois fleurs séchées qui symboliseront notre relation de tante à nièce, de guide à guide et de sorcière à sorcière.

— Des fleurs d'heuchère, symbole de l'insouciance, parce que je ne t'ai pas encore appris toutes les bêtises du monde, mais ça ne saurait tarder.

Des rires retentissent derrière moi sans pour autant me détourner du rituel.

— Des fleurs de chèvrefeuille, symbole de loyauté et de fidélité, car nous serons deux à guider notre communauté, en toute équité. Et des fleurs de camomille, symbole de la force face à l'adversité, parce que je sais que tu seras une sorcière mémorable, Médée.

Je pose mon front délicatement contre le sien – c'est ainsi que j'ai choisi de partager notre magie – et je récite la formule que tant d'autres guides ont dites à cette occasion.

— *Je t'offre un peu de moi et prends un peu de toi, à présent nos magies sont mêlées et nous serons des guides pour la communauté.*

Le souffle qu'elle m'envoie m'impressionne ! Elle n'a qu'un mois, mais sa magie est furieuse, inspirante et grandiose ! On s'était dit, dans la famille, qu'on ne vérifierait pas intentionnellement si son sang était rouge ou or, mais je me permets de sonder sa peau au moyen d'un sort discret, tant que l'assemblée est dans mon dos.

Ce que je vois me laisse pantoise. Il n'est ni rouge, ni or. Mais d'une belle couleur cuivrée.

— Toi, tu es vraiment très spéciale, murmuré-je tandis que Médée me sourit.

Épilogue I

C'est le début de l'été qui s'annonce chaud, les petites sorcières crèvent d'envie d'aller camper dans la forêt, ma mère doit faire face à un surplus de commandes de *ginger beer*, et je suis là, dans la maison de la Clairière, à faire un test de grossesse aux toilettes. J'ai du retard même si Hermès et moi, on est sous contraceptif, mais rien n'est infaillible apparemment ! Surtout avec nous deux ! Je sors de là, nerveuse, et retourne dans la chambre avec le bâtonnet entre les doigts. Et sur la pointe des pieds. Si je pouvais passer inaperçue, ce serait parfait !

Je me rue sur la porte et referme derrière moi. Hermès m'attend, debout au milieu de la pièce. Je pose le test sur le rebord de la cheminée éteinte et m'en détourne.

— Combien de temps ? demande-t-il.

— Deux minutes.

Je n'ai pas pu attendre d'avoir une confirmation naturelle. C'est bien trop risqué. Ce n'est tellement pas le bon moment ! Les déesses frondeuses sont venues à la Clairière juste après la cérémonie du lien pour exposer leur plan à nos deux guides. Les sorcières sont officiellement dans la confidence et partantes. Avoir un bébé au milieu de tout ça… alors que Médée doit être protégée par mes soins en tant que future guide… non.

— Hé, m'appelle Hermès alors que je fais les cent pas.

— Quoi ?

Il s'avance et me frotte les bras.

— Détends-toi.

— Tu n'es pas stressé, toi ?

— Si, mais j'ai plutôt tendance à me dire que les deux résultats me conviendront.

Mais bien sûr qu'il serait content d'être papa ! Je lève les yeux au ciel. Il ne se rend vraiment pas compte que ce bébé impromptu naîtrait au milieu d'une guerre.

— Pas toi ?

Je soupire. Un enfant de lui, un mélange de nous deux à chérir… si, c'est évident.

— Mais c'est tellement pas le bon moment, gémis-je en posant mon front sur son torse.

— Allons, ma douce, me réconforte-t-il en caressant mes cheveux et ma nuque.

Je me redresse pour le scruter droit dans les yeux.

— Il faut qu'on arrête de coucher comme des lapins dès qu'on se voit.

— Ah parce que tu crois que l'abstinence est une solution ? se moque-t-il.

— On n'en serait pas là !

— Circé ! se met-il à rire. Comment veux-tu résister à ça !

Il agite sa main près de son corps comme pour mieux le vendre. Je croise les bras, soufflée par son arrogance.

— Tu sous-entends que c'est moi qui suis incapable de te résister ?

— Oui, soutient-il. J'ajoute que vos intérieurs sont autant de spots parfaits pour du sexe. Regarde cette pièce : un lit douillet, une banquette moelleuse, des tapis près d'une cheminée et un rocking-chair. Quatre opportunités de s'envoyer en l'air au même endroit.

— On ne l'a jamais fait sur un rocking-chair, marmonné-je.

— Pour l'instant !

Je plaque mes mains sur mes joues. Il me rend folle !

— À chaque fois, c'est toi qui te jettes sur moi, affirmé-je.

— Oh, c'est si adorable de ta part de le croire, s'amuse-t-il.

Je vais le lui prouver en moins de trente secondes. Puisqu'il fait chaud, je me promène surtout en short et en top en ce moment, ça va donc aller très vite. Je retire mon haut avant de m'approcher d'Hermès, en soutien-gorge de dentelle rose. Il desserre ses bras.

— Tu es sûr ?

Il me fixe intensément, la bouche de travers, et *floum !* ses deux petites ailes d'argent surgissent. Je cligne des paupières, ravie. Beaucoup moins que trente secondes ! Je remets mon top alors qu'il grogne :

— T'as gagné.

— Bien sûr que j'ai gagné.

Ça ne m'empêche pas de le consoler en me pendant à son cou pour l'embrasser. Il me soulève et me serre contre lui. On reste un moment l'un contre l'autre sans bouger.

— Les deux minutes sont passées, finit-il par dire.

Et il a dévié toute mon inquiétude avec ça.

— Peu importe le résultat, on est tous les deux, me rappelle-t-il.

— Oui, on s'en sortira avec un bébé.

— Même avec quatre.

— Dis pas ça, tu vas nous porter la poisse ! On se retrouverait avec quatre filles d'un coup, ce serait terrible.

— On a déjà trois noms, Emma, Angelia et Ariadne, il ne nous manque pas grand-chose.

— Euh, une maison, pour commencer, dis-je avec une gravité feinte.

— Détail.

On s'embrasse en riant, puis Hermès me repose sur le plancher. J'inspire et m'avance jusqu'à la cheminée pour regarder le test, le cœur battant à mille à l'heure. Emma, Angelia, Ariadne et Maïa, le prénom de sa mère. On a les quatre depuis longtemps. Je prends le bâtonnet.

Un curieux mélange de soulagement et de déception me remonte en travers de la gorge.

— C'est négatif.

La main d'Hermès me frotte le bras.

— C'est un mal pour un bien, dit-il d'une voix un peu éteinte.

Je crois qu'on est déçus tous les deux, même si c'est la meilleure chose qui pouvait nous arriver maintenant. Mais j'ai à nouveau l'impression de repousser nos projets sans parvenir à les concrétiser.

— Ça va ? s'enquiert-il.

J'expire tout l'air de mes poumons et acquiesce.

— Oui. Tu as raison, c'est mieux. Ça aurait été trop précipité et trop insensé.

Son sourire chaleureux et complice me réconforte. Il dépose un baiser sur mes lèvres. On est ensemble sur ce coup, avec les mêmes désirs et la même réalité, c'est tout ce qui compte.

— Tu restes un peu ? lui demandé-je.

— Hadès est aux Enfers aujourd'hui et je voudrais discuter avec lui.

— Ah ? De quoi ? m'étonné-je.

Ça a l'air sérieux.

— Je veux demander au dieu des Enfers s'il existe un moyen de ne plus être immortel pour pouvoir vieillir avec toi.

Il me prend soudain de court.

— Mais… Hermès, tu ne peux pas renoncer à ton immortalité pour moi.

— J'ai plus de cinq mille ans et je n'ai qu'une Circé, dit-il avec un demi-sourire. Je sais que ce n'est pas ton vœu d'être divinisée, contrairement à Ella. Mais Deimos a une famille nombreuse avec laquelle ils peuvent poursuivre sur des millénaires. Moi, je n'ai plus que ma mère qui préfère vivre parmi les nymphes. Il n'y a pas de vie sans toi à mes côtés.

Je pousse un soupir, touchée et inquiète. Je ne veux pas songer à la perspective de le voir un jour mourir. Je ne souhaite en effet pas être immortelle. Je suis guide de ma communauté avant tout, et chaque guide doit emmagasiner, enseigner, vieillir et laisser sa place. J'ai toujours repoussé cette question du futur avec Hermès dans un coin de ma tête parce que la situation d'Ella est elle aussi coincée – tant que Zeus sera le maître, rien ne sera possible pour elle.

— Si un jour on a des enfants, ajoute-t-il, je ne veux pas les regarder mourir, les uns après les autres.

C'est un argument imparable qui me fend le cœur, alors je hoche la tête.

— D'accord, si c'est important pour toi, ça l'est pour moi.

Trois petits coups frappent la porte de la chambre.

— Circé ? Tu peux descendre s'il te plaît ? appelle Médée la Jeune.

— J'arrive !

Hermès reprend son manteau qu'il avait posé sur la banquette, parce que les Enfers n'ont pas d'été, il y fait toujours frais.

— Je reviens ce soir, dit-il. Le rocking-chair nous fait de l'œil.

Je secoue la tête en l'embrassant avant qu'il ne disparaisse. Je sors de la chambre, un peu plus légère, mettant de côté la déception et ce chagrin récurrent qu'on ressent tous les deux dès qu'il part pour les Enfers. Du coup, je vis à moitié ici, et à moitié chez ma mère. Les guides ne s'en sont jamais plaintes, elles peuvent m'instruire deux fois plus ainsi. Je descends dans le grand hall. Je m'attendais à voir Iris, la nouvelle messagère du Siège, mais non.

Pourtant j'espérais avoir des nouvelles de cette histoire de la douzième place à prendre parmi les plus puissants. Maintenant qu'Hermès a été déchu des Douze, Zeus s'est lancé dans une sorte de casting auprès d'absolument toutes les divinités. Et elles accourent pour avoir la place. Il est en train de rassembler une nouvelle cour bien dense, motivée et fidèle. Je pensais pourtant qu'il aurait conservé cette place pour ma nièce, Médée, mais non. Ce n'est pas son plan.

— Ah, Circé, viens ! On a trouvé quelque chose !

Circé la Grande me fait signe de la suivre dans le petit salon adjacent avec Médée la Jeune. Elles ont ouvert un gros livre composé de pages en parchemin, avec une épaisse reliure de cuir.

— Depuis que tu nous as rapporté les paroles de Circé la Première, on a parcouru les archives de nos ancêtres, celles qui ont quitté Aiaía pour s'installer ici.

Elles ont toutes les deux un air surexcité en disant cela. Ça m'intrigue au plus haut point !

— Vous parlez des trésors cachés par Circé la Première avant qu'elle ne quitte l'île ?

— Oui, affirment-elles en chœur.

— Elles ont écrit qu'au moment du départ, en rassemblant tout le matériel magique, elles se sont rendu compte que plusieurs reliques manquaient, raconte Circé la Grande. Elles ont, elles aussi, fouillé leurs propres archives pour retrouver une note d'une ancêtre qui disait que Circé la Première avait caché ses trésors sur l'île avant de partir, « au cas où ».

— Sans préciser où ? m'étonné-je.

— Non. C'était probablement connu des sorcières de cette époque, mais l'information s'est perdue au fur et à mesure. Nos ancêtres du XVIIe siècle ont cherché l'emplacement sans le trouver. Elles étaient de toute façon prises par le temps avec le départ du bateau et elles ont abandonné leur quête.

— Donc les trésors sont toujours sur l'île ? conclus-je.

— A priori, confirme Médée la Jeune.

— Le problème, c'est que l'île d'Aiaía a été rayée de la carte, poursuit Circé la Grande.

J'ouvre de gros yeux.

— Quoi ? Comment ça ?

— On a demandé à Méroé de regarder sur son téléphone si elle trouvait l'île en vue satellite avec les coordonnées que nous avons, mais il n'y a rien.

— Les coordonnées ne sont peut-être pas bonnes, supposé-je.

— Nos ancêtres n'auraient pas pu commettre une telle erreur.

— On ne fait pas disparaître une île comme ça ! m'exclamé-je.

— Non, c'est vrai, approuve Médée la Jeune. Je ne crois pas qu'elle ait été pulvérisée. Je pense qu'elle a « disparu » mais qu'elle se trouve encore quelque part.

J'acquiesce. Pourquoi pas. On a entendu plus étrange, après tout ! Elle est peut-être sous un sort d'invisibilité, ou cachée dans une poche dimensionnelle.

— Et est-ce qu'on sait ce qu'il y a dans ces trésors ?

Circé la Grande referme le livre avec un sourire exalté.

— La plus puissante relique qui a appartenu à Circé la Première : sa baguette.

Épilogue II

Le soleil ne devrait plus tarder. Mon portable sonne sous mon oreiller pour me prévenir. J'ouvre tout de suite les yeux et éteins l'alarme. Je me contorsionne dans mon sac de couchage, attrape la fermeture Éclair, me libère du duvet et me redresse, impatiente. J'enfile un gros pull et jette un œil sur l'ombre endormie à mes côtés. Je la secoue doucement.

— Pasiphaé, tu veux venir ?

Elle grogne et s'enfonce sous son oreiller.

— On rentre cet après-midi, on n'aura plus l'occasion, encouragé-je.

— Méroééé, si tu ne me laisses pas finir ma nuit, je te jure que je te transforme en statue au petit-déjeuner, maugrée-t-elle.

Bon, bon. J'aurais essayé ! J'ouvre la tente, lace mes chaussures et referme derrière moi. Le feu de bois fume encore, mais les braises refroidissent. On a veillé tard hier soir. Je n'ose pas tenter de réveiller nos deux autres amies qui nous ont suivies pour cette randonnée dans les montagnes, autour de Springfall.

Il fait frais malgré le mois de juin. Je me frotte les bras et descends le chemin pour rejoindre le bord du lac cerné de monts. L'endroit est magnifique de jour comme de nuit. Aucune pollution lumineuse, les étoiles brillent de mille feux ici. Je grimpe sur des rochers pour prendre de la hauteur. L'aube se reflète dans le lac sans aucune déformation. Les pics rocailleux, les neiges éternelles tout là-haut, les forêts de sapins, tout est merveilleux ici. Le dégradé de bleu et de blanc se déploie derrière les montagnes dans un spectacle envoûtant.

Je dois avoir un côté Ella, pour m'extasier ainsi devant la nature. Mais chaque lever de soleil en vaut le coup. Probablement parce qu'Hélios est notre ancêtre. Je m'assieds et patiente. Ce sont des instants à ne pas rater. Tout va changer dans un futur trop proche. Des êtres chers risquent de disparaître. Alors cette paix simple est à chérir. Elle dénoue mon angoisse.

Après tout, ce qui compte c'est d'avoir une attitude positive ! Mes deux sœurs ont trouvé leur voie. Ella s'est mariée à un dieu et a donné naissance à Médée, elle poursuit sa vie à New York et espère travailler au musée dès qu'elle aura terminé ses études. Circé va être guide et s'y prépare avec sérieux, elle n'a plus le temps de se laisser distraire par mes tours et je la comprends, après tout ce qu'elle a traversé. Il ne me reste plus qu'à trouver une occupation utile de mon côté et j'ai déjà une idée. Le *match making* réservé aux dieux et aux sorcières ! Avec Éros pour coach. On est au taquet !

Le cri d'un aigle dans le ciel me fait lever les yeux. Ils sont plusieurs à avoir leur nid dans le coin, mais celui-ci est bien matinal. J'observe son vol majestueux au-dessus du lac.

Ce n'est pas le seul à déranger ma contemplation. J'entends un léger bruissement de tissu et d'ailes déployées sur ma droite. Une silhouette inconnue vient de surgir de nulle part. Je me relève, interloquée, et remarque bien vite le sceptre doré dans sa main, avec deux serpents entrelacés et deux ailes. Il porte le Caducée. Circé nous avait prévenues qu'un jour il viendrait dans le coin, Thanatos, le dieu de la mort. Elle lui a assuré qu'il serait bien accueilli parmi les sorcières. Mais je ne m'attendais pas à le voir débarquer ici, dans cet endroit perdu. Ses grandes ailes immaculées se replient, sa peau bleu nuit est constellée d'étoiles scintillantes et son regard blanc se fixe sur l'aube. Ses bras en sont ballants et sa bouche à moitié ouverte comme pour mieux respirer cet air pur des hauteurs.

— Désolé de te déranger, dit-il à voix basse.

— Pas de souci, réponds-je, étonnée.

Les premiers rayons nous frappent et l'astre solaire émerge au-dessus des montagnes. Je ferme les yeux une courte seconde, me laissant baigner par sa chaleur, heureuse de cette immuabilité. Lorsque je les rouvre, j'observe discrètement mon voisin silencieux. Il ne quitte pas des yeux le paysage à la lumière changeante, des larmes roulant sur ses joues.

— Ça va ? m'inquiété-je.

Il a du mal à formuler sa réponse sur le coup, mais il finit par me dire :

— Je suis un fils de la Nuit, et c'est le premier lever de soleil de ma vie.

OK, il me touche. Je lui laisse quelques minutes, m'enivrant de mon côté des reflets mouvants sur le lac, avant de m'étirer. Je vais rejoindre mes amies mais j'hésite. Je ne vais pas le laisser seul, si ? Je me tourne à nouveau vers Thanatos.

— On a du café et des brioches si tu veux. Tu es le bienvenu.

Fin

Bonus

HERMÈS

« Hello, hello, hellooo ! C'est Augé, votre première heure du matin ! On se réveille en chanson sur Radio Olympus avec *A little less conversation*, et Ô oui King ! *More action please* !

La musique démarre. Forte et percutante. Les filles de Chronos ponctuent la journée au Siège de leurs interventions, pour celles et ceux qui vivent sur place. Ce qui est mon cas. Diplomate de Zeus oblige. Je fourre ma tête sous l'oreiller. Plus elles sont matinales, plus elles sont énergiques. Il faut voir Acté, déesse du plaisir et de la fin de journée – autrement dit, de l'apéro – partir dans ses libations tout en prodiguant des conseils pour cuisiner des feuilletés au fromage de chèvre et au thym, avachie sur une banquette. Le *chill* à l'état pur.

Dès que la chanson cesse, Augé annonce les nouvelles du jour. L'une d'elles me fait sortir du lit.

« … Quant à la situation avec nos ennemies, ces viles sorcières dupées par Hécate, la traîtresse, Zeus Cronide, repousseur de mal et assembleur des nuées, s'est engagé à parlementer sous les bons conseils d'Athéna l'Invincible et d'Héra au Trône d'or ! Il semblerait qu'un heureux dénouement se profile. Retrouvera-t-on l'Olympe dans les mois à venir ? On ose enfin y croire ! »

Je me lève en vitesse. Il faut que j'en sache plus !

Mon appartement n'est qu'une vaste pièce avec du marbre blanc veiné de noir au sol et des murs anthracite. Un grand lit d'un côté, et un bureau de l'autre, cerné par des centaines de tuyaux en étain et en cuivre qui tombent du plafond, s'entrelacent et débouchent sur des stations pour envoyer et recevoir des capsules.

Je n'aime pas passer beaucoup de temps ici et je préfère me restaurer à l'extérieur. Je n'y ai mis que l'essentiel. Quant à la toilette, il suffit de me tenir nu, les pieds sur le marbre, au centre de la pièce, et de commander d'une voix forte :

— Nérée, pluie de printemps !

Rien ne vaut le système divin ainsi qu'une pluie fine et tiède le matin, qui me suit dans mes déplacements et qui disparaît sans laisser de trace. Je fais venir à moi un costume trois pièces gris souris tout en vérifiant chaque station, l'une après l'autre. Pas de nouvelles des Enfers – j'espère que les Disputes ne font pas trop de conneries – et rien de Zeus. Donc rien d'urgent. Alors que mon Caducée rapetisse et s'épingle à ma veste, je sors pour me rendre aux distributeurs d'Ambroisie du Siège.

C'est là que je croise celle que j'espérais voir.

— Athéna !

La déesse relève une mine suspicieuse vers moi. Oui. Bon. D'habitude, je suis moins démonstratif en l'abordant.

— Hermès. Il est tôt pour toi, non ?

Elle s'est parée de son plus beau péplos blanc et de son égide – sorte de pelisse posée sur ses épaules et capable de se raidir au point de devenir un bouclier. Une broche en or, reprenant la forme terrible de Méduse, la boucle près de son épaule gauche. Elle a audience avec Zeus. Et à en juger sa panoplie, le plan qu'elle propose rend notre père nerveux. C'est qu'il doit être question de concessions.

— Qu'est-ce que tu trames ? C'est quoi cette histoire « d'heureux dénouement » avec les sorcières ?

Elle glisse une pièce de cinquante cents dans le distributeur et récupère sa fiole d'Ambroisie avec un sourire satisfait.

— Ne t'en fais pas, tu seras bien sûr mis à contribution le moment venu.

— Parce que vous allez *vraiment discuter* avec les sorcières ? douté-je d'une voix aigüe.

Athéna roule ses yeux pers.

— De toute façon, tu es là pour me tirer les vers du nez alors autant te le dire tout de suite : on envisage un mariage d'alliance. Avec, si possible, une sorcière importante de la Clairière. Et l'un des fils d'Arès et d'Aphrodite.

Tout mon être se glace de l'intérieur. Quelle sorcière accepterait une telle union ? Quelle sorcière les guides choisiraient ? *Elle* ? Elle pourrait être la candidate de son camp. Et elle se marierait à l'un de mes insupportables neveux. Mon cœur se serre rien qu'à l'idée. Je réprime très vite une grimace. Pas question qu'Athéna voit quoi que ce soit.

— Zeus est d'accord pour inclure une sorcière dans sa lignée directe ?

— Zeus est en train de comprendre que nos options sont restreintes pour retrouver l'Olympe, me corrige Athéna.

— Les discussions avec les sorcières seront…

— Pas si houleuses que tu le crois, apaise Athéna. Elles ont une perte de pouvoir avec une sorcière sans dons. Elles aussi, elles ont besoin d'une solution et de la présence d'une divinité auprès d'elles. Dès que nous aurons le feu vert de Zeus, tu seras inclus pour entamer les échanges diplomatiques avec la Clairière.

J'acquiesce. Je n'ai de toute façon pas le choix.

Cependant… Tout mais pas *elle*. Je sais qu'elle fera sa vie quoi qu'il en soit, qu'elle trouvera quelqu'un, un mortel sans intérêt, mais pas un dieu. Pas un des miens.

— Tu as l'air bien sombre, constate Athéna.

— J'appréhende.

— Attends de voir qui demande à te voir dans le hall d'entrée, s'amuse-t-elle avant de disparaître.

Ah. J'avale vite le contenu de ma fiole et prends l'ascenseur. Les infrastructures humaines doivent bien servir de temps en temps. Lorsqu'une divinité s'en sert, c'est surtout pour s'accoutumer au plan terrestre et prendre son temps.

Le demi-sourire un poil sadique de ma demi-sœur m'intrigue. Qui peut bien venir jusqu'au Siège mais sans monter dans les étages ? La Sphinge doit bloquer l'accès. Les portes s'ouvrent et je ralentis au fur et à mesure que je reconnais la nymphe qui fait les cent pas sous le nez d'une Sphinge agacée. Sa longue chevelure brune se balance dans son dos et ses pieds touchent à peine le sol. Certaines nymphes choisissent d'incarner une forme humaine, d'autres préfèrent garder leur apparence primaire. Celle qui vient me voir aujourd'hui oscille entre les deux. Elle est l'aînée de six sœurs, les Pléiades, anciennes compagnes d'Artémis. C'est cette dernière qui a supplié Zeus de faire en sorte que les Pléiades réchappent au harcèlement sans fin d'un chasseur, Orion. Notre père a accepté et les a transformées en étoiles. Peu de temps après, Orion, humilié et donc malheureux – à ce qu'il faut croire – a prié notre père qu'on lui rende

« ses » nymphes. Zeus, touché, l'a changé en constellation pour qu'il demeure à leur côté, perpétuant son harcèlement à l'infini dans le ciel. Depuis, Artémis a juré que le prochain qui approcherait ses compagnes serait castré, pendu et démembré par ses soins. D'où les tensions constantes entre elle et son frère, Apollon.

Une seule nymphe a réchappé à ce destin : Maïa, ma mère. Je n'ai jamais pu me résoudre à la perdre de cette manière, alors que nous vivons si loin l'un de l'autre.

— Mère ?

— Hermès ! s'exclame-t-elle en s'illuminant, mains jointes sous son menton.

C'est une nymphe céleste, elle ne passe *jamais* inaperçue. C'est grâce à elle que je vole. Je lui dois aussi mes yeux gris. Son péplos léger et flottant a la couleur des étoiles : un blanc aveuglant. Je contre son excès de lumière en tendant mon bras devant moi.

— Qu'est-ce que tu fais là ?

— Je suis venue pour toi, mon poussin !

— Non, ne m'appelle…

Pas le temps de lui interdire le surnom. Elle est déjà sur moi pour m'enlacer, sa lumière s'étant un peu apaisée.

— Ce n'est pas parce que tu es la mère d'un des Douze que tu vas pouvoir accéder aux étages, prévient la Sphinge, irritée.

— Maintenant que mon poussin est là, je ne vais pas te déranger plus longtemps, réplique ma mère avec un sourire immuable.

Elle est un peu… la gentillesse incarnée. Mais ce serait insensé de croire qu'elle est naïve. Elle m'a soustrait à la surveillance de Zeus pour me donner naissance et m'élever. Et déjouer mon père demande une force de caractère qui n'appartient pas à tout le monde. Ma mère est une survivante.

— Pourquoi tu es là ? répété-je, inquiet.

D'habitude, elle vit dans son coin de Grèce, avec des nymphes maritimes, dans des grottes merveilleuses. Elle ne me rend jamais visite, c'est moi qui vais la voir. Elle se détache de moi et m'observe des pieds à la tête avant de poser ses poings sur sa taille.

— Mais dis donc, t'as maigri, non ? Tu manges quoi ici ? Viens passer quelques jours avec moi, je vais te nourrir.

Elle me tapote le ventre comme si j'avais à nouveau deux ans. Je lève les yeux au ciel.

— Oh là là, t'es musclé !

Et c'est reparti pour des éclats de lumière enthousiaste. Elle saisit mon visage et le tourne vers la Sphinge qui n'en croit pas ses oreilles.

— Il est beau, mon fils, hein ? Je n'en reviens toujours pas de l'avoir fait moi-même ! Avec l'aide minuscule de son père, certes. Une giclée, et bim ! Mais sinon, c'est tout moi !

Elle me ramène à elle, les traits froncés, alors que je m'enlise dans l'embarras. Heureusement que Zeus interdit l'accès au Siège à ses ex.

— Comment ça se fait que tu n'es toujours pas marié ? Tu es un fils de Zeus et d'une Pléiade, il faut que tu te trouves une princesse humaine, c'est la moindre des choses ! Fonder une nouvelle dynastie quelque part, comme mes sœurs l'ont fait avec leur progéniture. Oh ! Comment elle s'appelle, déjà… Meghan Marché ?

— Meghan Markles est déjà mariée, et c'est son époux, le prince.

— Oh mais ça, ce n'est pas un problème, ça se fait aujourd'hui ! Tiens ! Le prince héritier de Jordanie est célibataaaire ! lance-t-elle en clignant des paupières.

— Mamaaaan, grogné-je en attrapant ses poignets pour qu'elle me lâche.

Je préfère ignorer le regard moqueur et incrédule de la Sphinge. Je sens que les bruits vont vite courir au Siège.

— Pourquoi tu es là ? insisté-je en la regardant droit dans les yeux.

— Oui. Oui, se reprend-elle en secouant la tête. J'ai un service à te demander.

Elle rapproche son visage du mien pour chuchoter.

— Mais allons en discuter dans un endroit discret.

Je pense aussitôt à Springfall pour la simple et bonne raison qu'il n'y a aucun dieu ni déesse dans le coin. Je nous y téléporte et on atterrit dans une allée piétonne de la ville, calme malgré le fait qu'elle soit attenante à la rue principale, avec ses arbres et ses bancs.

— Je t'écoute, dis-je en jetant un œil autour de moi.

J'espère apercevoir la silhouette déterminée d'une sorcière à la chevelure auburn et courte, autant que je la redoute en présence de ma mère. Je n'imagine pas une seule seconde la rencontre que ce serait.

— J'aimerais que tu trouves un refuge pour une nymphe pourchassée.

— Par qui ?

Ma mère dodeline de la tête tout en levant un doigt en l'air. OK. Le soleil. Apollon.

— Où est-elle ?

— Elle se cache, mais je peux l'appeler si tu as une solution.

J'acquiesce. On est bon endroit sans même le vouloir. Les sorcières la prendront sous leurs ailes. Il y a des nymphes dans la Clairière qui sont donc intouchables par les dieux.

— Tu peux, oui. Reste ici avec elle, je reviens avec la personne qu'il te faut.

*

Je suis le seul Olympien à avoir l'autorisation de franchir librement les boucliers de protection de la Clairière. Pas besoin d'invitation, ni de prévenir. Je déboule donc dans les jardins désertés de leur lieu de vie. Le printemps est si doux, étonnant que l'extérieur de leur demeure soit vide à première vue. Elles doivent être occupées chez elles, ou dans la maison. Je m'apprête à me téléporter devant leur porte quand j'aperçois, derrière des buissons d'azalées rose, des jambes allongées par terre, l'une d'elles repliée. Il y a bien quelqu'un. Je m'avance en préparant un discours pacifique. Elle sera sensible à la situation de la nymphe, je n'en doute pas. Au Siège, on dit que les sorcières sont vindicatives et égocentriques, mais je ne les ai jamais vues faire preuve de tels comportements.

Le temps de contourner les feuillages et les fleurs au parfum enchanteur, et je me retrouve face à une sorcière étendue au soleil, souriante et fredonnant, à demi-nue. Pas n'importe quelle sorcière. *La* sorcière que j'espérais voir, mais pas surprendre en train de bronzer en mini short et sans aucun haut. Sa poitrine ronde et sûrement très douce frissonne sous la brise de printemps… La chair de poule ! Un afflux d'ichor me monte à la tête. Je sais déjà qu'elle est sexy, mais là, sérieux… c'est le summum du désirable qui s'étale sous mes yeux ! Mon cœur bat la chamade, mon ichor redescend en cascade dans mon aine et je sens, pour la première fois, quelque chose d'étrange surgir dans mes cheveux. Incapable de détourner le regard, je parviens à fermer les yeux et je plaque mes mains sur ma tête, juste au-dessus de mes oreilles. J'ai deux putain d'ailes qui viennent de pousser ! Je suis si excité que soudain des ailes apparaissent sur mon crâne ! Qu'est-ce que… *quoi ?!*

— Désolé ! m'exclamé-je, alarmé.

Je l'entends bondir sur ses pieds et retenir son souffle. Je vais prendre cher. On ne badine pas avec Circé, fille de Thessa, future guide de la communauté de Springfall.

— Qu'est-ce que tu fais là ?! rugit-elle. Espèce de pervers !

— C'était un hasard ! soutiens-je en espérant que mes ailes se rétractent vite.

— Un hasard ?! Tu me prends pour qui au juste ? s'emporte-t-elle, furieuse.

Pour la plus ravissante des sorcières que j'aie jamais connue ?

Mmh. Pas sûre que cette réponse lui convienne.

— Je venais te voir mais je ne pouvais pas prévoir que tu…

— *Corrige cet importun et transforme-le en cochon nain !*

Mon corps change aussitôt de forme. Je rétrécis et finis à quatre pattes avec un groin. *Encore.* Ça fait quoi, deux ou trois fois ? Je lui sers d'expérimentation dès qu'elle juge l'occasion bonne. Bon, là, définitivement, l'excitation est passée. Je me défais du sort en un rien de temps et reprends ma forme originelle. Circé, elle, a renfilé un débardeur mais son visage reste à vif. Une petite part honteuse de moi est satisfaite du spectacle, une autre s'en veut à un point où je vois s'envoler mon microscopique pourcentage de chance avec elle. Parce que j'ai toujours espéré… une folie ou un truc de genre, qui la pousserait dans mes bras. Mais là, c'est grillé.

Je défroisse mon costume, débarrassé des ailes.

— Je ne vais le dire qu'une seule et dernière fois : c'était un accident, affirmé-je sur mon meilleur ton ferme.

— Y a pas d'accident avec Hermès ! rétorque-t-elle. Pervers !

Ma réputation me précède.

— Si tu veux, je me déshabille à mon tour, on sera à égalité.

Elle veut me hurler dessus – ça se voit à l'air qu'elle aspire et à son index autoritaire braqué sur moi – mais tout se bloque et elle se fige.

— Quoi ? s'étrangle-t-elle.

Je commence à déboutonner ma veste pour la retirer. Si elle veut du Hermès en action, elle peut l'avoir. Je suis passé maître dans l'art de la provocation.

— Je vais jusqu'où ? poursuis-je en attaquant mon gilet sans manches.

— Mais arrête ! Espèce d'exhibitionniste !

— Les humains me sculptent à poil depuis des siècles, je n'ai aucun problème avec ça.

J'en arrive à la chemise et, alors qu'elle avait blêmi, Circé s'empourpre à nouveau. Elle se renfrogne et croise les bras.

— Qu'est-ce que tu fais là ? Qu'est-ce que tu veux ? À part mater sans permission et montrer ton petit appareil à tout le monde ?

Bon. Au moins, elle a changé de sujet.

— J'ai un service à te demander. Et je précise que la taille de notre « appareil » est une convention artistique instaurée par des penseurs grecs. Aucun dieu ni aucune déesse de l'Olympe n'a jamais posé devant les artistes mortels.

— Mouais, c'est ça, ouais, se moque-t-elle en battant des paupières.

— Tu veux vérifier ? lui proposé-je aussitôt en désignant mon bouton de pantalon.

Elle tressaille, se baisse, attrape un bouquin posé près de sa serviette et me le balance dessus.

— Mais arrête ! Pervers !

Je ramasse son livre en me mordant l'intérieur des joues. Je suis foutu, mais quand même content d'être là, avec elle. Le désespoir peut aussi nous toucher, après tout. Aimer une sorcière sans aucune perspective de réciprocité, c'est une malédiction. Je ne peux qu'aller vers elle sans rien lui dire ni rien lui montrer.

— Tu lis de la romance, toi ?

En trois pas militaires, elle est devant moi pour m'arracher le livre des mains. Elle sent bon le soleil et l'herbe humide. Et ses yeux… aussi limpides que plus les belles lagunes du plan terrestre.

— Ça ne te regarde pas !

Sa furie finira par se calmer, mais elle tombe bien mal avec mon affaire. Si elle rencontre ma mère avec cet état d'esprit, je suis bon pour plusieurs leçons douloureuses.

— Pourquoi je te rendrais service, hein ?

— Soufflons d'abord, allons boire un café et je t'expose tout. Promis, il n'y a pas de piège.

Elle semble jauger la situation quelques secondes avant de rassembler ses affaires.

— Je vais me changer et on y va. Et c'est toi qui paies !

Ma veste et mon gilet sous le bras, je la suis en voletant jusqu'à la demeure des sorcières. Elle ne m'a jamais supporté et pourtant, elle est toujours partante. Soit elle a pitié de moi, soit elle m'apprécie, d'une manière ou d'une autre. J'aime bien cette dernière version. Même si elle est hautement improbable.

— Reste là, je reviens, dit-elle en approchant de la porte.

Un petit groupe de sorcières en sort tout en saluant Circé. Je reconnais sa sœur, Méroé. Elle s'immobilise en me voyant et nous scrute d'un air inquisiteur.

— Qu'est-ce que vous faites à moitié débraillés, tous les deux ?

On se regarde avec Circé, moi surpris et elle à nouveau remontée. Elle bondit avec une rage que je pensais apaisée.

— Rien du tout ! Hermès est apparu là où je bronzais ! Parce que c'est un voyeur !

Les sorcières retiennent leur souffle tout en me dévisageant, outrées.

— C'était un accident ! affirmé-je, alarmé par la situation.

— Quoi ?!

— Il a osé !

— Mais sérieux ?!

— Il se prend pour qui, le dieu des voleurs, là ?!

— On ne peut pas laisser passer ça !

Oh par tous les dieux, mais ça n'aura pas de fin…

— On doit prévenir Circé la Grande et Médée la Jeune, déclare Méroé. Si le dieu diplomate utilise son accès à la Clairière pour mater, l'Olympe doit changer d'envoyé.

Ses compagnes approuvent aussitôt. Non, non, non ! Ce n'est pas le bon moment pour ce genre de connerie, pas avec le mariage d'alliance qui va leur tomber dessus. Je dois être là. Pour *elle*, mais aussi pour les sorcières en général. Je sais que je peux aider à calmer les tensions.

J'ai bien connu Circé la Première. On a même été amis, un temps donné. Je passais la voir sur son île d'Aiaía, elle m'offrait un verre de sa liqueur, et on discutait. Les *outsiders* comme elle m'ont toujours compris sans forcément le reconnaître. Jusqu'à ce qu'Ulysse débarque avec ses grands sabots et qu'Athéna me demande de le mettre en garde contre la magie de Circé. Elle ne m'a jamais vraiment pardonné. On ne s'est pas non plus affronté, mais je ne suis plus retourné sur Aiaía jusqu'à sa disparition et elle ne m'a jamais regretté. J'ai pourtant gardé le contact avec sa descendance. Je les ai observées de loin pour m'assurer que tout allait bien, malgré les conflits avec l'Olympe.

— Non, là, vous exagérez, dis-je d'une voix plus catégorique, tout en enfilant mon gilet. Ce serait vous priver de votre meilleur allié. Si vous faites ça, je ne reviendrai plus ici et un autre, peut-être moins conciliant, prendrait ma place !

Mais les sorcières ne décolèrent pas, grognant des « pourquoi on aurait peur d'un intérimaire », « mater sans consentement est une faute impardonnable », « c'est vraiment le fils de son père ». Toutes refusent de m'entendre… sauf une. La plus inattendue. Circé s'éclaircit la voix et marmonne :

— Bon, non, mais on va peut-être un peu loin. Interdire à Hermès de revenir, c'est trop.

Sur quoi, sa sœur écarquille les yeux et croise les bras.

— Quoi, quoi ? C'est toi qui dis ça ?

Je dois dire que je suis dans le même état. J'aurais cru que Circé m'enverrait bouler comme le dernier des porcs sans regarder derrière elle. Au lieu de ça, elle se crispe sans savoir quoi faire de ses mains, le regard fuyant, les joues cramées.

— C'est risquer un incident diplomatique pour pas grand-chose.

— « Pas grand-chose » ? s'ahurit Méroé. Mais qui es-tu ? Où est passée ma sœur ?

— Je l'ai transformé en cochon nain, c'est suffisant pour cette fois. Mais si jamais tu recommences, je ferai bien pire ! me menace-t-elle soudain. Pervers !

J'aurais dû garder un décompte de ses « pervers » pleins de hargne.

— Je vais m'habiller, toi, tu restes là ! T'avise pas de monter !

Et elle claque la porte derrière elle. Les autres sorcières finissent par s'éloigner tout en me jetant des regards redoutables. Méroé, elle, semble plus intriguée par le comportement de sa sœur – tout comme moi – avant de suivre ses amies sans se retourner. Je peux enfin souffler. Je ne m'en sors pas si mal ! Malgré tout. J'enfile ma veste et vérifie à nouveau ma tête. Aucune trace des ailes. Tant mieux. À qui je pourrais demander quoi que ce soit à ce sujet ? À ma mère ? Je crains d'avance la discussion.

Circé revient au bout de quelques minutes, les traits plus détendus, mais ses jolis sourcils vont rester froncés. Elle a gardé son mini short et a enfilé des baskets en toile, un tee-shirt et sa veste en jean, cousue de blasons brodées qui reflètent toute la rébellion de son adolescence. Rébellion qui perdure. J'aimerais avoir des souvenirs d'elle de cette époque, mais je n'en ai pas.

— C'est bon, je suis prête, dit-elle d'une voix grondante. On peut prendre ma voi…

J'attrape sa main et on se téléporte dans le centre-ville de Springfall.

— …. ture.

— C'est quand même plus rapide comme ça, dis-je en la relâchant bien vite.

Elle se met en route, grognant des « je vais encore rentrer à pied ». Vu le beau temps, le café habituel de Circé propose un stand en extérieur avec des frappés et elle ne se fait pas prier pour ce choix lorsque je le lui propose. Tant mieux, on ne perdra pas beaucoup de temps tout en tassant les choses entre nous. Deux ou trois personnes nous précèdent, nous accordant le temps d'échanger quelques banalités.

— Comment vont les tiennes ? demandé-je en croisant les mains dans mon dos.

On a vu Méroé – sa sœur fusionnelle –, mais je sais qu'elle tient beaucoup à sa mère et à sa dernière petite sœur, la fameuse sorcière sans dons.

— Ella me manque, elle passe tout son temps avec les humains.

— Elle porte bien son prénom, répliqué-je d'un ton neutre.

— Un choix de notre père. Puisqu'elle est née sans magie.

Un mal pour un bien, elle va réchapper à toutes nos querelles et à la future alliance.

— Elle ne revient jamais vous voir ?

— De temps en temps, le week-end, répond-elle en haussant les épaules. Elle reviendra cet été, et à l'automne pour le grand rassemblement annuel.

J'essaie d'imaginer Circé avec Antéros, le probable choix de Zeus et d'Héra, et grimace. Quel couple étrange ils formeraient. Tous les deux ont beaucoup trop de caractère. Aucun d'eux ne saurait tempérer l'autre. Quant à Méroé, elle serait complice avec lui. Elle est moins dure que sa sœur, moins torturée par leur destin. Ce serait un meilleur *match.* Mais Antéros est un coureur de grande envergure. S'il est bien choisi pour ce mariage, la sorcière qui se lierait à lui souffrira. Sauf si elle n'en a rien à faire. Ce qui est aussi possible. Si cette union doit fonctionner pour les deux camps, il vaudrait mieux qu'elle soit solide. Zeus est volage comme personne mais il rentre toujours au bercail. Et Héra a une tolérance admirable. Mais j'ai toujours pensé qu'un jour ou l'autre, le vent tournerait.

— À quoi songes-tu ?

La question de Circé me ramène sur terre. Cette dernière me décortique, intriguée.

— Tu as l'air inquiet. Ça a un lien avec le service que tu veux me demander ?

Je ne peux que lui mentir, encore et toujours.

— Oui, tu vas rencontrer quelqu'un de spécial, je ne sais pas comment ça va tourner.

— Pourquoi ? Tu as peur que je lui balance que tu n'es qu'un pervers ? C'est la vérité. D'ailleurs, ça devrait *vraiment* surprendre cette personne ?

Sincèrement, j'ai peur.

On arrive devant le stand à cet instant précis.

— Qu'est-ce que je t'offre ?

Elle, elle jubile.

— Tu ne peux pas m'acheter, Hermès !

Pourtant je paierais très cher.

— Ce n'est qu'un café, on se calme.

La serveuse nous observe d'un œil attentif, peu patiente.

— Un cappuccino frappé et un espresso, s'il vous plaît, commandé-je alors.

Je lui dégaine mon meilleur sourire commercial. Personne n'y résiste. Aussi, la serveuse est prise d'un ravissant rougissement et opine de la tête en gloussant. Voilààà, c'est ça ! la magie d'Hermès !

— Pervers, susurre Circé à mon oreille, me faisant violemment frémir.

Oh mais si elle savait… ça ne m'aide pas du tout ! Ça m'excite davantage même. J'adorerais qu'on soit tous les deux en mode perversité ultime, à poil, dans un coin calme, consentants comme jamais !

Je pose le bout de mon index sur son front pour la repousser. Si elle me colle en chuchotant des trucs pareils, je vais en effet laisser ma place quelques années, le temps de l'oublier et d'espérer passer à autre chose. Elle rit dans son coin, contente d'elle. Je paie, Circé plante une paille dans son immense gobelet et je sirote mon café en me remettant en route.

— Bon, c'est quoi ce service ? reprend-elle, moins tendue.

— Il faudrait que vous accueilliez quelqu'un chez vous. Cette personne a besoin d'aide.

Cette fois-ci, elle témoigne de l'étonnement. Et de l'intérêt.

— Qui ça ?

Je m'apprête à tout lui raconter en tentant d'édulcorer un peu la future confrontation avec ma mère, quand, de l'autre côté de la rue, la voix de cette dernière retentit.

— Youhou ! Mon poussin !

Je stoppe et tourne la tête. Ma mère agite sa main pour se signaler, elle tient le bras d'une humaine contre elle, qui semble confuse et embarrassée au possible.

— Regarde ! C'est la fille du roi de la Literie ! Je l'ai trouvée dans une boutique un peu plus bas ! Pas mal, hein ?

— Oh non, murmuré-je, une sueur froide dans le dos.

— C'est qui ? m'interroge Circé, absorbée par la vision qui s'offre à nous.

— La dernière Pléiade qui demeure sur terre.

Elle me donne une tape sur le bras, ébahie.

— Mais nooon !

— Oh si.

— Hé ! Poussin ! Elle est d'accord pour te parler ! relance Maïa.

Je me dépêche de traverser alors que toute l'attention est braquée sur elle. Heureusement qu'elle ne brille pas trop, mais ça ne l'empêche pas de détonner dans le paysage.

— Laisse-la, ce n'est pas un royaume, la literie, dis-je en les séparant.

L'humaine recule aussitôt d'un pas.

— Écoutez, j'ai cru comprendre que cette jeune femme était désorientée, c'est tout, explique-t-elle avec la ferme intention d'opérer un demi-tour.

— Oui et non, réponds-je en gardant la nymphe près de moi. Mais merci de votre aide. Bonne journée.

La fille du roi de la Literie détale sans regarder derrière elle.

— C'est pourtant écrit partout sur leur vitrine.

— C'est une méthode commerciale, rien de plus, la rassuré-je.

Le bruit d'une boisson aspirée par une paille récupère notre attention. Circé m'a suivi et dévore la situation des yeux.

— Et elle, c'est qui ? grommelle la Pléiade, perturbée.

Pour le coup, Circé est vraiment une sorte de princesse, une reine en devenir. Mais ce n'est pas une bonne idée de la présenter ainsi.

— La personne qui va nous aider, réponds-je.

— Pourquoi elle t'appelle « poussin » ? enchaîne Circé sans prendre la peine de la saluer.

C'est le retour de ses regards noirs et de son ton agressif sans que je comprenne comment on en est à nouveau arrivé là. La Pléiade prend le relai. D'un ton cérémonieux et protecteur, elle se lance dans une présentation en bonne et due forme.

— Je suis Maïa, la mère d'Hermès *Argeiphôntês*, celui à la houlette d'or, chtonien et psychop…

— C'est bon, c'est bon, l'interromps-je. Circé sait qui je suis.

La sorcière a sorti la paille de sa bouche, stupéfaite.

— Tu es le fils d'une Pléiade ?

— Oui, c'est pour ça que je suis brillant, me vanté-je.

— Si brillant ! s'émerveille ma mère. Et si beau !

— Oui, bref, passons, dis-je vite.

— C'est vous que je dois accueillir ?

— Est-ce que j'ai l'air aux abois ? s'étonne Maïa à voix basse.

— Non, non, la rassuré-je. Où est la nymphe ?

— Venez, elle est dans l'allée.

On se dirige tous les trois là où nous nous sommes retrouvés, ma mère et moi, en quittant le Siège de New York. Je cherche des yeux la nymphe en détresse mais je ne vois rien au premier abord. Ma mère nous conduit près d'un mur aveugle et se penche entre une poubelle et une grosse jardinière en briques. Là, recroquevillée sur le sol, une nymphe des rivières tremble, ruisselante. L'apparence de son enveloppe anthropomorphe est celle d'un cours d'eau virevoltant. Mais ses deux bras sont terminés par des branches de laurier. Pour réchapper à son agresseur, elle a tenté une métamorphose qui ne s'est pas conclue. Elle paraît terrorisée. Au point où je recule pour ne pas lui imposer ma présence.

Circé, elle, me refourgue son gobelet et s'élance vers elle. Elle s'accroupit face à elle sans la toucher et lui parle avec douceur, supervisée par ma mère qui résume la situation. J'ai toujours su que la bienveillance habitait le cœur de Circé, ce spectacle n'est qu'une preuve de plus. J'admire son tact, la façon dont elle prend son temps pour approcher la victime, pour ne pas l'effrayer, pour gagner sa confiance, cette détermination qui déborde de toute part en elle, ce soin qu'elle prend de ne pas toucher directement ses branches de laurier… elle demande d'abord la permission et, d'un sort murmuré, efface les stigmates de la métamorphose ratée. La nymphe retrouve ses mains d'eau et affiche un mince sourire soulagé.

— Je reconnais cet air, dit ma mère en revenant vers moi.

Circé reste derrière pour parler avec sa protégée.

— De quoi parles-tu ? m'étonné-je.

— De l'affection que tu as pour elle.

La lucidité soudaine de ma mère me fait reculer.

— Tu surinterprètes un peu trop la situation, nié-je en secouant la tête.

Elle me sourit avec tendresse et pose ses mains lumineuses sur mes joues.

— Crois-en mon expérience. Ne t'enferme pas dans une affection unilatérale. Ne sous-estime pas cette souffrance-là.

Je déglutis avec peine. C'est pourtant ce que je fais.

— Je vais rentrer. Je suis rassurée pour ma protégée, elle est entre de bonnes mains. Tu sais où me trouver si tu as besoin de moi, mon poussin, ajoute-t-elle en m'enlaçant.

Elle disparaît en ne laissant derrière elle que des poussières scintillantes. Et un cœur gros. Je regarde Circé et me rends compte que ma mère a raison. Je me fais peut-être plus de mal qu'autre chose en cherchant sa présence. Je me sens seul tout le temps, à longueur de journée et au milieu de tout le monde. Sauf quand elle est là.

Je devrais prendre du recul. Remettre de la distance entre nous.

Alors je m'avance jusqu'à la poubelle pour jeter son gobelet et je m'éloigne.

— Hé ! Tu vas où ? m'arrête la sorcière en se relevant.

— Je rentre au Siège. Tu n'as pas besoin de moi pour la suite.

Je n'ai que le temps de l'entendre râler un « je le savais que j'aurais dû prendre la voiture » avant de me téléporter au Siège.

*

Je suis psychopompe. Du moins, je l'ai été durant une grande partie de ma vie. Jusqu'à ce que nous perdions l'accès à l'Olympe et qu'il faille tout remettre en place sur Terre. Mais je n'ai jamais perdu la minuscule fibre qui s'agite lorsqu'une âme quitte un corps mort. On apprend à la mettre de côté, mais jamais à l'éteindre.

La vibration que je ressens à cet instant est si unique que je ne la manque pas.

Elle est impossible. Mais là.

« Je m'en charge. » Les psychopompes sont tous reliés pour éviter de se rendre sur le même lieu de décès. Je les devance toutes et tous. Je quitte mon appartement du Siège et change d'apparence. Les vivants ne doivent pas me voir, je ne suis perceptible que par les morts. Je débarque donc en manteau – uniforme de notre corporation – et en sandales ailées. Mon Caducée reste à portée de main, il me sera indispensable pour nous rendre dans le monde souterrain.

C'est bien le jardin à l'arrière de leur maison. C'est bien la mère et la sœur qui pleurent dans un coin, laissant des secouristes tenter le tout pour le tout sur son corps inanimé. C'est bien l'âme de Circé qui s'est isolée, ébranlée et baignant dans l'incompréhension.

Elle me tourne le dos. Je suis atterré.

J'ai beau mettre toutes les distances possibles et inimaginables, je reviens toujours vers elle. Je l'embrasse même dans la verrière du manoir de Deimos et d'Ella. Un baiser inoubliable qu'il faut pourtant enterrer. Je fais tout pour la fuir, sans y parvenir. Et je suis là, à présent. Auprès d'elle, encore.

C'est si injuste. Pas elle. Le monde entier peut crever, mais pas *elle* ! Je ne peux même pas mourir et faire ce dernier chemin à ses côtés !

Pas elle. Pas question. Non. Je vais trouver une solution. Le fleuve Léthé ne dévorera pas son ombre. Je refuse. Je vais la sortir de là, peu importe les obstacles. J'en fais le serment.

— Circé ?

Elle se retourne.

— Hermès ?

Divinités grecques

Achlys : déesse des poisons et barmaid à l'Antre d'Achlys

Aphrodite : déesse de la beauté, de l'amour et du désir

Artémis : déesse de la chasse et protectrice des femmes enceintes

Athéna : déesse de la sagesse, de la stratégie et des arts

Cerbère : chien infernal à trois têtes ayant pour fratrie l'Hydre de Lerne, le Lion de Némée, la Chimère et la Sphinge

Charon : conducteur de la barque sur le Styx

Déméter : déesse de la terre et des cultures, mère de Perséphone et sœur d'Hestia

Euryale : Gorgone, sœur de Sthéno et de Méduse

Géras : déesse de la vieillesse, boulangère et pâtissière au Cerbère savoureux

Hadès : roi des Enfers, dieu des morts

Hécate : déesse de la magie, ancienne psychopompe

Hélios : titan solaire

Héra : reine de l'Olympe, déesse du mariage et de la fécondité

Hermès : dieu messager de l'Olympe, du commerce et des voleurs, psychopompe

Hestia : déesse du foyer, sœur de Déméter

Hypnos : fils de Nyx (la Nuit), dieu du sommeil

Iris : déesse messagère d'Héra

Kère : fille de Nyx (la Nuit), psychopompe

Les Hécatonchires : créatures à cent bras et cinquante têtes, gardiennes du Tartare

Méduse : Gorgone, sœur d'Euryale et de Sthéno

Mélinoé : déesse couturière aux Enfers

Minos : l'un des trois juges du tribunal des Enfers, avec Rhadamanthe et Éaque

Némésis : fille de Nyx (la Nuit), déesse des châtiments

Perséphone : reine des Enfers, déesse du printemps

Sthéno : Gorgone, sœur de Méduse et d'Euryale

Thanatos : fils de Nyx (la Nuit), dieu de la mort et chef des psychopompes

Zeus : roi de l'Olympe, dieu de la foudre, maître des destinées

Remerciements

Un grand merci à ma psychopompe attitrée Zélie qui a guidé ce livre sur le long chemin de la création, à coup de grenades réconfortantes et jusqu'à sa parution ! Et à toute l'équipe infernale de BMR avec qui j'ai traversé le Styx dans le coin VIP de la barque de Charon : Elena, Chloé, Marie, Cécile et Nicolas. Un troisième grand merci à Marie pour la correction du texte, aussi précise qu'un jugement du tribunal des Enfers. Et pour finir, merci merci Claire pour la relecture, plus qu'à prendre un café au *Cerbère savoureux*.

Vous souhaitez en savoir plus sur la suite ? Retrouvez toute mon actualité sur Facebook : **Liv Stone** - auteure et sur Instagram : **@livstoneauteure** ! 😉

hachette s'engage pour l'environnement en réduisant l'empreinte carbone de ses livres. Celle de cet exemplaire est de :
500 g éq . CO_2
Rendez-vous sur www.hachette-durable.fr

PAPIER À BASE DE FIBRES CERTIFIÉES

« Pour l'éditeur, le principe est d'utiliser des papiers composés de fibres naturelles, renouvelables, recyclables et fabriquées à partir de bois issus de forêts qui adoptent un système d'aménagement durable. En outre, l'éditeur attend de ses fournisseurs de papier qu'ils s'inscrivent dans une démarche de certification environnementale reconnue. »

Édité par Hachette Livre, dans la collection Ito
(58, rue Jean-Bleuzen, 92170 Vanves)

Composition : Nord Compo
Achevé d'imprimer en juin 2024 en Espagne par
Liberdúplex - 08791 Sant Llorenç d'Hortons
Dépôt légal 1re publication : septembre 2023
78.3861.7/04 – ISBN : 978-2-01-724638-1
Dépôt légal : juin 2024